모든 게
착각이었다

모든 게
착각이었다

과앤 장편소설

3

블라썸

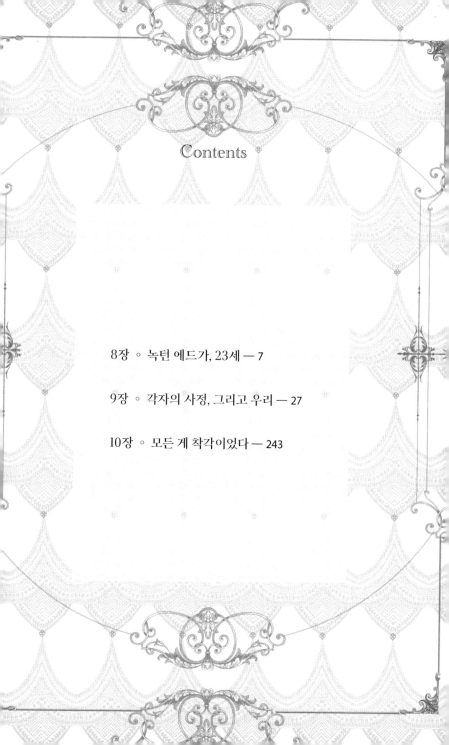

Contents

8장 ○ 녹턴 에드가, 23세 — 7

9장 ○ 각자의 사정, 그리고 우리 — 27

10장 ○ 모든 게 착각이었다 — 243

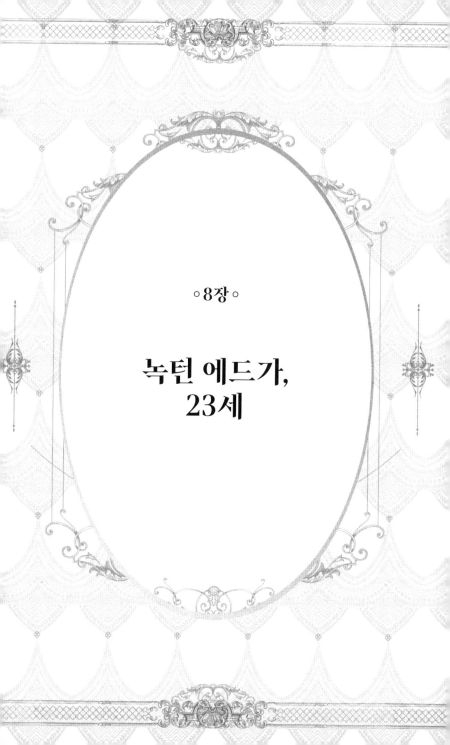

○ 8장 ○

녹턴 에드가,
23세

녹턴 에드가가 공작 위를 계승한 지 어언 5년이 지났다.

해야 할 건 많은데 후계 교육을 제대로 받지는 않은 터라, 퍽 순탄치는 않았다. 근 5년 정도는 저택에 발을 붙인 시간도 적었던 것 같다. 그러나 이제는 얼추 안정기에 접어들었다. 적재적소에 절대 저를 배신할 수 없는 인재들을 채워 놓았으니, 금일 이후로는 그럭저럭 한가해질 것이다.

그는 잠시 파우스트를 다녀오는 길이었다. 공식적으로 공작령을 순회한 것은 아니었고, 패트시아 에드가의 동태를 살피기 위한 은밀한 잠행이었다. 수년의 시간이 지났으니, 이쯤이면 패트시아가 세력을 구축해 놓지 않을까 싶어서.

그러나 이번에도, 그녀는 준비가 덜 된 모양이었다.

'슬슬 성가신데.'

기껏 멀쩡하게 내려보낸 보람이 없다. 언제까지 기다려야 하는 건지, 불확실한 시기에 나날이 초조함만 늘어 간다.

결코 좋지 않은 표정으로 에드가의 주인이 마차에서 내렸다.

정문의 앞에는, 유시스를 파우스트로 보내고 새로이 집사장이 된 사내가 서 있었다. 허리를 숙여 의례적으로 주인에게 인사한 집사장이 몸을 세웠다. 그럼에도 여전히 고개는 수그러진 채였다.

"발로즈 영애님께서 각하를 기다리고 계십니다."

"발로즈가? 언제부터."

"2시간 전에, 서재로 안내해 드렸습니다."

녹턴이 잠시 하늘을 바라봤다. 날은 여름이라 해가 길었지만 슬슬 붉은 물이 드는 모양새로 보아 6시는 넘긴 것 같았다.

'2시간 전부터 왔다면 저녁은 아직이겠군.'

그는 고개를 끄덕이고, 다소 서두르는 걸음으로 안으로 들어섰다. 모친의 일로 얼룩져 있던 머릿속이 다른 사람으로 가득 찼다.

지고 있는 해보다 붉은 머리칼의 여성, 두루아 발로즈.

제가 부재중일 때도 발로즈는 에드가 저택을 찾아와 서재에서 책을 읽었다. 종종 있는 일이 새삼스럽지는 않다. 그러나 오래도록 밖을 나다니다 돌아왔을 때, 그녀가 저택에서 기다리고 있는 일은 몇 번이 반복되더라도 달가울 것이다. 무뎌지지 않을 기쁨이었다. 짜증으로 가라앉았던 마음이 금세 들뜬다.

하나 떠오른 감정이 순수한 기쁨만은 아니었다. 가볍고 포근한 감정에는 불안이라는 곰팡이가 피어 있었으니까.

발로즈는 갈수록 제게서 멀어지는 중이었다. 착각이라고 자기 합리화를 덧칠했으나, 시간이 갈수록 그녀와의 거리감은 확연해졌다. 언제나 웃던 얼굴에 웃음기가 가시고 먼저 말을 거는 일도 드물어졌다. 혹여나 몸이 닿기라도 하면 다급히 몸을 물렸다.

제 비밀을 알아차리기라도 한 걸까, 주의 깊게 살펴도 그런 것 같지는 않다. 그녀는 여전히 초면에 걸린 사용인들에게 무관심했고 본인의 혼담에도 관심을 보이지 않았다. 외부적으로 특별한 일이 생긴 것도 아니고, 그저 천천히 제게서 멀어지고 있을 뿐이었다. 아무 일도 일어나지 않았는데, 그녀가 달라질 외부적인 변화는 조금도 없었는데 왜 그런 걸까.

'역시 최면이 사라지고 있는 건가.'

물론 녹턴도 이성적으로는 알고 있었다. 어린 날 가볍게 걸었던 한 번의 최면이 지금까지 남아 있을 가능성은 적다는 것을. 그녀의 최면이 가시지 않길 바란다면, 몇 번 더 같은 마법을 덧씌우면 된다는 것을. 그러나 그의 모순적인 마음은, 녹턴을 이러지도 저러지도 못하게 했다.

만약, 발로즈가 최면 때문에 저를 찾던 것이 아니라면. 그녀의 최면은 진작 사라졌으며 순수한 마음으로 저택을 찾는 것이라면.

최면이 사라지기를 바라지 않으면서, 최면이 없었을지도 모른다는 가능성 때문에, 발로즈가 저를 조금이나마 귀애할지도 모른다는 추측 때문에 녹턴은 불안을 이어 가야 했다.

아니, 그런 가능성이 조금도 없었어도 같았을 것이다. 최면은 잘못하면 사람의 정신을 망가뜨릴 수 있는 마법이었고, 그는 발로즈에게는 만년필의 펜촉도 들이댈 수 없었으니까. 이미 답이 정해진 문제다.

그럼에도 마음속의 저울은 좀체 평형을 이루지 못하고, 끊임없이 이쪽저쪽으로 기울었다. 그러한 과정이 담긴 호칭이 '발로즈'였다. 그녀가 몹시도 마음에 들어 하지 않는 그 호칭에는 십수 년의 미련이, 녹턴 에드가의 고통이 고스란히 담겨 있었다.

그리 생각하면 반대로, 세뇌에 당한 사람은 발로즈가 아니라 자신일지도 모른다. '발로즈.'라는 호칭을 고집하면, 그녀가 평생 제 곁에 남을 거라는 괴이한 믿음에 사로잡힌 녹턴 에드가가.

생각에 잠긴 채로 걸음을 옮기니 서재 앞에 다다르는 것은 금방이었다. 근처에 섰던 시녀가 공손히 허리를 숙이고 물었다.

"각하의 방문을 알릴까요?"

"아니, 잠시."

녹턴은 목에 묶인 넥클로스를 풀어내 시녀에게 넘기고, 차림새에 흐트러진 부분이 없는지를 다시 살폈다. 여유 없이 흐트러진 모습을 보이고 싶지는 않았으니까.

그러고야 그는 시녀를 시키는 대신 서재의 문을 두드렸다. 곧, 녹턴이 문고리를 돌렸다.

"오랜만이네, 발로즈."

서재의 소파, 익숙한 자리에 두루아 발로즈가 앉아 있었다. 책을 읽고 있던 건 아닌지 그녀는 빈손이었다. 전에 봤을 때보다 조금 더 길어진 머리칼이 소파 위로 탐스럽게 흩어졌다. 다소 어둑한 실내에서도, 화려한 색은 선명하다.

그녀는 고개를 들어 녹턴을 마주 보았다. 우아하게 치켜 오른 눈매 밑, 물방울처럼 동그랗게 맺힌 눈동자에 그의 모습이 비치어 보인다.

발로즈는 말이 없었다. 탁한 녹빛의 눈동자가 어쩐지 평소보다 가라앉은 듯하여, 녹턴은 괜히 마음이 초조해졌다.

"발로즈?"

"……안녕, 녹턴."

겨우 열린 입에서 나온 소리도 힘이 약하다. 어디가 안 좋은가, 녹턴이 눈을 가늘게 뜨며 그녀의 안색을 살폈다.

"정말 오래간만인 것 같아. 선대 각하께서도 그렇게 저택을 자주 비우지는 않으셨는데."

"어머니도 계승 당시에는 마찬가지셨겠지. 이제는 거의 정리됐으니 더 나갈 일도 없어."

"그렇구나."

"기운이 없는데, 어디 안 좋아?"

참지 못하고 물은 말에 발로즈가 말없이 고개를 저었다. 그마저도 힘없이 보였기에 별로 신뢰가 가는 답은 아니었다. 재차 물으려는 차에, 그녀가 먼저 입을 열었다.

"생각해 보면, 에드가 저택에 정말 자주 왔다."

"……새삼스럽게."

"네가 자리를 비웠을 때도 많이 왔거든. 녹턴 네가 없을 때도, 네가 바쁠 때도 에드가의 서재에서 책을 읽었어. 여기서 책을 읽는 게 좋아서. 그런데……."

저가 앉은 소파를 사이에 두고, 앉은 채로 녹턴을 올려다보던 발로즈가 얼굴을 틀었다. 소파의 거죽에 반쯤 얼굴을 묻고 그녀가 고개를 수그렸다. 그제야 녹턴은 제가 아직도 소파에 앉지 않았음을 깨달았지만, 지금 중요한 문제는 아니었다.

발로즈의 분위기가 어딘가 이상했다. 풍성한 속눈썹에 가려진 그녀의 눈동자는 상념에 잠겨, 먼 곳을 바라보는 것처럼 느껴졌다.

"이제 책이 좋지 않은가 봐."

"……그만큼 읽었으면 질릴 때도 있겠지."

"나, 이제 여기에 안 올 거야. 오늘은 그 말 하려고 왔어."

예고도 없는 발로즈의 말이 칼날처럼 틀어박혔다. 조금 전의 그 알 수 없는 말들이 다 이를 위한 서론이었던 걸까. 심장이 빠듯하게 뛰었다. 스산하게 피어났던 불안은 단시간에 부풀어 마음을 꽉 메우고, 머릿속이 희게 질렸다.

입을 틀어 막힌 녹턴이 아무 말도 못 하고 그저 발로즈를 보는 동안, 그녀가 소파에 기댔던 몸을 일으켰다. 그러고는 흐트러진 머리칼을 정리하고 옷매무시를 가다듬었다. 떠날 채비를 하는 모양새다.

깨닫는 순간 숨이 턱 막혀 와, 녹턴이 가까스로 목소리를 밀어냈다.

"왜."

말을 뱉고 나서야, 뒤늦게 의문이 들었다.

저택에 오지 않겠다고? 어째서? 무엇 때문에?

희게 비워졌던 머릿속에, 무서운 속도로 생각이 차올랐다. 제 마법을 들킨 걸까, 제가 사용인들에게 한 짓을 알았나. 제 출생을 알게 된 건, 아니 발로즈에게 건, 세뇌를 들킨 건.

삽시간에 떠올린 이유들은 어느 하나를 콕 집을 것 없이 치명적이었다. 나열된 것 모두가, 변명할 수 없는 녹턴 에드가의 죄였다. 제가 저지른 잘못들이었다. 그가 숨겨 왔던 검은 비밀들이 녹턴의 목을 졸라 왔다.

그런 그를 아는지 모르는지, 채비를 마친 발로즈는 마침내는 소파에서 일어나 녹턴과 시선을 마주했다. 그의 심경과는 반대로 그녀의 얼굴에 떠오른 표정은 몹시도 담담했다.

"나 약혼했어, 녹턴."

발로즈의 말에 녹턴에게 떠오른 가설들은 단박에 무너져 내렸다. 그러나, 그렇다고 기뻐할 수는 없는 소식이었다.

"약혼이라고?"

"응, 말하려고 했는데 내내 안 보여서 이제야 말하네. 네가 없는 동안에 간단히 했어."

"말이 안 되잖아, 네가 어떻게ㅡ."

서둘러 반박하던 녹턴이 다급히 하던 말을 끊고, 제 입가를 막았다. 하마터면 성마른 실수를 할 뻔했다. 지금 상황에서, 그녀의 혼담을 틀어막고 있었다는 말을 해 봐야 좋을 게 없다.

그럼에도 선뜩한 불안이 차올랐던 마음에는 다른 감정이 비집고 들어왔다.

질투인지, 분노인지, 속에서 불길이 끓어오르는 것처럼 강렬한 감정. 누군지도 모를 이에 대한 적의.

입술 안쪽의 살을 긁듯이 깨물고는, 그는 애써 침착하게 물었다.

"누군데."

"너도 알걸, 애런 클레이모어. 클레이모어의 소후작이야."

발로즈의 말대로 언젠가 들어 본 이름이었다. 그러나 그저 들어 보기만 했을 뿐, 선뜻 그 생김새가 떠오르지도 않았다. 클레이모어의 후계자라니 그동안 마주친 일도 드문 자. 조금의 관심조차 주지 않았기에, 생김새조차 알지 못하는. 발로즈가 말하지 않았다면 그 이름조차 몰랐을 것이 분명한, 정말로 별거 아닌 사내. 그러나 그 존재감 흐린 남자로 인해 녹턴의 마음은 점점 초조해지고 있었다.

그는 제 동요를 드러내지 않으려 애쓰며 두어 번 얼굴을 쓸었다.

"왜…… 약혼했는데."

"귀족의 약혼에 무슨 특별한 의미가 있겠어. 때가 됐고, 조건이 맞으니 한 거지."

"조건 맞는 사람은 더 있잖아."

"그 사람만큼 괜찮은 사람은 드물지. 아무튼, 그런 이유야. 이제는 약혼한 몸이니 더는 여길 드나들 수 없어. 너와 내 소문이 깔끔한 것도 아니니, 이후로 방문을 삼가지 않으면 소문만 더 더럽게 나겠지."

발로즈가 어깨를 으쓱이며 하는 말은 지나치게 가볍다. 저택에 오지 않겠다고, 다시는 저를 찾지 않겠다고 말하면서 그게 별거 아닌 듯이, 조금도 아쉽지 않다는 양 그녀의 목소리에는 망설임조차 묻어나지 않는다.

놀라울 만큼 차가운 모습이었으나, 아예 생소하지는 않았다. 녹턴의 상상 속, 최면에서 깨어난 두루아 발로즈가 그랬다. 이제는 최면도 사라졌으니 더는 너 같은 사람을 상대하고 싶지 않다고, 상상 속에서의, 악몽 속에서의 발로즈는 그렇게 말했다.

"그럼 다음부터는 저택이 아니라 공적인 자리에서 보자."

안녕, 녹턴.

마지막 인사였다.

그러고는 곧바로 저택을 떠나려는 듯 몸을 돌리는 발로즈의 모습에, 퍼뜩 정신이 들었다.

납득할 수 없다. 이대로 보낼 수는 없다. 죽으러 가는 게 아닌 이상, 다음에도 말을 나눌 기회는 있겠지만 그는 지금이 마지막이라는 생각에서 헤어날 수가 없었다.

녹턴이 다급하게 손을 뻗어 그녀의 어깨를 잡아챘다.

"잠시만, 발―."

"또 와, 발로즈라고."

예상치도 못한 말에 놀라, 녹턴의 눈이 둥글게 커졌다.

그를 보며 발로즈가 옅게 웃었다. 오늘 중 처음으로 웃는 얼굴이었으나, 기뻐 보이지는 않았다.

쓰고 아린 웃음. 이유 모를 표정에 그의 손에서 힘이 빠져나갔다.

"말해도 마찬가지야. 이제는 오지 않아. 영영 그럴 거야."

그리 말한 발로즈는 제 어깨에 올려진 힘없는 손을 가벼이 떼어 냈다. 그녀가 그 말을 꺼낸 저의를 알 수가 없어, 최면을 들킨 게 아닌가, 겁에 질린 녹턴은 그저 그 모양새를 물끄러미 보는 수밖에 없었다.

"나는 너한테 평생 발로즈니까, 에드가에는 필요 없잖아."

그것이 녹턴 에드가가 기억하는 마지막 말이었다.

한참을 멍하게 있다가 뒤늦게 정신이 든 순간. 녹턴 에드가가 서재의 문을 박차고 뛰어나갔으나, 정문 앞으로는 이미 떠나간 마차의 바퀴 자국만 길게 남아 있을 뿐이었다.

두루아 발로즈는 떠났다. 다시는 에드가 공작저에 발붙이지 않을 것이다.

두 가지 사실이 명백해진 지는 얼마 되지 않았으나, 녹턴은 뼈저리게 실감했다. 현실을 부정할 수도 없었다. 이날은, 녹턴 에드가가 언젠가 올지 모른다고 그렸던 수많은 오늘 중의 하나였으니까.

언젠가는 발로즈가 떠날 것을 예상했다. 제 어미에게조차 악마 새끼라고 비하당하고, 누구도 달가워하지 않는 오욕 덩어리의 곁에 평생토록 붙어 있을 리 없다.

"정말 악마 새끼가 따로 없구나."

"네 실체를 알면 겁먹지 않을 아이가 어디 있겠니. 그 더러운 술수로 꼬여 낸 게 아니면 곁을 지키고 있을 리도 없지."

지난간 패트시아의 말에 가장 공감한 건 녹턴 에드가 본인이었다. 남들이 저를 어떻게 여기는지 마음으로 느껴 왔으니, 모를 수가 없었다.

그럼에도 그가 발로즈와 함께하는 미래를 바라지 않았다고 하면, 거짓말일 것이다. 아무런 바람도 없이 남의 혼담을 틀어막고 저택으로 오라는 말을 수백, 수천 번을 반복하는 미치광이가 어디 있단 말인가. 그러나 녹턴의 미약하고 끈질긴 바람은 끝내 잔인하게 짓뭉개졌다.

"나 약혼했어, 녹턴."

기억 속의 두루아 발로즈가 다시 같은 말을 했다.

'왜 내게 말하지 않았어? 자리를 비운 시간이 길었다고는 해도, 약혼을 결정하고 식을 치를 만큼 길었던 부재는 아니잖아?'

언제, 어떤 이유로, 어떤 사람을 만나게 된 건지. 발로즈의 설명은 부족했고 성의마저 없었다. 금방이라도 자리를 피하고 싶다는 듯 짧막이 말하고는 떠났다. 그것이 녹턴을 비참하게 했지만, 그랬을 발로즈의 심경을 생각하면 외려 그녀가 안쓰럽기도 했다.

유년부터 제 옆에 있으면서 그녀는 많은 고생을 치렀다. 들을 필요도 없는 모욕을 곁에서 함께 받으며. 제게는 익숙해진 일이라 대수롭지 않았으나, 발로즈는 이따금 화를 내고 이따금 상처를 받고 이따금 두려워하기도 했다. 이름으로 불러 달라는 말 한 마디를 들어줄 수가 없어 호칭은 내내 삭막했고, 심지어는 그녀가 제 곁에 있을지 시험하기 위해 갖은 치졸하고 우스운 일을 벌였다.

어리고 미숙했던 녹턴 에드가의 불안과 치기를 그 애에게 모두 퍼부었다. 그러니 최면이 남았든 남지 않았든, 지긋지긋했을 것이다. 많이 힘들고 괴로웠겠지, 그렇기에 그토록 짧고 단호한 마지막을 준비한 것이다. 관계를 끊자고 선언하더라도, 할 수 있는 말은 없었다.

아니, 할 수 있는 말이 남았다고 한들 뭐가 달라질까. 발로즈는 이미 누군가와 약혼했고, 다시는 저택에 오지 않겠다고 선언한 것을. 강제로 끌고 와 저택에 들여 앉히는 것이 아니라면 이제는 돌이킬 수 없었다. 두루아 발로즈를, 놓아줄 수밖에 없다.

그렇게 생각하면서도 마음은 이성만큼 깔끔하지는 않았다. 녹턴은 자신을 설득하려고 무수히도 애썼으나, 그의 결론은 뜬금없이도 다른 쪽으로 튀었다.

'애런 클레이모어라고.'

발로즈를 놓아줄지 아닐지를 결정하기 위해서는, 그자가 어떤 사람인지 알아야 했다.

결심하면서 솔직히는, 그가 좋은 사람이 아니기를 바랐다. 도저히 발로즈의 곁에 둘 수 없을 만한, 너덜거리는 쓰레기이기를 바랐다. 설사 어떤 사람이라고 한들 저보다는 나을 테지만.

녹턴이 사교계에 얼굴을 내민 것은 실로 오래간만의 일이었다. 황실의 행사에도 굳이 참석할 필요가 없는 에드가 공작은 치졸한 바람을 품고 황실 무도회에 나왔다. 애런 클레이모어의 본모습을 확인하기 위해 나온 자리였으나, 그자의 얼굴은 보기가 어려웠고 뜻밖에도 녹턴은 다른 장애물을 발견했다.

"두루아, 잊고 있었는데 나한테 빌려준 숄, 아직 안 줬더라."

"숄……? 아, 이거. 음, 이상하다. 이거 내가 봄에 잠깐 추울 때 두르는 건데?"

"응, 얇으니까."

"'얇으니까.'가 아니라, 지금 8월 아니야, 앨리스?"

"응, 봄에 빌려줬었어."

"아하, 봄에 빌려준 걸 여름에 돌려주는 거구나?"

'저건 또 뭐야.'

두루아의 곁에 처음 보는 귀족 영애가 붙어 있었다. 그것도, 그냥 말을 나누는 정도도 아닌 지나칠 정도로 친근해 보이는 사이였다.

상대가 누군지 알아내기는 쉬웠다. 뭐라도 얻어 낼 게 있을까 달라붙은 하이에나에게 물으면 그뿐이었으니까.

"모르셨군요, 하기야, 각하께서는 한동안 사교계에 나오지 않으셨으니까요.

저분은 앨리스 리모란드 공작 영애입니다. 올봄에 수도에 올라오셨지요. 그러니까…… 4월이었던 걸로 기억합니다."

"리모란드라니, 저 영애가 공작의 직계란 말인가요?"

"예, 그래서 사교계가 아주 뒤집어졌었죠. 공작가에서 말하기로는, 날 때부터 몸이 약해 별장에서 지내셨다고 합니다. 이제는 건강을 아주 회복해서 수도로 올라온 거라고요."

"건강?"

"뭐, 괜한 뒷말이 돌까 봐 숨기고 있던 거겠죠. 아픈 것도 약점이 될 수 있으니까."

"몸이 약해서 존재를 숨겼다……."

녹턴이 저도 모르게 코웃음을 쳤다. 지금 그걸 변명이라고 하는 건지. 리모란드의 폐쇄성 때문에 다른 이들은 얼추 믿는 모양이었지만 우습지도 않은 눈가리기였다. 아무리 몸이 약하다 한들 존재조차 드러내지 않던 건 이상하지 않은가.

그는 앨리스 리모란드가 공작의 사생아이거나, 그에 준할 정도의 치부를 품고 있을 거라 확신했다. 리모란드의 비밀을 알아봐야겠다는 생각이 그의 머릿속을 스쳐 지나갔다. 남이야 어떤 비밀을 품고 있든 아무래도 좋은 일이지만, 그녀가 발로즈에게 친한 척 아양을 떨고 있으니 마냥 남인 것도 아니니까. 4월에 올라왔다고 하면 이제 겨우 넉 달 차일 텐데, 앨리스 리모란드는 지나치게 발로즈에게 달라붙고 있었다. 몹시도 오래전부터 발로즈를 알고 있던 양—.

'잠시만.'

잠깐 든 생각이었지만 정말로 그랬다. 두 사람의 사이는 겨우 몇 달 만에 만들어진 게 아닌 것처럼 보였다. 앨리스 리모란드는 그렇다 쳐도, 발로즈가 그녀를 대하는 태도도 이상하리만치 허물없다. 아닌 척해도 발로즈는 제법 낯을 가렸기에 이질감이 확연했다. 리모란드가 4월에 수도에 오자마자 두 사람이 친구가 되었다고 해도, 관계를 쌓기엔 턱없이 부족한 시간이었다.

녹턴은 반사적으로 발로즈의 친구를 떠올렸다. 수도 바깥, 제법 먼 곳에 있을 것이 분명한. 발로즈가 꾸준히 서신을 나누고 주기적으로 찾아가는 친구. 제게는 존재조차 드러내지 않으며, 꼭꼭 숨기고 싸도는 비밀스러운 벗.

기가 막히기도 하지.

발로즈의 또 다른 친한 친구가 남자이며 어쩌면 두 사람이 사랑을 나눌지도 모른다는 멍청한 망상을 한 게 한두 번이 아니었다. 발로즈가 제게 서슴없이 다가왔던 것처럼 다른 누군가에게도 그랬을지 모른다고. 그런데 상대가 여자라니.

그럴 가능성은 원래도 충분히 있었지만, 눈으로 확인하는 순간 녹턴은 제가 쓸데없는 고민에 괴로워했다는 것이 단단히 실감 났다. 발로즈의 일을 조사할 수는 없으니 저 여자가 그 친구일지는 아직 모를 일이었으나, 녹턴은 직감만으로도 확신했다.

'리모란드의 숨겨진 딸을 발로즈가 어떻게 알고 지냈는지는 다른 문제지만.'

그러나 상대가 여자라고 안도하는 것도 잠시였다. 그간은 발로즈의 동성 친구가 없어 몰랐는데, 녹턴의 질투는 남자라는 성별에 한정된 건 아닌 모양이었다. 마음대로 머리칼을 만지고 옷자락을 건들고 끌어안고 웃는 것이, 제게 과시라도 하는 것처럼 불쾌하고 부아가 치밀어 올랐다. 발로즈를 만지고 있는 저 손을 어떻게 해 버리고 싶었다.

그런 녹턴의 속내를 아는지 모르는지, 앨리스 리모란드의 정보를 말해 준 자작이 눈치도 없이 입을 열었다.

"그런데 각하께서 모르셨다니 의외로군요."

"무슨 말인가요."

"아, 그…… 리모란드 영애께서 발로즈 후작 영애와 몹시도 친하시지 않습니까. 그래서 각하께서는 발로즈 영애와 친하시니까 당연히 아실 줄—."

"아르미아 자작."

서늘한 부름에, 자작의 눈이 흐려졌다.

"주제넘게 굴지 말고 꺼지세요."

"예, 각하."

아르미아 자작이 답하고는 성큼성큼 걸어 녹턴의 반대 방향으로 사라졌다. 사실 최면까지 걸 일도 아니었지만, 치솟은 짜증을 견디지 못하고 일을 벌이느니 이편이 나을 것이다.

녹턴이 크게 한숨을 내쉬었다. 아무래도 머릿속이 멀쩡하진 않은 것 같았다.

그는 잠시 숨을 고를 겸 테라스로 향해 갔다. 그 와중에도 발로즈와 리모란드가 조잘거리는 소리는 어김없이 귓속을 파고들어 작정하고 제 속을 긁는 것처럼 느껴질 지경이었다. 온통 그쪽으로 신경이 가 있었다. 그래서인지, 녹턴은 누군가가 앞에서 다가오고 있는 줄도 몰랐다.

고개를 수그리고 걷던 그는 어깨가 부딪히고야, 다른 이의 존재를 눈치챘다. 상대가 곧바로 고개를 숙였다.

"죄송합니다. 앞을 보지 못했습니다."

불쾌감이 들긴 했지만 앞을 보지 않은 건 피차 마찬가지인 터라, 녹턴은 대충 고개를 끄덕이고 지나쳤다. 그러나 한 걸음을 내딛기 무섭게 도로 고개가 돌아갔다.

저와 부딪힌 사내가 걸음을 옮기는 모습이 보인다. 백금발의 장신. 퍽 눈에 띄는 외관에 느껴지는 기세도 제법이다. 그같은 머리색이 한 사람의 전유물은 아니었으나, 저토록 키가 크고 기세가 벼려진 사람이라면 특정할 수 있는 사람은 하나뿐. 저자가 애런 클레이모어, 발로즈의 약혼자이다.

점점 멀어지는 그의 뒷모습을 보며, 녹턴의 눈이 어둡게 가라앉았다. 감정을 제법 다스리고 왔다고 생각했는데, 마냥 그렇지도 않은 모양이다. 얼굴을 제대로 본 것도 아니고, 말을 나눈 것도 아닌데 상대가 그자라는 걸 알아차리는 즉시 마음 깊은 곳에서 검은 감정이 쏟아져 나왔다.

발로즈에게 집적거리는 다른 이를 볼 때와는 분명 차이가 있었다. 앨리스 리모란드를 볼 때도 차원이 달랐다. 녹턴으로서도 겪어 본 적 없이 무겁고 질척한 적의가 심장 전체에 달라붙는다. 이토록 누군가를 죽이고 싶은 건 처음이었다.

다행히 살의가 밖으로 새어 나가는 건 잘 참은 모양인지, 기사라는 사내는 조금도 이상을 눈치채지 못했지만. 녹턴은 들끓는 감정을 다스리며 애런 클레이모어가 하는 양을 가만히 지켜보았다.

그는 무도회에는 의무적으로 참석했을 뿐임을 온몸으로 티 내듯, 딱딱하게 굳은 얼굴로 사람들의 접근을 쳐 내고 있었다. 정중하고 예의 바르나 절대 무르지는 않다. 조사로 알게 된 성격 그대로였다.

그러다가 문득, 클레이모어의 시선이 한쪽으로 향했다. 발로즈가 있는 방향이다. 녹턴은 한껏 어두워진 눈으로 그의 시선을 따라가다가 눈가를 찡그렸다.

'설마.'

발로즈가 있는 방향이었으나 그자가 눈에 담은 것은 두루아 발로즈가 아니었다. 클레이모어는 앨리스 리모란드를 보고 있었다.

그리고 그 순간, 단단히 굳었던 표정이 허물어진다. 몹시도 그리운 것을 보듯, 눈이 감성적인 빛으로 물들고, 갈증이 이는 것처럼 입매가 단단히 굳었다. 그러다가 앨리스 리모란드가 시선을 눈치챈 듯 그쪽으로 고개를 돌리자, 눈이 마주치기 직전 클레이모어도 자연스럽게 고개를 돌렸다. 언제 멈추었냐는 듯, 바닥에 뿌리내렸던 걸음이 다시 움직인다.

찰나라고밖에 할 수 없는 한순간이었으나 분명했고, 사내의 감정은 지금도 같은 빛깔이었다. 녹턴의 입매가 달갑게 비틀렸다.

불쌍한 내 발로즈, 가엾게도.

'기껏 고른 게 이런 쓰레기라니.'

고고한 기사인 척 평판 좋게 이미지는 잘 만들고 다녔지만, 다소 거리가 있음에도 사내에게서 느껴지는 마음은 선명했다.

발로즈와 약혼했다는 사내의 마음에는 다른 여자가 들어가 있었다. 드물게도 강렬한 마음인지라 헷갈릴 일도 없었다. 제삼자의 사랑을 고스란히 느끼는 것은 그로서는 제법 역겨운 일이라 녹턴은 손을 들어 제 입가를 가렸다.

감히 다른 여자를 마음에 품은 채로 발로즈와 약혼이라니, 겉과 속의 괴리에 역겨움을 느꼈고 그녀 대신으로 모욕감을 느꼈으며 분노가 치밀어 올랐다. 당장 저자의 마음을 까발리고 싶은 충동이 일었다. 그러나 그런 감정들보다.

'어쩌지, 발로즈.'

좀 더 밑바닥을 드러내자면, 노골적으로 제 마음을 표현하자면 그런 것보다는 치미는 웃음을 참을 수가 없다. 입가를 덮은 손아래, 입매는 불쾌하게 비틀리는 대신 더할 나위 없는 기쁨을 그리고 있었다.

'너를 놓아줄 수 없겠는데.'

녹턴 에드가는 운명에 허락이라도 받은 기분이었다. 발로즈를 아직 놓아주지 않아도 된다고, 아직 그녀를 붙들고 있어도 된다고.

그는 애런 클레이모어의 이중적인 모습에 역겨움을 느꼈지만, 그 이상으로 강렬한 기쁨을 느꼈다. 그자가 발로즈의 옆에 설 자격이 없다는 사실이 더할 나위 없이 유쾌했다.

녹턴에게는 아직 기회가, 시간이 남은 것이다. 그러기 위해서는 맺어진 지 얼마 안 된 약혼을 깨뜨려야겠지만. 남의 약혼을 망쳐 놓기는 쉽다. 설사 그 방법을 찾아내는 게 몹시도 어려운 일이라도, 그는 즐거이 해낼 수 있을 것이다.

그러나 조급하게 굴어서는 안 되었다. 발로즈에게 찾아가 그 남자가 다른 여자를 마음에 품고 있다는 걸 말해서도, 역겨운 이의 숨통을 끊어 놓아도 안 됐다. 섣부른 짓을 하다가 미움의 화살이 돌아올 수도 있었으니까.

결혼까지는 아직 시간이 남은 이상, 느리더라도 확실히 해야 한다. 일단은 클레이모어 후작가에 감시 세력을 붙여야 할 테고⋯⋯. 그자가 먼저 주제를 알고 물러날 수 있도록, 상황을 만들어 주는 것도 좋을 것이다. 애런 클레이모어가 사랑하는 앨리스 리모란드를 이용하여.

발로즈의 친구에게 특별한 사감은 없지만, 클레이모어도 객관적으로는 그럴싸한 사람이니 맺어 준대도 나쁘진 않을 것이다. 녹턴은 사내의 충동을 뒤흔드는 방법이 무언지 잘 알았다. 다른 사람이 리모란드에게 다가간다면, 그래서 어떠한 소문이라도 돈다면 사내의 마음은 요란하게 흔들릴 것이다. 저토록 강렬한 마음이니 아무리 점잔을 떨어 봐야 곧 뒤집어 놓을 수 있다.

그래, 이를테면 앨리스 리모란드와 다른 남자가 약혼한다는 소문이라도 돈다면, 애런 클레이모어는 얼마나 버틸 수 있을까. 그것도 작은 즐거움이겠지.

설사 끝의 끝까지 제 마음을 티 내지 않는다고 해도 상관없다. 자의로 행동하지 않는다면, 타의로 행동하게 만드는 법도 있었으니까.

"안녕하세요, 리모란드 영애."

"공작 각하?"

발로즈가 오지 않은 밤, 앨리스 리모란드만 참석한 파티에서 녹턴은 발로즈를 처음 만났을 때처럼 달게 웃었다. 그러나 휘어진 눈 안의 눈동자만큼은 파충류의 것처럼 차게 식어 있었다.

"처, 처음 뵙겠습니다. 앨리스 리모란드라고 합니다."

그리고 이왕 앨리스 리모란드를 이용하기로 했으니, 검사겸사 발로즈의 유년을 캐 보는 것도 좋을 것이다.

"알아요, 발로즈의 가장 친한 친구시죠? 그 애의 이야기를 좀 묻고 싶은데 시간 좀 내주실 수 있을까요?"

그 애가 왜 그토록 이 여자를 꼭꼭 숨기고 있었는지, 왜 그리 싸매고 돌면서 제게는 존재조차 드러내지 않게 조심했는지. 왜 저를 경계하면서까지 이 여자와 친구가 되어야 했는지.

발로즈는 달갑게 여기지 않겠지만 상관없었다. 발로즈의 뒤를 캐는 것도 아니고, 앨리스 리모란드는 직접 제게 모든 걸 얘기해 줄 뿐이니 미움은 제게로 쏟아지지 않을 것이다.

그러는 동안, 리모란드가 제 이야기를 함부로 꺼낸 것에 발로즈가 화가 난다면, 그로 인해 두 사람의 사이가 틀어진다면, 그것도 애석하지만 할 수 없는 일이겠지.

애런 클레이모어 때만큼 간절하지는 않았으나, 녹턴은 앨리스 리모란드에게도 커다란 결점이 있기를 바랐다. 발로즈의 곁에 두는 걸 용납할 수 없을 만한 흠이 있기를. 그리하여 종내에는, 발로즈의 곁에 남은 것이 저뿐이기를.

특별한 결점이 없다고 해도 바라는 바가 크게 틀어지지는 않을 것이다. 앨리스 리모란드를 욕심낸 클레이모어가 손을 뻗는 순간, 발로즈의 약혼은 틀어지게 될 테니까. 앨리스 리모란드가 클레이모어의 마음을 받아들이든 받아들이지 않든, 지금 같은 사이로 남지는 않을 것이다.

녹턴 에드가가 만족스럽게 미소 지었다.

"내일 중으로 리모란드 저택으로 찾아봬도 괜찮을까요? 리모란드 영애."

"아 네, 마침 내일은 일정이 없으니까요."

"그럼 그때 뵙겠습니다."

모든 게 잘될 거라고, 녹턴은 생각했다.

장차 무슨 일이 생길지는 조금도 예상하지 못한 채로.

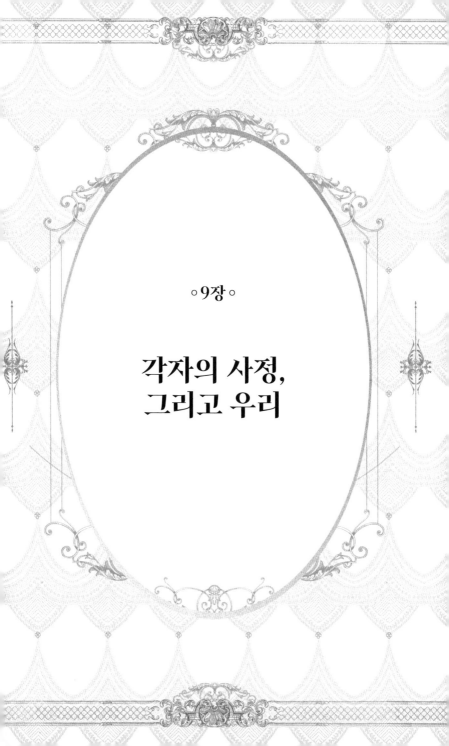

○9장○

각자의 사정,
그리고 우리

녹턴이 자리를 비운 지 이틀이 지났다. 듣기로는 사흘간 저택에 없을 거라 말했으니, 내일이 지나면 그가 돌아올 것이다.

결코, 긴 부재라고는 할 수 없었다. 항상 에드가에 들락거리던 어린 날에도 그 정도 얼굴을 보지 못한 일은 잦았다. 그러나 저택에서 나갈 수 없는 상황이라 그런지, 이야기할 수 있는 사람이 새디뿐이라 그런지, 하루는 평소 이상으로 지루했고 자꾸 달력이나 시계를 들여다보게 되었다.

알로이에게 보낸 서신에 다시 답신이 와서, 일상적인 이야기(녹턴에 대한 직접적인 언급은 피하고 있었다)를 나눌 수 있었으나, 그조차 잠깐이었다. 앨리스가 이럴 때 방문해 주면 좋겠지만, 그 애가 온 지는 채 5일이 지나지 않았다.

온다고 해 봐야 녹턴이 부재중일 때는 들여보내 주지도 않겠지.

몇 번째인지 모를 한숨을 내쉬며, 통 읽히지 않는 책을 억지로 읽고 있을 무렵, 바깥에서 부산한 소리가 났다.

"……심 ……부축은 ……대 ……거절……."

저택의 소란이 낯설게 느껴졌다. 이지가 거의 지워진 탓인지 에드가의 사용인들은 실수하는 일조차 없어 저택은 항상 고요했으니까. 천천히 책을 덮고 문을 바라보자, 새디가 노크를 하고 조심스럽게 고개를 내밀었다.

"두루아 아가씨, 각하께서 돌아오셨어요."

"벌써?"

아직 이틀도 지나지 않았는데.

티 내지 않으려고 했지만 목소리에 반가움이 묻어났다. 나를 저택에 가둬 둔 장본인이 돌아온 걸 기뻐하는 목소리라니, 새디의 눈치가 보였으나 그녀는 나보다는 다른 쪽이 신경 쓰이는 듯했다.

"네, 그런데…… 클레이모어 경도 같이 오셨어요."

갑자기 애런이라고?

당황스러운 말에 눈을 깜박이며 되물었으나, 새디가 아는 건 그뿐이었다. 나는 그녀와 함께 서재를 나섰다.

정문으로 향해 갈수록 부산한 소리가 커졌다. 두 남자가 안으로 들어서는 소리였다. 백금발과 흑발, 아침과 밤처럼 분위기는 사뭇 달랐으나 키도 체격도 비슷한 남자 둘이 들어오고 있었다.

새디의 말대로, 애런과 녹턴이었다. 두 사람의 관계를 가늠할 수가 없어, 나는 눈가를 찡그렸다.

중요한 일을 하러 간다고 했는데 같이 간 건가?

그런 모양새긴 했다. 동행해서 어렵고 힘든 일을 끝내고 온 듯, 애런의 낯빛은 초췌했고 녹턴의 상태는 그에 비할 바 없이 나빴다. 어떻게든 똑바로 걷고 있기는 했으나, 내디디는 순간마다 다리가 휘청거리고 안색은 파리했으며 머리칼은 엉망으로 흐트러졌다. 애런이 녹턴을 부축하려는 모양이었으나, 번번이 손을 쳐 내며 그는 고집스럽게 걸음을 옮겨 갔다. 취한 것처럼 보이기도 했으나 주향은 나지 않는다. 아직 내가 나온 걸 눈치채지는 못한 듯 묘하게 풀린 눈은 바닥만 향해 있었다.

내가 그를 향해 다가가는 순간, 녹턴의 몸이 크게 휘청였다.

"녹―."

"두루아!"

그를 지탱하려고 뻗은 손이 단박에 내쳐졌다. 손바닥에서 날카로운 통증이 나고, 한눈에 보기에도 발갛게 부은 것이 보였다.

나는 당황해 눈을 깜박였으나, 녹턴은 나보다 놀란 듯 보였다. 내 손이 처지는 순간 소리쳐 나를 부른 애런이, 가까이 다가와 손바닥을 살폈다.

"괜찮습니까, 두루아."

"아…… 괜찮아요, 그보다 무슨 일이 있던 거예요. 애런은 왜 녹턴이랑 온 거고, 녹턴은―."

"미안."

말을 자르고 녹턴이 억누른 목소리로 답했다. 짧은 어절이 아니었다면 알아듣지도 못했을 만큼, 말은 잔뜩 짓눌려 있었다.

"너 상태 안 좋아 보이니까 그런 건 됐어. 그보다―."

"미안해, 두루아."

내 말을 들을 생각이라고는 없는 양, 또다시 말을 끊고 녹턴이 손을 뻗었다.

아차 하는 순간 단단한 팔이 내 어깨를 감싸 당기고, 그의 품 안으로 몸이 빨려 들어갔다. 한 치의 빈틈도 없이 온몸이 맞물리고 커다란 손은 사슬처럼 등을 휘감았다. 겨울이 아예 가 버리지는 않았음에도, 그의 체온은 남들보다 낮았음에도 맞닿은 몸은 차갑다기보다는 뜨거웠다.

내 쪽으로 기울어진 덩치는 무겁고 속이 답답했다. 그러나 힘이 들어간 손끝 탓인지 내 어깨로 기울어진 얼굴 탓인지 그의 몸짓이 이상하리만치 절박하게 느껴져 밀어낼 생각은 들지 않았다. 녹턴이 내게 매달리고 있는 것만 같았다.

애런이 당황한 듯, 녹턴을 떼어 내려 했지만 나는 손을 들어 애런을 저지했다. 그가 떼어 내려 한들 될 것 같지도 않았고 느껴지는 열감에 녹턴이 아픈가 싶기도 했다. 녹턴이 앓는 건 몹시도 드문 일이었지만, 이상하게도 그려 내기 어려운 일은 아니었다.

"미안해, 미안, 미안."

그러는 동안, 녹턴은 계속 같은 말을 중얼거렸다. 나는 그가 단순히 손을 쳐 낸 일로 사과를 하는 게 아니라는 걸 알았으나 구태여 뭐가 미안하냐고 캐묻지는 않았다. 일단 지금의 녹턴은 제정신은 아닌 것처럼 보였다.

"알았으니 진정해. 나는 괜찮아."

"괜찮다고……?"

처음으로 녹턴이 다른 말을 꺼냈다.

단단히 얽매고 있던 게 언제냐는 듯 팔이 스르르 풀어지고 그가 허리를 폈다. 흐린 눈으로 나를 내려다보며 녹턴이 고개를 저었다.

"괜찮지 않아."

"아까부터 무슨 말을 하는 거야, 녹턴."

"나는…….."

무언가 말할 듯하다가 녹턴이 눈을 감으며 인상을 찡그렸다. 토기라도 올라오는 것처럼 손등으로 입가를 짓누르고는 고개를 수그렸다. 걱정스레 그의 이름을 부르자, 녹턴은 다시 한번 고개를 젓고는 눈을 깜박였다.

흐렸던 눈에 어렴풋하게나마 초점이 돌아온다. 애써 제정신을 차리려는 것처럼 보였다.

"아무것도 아니야. 지금 상태가 아니니, 내일 이야기해."

"……알았어. 침실로 갈 거지, 부축해 줄까?"

"괜찮아, 아무것도 도와줄 필요 없어."

그렇게 말하는 녹턴의 눈은 나를 보고 있지 않아서, 내게 말하는 건지 혼잣말하는 건지 모호할 정도였다. 그는 다시 비틀거리는 발걸음을 옮기려다가 돌연 생각난 듯이 고개를 돌렸다. 그곳에는 어쩔 줄 모르고 굳어 있는 애런이 있었다.

"경."

"……예, 각하."

"경은 이제 필요 없으니, 다시는 올 필요 없어요."

"예?"

"내가 할 거니까."

"그게—."

녹턴이 메마르게 웃었다. 애런이 무어라 말하려는 듯 입을 벌렸다가 내 눈치를 살폈다. 그러나 캐물을 새도 없이 녹턴은 뒤돌아 걸으며 힘없는 목소리로 재차 말했다.

"내가, 할 겁니다."

비척비척 걸어가는 인영은 끝내 넘어지지 않고, 보이지 않는 곳으로 멀어졌다. 그를 알아 온 십수 년 중에서도, 처음 보는 모습이었다.

아직 황실 무도회까지는 시간이 남았으나 앨리스는 황궁에 와 있었다. 기분이 가라앉은 채로 나아질 기미가 없는 막내딸을, 리모란드 공작이 불러낸 탓이다. 바깥 공기라도 쐬자는 말을 그녀는 거절하고 싶었지만 가족들의 걱정에 못 이기고 결국은 황궁까지 왔다. 부친의 일이 끝날 때까지는 조금 기다려야 해서, 앨리스는 궁의 정원을 거닐고 있었다.

확실히 궁에서 보는 광경은 리모란드의 것보다도 아름답기는 했다. 그러나 그녀에게는 그러한 정취를 마음에 담을 여유조차 없었다. 어렴풋한 봄 내음을 맡고도 그저 흘려보내며, 앨리스는 다시 생각에 잠겼다.

그녀의 머릿속에 떠오른 것은 얼마 전에 꾼 예지몽이었다. 아무리 생각하지 않으려고 해도, 그것은 마치 본능이라도 되는 양 끈질기게 앨리스의 머릿속을 잠식해 들어갔다. 생각하지 않으려 해도, 그러한 생각이 외려 그녀의 의식을 옭아맸다.

'정말 지긋지긋해.'

앨리스가 치를 떨며 고개를 저었다. 그러나 애석하게도, 이번에 그녀를 찾아온 것은 꿈의 잔상만은 아니었다.

"리모란드 영애?"

익숙한 목소리에 두 어깨가 바짝 굳었다. 환청이라 생각하며 듣지 못한 척하고 싶었으나 도망치지는 못한 탓에 금세 커다란 그림자가 앞으로 드리워졌다.

앨리스는 입술을 깨물며 고개를 들었다. 훌쩍 높은 곳에서 태양을 대신하는 붉은 것이 저를 내려다보고 있었다.

"안녕하세요, 클레이모어 경."

예기치 못한 기습에 당한 탓에, 앨리스의 얼굴은 굳었고 목소리도 딱딱했다. 놀란 듯해도 제법 반가워 보이던 사내는 뒤늦게 반걸음을 물러났다.

"아직도 제게 화가 나셨군요."

"네? 아……."

그러고 보니, 저번에 만났을 때 조금 화를 냈었다. 두루아를 조금도 걱정하지 않는 것 같아서, 그에게 에드를 비추어 본 제가 바보 같아서. 그러나 절대로 거짓을 말하지 않는 꿈에 매몰되어 애런 클레이모어에게 치솟았던 분기는 잊힌 지 오래였다.

앨리스가 고개를 저었다.

"딱히 그런 건 아니에요. 그렇다고 경과 대화를 나누고 싶은 건 아니지만요."

"그럴 것 같았습니다. 그래서 제 말을 듣지 않고 에드가 저택에도 방문하셨던 거겠죠."

"……그걸 클레이모어 경께서 어떻게 아세요?"

"두루아에게 들었습니다."

앨리스의 눈이 동그랗게 커졌다.

"두루아를 만나셨나요? 어디서요?"

"저도 에드가 저택에 방문했으니까요."

'에드가…… 갔었다고.'

저도 모르게 입이 벌어졌다. 클레이모어의 말에, 예지몽을 생각하지 않을 수가 없었다.

[에른하르트가 그립지는 않아요?]

[그래도 그리울 것 같은데.]

[두고 온 사람이 있잖아요.]

끈질기게 저를 괴롭히는 꿈속에서, 두루아와 클레이모어는 그런 대화를 나누었다. 꿈을 꿀 당시에는 두 사람이 어디에서 이야기를 나누고 있는지 몰랐으나, 얼마 전에는 앨리스도 알게 되었다.

그래, 용기를 내 두루아를 만나러 간 날, 에드가 저택의 응접실에 들어선 날.

응접실의 모양새란 어딜 가든 그리 특별할 것이 없었기에 처음에는 눈치채지 못했으나 두루아의 입에서 클레이모어의 이름자가 나온 순간, 앨리스는 깨달 았다. 두 사람이 그 말을 나눈 건, 에드가의 응접실이었다고. 그런데 애런 클레 이모어가 에드가 저택에서 두루아를 만났다고 한다.

그럼 두 사람이 나눈 대화도 그대로였을까.

무슨 말을 나누었냐는 질문이 목 끝까지 차올랐으나, 앨리스는 애써 삼켜 냈 다. 그런 그녀의 속내를 알 리가 없는 클레이모어는 옅게 한숨을 내쉬었다.

"리모란드 공작 영애께서는 참 주관이 뚜렷하신 분이군요. 공작 각하를 많이 꺼려 하시는 줄 알았는데, 정말 에드가로 가실 줄은 몰랐습니다."

"……그래서 또 저를 훈계라도 하실 셈인가요?"

"아니요. 그보다는, 사과를 하는 게 옳겠군요."

클레이모어의 말뜻을 이해하기보다 앞서, 사내의 허리가 깍듯이 접혔다.

"죄송합니다, 리모란드 공작 영애. 저번의 제 행동이 과했습니다."

뒤늦게 놀라 앨리스가 반사적으로 뒷걸음질을 쳤다. 길은 편평하게 정리되 어 있고 발이 걸릴 것은 하나도 없었으나 너무 당황한 탓에 다리가 치맛자락에 엉겨 붙었다.

"꺅!"

짧은 비명을 내지르며 앨리스의 몸이 뒤로 넘어갔다. 그녀는 다급하게 무언 가 잡을 것을 찾아 두 팔을 크게 허우적거렸다. 그러는 새 보닛의 끈이 풀어져 저 너머로 떨어지고, 반사적으로 손을 뻗은 애런이 그녀의 손을 붙들었다.

손가락 몇 개가 맞물렸다. 앨리스는 맞잡은 손에 힘을 주고, 겨우겨우 몸을 일으켜 세웠다. 그러고야 제가 잡은 것이 무언지를 깨달아서 얼굴이 발갛게 물 들었다.

'차라리 넘어질걸!'

그러나 그건 앨리스만의 사정은 아니었다.

"죄, 죄송합니다, 리모란드 영애. 제가 또 사과할 일을…… 만들었……군요."

사내의 얼굴이 믿기지 않을 만큼 붉다. 외려 앨리스의 당혹감이 날아갈 만큼이나 당황한 기색이다. 본의 아니게 손을 좀 잡았기로서니 저토록 얼굴이 붉어지다니. 역시나 제게 마음이 있는 게 분명했지만, 그를 감안하더라도 상당히 숫기 없는 남자였다.

앨리스는 괜찮다는 의미로 쭈뼛쭈뼛 고개를 끄덕이고, 떨어진 보닛을 찾아 두리번거렸다. 그녀보다 한발 앞서 클레이모어가 다급히 보닛을 줍고 정성스레 털어 주었다. 정성이 지나친 탓에 보닛의 모양이 다소 달라진 것 같긴 했지만.

"감사……."

다소 어물거리는 목소리로 인사를 내뱉다가, 돌연 앨리스의 입에서 웃음기가 샜다. 지금 상황이 대단히 우스웠다. 허리를 좀 구부려 사과했다고 놀라 넘어질 뻔한 저나, 붙잡아 도와준 걸로 얼굴이 홍당무처럼 붉어져서는 보닛이 구부러질 정도로 흙먼지를 털어 낸 사내나. 대단한 상황도 아닌데, 순간적으로 치솟은 웃음을 참을 수가 없어서 앨리스가 입가를 틀어막았다.

"리모란드 영애……?"

황망한 사내의 부름이 웃음기에 불을 댕겼다. 참지 못하고 그녀가 크게 소리 내어 웃었다.

얼마간 그러고 있었을까, 여전히도 돌처럼 굳어 서 있는 사내를 보고 앨리스가 빙그레 미소 지었다.

"감사합니다, 경. 이걸로…… 저번의 무례는 용서하겠습니다."

"아, 감사합니다. 다시는 그런 일이 없을 겁니다."

"그런데 클레이모어 경께서는 왜 황성에 계신 건가요?"

"입단 시험을 치르러 왔습니다."

"네? 입단이요?"

"원래는 기사 서임을 받은 직후, 기사단에 입단하는 것이 원칙이지만, 여태까지는 개인적인 이유로 미루고 있었습니다. 더는 그럴 수 없으니까요."

개인적인 이유? 호기심이 고개를 쳐들었지만, 그런 걸 물을 만큼 친근한 사이는 아니다.

"그러고 보니 클레이모어 후작 각하께서는 1 기사단, 후작 부인께서는 3 기사단의 단장이셨죠. 어느 기사단을 택하셨나요?"

"2 기사단입니다. 어머니도 아버지도 혹시나 있을지 모를, 조그만 요행이라도 피하는 것이 좋다고 생각하시는 분들이라."

"그건 좀 멋있네요. 서임은 그럼 작년에 받으셨어요? 보통 기사 수행 직후에 서임을 받잖아요."

"예, 일이 있어 다소 간략한 형태였지만."

"그렇다면 수행은 혹시 어디로……."

무심코 묻다가 놀라, 앨리스가 크게 고개를 저었다. 아무래도 예지몽이 제 무의식에까지 틀어박혀 있는 모양이었다.

"아니, 아니에요. 실례했습니다. 실례를 저지를 생각은 없었어요."

"……영애?"

클레이모어가 당황한 듯 눈을 깜박였으나, 때마침 다행스럽게도 멀리서 리모란드 공작이 보였다. 앨리스는 다급히 사내에게 인사하고 제 부친에게로 달려갔다.

그에게 끌어안겼을 때 눈치챘지만, 녹턴은 정말 아팠다. 걸음걸이가 평소처럼 곧지 않던 것도, 눈이 풀려 같은 말을 반복하던 것도 아파서였던 것이 분명하다.

그는 침실에 틀어박혀서는 아무도 오지 말라 말하고 잠이 들었다. 도대체 무슨 일이 있었던 건지. 마나를 다루는 사람이 아픈 일은 드물다던데, 녹턴이 크게 앓는 건 벌써 두 번이나 봤다. 지난번에는 그러니까 그게…… 언제였더라.

영 또렷하지 않은 기억에 눈가를 찡그려 봐도 도통 떠오르지 않는다. 성인이 되기 전이었던 것 같기는 한데. 어쨌거나 녹턴이 앓던 잔상은 분명히 머릿속에 남아 있었다.

아닌 척해도 은근히 허약하다니까.

침실에 아무도 들어오지 말라는 말에, 당연하게도 사용인들은 녹턴의 말을 거스를 생각을 하지 못했다. 그렇기에 그의 침실로 식사가 들어가지도 않았다.

아무리 녹턴이라도, 아픈 와중에 온종일 굶어도 괜찮은 걸까.

결국 나는 손톱 옆에 거스러미가 난 듯한 찜찜함을 이기지 못하고, 그의 침실로 향했다. 주방장에게 부탁해 받은 수프를 트롤리에 얹은 채로. 조심스럽게 노크를 해도 돌아오는 답은 없다.

"녹턴, 자……? 수프를 좀 가져왔는데."

전에 녹턴에게 들을 때는 이상하리만치 구질구질하게 들린다고 생각했는데 직접 내뱉으니 더했다. 재차 들어가도 되냐고 물어보려던 말을 삼키고, 나는 살살 문고리를 돌렸다. 어쩐지 도둑이 된 기분이었다.

그러고 보니 전에 녹턴이 아플 때, 마음대로 방에 들어간 일로 화를 냈던 것 같은데. 화를 낸대도 할 수 없지, 오지랖이 싫으면 누가 아프랬나.

스스로도 의미 모를 변명을 중얼거리며, 조심스럽게 안으로 걸음을 내디뎠다. 침실은 켜진 등이 하나도 없이 캄캄했다. 열린 문틈으로 복도의 불빛만 와르르 쏟아지는 형상이었는데, 그 빛마저 안쪽까지 닿지는 않아서 침대 옆에 이르렀을 무렵에는 내 몸도 어둠에 파묻혀 있었다.

"녹―."

다시 조심스럽게 그의 이름을 부르려다가, 하마터면 비명을 지를 뻔했다.

틀림없이 감겨 있을 줄로만 알았던 눈꺼풀이 반쯤 열렸다. 희미하게 떠진 눈동자가 나를 물끄러미 보고 있었다.

"뭐야, 깨어 있으면 말을 하든가."

괜히 등도 안 켜고 들어왔네.

놀란 가슴을 쓸어내리며 나는 침상 옆의 등을 밝혔다. 마냥 환하지는 않았으나, 어렴풋한 빛이 돌아온 것만으로 눈앞의 형체가 또렷해졌다. 희미한 불 아래 보이는 모습에, 나는 다시 한번 놀랐다.

옷을 갈아입지도 않고 누웠는지 녹턴은 얇은 셔츠 차림이었는데, 온몸이 식은땀으로 젖어 있었다. 칠흑 같은 머리칼은 이마에 달라붙고 안색은 파리했으며 원래도 색이 옅은 입술은 푸르게 질리고 건조하게 갈라져 있었다. 흐리게 풀려 있는 눈에 내 모습이 비쳐 보였다. 얼굴을 찡그리지는 않았으나, 몹시도 괴롭게 보이는 형상이었다.

"괜찮아……?"

묻고도, 도저히 괜찮아 보이는 모양새가 아니라 나는 내 바보 같은 질문을 탓했다. 그럼에도 녹턴은 아까와도 같이 내내 침묵하는 채로 물끄러미 나를 보기만 했다. 왜 왔냐고, 당장 나가라고 날카로운 소리가 쏟아질 줄 알았는데, 의외로운 모습에 달갑다기보다는 마음이 쓰렸다.

"대체 왜 아픈 거야. 겨울도 다 가고 이제 봄이잖아. 애런이랑 간 곳에서 무슨 일 있었어? 또 이렇게 입 다물고 있을 거야?"

타박하듯 말했으나 여전히도 답은 없었다. 나가라는 말도, 보기 싫다고 눈을 감는 일도. 검은 속눈썹으로 흘러내린 식은땀이 툭 떨어졌다.

"그래, 목이 아플 수도 있으니까 말 안 하는 건 봐줄게, 그보다 하루 종일 아무것도 안 먹었잖아. 일어나, 수프라도 좀 먹어."

삼킨 음식물이라고는 한 점도 없을 텐데 배가 고프지도 않은지, 그는 트롤리를 쳐다보지도 않았다. 내 얼굴에 뭐가 묻기라도 한 양 끈질긴 시선으로 좇을 뿐. 내가 지금 뭘 하는 건지, 절로 한숨이 나왔다.

"너 지금 나한테 항의해? 이게 말이나 되는 상황이야? 몇 달 뒤에 풀려난다고 하더라도 당장 날 끌고 와 가둔 건 넌데 내가 너보고 수프를 먹어 달라고 애걸까지 해야 해? 제발 잠깐만 일어나. 자꾸 이러면 네 입에 부어 버린—."

"두루아."

가까스로 목소리가 나왔다. 보는 것만큼이나 상태가 나쁘게 들리는, 거칠게 갈라진 말. 누가 듣더라도 아프게 들릴 소리에 나는 잠자코 이어질 말을 기다렸으나, 녹턴은 도로 눈을 감아 버렸다.

뭔가 말할 것처럼 굴더니, 아픈데 말 시키지 말고 나가라는 거였다. 그럼 진작 눈이라도 감든가.

"여기 둘 테니까, 힘 좀 생기면 먹든가 말든가. 식은 거라도 안 먹는 것보단 낫겠지."

지금 먹고 싶지는 않은 모양이니 아픈 사람 괴롭히지 말고 나가야겠다.

그렇게 생각하며 구부렸던 허리를 폈지만, 차마 발걸음이 떼어지지 않았다. 깊은 한숨을 내쉬고, 나는 문 쪽으로 틀었던 몸을 다시 돌렸다. 몸의 반도 덮지 않은 이불을 끌어 올려 꼼꼼히 덮고, 침대 밖으로 삐죽 나온 손이 거슬려 그것도 이불 안으로 넣어 주려 했다. 그러다가 손끝이 스쳤다.

닿은 부분은 몹시도 적었지만, 열로 끓고 있는 피부가 뜨겁다. 그 점이 걱정스러워야 하는데, 그보다는 당혹감이 커서 어깨가 굳었다.

뭐, 손까지 이불 안으로 밀어 넣으면 답답하겠지.

누구에게 하는지조차 모를 변명을 속으로 중얼거리며 닿은 손을 거두려는데, 내내 얌전히 있던 손가락이 내 손가락을 얽매며 들어왔다. 피부가 아트막하게 스치며, 간질간질한 감촉이 들었다. 손끝에서 그치지 않고 기어이는 가슴 안쪽으로 파고드는 감각에 한순간 숨이 멈추었다. 손을 맞잡은 것도 아니고 손가락이 엉겨 있는 것뿐인데도. 우리는 그보다 더한 일도 했는데도. 느리게 고개를 들었으나, 녹턴의 눈꺼풀은 여전히 덮여 있었다.

벌써 잠들었나, 잠결에 한 짓일까.

이상하게 심장이 뛰는 소리가 빠듯하다. 이럴 상황도 아닌데, 감정이 있었다고 한들 이 정도로 동요할 만큼은 아니었는데. 머리로 하는 부정은 의미가 없고, 무력한 이성은 성마르게 자라난 감정에 잠식당한다.

나는 맞잡지도 떨어지지도 않은 손끝을 차마 바라보지도 못하고 가늘게 숨을 내뱉었다. 그때, 잠들었나 의심한 이의 목소리가 다시금 침실을 울렸다.

"곁에 있어 주지 않아도 돼."

자세히 귀 기울이지 않으면 들리지도 않을, 가뭄이 인 땅처럼 갈라진 말소리. 그렇게 내뱉고는 내 손과 얽혀 있는 커다란 손가락이 몸을 물리려 했다.

반사적으로 나는 떠나려는 손을 힘주어 쥐었다. 체격 차이가 큰 탓인지, 손의 크기도 달랐다. 맞잡았다기보다는 내 손이 그의 손에 파묻힌 것처럼 보이는 모양새였다.

온몸을 적신 식은땀이 손만 피했을 리도 없기에, 손바닥은 땀으로 젖어 있었고 체온으로 인해 미지근하게 달구어져서 감촉이 유쾌했던 것은 아니다. 다만 내버려 두란 듯이 감겨 있던 눈이 다시 떠진 것은, 죽은 사람처럼 힘없던 얼굴에 당혹감이라는 표정이 서린 것은 퍽 달가워서 그럭저럭 잡고 있을 만은 했다.

이제는 나를 무시하는 것을 포기했는지, 녹턴의 입매가 늘어졌다. 힘없는 웃음이다.

"넌 언제나 무르구나."

"그러니까 지금까지 네 옆에 있었겠지. 어지간히 물러 터진 사람이 아니었으면, 네 옆에서 1년도 못 버텼어."

"맞아, 난 거기에 기대 어리광을 부렸지."

녹턴이 맞잡은 손을 당겨, 내 손등에 이마를 기댔다.

"내가 불쌍해?"

정곡을 찌르는 말이다. 나는 쓰게 웃으며 답했다.

"응."

"사치스러운 동정이네."

"녹턴, 네가 너무 불쌍하고 가여워 보여. 솔직히는 네 외모 탓도 있겠지만."

맞잡은 손의 반대쪽 손으로 나는 녹턴의 젖은 머리칼을 쓸어 넘겼다. 가닥가닥 달라붙은 것을 떼어 내자 훤한 이마가 드러나기에, 거기에 손등을 올려 보기도 했다. 고통의 온도는 뜨거웠다. 아프겠다, 혼잣말처럼 내뱉은 말에 녹턴이 약하게 웃었다. 느리게 눈을 감았다 뜨며, 그는 깍지 낀 손을 풀고는 내 손에 얼굴을 묻었다.

"그럼, 여기 있을래?"

"뭐……?"

"내가 무슨 일을 저질렀어도, 나 때문에 네게 무슨 일이 있었더라도 계속 그래 줄래. 계속 여기에 있어 줄래, 두루아. 몇 개월이 지나도 파혼하지 말고, 에드가를 나서지도 말고 그냥 계속……."

풀린 목소리, 물 흐르듯 가벼운 어투로 하는 말이었으나, 상황 탓인지 녹턴의 말이 더할 나위 없이 무겁게 들렸다.

무슨 일을 저질렀어도, 내게 무슨 일이 있었더라도 계속.

녹턴은 무슨 일을 겪고 온 걸까, 재차 의문이 들었다. 의미를 알 수 없는 말에 물끄러미 그를 내려다보았다. 그저 내려다보기만 했다.

정적은 손쉽게 몇 분을 집어삼키고, 녹턴이 손을 놔주었다. 입가에 가느다랗게 맺힌 미소는 조금 전 했던 말이 죄 농담이었던 것처럼 가장하고 있었으나 몸 상태가 나쁜 탓인지 마냥 완벽한 연기는 아니었다.

"가, 두루아."

속에서부터 감정이 끓어올랐다. 솔직히 말하면 충동이었다. 지키지도 못할 말이란 걸 알면서도, 이 말로 발목이 잡히면 후회하게 될 것을 알면서도, 그러면서도 동정이 들어서. 어쩌면 내가 동정으로 착각하고 있을 뿐인, 다른 감정이 너무 요란하게 들끓어서.

나는 녹턴이 놔준 손을 침대에 짚고 그를 내려다봤다. 이상하게 웃음이 났다. 녹턴의 열기가 내게로 전염된 건지, 멍하고 정신없는 분위기에 홀린 건지, 지금 상황이 그저 꿈처럼 느껴졌다.

"그럴까."

전부 다 잊어버리고, 더는 복잡한 생각을 하지 말고 옛날처럼, 예전처럼 그냥 그럴까. 매듭이 잘못 묶인 이 관계를 풀어낼 생각도 없이, 처음으로 되돌릴 생각도 없이 그저 이대로.

그러면 전부 좋아질까. 모든 게 괜찮을까.

녹턴의 눈이 잘게 떨렸다. 곧 커다란 손이 목덜미를 감싸고, 나는 저항하지 않고 손길을 따라 고개를 숙였다. 가까운 곳에서 마주친 색은 아주 흐리고 아름다웠으나, 곧 볼 수 없게 되었다. 눈꺼풀 안쪽의 새까만 어둠이 우리를 휘감았다.

입에 들어오는 숨결은 필요 이상으로 뜨겁고, 입술에 닿는 감촉은 잔뜩 일어 거칠었다. 그럼에도 입을 맞추면서, 나는 참 미적지근한 입맞춤이라고 생각했다.

밤이 끝나고 동이 트기 직전의 새벽, 녹턴 에드가가 침실을 나섰다. 아직 몸 상태가 온전히 좋아진 것은 아니었으나 그럭저럭 돌아다닐 만큼은 회복되었다.

애당초 녹턴이 앓았던 것은 마음 때문이었다. 들끓는 감정을 참지 못하고 성수를 들이켰던 일이, 몸에 전혀 영향을 미치지 않았다고 할 수는 없겠지만.

흑마법은 몹시 예민한 형질을 지녔고 타인의 감정을 읽어 낼 수 있는 만큼 주인의 감정에도 영향을 받았다. 도저히 떨쳐 낼 수 없는 죄악으로 인해 녹턴의 감정은 통 차분해지지 않았고 그 때문에 검은 마나도 멋대로 요란을 피웠다.

그러던 것이 겨우 난리를 멈춘 것은 위로 때문이었다. 누가 보더라도 충동적으로 말했을 뿐인, 한순간의 동정으로 건넨 서투른 위로 때문에. 두루아의 값싼 연민에도 녹턴은 위안받았다. 언제나 그래 왔듯이 이번에도.

그러나 지난 십수 년의 세월과 오늘은 달랐다. 몸 상태가 좋아졌다고 한들, 그녀에게 일어난 역겨운 불행은 미처 좋아지지 않았으니까.

흡사 감옥이라도 되는 양 단단하게 선 철문, 녹턴이 지하실의 문을 열었다. 어둠 속에서 짐승처럼 노란 눈이 그를 노려보았다.

"제법 얌전히 있었네요, 제르벨라."

제르벨로 제르벨라. 두루아가 마법 물약에 당했을 가능성을 떠올린 순간부터 필요하다고 생각해 묶어 둔 신관이다. 지하에서 나오지 말라고 저주를 걸어두었으나, 느껴지는 기운으로 보아 그쯤은 스스로 풀어낸 모양이었다.

그러면서도 얌전히 여기에 처박혀 있었다니…….

녹턴의 눈이 설핏 가늘어졌다.

"이미 주박은 스스로 풀어낸 모양인데도."

"도대체 무슨 생각이지? 나를 여기로 데려온 저의가 뭐야."

"늘 듣는 소리네."

"대체 무슨 사악한 음모를 계획하고 있기에―."

점차 높아지는 언성이 성가서 그가 주먹을 쥐고 철문을 내리쳤다. 요란하게 울리는 소리에 제르벨라의 어깨가 크게 들썩였다.

"이상한 일이지. 추궁하는 건 똑같은데 누가 하나에 따라서, 괴로울 정도로 사랑스럽기도 하고, 성가시고 짜증스럽기도 하니까."

하기야 그 애를 다른 이와 비교하는 것조차 말도 안 되는 일이지.

마른침을 넘기는 사내를 보고, 녹턴이 비죽 웃었다.

"나오세요, 대신관님. 바라시는 대로, 당신에게 할 일이 생겼어요."

"내가 나오라면 나오고 얌전히 있으라면 있을 줄 아나. 더러운 흑마법사 주제에 감히!"

"목소리는 벌벌 떨면서 안 나오면 어쩌려고요. 지하실에 갇혀 신의 품으로 떠나는 게 일생의 소원이신가?"

"녹턴 에드가!"

"굳이 신전의 안위까지 내걸게 하지 말아요. 보태지 않아도, 신의 미움은 넘칠 만큼 받고 있으니."

분한 듯 제르벨라가 이를 빠득 갈았으나 두려움이라고는 조금도 일지 않았다. 아무리 사납게 노려본들 저토록 떨고 있으니 원, 대신관이 아니라 새끼 짐승을 주워 놓은 기분이다.

"제게 뭘 바라는 겁니까."

"다시 존댓말이라……. 그래, 당신은 인질이 걸려야 고분고분해지는 타입이로군요."

"본론만 말씀하십시오."

"어디서부터 말해야 할까, 두루아에게 마법 물약을 투약했어요. 8년 전에 여러 번, 그리고 작년 가을경에 한 번."

"뭐라고……?"

"그 효과를 지워 내고 싶은데, 마법 물약을 해독하려면 성수나 성물보다는 좀 섬세한 힘이 필요하잖아요. 대신관의 신성력 같은 게."

"정말 제정신이 아니군. 어떻게 그 영애한테— 설마 그때 그렇게……."

저 혼자 분기에 차 외치던 사내가 돌연 말을 멈추었다. 당혹감이 서려 커진 눈동자, 끊긴 말의 내용. 혹 무언가 눈치챈 것이 있나 눈을 가늘게 뜨고 그를 쳐다봤지만, 제르벨라는 지금 상황을 명백히 인지하고 있는지 외려 입을 꾹 다물었다.

두루아에게서 뭔가 물약의 흔적이 보였던 걸까.

잠시 그런 생각이 들었으나, 지금 와 중요한 얘기는 아니었다. 제르벨로 제르벨라의 얼굴이 경멸과 증오를 담아 일그러졌다.

"당신이 저지른 죄입니까? 어떻게 그 나이에 마법 물약을—."

"뭐, 세세한 내용을 다 말해 줄 생각은 없지만 맞습니다."

낯빛은 태연했지만 말하면서 녹턴의 목울대가 한번 오르내렸다.

"내가 했습니다."

진실이 어떻든 간에 그건 이자에게 이러쿵저러쿵 떠들어댈 이야기가 아니었다. 녹턴 에드가로서는 제르벨로 제르벨라가 최선을 다하게 할 수 있다면 어떤 오명을 쓰더라도 상관없었다.

이자는 분명히 흑마법사를 증오하고 있다. 그러나 흑마법에 당한 모든 피해자를 가엾이 여기고 그들을 구원하려 들지는 않았다. 에드가 저택에는 세뇌에 당한 수백의 사용인이 있었으나, 제르벨라는 그들을 보면서도 증오를 곱씹을 뿐 딱히 그들을 구하려 들지 않았으니까.

그렇기에 두루아와 제 사이가 조금이나마 가까워진 걸 본다면, 제가 협박하더라도 두루아를 제대로 치료하지 않을지도 모른다. 그 행위가 흑마법사를 기쁘게 하는 일로 생각된다면.

그 애를 제대로 고치기 위해서는, 저에 대한 악감정을 드높이고 두루아가 불쌍하게 농락당하는 피해자라는 걸 강조할 필요가 있었다. 제르벨라는 사용인들을 돌보지는 않았으나 그녀에게는 가볍지 않은 호감을 느끼고 있으니, 적당히 불을 놓으면 최선을 다해 그녀를 고칠 것이다. 그러는 과정에서 무슨 일을 벌일지는 몰라도.

'크게 보자면, 딱히 누명이라고 억울해할 것도 없지.'

녹턴 에드가 두루아를 귀히 여기지 않았더라면 패트시아도 그 애에게 그런 짓을 벌이지 않았을 것이다. 그녀의 목적을 정확히 아는 것은 아니었으나, 그것만은 분명했다. 발로즈의 기억이 엉망진창이 된 건 순전히 자기 때문이라고. 제 곁에 있으라고 욕심을 부린 탓이라고.

"역시 흑마법사는 다 같습니다. 인두겁을 쓴 괴물 같으니, 제 흑마법을 알게 되었다고 친하게 지내던 이를 강제로 약혼해 끌고 온 걸로도 모자라 마법 물약을 투약했다고? 그게 사람이 할 수 있는 짓입니까?"

그럼에도 남의 입으로 제 죄목을 낱낱이 뜯어 내는 일이 결코 유쾌할 수는 없다. 가볍게 휘어져 있던 녹턴의 입매가 순간적으로 굳었지만, 그는 내색하지 않고 한층 더 눈을 휘었다.

"분노도 증오도 다 좋지만, 물약을 해독할 자신은 있는 거겠지요? 괜히 시간 낭비하고 싶지는 않아서."

녹턴의 손끝으로 검은빛이 일렁였다. 재차 이를 악문 사내가 증오 어린 눈으로 녹턴을 노려봤다. 불쾌감이 치밀어 올라 손이 자꾸 움찔거렸다.

"어떤 물약을 쓴 겁니까."

"임페르펙티오."

짤막이 내뱉은 답에 제르벨라가 하, 기가 막힌다는 듯 헛웃음을 터뜨렸다. 그러더니 사내의 얼굴이 곧 더할 나위 없이 일그러졌다. 곧바로 나오지 않는 말에 조바심이 인다. 답을 채근해도 제르벨라는 더없는 오물 덩어리를 보는 눈으로 그를 노려볼 뿐 입을 열지 않았다.

기어이는 참을 수 없게 된 녹턴이 가까이 다가가 그의 멱살을 잡아챘다. 그보다는 작다고 한들, 마냥 작지는 않은 사내가 힘없이 벽에 처박혔다.

"슬슬 인내심이 닳아서 그런데, 말해 줄래요. 고칠 수 있나요?"

"……대체 무슨 생각으로 영애께 그걸 먹인 겁니까. 이제 와서, 무슨 생각으로 그걸 고치려는 거고요."

"대답이나 해, 제르벨로 제르벨라. 이번에는 신전의 기부금을 거두어 가는 걸로 끝나지 않을 테니까."

신관의 눈이 불같이 일렁였다. 그리고 다음 순간 그의 전신에서 흰빛이 사납게 일었다. 금방이라도 저를 할퀴고 물어뜯을 것처럼 공격적이며 신이 현신한 것처럼 상서로운 기운이었다.

그럼에도 녹턴은 조금도 기죽지 않은 채 비죽 웃으며 검은 기운을 일으켰다. 제르벨라에 비하면 수수하기 짝이 없는 칠흑색 마나는 저보다 크고 화려한 기운을 단숨에 집어삼켰다.

성스러운 힘은 짓눌려 흩어지고, 제르벨라가 입가에서 피를 흘리며 괴로운 신음을 토했다. 여전히 옷깃이 잡혀 벽에 처박힌 채라 온몸에서 힘이 빠졌음에도 쓰러질 수조차 없었다. 그럼에도 노란 눈에서 일렁이는 감정 중에는, 공포보다 증오가 컸다.

퉤, 피가 섞인 침이 녹턴의 얼굴을 더럽힌다. 더럽고 불결하다. 당장에 그의 침이 묻은 피부를 도려내고 싶었으나, 녹턴은 도리어 웃었다.

"생각보다 제법 거래에 재능이 있네요. 좋아, 미끼를 하나 추가하죠."

"무슨 말을 하더라도—."

"다아즈 아클라툼의 행방, 알고 싶지 않나요?"

당신의 가족을 몰살시킨 그 흑마법사의 거처요.

속삭이는 말에 제르벨로 제르벨라의 눈이 크게 흔들렸다.

되었다.

녹턴은 직감적으로 알았다. 그는 곧바로 더러운 것을 쥐고 있던 손을 풀어 내고 얼굴이 빨갛게 일도록 손등으로 뺨을 닦았다. 삽시간에 놓인 손에 제르벨라의 다리가 힘없이 꺾여 무릎이라도 꿇은 모양새가 되었다. 어울리는 꼴이네, 녹턴은 그렇게 생각했다.

"대답은 들은 걸로 쳐도 되겠죠."

"……숨어 있는 물약의 정도에 따라 몇 개월에서 몇 년이 걸릴 수도 있습니다."

"완치할 수 있다면 그런 건 상관없어요."

수십 년이 걸리더라도 불가능할 수 있다고 생각했기에 그 정도는 감당할 만 했다. 두루아도 같은 의견일지는 모르겠지만. 용건은 끝났고, 더는 이 사내와 같은 장소에 있고 싶지 않다.

녹턴이 문을 향해 걸었다. 지하에는 카펫을 깔아 두지 않았기에 구둣발 소리 가 방 전체를 크게 울렸다.

"전에 쓰던 방을 써요, 더러우면 사용인을 불러 정리하고. 두루아에게 어떤 식으로 변명하고 치유를 시작할지는 신관님의 창의력에 맡겨 보겠습니다."

철문을 열고 막 밖으로 나가기 직전, 녹턴이 고개를 돌렸다.

참.

"하나 말해 두고 싶은데 제르벨라, 당신은 쓸모 있어야 할 거예요."

연보랏빛 눈이 요사스럽게 휘었다. 지하실에 들어온 이후로, 가장 진심이 깃든 얼굴로 청년이 사내를 내려다봤다.

"이제는 윤리 같은 걸 생각할 여유가 없거든."

희망은 끝내 부서져 버렸으니까.

녹턴은 생각보다 빠르게 나았다. 몸에서 느껴지는 열도 심하고 상태도 좋지 않아 보이기에 걱정했는데, 내가 다녀간 이틀날부터 빠르게 좋아지더니 다시 하루가 지나자 완전히 멀쩡해졌다.

다만 무사해진 것은 그의 몸뿐이요, 녹턴의 행동은 묘하게 달라졌다. 충동적으로 일을 벌이기는 마찬가지였지만, 또다시 입을 맞추고도 나는 이불을 걷어차지 않았으나 이번에는 녹턴 에드가 나를 피해 다녔다. 마주치기라도 할라치면 도망가는 모양새에 나는 지나간 밤을 다시 떠올려 보게 됐다.

녹턴이 남긴 말이 선명히 기억났다.

"내가 무슨 일을 저질렀어도, 나 때문에 네게 무슨 일이 있었더라도 계속 그래 줄래. 계속 여기에 있어 줄래, 두루아. 몇 개월이 지나도 파혼하지 말고, 에드가를 나서지도 말고 그냥 계속⋯⋯."

나 때문에 무슨 일이 있었더라도⋯⋯ 라니. 내게 숨기고 있는 게 남았다는 말

같지.

그 말이 하필이면 녹턴의 입에서 나왔다는 점에서 불안을 자극하는, 정확히는 불안을 자극해야 하는 말이었지만, 희한하게 그저 신경 쓰이는 정도로 끝이었다. 생각해 보면 녹턴이 아직 하지 않은 말은 더 있었다. 이를테면, 강제로 약혼한 진짜 이유라든가, 그 이유를 하필이면 3개월 뒤에 알려 주겠다는 사정이라든가.

녹턴을 믿느냐 하면 그렇지는 않았다. 신뢰란 하루 이틀 만에 살 수 있는 싸구려가 아니었고, 그의 마음을 알았다고는 한들 그마저도 온전히 납득한 것은 아니니까. 그러나 기이하게도, 그런 믿음만큼은 강해졌다. 녹턴 에드가 나를 해칠 것 같지 않다는 기묘한 신뢰는.

그런 생각을 하면서 공작의 개인 서재(이제는 두루아 발로즈의 개인 서재로 이름을 바꿔도 좋을 것이다)로 향하던 차였다. 정원에 나가려면 녹턴을 대동해야 했고, 밖으로 나가지 않는다면 이 커다란 저택에서 할 수 있는 일이라곤 책을 읽는 것뿐이었으니까.

그러나 타이밍이 좋은 건지 나쁜 건지, 서재의 문 앞에 선 동시에 문이 열렸다. 녹턴이었다. 내가 다가오는 기척을 눈치채지도 못했는지 놀란 눈을 한 녹턴이 다급히 한 걸음을 물러섰다.

또 도망가겠지.

그렇게 생각했고, 실제로도 녹턴은 도주로를 찾는 들짐승처럼 내 어깨 너머를 흘긋거렸다. 그러나 의외로 그의 몸은 나를 피해 빠져나가지 않았다. 창백한 낯에서 낮은 한숨이 흘렀다.

"안 도망가?"

딱히 붙잡을 생각은 없는데.

이름을 부르지도 않는데 발이 묶인 양 구는 게 재밌어 묻자, 녹턴이 눈가를 찡그렸다. 그러면서도 도망친 게 아니라는 항의는 하지 않았다. 그 대신에.

"뺨이라도 때려."

"갑자기 웬……. 아, 키스."

입 맞춘 걸 의식하고 도망 다닌 거였나.

알 수 없던 녹턴의 도피 행각에 드디어 원인이 해명되었다. 뻔한 정답이기는 했지만, 녹턴이 평범한 사람은 아니었기에 조금은 재미없는 이유라고 생각했다. 그렇다고 그의 행동을 이해할 수 있게 된 건 아니었지만. 첫 번째도 아니고 두 번째에 이토록 요란스럽게 반응하다니. 정작 처음 입을 맞추었을 때는 그럭저럭 태연한 척이라도 굴었으면서…….

그렇게 생각하던 차에, 녹턴이 했던 말이 떠올랐다.

"다시는 그럴 일 없을 거야. 그러니 안심해도 좋아."

그러고 보니 처음 입을 맞추었던 밤에 그렇게 말했지, 제가 한 말을 못 지킨 게 민망해서였군. 사실 따지고 보면 발등에 입을 맞춘 것도 건든 거나 다름없지 않나.

그런 생각이 살짝 들었으나, 녹턴을 놀려 줄 기회는 드물었기에 따지고 들진 않았다.

"손바닥으로 때리는 걸로 되겠어? 그런 건 간지럽지도 않잖아."

"손바닥으로 때리란 적 없어. 다른 급소는 네가 찾지 못할 것 같고, 배는 때려 봐야 네 손만 아플 테니까 차라리 얼굴을 때리는 게 효과적이라는 말이었어."

"충고 고마워."

그간 얄밉기는 했지.

지난밤에는 나도 동조한 부분이 있었지만 여태까지는 녹턴이 제멋대로 굴었을 뿐이다. 3개월 뒤에 사정을 설명해 준다고는 했지만 그런 말조차도 따지고 보면 애런과 크게 다를 것이 없었다. 남을 위한답시고 (이건 아직 확정되지 않은 이야기지만) 자유를 억압하고 끌고 와서는 제대로 설명하지도 않는다. 내가 모르는 데서 나를 위해 하는 행동이니, 잠자코 따르라고 말하는 것은 폭력이었고 앞서 말했던 대로 기만과 크게 다르지 않았다.

그럼에도 이상하게 마음이 물렁물렁해져 단호하게 말할 수는 없었지만. 그 점에서는 애런에게 미안하기도 했다.

그렇기에 나는 전 약혼자에게 미안한 마음을 담아 주먹을 웅크려 쥐고 그의 턱을 때렸다. 호신술이라고 할 만한 것을 제대로 배워 본 적은 없었으나, 턱이 인간의 급소라는 것은 분명했다. 그럼에도 녹턴은 고개만 돌아갈 뿐 아파 보이지도 않았고 휘청거리지도 않았다. 오히려 양껏 움켜쥔 내 손이 아팠다.

혹시 나 속아 넘어간 거 아닌가.

그런 내 생각을 꿰뚫고 나를 비웃듯, 녹턴이 제 턱을 매만지며 물었다.

"부족하지 않아?"

정말이지 재수 없다는 말도 한두 번으로는 부족하다. 재수 없음을 인간으로 형상화한 사람 같으니. 지고 싶지 않은 마음에 나는 오기를 부려 웃었다.

"부족하니까 다음에는 둔기 쓰게 해 줘."

"다음은 정말 없을 거야."

"믿을게, 거짓말쟁이야."

턱을 맞은(건지 내 주먹이 맞은 건지는 모를 일이지만) 녹턴은 집무실로 돌아가고, 나는 서재에서 한참을 책을 읽다 나왔다. 복도로 발을 내디디자, 낯이 익은 사람이 맞은편에서 걸어오고 있었다.

"여기 계셨군요, 발로즈 후작 영애."

"⋯⋯안녕하세요, 제르벨라."

그러고 보니 이 사람 한동안 안 보였지.

눈에 안 보인다고 사람이 있던 것마저 까맣게 잊다니, 확실히 그간 정신이 없긴 했던 모양이다. 앨리스가 오고 녹턴의 마음을 알게 되고 애런과 언쟁을 하고, 다시 녹턴이 앓게 되고. 예상할 수 없는 일이 많이 벌어지긴 했으니까. 어쩌면 그게 아니라, 단순히 내가 제르벨라에게 관심이 없던 탓일지도 모르겠지만.

다소 흐릿한 인상의 미남을 향해 나는 어색하게 웃었다.

"최근 보이지 않으셨네요, 무슨 일이라도 있으셨나요?"

"아, 그건⋯⋯."

밝았던 대신관의 얼굴이 다소 가라앉았다. 복잡한 감정들이 빠르게 지나간 데다가, 내가 녹턴도 아닌 탓에 그가 어떤 기분을 느끼는지 정확히 알 수는 없지만 좋은 일이 있던 건 아닌 모양이다.

하기야, 녹턴의 저택으로 끌려 와 한동안 보이지 않았는데 별일이 없었다고 하면 모를까 좋은 일이 생겼을 리는 없겠지. 그러고 보니, 이 사람은 정말 왜 데려온 걸까.

"제르벨로 제르벨라를 데려온 건 너 때문이야, 두루아."

녹턴은 그렇게 말했지만 따로 캐묻지 않았기에 자세한 얘기는 들은 바 없었다. 나 때문에 데려왔다니, 묘한 어감의 말이었다. 단순히 부상을 대비해 데려왔다기에도 좀 지나친 감이 있고.

"사실 영애와 나누었던 말 중에 걸리는 것이 있어서요. 물어도 괜찮겠습니까?"

"아, 네. 뭔가요?"

"전에 제게 마법 물약에 대해 물으신 적이 있었지요. 그것으로도 사람의 정신을 건드릴 수 있지 않으냐는 말씀을 하시면서."

"그건……."

"그때는 아무렇지 않게 넘어갔으나, 지나고 나니 자꾸 생각이 나더군요. 물약에 대해서 아시는 분은 많지 않습니다. 책을 구하기도 어렵고 정보를 구하기는 더 어려우니까."

제르벨라의 어조는 날카롭지 않았지만, 등골은 서늘하게 식었다.

"물약 중 흑마법을 활용한 분야에 대해서는 더 알기 어려울 겁니다. 왜 그날, 그걸 물어보신 겁니까?"

가볍게 물었던 말이 이렇게 돌아올 줄은 몰랐다. 당황스러워 손끝이 움찔 떨렸으나 심하게 티를 내지는 않았다. 무어라 답하면 좋을까, 생각해 봐도 사실 답은 한 가지뿐이었다. 아직은 뒤벨과 나만 알고 있는 이야기, 앨리스에게도 말하지 않은 이야기를 믿을 수 없는 사람에게 할 이유가 없다.

"녹턴의 흑마법에 대해 알게 되면서 찾아봤을 뿐이에요. 무슨 일이 일어날지 모른다고 생각해서."

"그게 전부입니까?"

"네."

동요하는 속을 달래며 단호하게 답했지만, 제르벨라는 납득한 것처럼 보이지 않았다. 대신관은 미묘한 눈으로 나를 추궁하듯 한참을 보다가 짙은 한숨을 내쉬었다.

"사실 영애의 말이 자꾸 걸린 건, 그저 그 말이 생각났기 때문만은 아닙니다."

"그럼—."

"영애께 물약 특유의 기운이 느껴집니다. 워낙 미약한 기운이라 처음에는 몰랐지만, 몇 번 마주치면서는 확신하게 되었습니다."

나도 모르게 숨을 들이켰다. 물약에 대해 물을 때만도 전혀 눈치채지 못하기에 신경 쓰지 않았는데, 이제 와서 물약의 기운이 느껴진다니.

"물약 특유의 기운이라고요? 모든 물약이 같은 기운을 공유한다는 말씀이신가요?"

"정확히는 임페르펙티오입니다."

"아……."

"다시 물을게요, 발로즈 후작 영애. 정말 물약에 대해 여쭌 이유가 그게 전부입니까?"

"……여기서 말할 수는 없어요. 어디에나 녹—."

"말이 새어 갈 염려라면 하지 않아도 괜찮아요. 소리를 새어 나가지 않게 하는 건 어떤 종류의 마법으로도 가능하니까."

신성 마법으로도 가능하다는 소리군. 저택에만 갇혀 있던 사람이 발로즈가 뒤벨을 추궁했을 리도 없으니, 내가 물약을 마셨다는 건 어떤 식으로든 티가 나긴 하는 모양이다. 임페르펙티오라고 이름까지 나왔으니 의심할 여지도 없다. 더는 숨긴다고 해도 우습게만 보이겠지.

나는 한숨을 내쉬어 포기 선언을 했다.

"맞아요, 제가 그걸 마신 것 같아서 여쭤봤어요."

"마셨다니 대체 영애께 누가 그걸 권한 건가요?"

"그건 몰라요. 제가 구하려던 건 다른 물약이지만, 모르는 새 바꿔치기 당했거든요."

제르벨라의 눈이 동그랗게 커졌다가 곧 차갑게 굳어졌다. 맑은 색의 눈에는, 이따금 나를 섬뜩하게 하던 살벌한 적의가 녹아 있었다. 나를 대신해 화를 내주는 거라고 해도, 마냥 반갑지는 않은 눈빛이다.

그러나 여기까지 말한 이상, 나도 더 물러날 길은 없어서 핑계를 대고 자리를 뜨는 대신 주위를 살폈다. 녹턴에게 마음이 많이 열렸으면서도, 나는 습관적으로 혹은 무의식적으로 주위를 살펴 사용인이 없는 걸 확인한 뒤에야 제르벨라에게 한 걸음 다가갔다.

"그렇게까지 캐물으신 건, 저를 도와주실 생각이 있어서인가요, 제르벨라?"

"······물론입니다."

"고마워요. 하지만 그 전에 확실히 해야 할 게 있어요. 무례한 말이지만, 부디 양해해 주세요. 제르벨라, 저는 당신에게 이성적 호감을 느낀 적이 없어요."

대뜸 꽂아 넣은 말에 그의 눈이 크게 떨렸다. 그러나 해야 할 말이었다. 제르벨로 제르벨라가 내게 그런 형태의 호의를 느끼는 것은 분명해 보였고 (혹 내가 오해하고 있던 거라면 사과해야겠지만) 난 그 마음에 보답할 생각이 없었으니까. 사랑이라고 확신할 수는 없어도, 내 마음의 많은 부분은 이미 다른 사람을 향해 있었다. 그러니 답할 수 없는 마음을, 심지어 다소 껄끄럽게 느끼던 그의 호의를 잘됐다고 주워 삼킬 수는 없다.

"그건—."

"그러니, 만약 그러한 감정에서 나온 호의라면······ 감사하지만, 도와주지 않으셔도 괜찮아요."

당황한 기색을 쉽게 지워 내지 못하고 제르벨라가 얼굴을 쓸었다.

확실히 무례한 일이기는 했다. 고백을 들은 것도 아니고, 호의로 도와주겠다고 말했을 뿐인데 상대가 꺼내지도 않은 마음을 거절하는 일은. 하지만 나는 알면서 모르는 척하는 건 더 못할 일이라고 생각했다. 적어도 내 가치관상으로는 그랬다.

아무렴 저택의 사용인들은 제대로 쳐다보지도 않는 사람인데, 아무런 이유도 없이 나를 도와주려던 거라 기대하긴 어렵겠지.

제르벨로 제르벨라는 나를 돕지 않을 것이다. 기다려도 돌아오지 않는 대답에 나는 결론 내리고 가볍게 고개를 숙였다.

"실례했어요."

"아니, 잠시만요."

사내의 손이 내 팔을 붙들었다. 그러자마자 곧바로 불에 댄 듯이 소스라치게 놀라며 떨어져 나갔지만.

"저는…… 그러니까, 제가 발로즈 후작 영애께 마음을 품고 있다는 것도 몰랐습니다. 조금 전까지는요."

"네……?"

"그러니 그 때문에 영애의 호감을 얻고자 제의드린 건 아닙니다. 그저 해야겠다고 생각했을 뿐이에요. 영애께 제 감정으로 부담을 드리지는 않을 겁니다."

이건 또 무슨 소리야.

당황스럽게 눈을 깜박이는 나를 향해, 제르벨로가 붉어진 얼굴로 말했다.

"영애께서 물약에서 벗어날 수 있도록, 돕게 해 주세요."

❦

시간은 매끄럽게 흘렀다. 봄을 반기면서도, 곳곳에 겨울의 흔적이 남았던 광경에서 지나간 계절의 발자취가 완전히 사라졌다. 밝고 화사한 색채의 꽃이 피어나고, 앙상하게 말랐던 나뭇가지도 연둣빛을 살찌우기 시작했다.

물론 바깥의 풍경이 바뀌더라도 내가 에드가 저택에 매여 있다는 사실은 변함이 없었다. 그저 보이지 않는 족쇄에 적힌 기간이 3개월보다는 2개월에 가까워졌을 뿐.

그래도 이 안에서도 나름의 변화는 있었다. 먼저, 나를 돕겠다고 선언한 제르벨로 제르벨라는 그날부로 매일 나를 찾아왔다. 방이나 침실 같은 사적인 곳까지 밀어닥친 것은 아니었으나, 시간이 날 때마다 찾아와 내 몸에 황금빛을 퍼부어댔다.

저주를 대상으로 하는 축복은 황금빛이라고 했던가. 나를 세뇌로부터 보호해 주겠다며 내렸던 빛보다 색이 짙다는 감상만 들었으나 단순히 색이 옅고 짙고의 차이는 아닌 모양이었다. 제르벨라가 내게 축복을 내리고 나면 피가 빠져나간 것처럼 얼굴이 창백해졌으니까.

"괜찮아요, 제르벨라?"

"매번 걱정해 주지 않으셔도 됩니다. 제 수양이 부족해서일 뿐이니까요."

"그거 어디선가 들어본 말 같은데……. 아무튼, 저는 보답할 것도 없는데 죄송해서요."

"영애께 보답받고 싶어 하는 게 아닙니다. 사감이 없는 건 아니지만."

"네?"

"아니요, 이성적인 사감의 이야기는……! 없진 않겠지만, 아무튼 그것과 다른 이야기입니다. 저는 붉은 머리의 여성을 보면 마음이 쓰여서, 도와야겠다고 생각하게 됩니다."

"아, 그……렇구나, 취향이 분명하셨군요."

"그, 그런 의미는 아닙니다! 그저 그런 분께 도움을 받은 적이 있을 뿐이니까, 정말로―."

지낼수록, 뭔가 애런이 생각나는 사람이었다. 그만큼 가까워질 수는 없겠지만. 아직 눈을 마주치면 얼굴이 붉어지고 살갗이라도 닿을라치면 소스라치게 놀라는 사람이라, 말로는 그것 때문이 아니라고 해도 괜히 사람 마음을 이용하는 기분이 들었다. 그렇다고 해도 내가 할 수 있는 일은, 돌아가게 될 경우 신전의 기부금을 늘리는 것뿐이었다.

녹턴은 제르벨라를 달갑지 않아 하는 것 같았지만 무슨 생각인지 그를 내버려 두고 있었다.

다음으로 애런은, 처음 에드가에 왔던 이후로 다시 저택에 온 적은 없었지만, 서신으로 소식을 알려 왔다.

……그런 사정으로, 2 기사단의 부단장으로 취임하게 되었습니다.
평기사를 지내본 적도 없어 걱정이 큰 만큼, 더 노력해야 할 것 같습니다.
그런 이유로, 당분간 만나러 가기는 힘들 듯합니다. 부디 다시 만나는 날까지 건강하시길.
당신의 영원한 친구, 애런 클레이모어가.

부친이 1 기사단의 단장, 모친이 3 기사단의 단장인데, 기사단에 들어가자마자 부단장이라니, 솔직히 혈연을 의심하지 않을 수 없었다.

그런 건 아니겠지……? 하기야, 소설의 주인공쯤 되려면 그 정도 실력은 있어야 할 테니까. 애런이 정말 주인공일지도 이제 모르겠지만.

그리고 앨리스 리모란드, 나를 위해 그토록 두려워하는 에드가에도 자주 찾아오는 내 소중한 친구는.

"그래서 오늘도 클레이모어 경이 안 온 거야?"

어딘가 이상했다. 요즘 들어서는 매일 에드가를 찾아오는 앨리스가 첫 마디로 꺼내는 말은 이랬다. 처음에는 다른 인사말과 사교계의 동향으로 숨기기라도 했으나 나중에 가서는 숨길 여유도 없어 보였다.

"말했잖아, 앨리스. 애런이 오면 말해 준다니까."

언제라도, 내가 답해 줄 수 있는 말은 이것뿐이었지만.

"그래, 미안해."

처음에는 앨리스가 애런에게 관심이 생겼나 하는 좋은 징조로 여겼지만, 마냥 그렇게 여기기에는 이 애의 표정이 이상했다. 얼굴빛은 나날이 어두워지고 에드가의 응접실 곳곳을 눈에 새길 것처럼 유심히 바라봤다. 무언가 꿈이라도 꾼 듯한 모양새에 채근해 봐도 그녀는 고개를 저을 뿐이었다.

앨리스의 상태가 그랬기에, 나는 녹턴과 내 사이가 어떤 식으로 풀어졌는지는 말할 수도 없었다. 바로 두 번째 방문부터 그녀는 다른 생각에 빠져 있었으니까.

"그래서 앨리스, 대체 무슨 일―."

"미안, 두루아. 나 오늘 참여하기로 한 파티가 있는데 무리해서 온 거거든."

내 말을 끊고 앨리스가 자리에서 일어났다. 초췌한 얼굴에 떠오른 미안함은 진짜라, 나는 무어라 말도 못 하고 그녀를 따라 몸을 일으켰다.

"오늘은 가고, 내일 또 올게."

"……응."

벗지도 않았던 보닛의 끈을 다시 묶고는, 앨리스가 문 쪽으로 잰걸음을 옮겼다. 시녀가 문을 열어 주는 대로 그대로 나가려는 순간, 나는 그 애의 이름을 불렀다.

"두루아? 할 말이라도 있어?"

"나는 늘 네 편이야, 알지?"

푸른 눈이 동그랗게 커졌다가 곧 앨리스가 눈매를 휘어 웃었다. 언제나 보던 사랑스러운 미소였으나, 어쩐지 그것이 껍데기인 것처럼 느껴졌다.

그리고 앨리스가 응접실을 나섰다. 오늘은 미처 차를 내오기도 전이었다.

"알아, 두루아. 네가 내 편이란 거."

에드가 공작저를 나오며 앨리스가 혼잣말로 중얼거렸다.

모를 리가 없다. 에른하르트에 있을 적에도, 볼품없는 사생아 취급을 받던 때도, 두루아는 저와 친구가 되어 주었다. 수도로 올라와 리모란드라는 성을 달고야 알랑거리는 많은 이들과는 격이 달랐다. 그런데도 저는 두루아를……

'의심하고 싶지 않아.'

꿈을 꾼 지도 조금 시간이 지났고, 이후에 새로 꾼 꿈은 없었다. 그러나 새로운 정보가 없기에 그녀는 지나간 꿈에 묶여 있을 수밖에 없었다.

지난번에 꾸었던, 두루아와 클레이모어가 에른하르트에 대한 이야기를 나누었던 꿈에서 두 사람의 차림새는 봄에 입을 만한 것이었으나 지금처럼 가볍지는 않았다. 겨울바람이 다 가시지 않은 때, 애런 클레이모어가 처음으로 에드가를 방문했던 시기에 어울리는 옷이었다.

그러니 꿈에서 나온 이야기는 이제는 과거였다. 다음 해에 벌어질 일이 아닌가 의심할 수도 없었다. 예지몽은 아무리 먼 미래라도, 한 달 안쪽의 일을 보여 주는 것이 전부였으니까.

혹시 애런 클레이모어는 정말로 '에드'이고, 저가 에른하르트의 '앨리스'라는 걸 진작 눈치챘음에도 모르는 척하는 게 아닐까? 그렇다면 어째서 두루아하고는 에른하르트의 이야기를 한 거지?

‘설마 그 애도 다 알고 있나? 함께 나를 속이는 걸까?’

단순히 애린 클레이모어도 에른하르트로 수련을 떠났을 뿐이라고 생각하고 말려 해도, 무리였다. 언제부턴가 예지몽이 앨리스에게 보여 주는 꿈 중에 중요치 않은 건 없었으니까.

‘꿈은 왜 내게 그걸 보여 주었을까.’

의심이 머릿속을 떠나지 않는다. 필사적으로 부정하려 해도 잘 되지 않아서, 그게 괴로웠다.

앨리스는 마차에 오른 채로 눈을 질끈 감았다. 아무것도 생각하고 싶지 않았다. 그러고는 뒤늦게, 이전의 꿈을 꾸었던 것도 마차에서가 아니었나 하는 생각이 들었지만, 떠올린 보람도 없이 그녀는 간만에 꿈속으로 빠져들었다.

전과 같은 풍경이었다. 몇 번이나 봤던, 에드가 공작저의 응접실.

형상이 흐린 여자가 또렷한 사내를 반기고 있었다.

두 사람 모두 익숙한 얼굴이다. 다만 두루아의 얼굴이 평소 보던 흐리멍덩한 형태보다 한층 사람에 가깝게 보였다. 아니, 그건 지금도 진행 중인 일이었다. 아지랑이를 조각하고 색을 붓는 것처럼, 두루아의 얼굴은 실시간으로 선명해지고 있었다.

[왔어요? 기사단 일 바쁘다면서.]

[아무리 일이 바빠도 당신은 봐야죠. 제가 여기에 자주 오는 걸 그 여자한테 말하진 않았습니까?]

[걱정 말아요, 앨리스한테는 일이 바빠 계속 못 온다고 둘러대고 있으니.]

그녀가 자리에서 일어나 맞은편에 앉은 이에게로 다가갔다. 테이블에 걸터앉아 클레이모어의 옷깃을 매만지자 그의 얼굴에 긴장이 깃들었다.

[그 애가 싫어요? 그래도 리모란드인데.]

[리모란드라고 다 고귀하지는 않습니다. 저는 에른하르트에서 보지 않았습니까, 그 볼품없던 모습이 진짜겠죠.]

[나도 봤는데 예쁘기만 하던걸요. 좀 촌스럽기는 해도.]

[아무튼 더 어울리고 싶지는 않습니다. 저는 이미 사랑하는 사람도 있으니까.]

제 옷깃을 잡은 손을 부드럽게 떼어 내고, 클레이모어가 두루아의 턱을 조심스레 잡았다. 비스듬히 틀어진 얼굴이 금방이라도 맞닿을 것만 같다.

[어쨌거나 잘됐네요. 저도 당신이 그 애와 마주치는 건 달갑지 않거든요. 에드가에만 머물고 있으니, 빼앗길까 봐 염려도 들고.]

[그런 걱정은 됐습니다. 머지않아 당신을 구해 드리겠습니다. 그러니―.]

[키스해 달라고요?]

이제는 꿈속의 다른 이들과 다를 바 없이 또렷한 얼굴로, 두루아가 소리 높여 웃었다. 그리고.

[좋아요, 에드 경.]

에른하르트에서 쓰던 가명을 애칭처럼 부르는 것을 마지막으로 꿈은 끝나고, 앨리스의 마음도 산산이 조각났다.

앨리스가 오지 않는다.

"오늘은 가고, 내일 또 올게."

그 말을 들은 지 벌써 일주일이 지났음에도, 매일같이 저택을 드나들던 그녀의 발길이 뚝 끊어졌다. 마지막으로 봤던 모습이 평소와 같았다면 일주일쯤은 개의치 않으련만, 최근에 가까워질수록 그 애는 이상해졌다. 안색이 날로 나빠지고, 근심 걱정이라도 있는지 눈빛이 퀭해졌다.

나를 구해 주겠노라 눈을 밝히던 때가 언제였냐는 듯, 그 애는 저택에 올 때면 언제나 애런이 왔는지, 그가 에드가에 왔을 때 무슨 말을 나누었는지를 캐묻다가 사라졌다.

묻는대도, 애런과 앨리스의 사사로운 이야기를 내가 먼저 꺼낼 수는 없었기에 적당히 둘러댈 수밖에 없었지만. 혹 애런과 무슨 일이라도 있었나 서신을 보내 보기도 했으나, 그는 이후로 앨리스를 만난 적도 없다고 답했다.

역시 무슨 안 좋은 꿈을 꿨던 걸까, 그 애에게 무슨 일이 생긴 건…… . 영 걱정이 가시지 않는다.

찾아가 봐야겠다는 생각이 들었다. 기한이 있다고는 한들, 당장은 에드가에서 나갈 수도 없는 처지였지만 녹턴과 그간 사이가 제법 풀어졌으니 어쩌면 잠깐의 외출을 허락해 줄지도 모른다고 생각했다. 그러나 녹턴은, 내 생각보다 훨씬 단호했다.

"안 돼."

한동안 들은 적 없는 차갑고 칼 같은 소리에, 나는 조금 당황했다.

그러고 보면 이런 목소리로 말할 수 있는 사람이었지. 새삼스러울 일도 아니었다. 파혼을 약속한 순간에도 3개월간은 저택에 있으라는 조항을 건 사람이었으니, 민감하게 나오는 것도 당연하지.

"네가 동행해도 안 돼?"

"미안하지만 두루아, 요즘 알아볼 것 때문에 바빠서 나도 외출할 겨를을 내기 힘들어."

"좋아, 그럼 리모란드로 서신이라도 보내게 해 줘. 최근에 그 애가 이상했단 말이야. 앨리스가 잘 지내는지라도 확인하고 싶어."

"그것도 곤란해."

"왜?"

이유를 명확히 하지 않는 거절에, 목소리가 자꾸 뾰족해지려고 했다. 나는 잠깐 숨을 삼켜 감정을 가다듬고, 차분하게 물었다.

"발로즈나 애런과는 서신을 주고받는 걸 넘어가 줬잖아. 앨리스는 왜 안 돼."

"그건……."

"애런은 너와 한배를 타고 뭔가 하고 있어서 믿을 수 있고, 그 애는 믿을 수 없어?"

"한배를 탔다는 것도 지나간 말이야. 이제는 어떤 일도 같이하지 않으니까."

"그럼 애런—."

"두루아."

내 말을 끊고, 녹턴이 달래듯 부드러운 소리로 내 이름을 불렀다.

잠깐의 기대가 야트막하게 부풀고.

"곧 황실 무도회니, 그때 만나도 되잖아."

금세 희망이 바닥으로 꺼졌다.

화를 낼 기운이 없어, 나는 물끄러미 녹턴을 보다가 몸을 돌렸다.

집무실의 문이 닫히고 두루아가 나갔다. 드러내 놓고 화를 낸 것은 아니었으나, 실망한 기색이 역력한 얼굴이었다. 앨리스 리모란드를 확인할 수 없다는 것에 실망한 건지, 아니면 제게 실망한 건지. 이 와중에 그런 걸 따져 보는 자신이 스스로 우습기도 했다. 그리고 두루아는 이번에도.

"애런한테는 서신을 주고받는 걸 허락해 줬잖아."

"허락……."

한 번 언쟁을 벌이기도 했고 두루아의 말을 납득하기도 해서 말을 더 꺼내지는 않았으나, 달갑지 않은 단어였다. 두 달가량이 지나면 파혼해 주겠다고 말했는데도, 그녀의 말에는 상황에 순응한 흔적이 남아 있다.

그런 걸 볼 때면 가슴이 길게 할퀴어지는 기분이었다. 저가 두루아를 망치고 있다는 생각에서 벗어날 수가 없다. 제 감금이 두루아에게 어떠한 영향이라도 미치는 것이 두려웠다. 과거를 망쳤고 현재를 망쳤는데 그녀의 미래까지도 저에 의해 망가지게 될까 봐, 초조함을 견딜 수가 없었다.

따지고 보면 말 그대로이긴 했다. 녹턴은 에드가의 주인이며, 두루아는 갇혀 있는 객이었다. 시간이 지나면 풀려난다 한들 그녀는 그때까지 족쇄를 걸고 사는 셈이다. 패트시아 에드가로부터 두루아를 보호하기 위해 한 일이었으나, 그 내막을 말해 줄 수 없는 처지였기에 그녀는 아직 그 이유조차 몰랐다.

이유를 알더라도 납득하지 않을지도 모른다. 좀 전에 제게 실망했던 것도, 그만큼 기대가 자라났기 때문일 것이다. 녹턴 에드가가 제 말에 조금이나마 귀 기울여 줄 거라는 조그맣고 소중한 싹이.

파우스트로 향해 가던 날, 애런 클레이모어는 제게 그런 말을 했었다.

"각하께서 두루아의 안위를 위해 행동하셨다는 걸 이제는 압니다. 하지만 당사자가 모르면 무슨 의미가 있겠습니까."

"무슨 말을 하고 싶은 건가요, 경."

"응접실에서 그런 대화를 했습니다. 어쩌면 이미 전해 들으셨을지도 모르겠군요."

"……."

"두루아와 각하의 사이를 중재하려 에드가에 왔다가, 각하의 일을 돕기로 했

다고. 두루아를 위해 벌인 일이니 말할 수 없어도 이해해 달라고요. 그러니 화를 내더군요."

"당연히ㅡ."

"아무것도 알려 주지 않고 멋대로 휘둘러대는 게 어떻게 저를 위한 일일 수 있냐고. 그건 기만이라고. 그때는 제게 한 말이지만, 각하께도 해당하는 말일 겁니다."

애런 클레이모어 주제에 제게 훈계라니, 우습지도 않다고 생각했다. 그러나 그가 인용하는 말이 다름 아닌 두루아의 것이었기에 녹턴은 묵묵히 들었다.

"그 말을 듣고 나니 저도 생각이 바뀌었습니다. 안위가 위험해서라는 건 말할 수 있지 않습니까? 두루아의 의사를 무시하고 강제로 발을 묶어도, 이유 정도는 말할 수 있잖습니까."

결국 마지막에는 클레이모어의 의견이 섞여 들어, 오지랖을 떨지 말라고 내쳤지만.

사실 그 말대로기는 하다. 어차피 이해해 줄 리 없으니 사정을 말할 수 없다고 했지만, 같은 행위를 벌이더라도 이유를 말하고 말하지 않고의 차이는 조금이나마 있을 것이다.

'전부 핑계지.'

이미 두루아도 짐작하고 있을 것이 분명한 제 출생도. 어릴 때부터 모친의 경멸을 받으며 자란 것도. 생부는 자살로 생을 잃었고, 모친을 증오한 부친이 저를 이용하려던 것도. 어느 하나 이야기하고 싶지 않았을 뿐이다. 패트시아 에드가가 두루아를 인질 삼으려 하는 이유를 설명하기엔, 말해야 할 것이 너무 많았다. 제 밑바닥에 있는 더럽고 음침한 것들을 모조리 긁어내야 했다.

그래서 녹턴은, 어쩌면 제가 기뻤을지도 모르겠다고 생각했다. 두루아와 틀어지고 더는 그녀에게 밑바닥을 털어 내지 않아도 된다고 생각한 날, 그를 괴롭게 하던 희망이 온전히 부서진 날, 참담하게나마 기쁨을 느꼈을지도 모르겠다고 생각했다. 결국 더한 죄악이 그의 목을 졸라오게 됐지만. 임페르펙티오에 대해 모를 때는 그 모든 것을 털어놓을까 고민한 적도 있었으나 알게 된 이상은 끝이었다.

그 애가 말한 대로이다. 이건 기만이다. 애런 클레이모어의 입을 통해 들은 순간 가슴이 선뜩해졌다. 그러나 이미 자각하고 있지 않았던가.

첫 만남부터가 어긋났다. 최면으로 시작한 관계, 언제 사라졌는지도 모를 그 기만을 이어 붙이려 안달하던 유년. 그녀의 주변을 조사하고 위협하며 끝내는 안위를 핑계 삼아 저택에 가둬두기도 했다. 그런데 머릿속에 든 것조차, 저에 의해 더럽혀졌다고 한다. 그러니 기만이 아닌 부분이 도대체 어디에 있단 말인가.

녹턴의 생각은 바뀌지 않았다. 오히려 그의 결정은 더 단호해졌다. 절대로 드러내지 않겠다고. 두루아에게 한 점의 진실도 남겨 주지 않고 모든 것을 끝내겠다고.

그런 면에서 보자면 앨리스 리모란드에 대한 두루아의 요구를 받아 주는 것이 맞았다. 녹턴의 죄책감은 극에 달아 있었고 죄의식 없이도 두루아에게 조금의 위안이 될 일은 뭐든 해 주고 싶었으니, 대수로운 일도 아닌 그런 일쯤은.

앨리스 리모란드에 대해 들려오는 소식만 아니었더라면, 녹턴도 순순히 고개를 끄덕였을 것이다. 패트시아 에드가가 언제 두루아의 주변 인물을 미끼로 그녀를 꾀어내려 할지 몰랐기에 소식은 계속해서 전해 듣고 있었다.

앨리스 리모란드가 매일 저택을 드나들 때는, 무슨 일이라도 벌어질까 녹턴도 민감해져서 유독 그녀의 조사를 신경 썼다. 그렇기에 리모란드의 변화를 감지하는 속도는 빨랐다. 에드가에 올 때뿐 아니라 리모란드의 공작저에서도, 사석이 아니라 사교계에서도 앨리스 리모란드의 낯빛은 나날이 어두워졌다.

처음에는 두루아가 에드가에 갇혀 있는 것 때문에 걱정하는 줄 알았고, 그로 인해 내면에서 리모란드의 평가를 조금 올려 주기도 했다. 그러나 곧 그것 때문이 아님을 알 수 있었다.

"에를린 백작 영애, 카룬 자작 영애, 홀리아나 백작 영식 무리와 어울리고 있습니다."

에를린에 카룬, 홀리아나. 에드가에 발길을 끊은 앨리스 리모란드가 어울려 지내는 상대들은 공교롭게도 전부 두루아를 달갑지 않게 여기는 이들이었다. 객관적으로도 그리 질이 좋은 무리가 아니었다. 특별히 죄를 짓고 다니지는 않아도, 권력에 아양 부리며 뒤쪽에서는 남의 가십을 즐기는 이들. 셰릴 보르나인이 이끄는 무리를 좀 더 음흉하고 어둡게 만든 듯한 무리였다.

수도에 올라온 지도 근 1년이 되었으니 그들이 두루아에 대해 어찌 말하고 다니는지 알 텐데도, 두루아에게는 발길을 끊고 그들과 어울린다. 그 소식만으로, 녹턴은 앨리스 리모란드의 심경의 변화를 알 것 같았다.

그러니 만나게 하고 싶지 않았다. 그 여자를 억지로 만나게 해 봐야, 두루아는 달갑지 않은 진실을 직면하고 상처받게 될 테니까.

'이 또한 너는 기만이라 말하겠지만.'

그런 생각에 절로 쓴웃음이 났지만, 더는 신경 쓸 문제가 아니었다. 어차피 그 정도의 사람이었던 것이다. 그러니까.

신경 쓰지 않으려고 했는데.

"곧 앨리스 아가씨를 모셔오겠습니다, 조금만 기다려 주십시오."

'결국 여기에 와 버렸군.'

리모란드 공작저, 첫 번째 응접실. 집사의 말에 고개를 끄덕이며 녹턴이 옅은 한숨을 내쉬었다. 입을 대지 않은 찻물로 둥근 파문이 일었다.

두루아의 일이 엮이면 머저리가 되어 버리는 걸까. 금세 마음을 바꾸고 다른 무리와 어울리는 이들을 한두 번 본 것이 아닌데도, 구태여 눈으로 확인하러 오다니.

하지만 그가 생각하기에도 앨리스 리모란드의 변화는 지나치게 갑작스럽고 기이한 구석이 있었다. 리모란드 또한 두루아를 몹시도 싸고돌지 않았던가. 남의 마음을 제 것처럼 느낄 수 있기에 녹턴은 그 마음에 거짓이 없다는 걸 알았다. 이따금 미묘한 죄책감과 열등감을 느끼기는 했어도 두루아를 향한 친애 자체는 진짜였다.

'그런데 갑자기 변하다니.'

혹 어떤 오해가 있는지, 아니면 제게서 두루아를 빼내기 위해 어떤 음모를 계획하고 있는 건지도. 추측을 떠올리며 녹턴이 눈을 가늘게 떴다. 이유가 어떻더라도, 두루아를 향한 리모란드의 친애에 변함이 없다면 녹턴은 두루아에게 했던 말을 번복할 생각이었다. 어쨌거나 그녀는 제 친구를 소중히 하고 있었으니까.

생각에 잠겨 있을 무렵, 응접실의 문을 두드리는 노크 소리가 났다. 앨리스 리모란드였다. 흑마법에 저항하는 물품을 끼고 온 건지, 마음을 한 점도 읽어 낼 수 없는 여자는 경계하며 다가와 정중하게 인사를 건넸다.

마음을 느낄 수는 없으나 얼굴에 떠오른 감정은 명확했다. 공포, 경계, 긴장, 의심. 수도에 온 지 1년밖에 지나지 않은 것치곤 표정 관리가 능숙했으나 그도 다른 이의 앞에서나 자랑할 수 있는 재주다.

녹턴이 입매를 가늘게 늘여 웃었다.

"각하께서 여기엔 어쩐 일로—."

"두루아가 리모란드 영애를 많이 걱정하더군요."

"아⋯⋯."

"에드가 저택에도 통 발길 하지 않으시고."

어차피 길게 말할 생각은 없었다. 패트시아 에드가가 어디에 숨었는지를 낱낱이 뒤지느라 그는 제법 정신이 없었으니까. 녹턴은 자리에서 일어나며 아직도 문가에 서 있는 리모란드에게 다가갔다.

"혹 무슨 안 좋은 일이라도 있으셨나요, 리모란드 영애?"

"그런 건⋯⋯."

앨리스 리모란드가 이를 악물고 눈을 피했다. 손에 쥔 무언가를 콱 움켜쥐기에 무언가 하고 내려다보니, 작은 손 사이로 비죽 튀어나온 백수정이 보였다.

'정말 저게 도움이 될 거라고 믿는 걸까.'

"아무 일도 없었어요. 그걸 물어보러 오셨을 뿐이라면 돌아가 주세요, 각하."

"아무 일도 없었다면 다시 에드가에 방문해 주실 수도 있겠네요."

"제가 두루아를 만나러 가야 하나요?"

뭐?

"제게도 다른 생활이 있어요. 한동안 매일 만나러 갔으니, 당분간 가고 싶지 않아요."

"그렇다면 다음에는 오겠다는 말인가요?"

"아니, 잘못 말했어요."

제 말에 반발감이 인 듯 리모란드의 얼굴이 일그러졌다. 분노를 넘어 얼핏 배신감마저 내비치는 모습을 이해할 수가 없다. 녹턴이 눈가를 살짝 찡그리는 차, 앨리스 리모란드는 여태 본 중 가장 단호한 목소리로 말했다.

"이제 두루아를 만나러 가지 않을 거예요. 그러니 그 애와 어떻게 지내든 마음대로 하시고, 저는 좀 내버려 두세요."

"……더는 그 애를 친구로 생각하지 않는 거로군요. 그 애와 다투었던 것 같지도 않은데, 새로 친구가 된 이들에게 무슨 말이라도 들었습니까?"

"그런 건 상관없어요, 남의 의견이 아니라 제 생각이에요. 그러니까 절 좀 내버려 둬요!"

백수정을 움켜쥐고, 리모란드가 날카롭게 소리쳤다.

이제는 두루아를 만나러 가지 않는다, 어떻게 지내든 마음대로 해라. 저를 세상에서 가장 두려워하던 이가, 두루아를 그토록 친애하던 이가 그리 말한다.

녹턴의 입매가 비틀렸다.

"그 말, 그대로 두루아에게 전해도 괜찮겠지요, 영애."

"각하께서 가 주시기만 하면 마음대로 하셔도 상관없어요."

"염려하지 않아도 바로 갈 예정입니다만, 그 전에 잠시."

굳이 리모란드로 올 필요가 없었다는 생각이 들었으나, 이왕 온 김에 확실히 해야 했다. 녹턴의 손끝에서 피어난 검은 연기는 은밀하게 움직여 주인의 감각을 방해하는 성물들로 향해 갔다. 파사삭, 앨리스 리모란드가 쥐고 있던 백수정을 비롯하여 그녀의 품에 숨겨진 많은 물건이 산산조각이 났다.

품 아래로 떨어지는 파편들을 내려다보며 그녀의 얼굴이 파랗게 굳었다. 금방 기절하더라도 이상치 않은 얼굴로, 리모란드가 몇 걸음을 자리에서 물러났다. 구두에 조각이 밟혀 으스러지는 소리가 제법 요란했다.

"……제 품에 이런 게 있다는 걸 어떻게 아셨죠?"

"왜요, 두루아가 말해 주었다는 생각은 들지 않나요?"

"그런─."

"농담이었으니 믿지 말아요. 그 애가 친구를 배신할 리가 없지, 영애와는 다른 사람이라서요."

매끄러운 말로 리모란드를 조롱하고 녹턴은 그녀에게서 느껴지는 마음을 살폈다. 두루아의 이름을 재차 언급하자, 당혹감과 공포로 질렸던 마음에 다른 감정들이 피어났다. 분노, 원망, 질투, 시기, 미움, 죄책감, 배신감. 종류는 다양했으나, 친애는 한 점 없이 죄 부정적인 감정뿐이다.

도대체 무슨 일이 있던 건지 의아할 정도였다. 어쩌면 앨리스 리모란드의 속이 이렇게 변한 지는 제법 되었으나, 백수정에 가려져 보지 못했을 뿐인지도 모르겠다.

녹턴은 전에 없이 차가운 눈으로 리모란드를 바라보며 입매를 틀어 웃었다.

"그래, 더할 나위 없는 진심이었군요."

"진심……? 무슨 말씀을 하시는 거죠?"

"차라리 잘됐네. 알아서 떨어져 나가 주니 고마울 지경이야."

설사 두루아가 기만이라고 생각하더라도, 그 애를 이 여자와 만나지 않게 한 것이 나았다. 직접 상대했다면 그녀의 마음은 리모란드의 발치에 부스러진 파편처럼 산산이 조각났을 테니까.

그러나 제가 내렸던 결정이 옳은 것이었음을 증명받았음에도, 딱히 기분이 좋아진 건 아니었다. 오히려 분노가 일었다.

눈앞에 있는 여자, 아주 어린 날부터, 이름도 성별도 모르던 날부터 그를 성가신 고민으로 밀어 넣은 눈앞의 여자를 어떻게든 해 버리고 싶었다. 여태까지는 두루아의 친구였기에 손끝 하나 대지 않았으나, 상황이 이렇게 되었으니 말은 달라진다.

'하지만 그 애가 그걸 바라진 않겠지.'

설사 모든 일이 드러나 앨리스 리모란드와 아예 남이 되어 버리더라도 제가 그녀에게 손쓰는 것을 좋아할 사람은 아니었다. 가벼운 숨을 내뱉어 감정을 고르고, 녹턴이 온화하게 미소 지었다.

"염려 말아요, 리모란드 영애. 한 가지만 지킨다면, 영애의 털끝 하나까지도 무사할 테니까."

"뭐…… 라고요?"

"다시는 두루아의 곁에 얼씬거리지 마세요. 자격도 안 되는 사람을 곁에 두다니, 안 될 말이지."

그래, 어차피 두루아의 곁에 붙어 있지만 않는다면 이 여자를 보더라도 더 화가 날 일은 없다.

녹턴은 제 말에 화가 난 듯 저를 노려보는 여자와 눈을 마주쳐 주었다. 분노가 이글거리던 눈은 그 순간, 삽시간에 공포에 짓눌렸다.

딱히 기운을 일으킨 것도 아닌데 심약하기는.

'왜 이런 사람을 가까이했을까.'

녹턴의 마음속에 그런 생각이 스쳐 지나갔으나, 그는 곧 제가 한 생각이 얼마나 우스운 것인가 깨달았다.

'하기야 나 같은 사람도 곁에 두었는데.'

자조하며, 그는 인사도 남기지 않고 리모란드의 응접실을 나섰다.

저택의 정문을 나서면서, 그는 의외로 제가 종전의 일에 실망했다는 것을 깨달았다. 솔직한 심정으로는 두루아에게 소중한 사람은 전부 사라져 버리기를, 그 곁에는 저만 남아 있기를 바랐는데 어째서일까. 그 애가 상처받을 얼굴이 눈에 선해서일까, 아니면 소중한 사람이 다 사라지더라도, 이제는 독차지할 수 없다고 생각해서일까.

쓴웃음을 삼킬 수가 없었다.

갑작스러운 불청객이 나가고, 앨리스 리모란드가 홀로 남겨졌다. 그녀는 우두커니 서서 청년이 나간 문을 바라보고 있었다.

'알아서 떨어져 나가 주니 고맙다고? 다시는 두루아의 곁에 얼씬거리지 말라고?'

너무도 기가 막힌 말이었다. 마치 제가 두루아에게 못 할 짓이라도 저지른 듯이, 그녀의 옆에 붙어 해악을 끼치던 악역이라도 된 것처럼. 제게 잘못을 저지른 건 두루아였음에도! 앨리스가 이를 사리물었다.

그토록 아니길 바랐던 꿈이 현실로 판명 난 지는 일주일이 지났다. 제 방황을 보다 못한 예지몽이 다시 한번, 더 명확하고 섬세한 꿈을 보여 주었으니까.

꿈에서 두루아는 클레이모어와 함께 저에 대해 떠들어댔다. 제게는 말해 주지 않았던 둘만의 비밀을 자랑스럽게 이야기했다. 두루아와 애런 클레이모어가 사랑에 빠졌다는 말도, 클레이모어가 '에드'라는 말도, 그리고 저가 에드와 시간을 보낸 앨리스란 걸 두 사람이 알고 있다는 말도.

[앨리스한테는 일이 바빠 계속 못 온다고 둘러대고 있으니.]
[저는 에른하르트에서 보지 않았습니까, 그 볼품없던 모습이 진짜겠죠.]
[어쨌거나 잘됐네요. 저도 당신이 그 애와 마주치는 건 달갑지 않거든요.]
[좋아요, 에드 경.]

저를 비웃고 조롱하던 그들의 대화가 귀에서 떨어지질 않는다. 그 꿈을 꾸기 전까지, 이전의 꿈으로 괴로워하던 앨리스는 매일 에드가를 드나들며 두루아에게 클레이모어가 왔는지를 물어봤다.

혹 꿈에서 봤던 이야기를 했나, 대화를 나누었으면서도 제게 숨기고 있는 건 아니겠지, 두루아가 저를 속이고 조롱하는 건 아니겠지. 그런 의심에 끝도 없이 괴로워하면서도.

그러나 끝내, 두루아는 아무것도 토로하지 않았고 심판처럼 다음의 예지몽이 찾아왔다. 그런 주제에 그녀는 제게 그런 거짓말까지 했다.

"나는 늘 네 편이야, 알지?"

위선자, 거짓말쟁이, 배신자. 온갖 악담이 입 안을 돌아다녔다. 찾아가 따지고 싶었지만, 막상 얼굴을 보고 그런 시인을 들으면 견딜 수 없을 것 같아서 앨리스는 차라리 발길을 끊는 것을 택했다. 그런데 이제 와서는 녹턴 에드가마저, 제국에 다시없을 악당마저 찾아와 저를 힐난하다니.

'내가 왜 그런 취급을 당해야 해. 에른하르트에서 자라서? 모멘텀 남작의 사생아로 살아서? 하지만 그건 내 탓이 아니잖아. 내가 선택할 수 있던 문제가 아니잖아.'

눈시울이 뜨거워지고, 열 있는 눈물이 뚝뚝 떨어진다. 부수어진 백수정 위로 물방울이 톡톡 튀었다. 울고 싶지 않아서, 손등으로 눈가를 짓누르며 참아 봤지만 잘 되지 않았다.

서러웠다. 이토록 울고 싶은 날이면, 언제나 에드를 그리워하며 과거의 잔상에 위로받았는데 이제는 그럴 수도 없게 된 것이.

저를 배신한 것은, 십수 년을 알아 온 친구만이 아니었다. 에른하르트에서 유일하게 소중했던, 누구에게도 말할 수 없는 감정을 받아 주던 그녀의 첫사랑, 두 번째 친구 또한 앨리스를 배신했다.

'얼마나 우스워 보였을까.'

애런 클레이모어, 두루아의 전 약혼자로만 알고 있던 사람. 두루아의 약혼자이면서 제게 호감을 품은 무도한 사람인 줄로만 알았던 사내가 실은 에드였다니.

결코 겉으로 꺼낸 생각은 아니었으나, 앨리스는 그자가 저를 좋아한다고 착각했던 것도 참을 수 없이 수치스러웠다. 저에 대한 호감인 줄 알았던 신호는 실은 다른 것이었을 것이다. 꿈을 통해, 에드가 저를 볼품없다고 생각한 것이 확연해졌으니까.

그토록 가까운 곳에 있었으면서, 그렇게 감쪽같이 모르는 척하다니. 조금의 언질도 주지 않다니. 심지어는 내 친구의 약혼자가 되었으면서, 그러면서도 그렇게 입을 다물고 두루아에게만 모든 걸 털어놓다니.

아니, 처음부터 에드에 대한 희망을 놓는 게 나았을지도 모른다. 혹시 에드가 찾아올지 모른다는 생각으로 모멘텀에 서신을 남겨 두었음에도, 누구도 찾아오지 않았다는 말을 들었을 때부터. 제가 수도로 올라오기 며칠 전, 갑자기 자취를 감추었을 때부터. 제가 모멘텀의 삼녀임을 알면서도, 본인의 정체에 대해서는 조금도 드러내지 않았을 때부터. 인식을 흐리는 아티팩트를 꼬박꼬박 차고 나왔을 때부터. 처음부터 에드는, 기사 수행에서만 만나고 말 인연으로 저를 대했던 건지도 모르니까.

그렇게 생각하면서도 분노와 배신감에 마음이 저며 든다. 두루아도, 에드도, 미워하는 걸 멈출 수가 없었다.

가라앉은 기분은 시간이 지나면서 조금 나아졌다. 녹턴은 원래부터 앨리스를 좋아하지 않았으니, 거절당할 가능성이 더 크긴 했다. 최근의 동태로 보아 일이 바쁜 건 정말인 듯해서, 동행해서 외출해 줄 여유가 없대도 받아들일 수 있었다. 저를 저택에 가둬 둔 이유가 있을 테니 혼자 내보내 줄 리는 없었으니까.

그래도 서신조차 보내지 못하게 하는 건 이해할 수 없었으나, 두 달 뒤에는 모든 걸 알게 될 거라는 생각으로 일단 참았다. 당장 황실 무도회가 얼마 안 남기도 했기에. 그런 식으로 자신을 애써 달랬는데.

"바빠서 외출할 겨를도 없다고 했잖아."

얄팍한 거짓말을 들킨 데는 조금 화가 났다. 그럴 시간이 없다고 말한 주제에, 녹턴은 나와 이야기를 나눈 직후 저택을 나갔다 왔다. 그로서는 내게 들킬 생각이 없었겠지만, 혹 조금 풀렸던 사이가 도로 얼어붙을까 걱정이 된 내가 집무실에 다시 방문하면서 녹턴의 외출이 발각됐다.

몇 시간 동안이나 자리를 비웠으니, 딱히 할 말도 없겠지.

그는 그럴 것을 예상치는 못했는지 곤란한 표정을 지었다.

"중요한 일 때문에 나갔던 거야."

"거짓말."

"거짓말이―."

"앨리스한테 무슨 일이라도 생긴 거야?"

나는 녹턴의 말을 자르고 대뜸 물었다. 어차피 거짓말이니 아니니 말꼬리를 붙들고 늘어져 봐야 의미 없는 일이었다. 바로 본론을 묻지 않는다면, 녹턴에게 말려 다른 이야기나 하게 될지도 몰랐다.

그는 잠시 입을 다물고 눈썹을 찡그렸다가, 곧 한숨을 내쉬었다.

"신변의 위협이라면 없어."

"그럼 왜 연락이 없는데. 바쁜 일이라도 생겨서 그래?"

"두루아."

"어차피 황실 무도회가 코앞이잖아! 그때 가면 알게 될 일인데, 굳이 남의 입으로 듣고 싶지 않아. 녹턴, 내가 널 믿게 해 줘."

녹턴의 눈동자가 순간적으로 흔들렸다. 내 말에 동요한 걸까, 기운을 얻은 내가 재차 그를 채근하려던 무렵 생각보다 선선히 그의 입이 열렸다.

"그래, 어차피 무도회에 가게 된다면 알게 되겠지. 신변이 아니라 마음의 문제야."

"마음의 문제?"

"결론만 말하자면 그 여자의 우정은 변질했어. 그러니 다음에 만나더라도 가까이 지낼 거 없어."

"변질이라니 무슨…… 말이야, 앨리스가 나를 친구로 생각하지 않는다는 말이야?"

"이유는 나도 몰라. 그저…… 너를 전처럼 대할 수 없다고 해. 에드가로 다시 오지 않을 거라고."

이해할 수 없는 말에 머릿속을 얻어맞은 것 같다.

도저히 앨리스가 했다고는 믿기지 않는 말이었다. 전처럼 대할 수 없다니, 에드가로 오지 않을 거라니. 앨리스는 녹턴을 제국 제일의 악인으로 보고 있었고, 나와 녹턴의 사이가 조금이나마 좋아진 것도, 2개월 뒤에 파혼할 것도 모르고 있었다. 분명히 나를 구해 주겠다고, 그렇게 말했는데 갑자기 왜.

거짓말이라고 믿고 싶었다. 그러나 진심으로 곤혹스러워 보이는 녹턴의 표정은, 거짓을 말하는 것처럼 보이지도 않았다.

그는 무어라 입술을 달싹이다가 흐트러진 머리칼을 쓸어 넘겼다. 그러고는 전에 내게 숨을 쉬라고 말했을 때처럼, 어깨에 부드럽게 손을 얹었다.

"나는 아무 일도 벌이지 않았어, 두루아."

"네가 한 일이라고 생각하지 않아."

하지만.

"갑자기 왜 그러는데. 다시는 에드가로 오지 않을 거라니, 나를 전처럼 대할 수 없다니 그게 무슨……."

들은 말을 반복했을 뿐인데도 속이 멋대로 울렁거리고 손끝이 차게 식었다.

내가 앨리스에게 말실수라도 했던가. 지나간 일을 떠올려 보려고 해도, 백지가 된 머릿속에는 쉽게 과거의 일이 나타나지 않았다. 설사 말실수를 했다고 하더라도 어떻게, 내게는 말 한 마디도 없이 어떻게…….

"이럴까 봐 말하지 않으려던 거야."

나직이 말한 녹턴이 나를 끌어안았다. 갑작스러운 행동에 놀랐으나, 당혹감은 잠시 금세 울컥하는 마음이 흘러넘쳤다. 맞닿은 몸으로부터 온기가 흘러들어 와 나를 위로하고 있었다. 눈물이 날 것 같아 입술을 꽉 물자, 다소 어설픈 손길이 등을 두드렸다.

"무도회에 가더라도 굳이 그 여자를 찾아가지 마. 네가 말을 나누고 상처받는 걸 보고 싶지 않아."

"……녹턴."

"나와 약속해, 두루아."

몸을 감싸는 온기에 그렇게 하겠다고 답하고 싶었다. 위로하듯 끌어안긴 품은 녹턴답지 않게 다정했고, 그의 말은 혹하는 구석이 있었기에.

이렇게 말을 전해 듣는 것만도 충격적인데, 앨리스에게 직접 절연하자는 말을 들으면 어떤 기분이 들지 상상조차 할 수 없다. 이제 와 녹턴이 그 애의 일로 얄팍한 거짓말을 했을 리도 없으니, 그녀가 무슨 생각으로 그런 말을 했든 그와 엇비슷한 말을 듣기는 할 것이다.

내가 녹턴에게 연을 끊자고 말했을 때, 그가 느끼던 기분이 이랬을까. 당시에는 최선을 다한 행동이었고, 그 길밖에 없다고 생각했으며, 지금 와 돌이켜

봐도 후회가 남지는 않았다. 그럼에도 어쩐지 미안한 마음이 들어서 나는 녹턴의 품에 더 깊숙이 얼굴을 묻었다.

익숙한 향이 몸 안으로 흘러든다. 그러나 내 입에서 나올 수 있는 답은 하나뿐이다.

"싫어."

"두루아."

다소 어둑한 목소리가 내 이름을 불렀으나, 나는 개의치 않고 그의 품을 밀어내며 말했다. 고개를 들어 얼굴을 마주한 채로. 다행히 눈물이 날 것 같은 기분은 금세 가라앉아서 나는 마른 눈으로 그를 볼 수 있었다.

"앨리스가 정말 그랬다고 믿기지 않아. 직접 이야기를 들어봐야 해. 네가 거짓말을 했다는 건 아니지만, 그 애한테는 네게 말하지 못할 본심이 있을 테니까."

"듣는다고―."

"달라질 게 없어도 그렇게 할 거야. 부딪치지 않고는 아무것도 모르잖아."

사람의 본심은 부딪쳐 봐야 알 수 있다는 건, 바로 얼마 전에 얻은 깨달음이었다.

"네 일만 해도 그래. 나는 네게 듣기 전까지는 그런 식으로 생각해 본 적은 없었어. 그러니 앨리스에게도 사정이 있을 거야. 그럴 애가 아니란 거 알아, 어쨌거나 십수 년이나 그 애를 알아 왔으니까."

앨리스는 이유도 없이 마음이 변했다고 연을 끊을 사람이 아니었다. 무언가 이유가 있을 것이다. 그 이유에 내 잘못이 있다면 제대로 사과해야 했고, 그 이유에 오해가 있다면 그걸 바로잡아야 했다. 마주하기 두렵다는 이유로 피할 만큼 가볍고 하찮은 관계가 아니다. 그렇기에 앨리스가 어째서 직접 말하지도 않고 발길을 끊었는지는 이해할 수 없었으나, 말을 나누면 알 수 있을 것이다.

내 말에 납득할 수 없는 듯, 녹턴은 눈가를 조금 찡그린 채로 물끄러미 나를 내려 보았다. 그러나 실은, 그도 내가 이렇게 답할 것을 알고 있었을 것이다. 십수 년간 앨리스를 알고 지낸 내가 그 애를 알듯이, 마찬가지로 십수 년을 나와 함께한 녹턴도 나를 알 테니까. 과연 예상대로.

"마음대로 해. 하지만 그 여자를 만나도록 저택에서 내보내 줄 생각은 없으니까, 잠자코 기다려야 할 거야."

그리 말하고 녹턴은 집무실을 나서 버렸지만, 기분이 나빠 보이지는 않았다.

황실 무도회는 5월 말에 있으니, 3주 조금 넘는 시간을 기다리면 그 애를 볼 수 있다. 앨리스뿐만이 아니다. 그간 생각하기를 미뤄 두고 있던 내 가족들, 어머니, 아버지와 알로이도 만날 수 있다.

단순히 반갑고 기대되는 것만은 아니었다. 나는 내 가족들의 행동에 한차례 불안을 느낀 적이 있었고, 애써 의식하지 않으려고 해도 혼자 있을 때면 불안은 내 발목을 휘감고 올라왔다.

발로즈는 세뇌에 당한 걸까, 아니면 스스로 나를 녹턴에 넘겨준 걸까.

녹턴은 그들이 여전히 나를 아끼고 있다고 말해 주었지만, 말만으로 안심할 수 있는 일은 아니다. 세상에는 진실이 아닌 위로도 있었으니까. 그렇기에 아무렇지 않게 서신을 주고받으면서도, 나는 녹턴에 대해서는 단 한 마디도 꺼낼 수 없었다. 다가오는 무도회는 기대되는 한편으로 두려웠다.

"앨리스는 뭘 하고 있을까."

혼잣말로 중얼거리며, 나는 창밖을 내다보았다. 차게 얼었던 호수는 언제 그랬냐는 듯 맑은 빛으로 녹고, 무채색의 저택은 봄볕을 입고 생기를 띠었다. 얼어붙은 것들이 녹아내리고 따뜻한 색채로 가득 차는 시기, 앨리스를 떠올리게 하는 계절이었다.

계속 그 애의 얼굴이 마음에 걸렸다. 점점 초췌해지던 얼굴, 커다란 근심이라도 생긴 것처럼 어두워지던 표정이 머릿속을 떠나지 않는다. 두 번째로 에드가에 방문했을 때부터 이미 그랬다. 녹턴의 이야기를 어떻게 꺼내면 좋을까 고민하던 중이었으나, 한껏 가라앉은 그 애의 얼굴을 보고는 섣불리 입을 열 수가 없었다.

먼저 말문을 튼 것은 앨리스였다. 가벼운 인사말과 알로이와 로직스 엘포드의 약혼 소식이 기정사실화되었다는 한담에서 시작되었다. 서신을 통해 그 일이 많이 진전된 건 알았어도, 그토록 공공연하게 소문이 도는 줄은 몰라 조금 놀랐다.

그러나 자세한 말을 물을 새도 없이 앨리스는 본격적인 이야기를 꺼냈다.

"있잖아, 두루아. 황궁에서 클레이모어 경을 만났어. 에드가에 왔었다고 하더라."

"애린을 봤어? 맞아, 한 번 왔었어. 혹시 만나게 해 줄 수 있냐고 녹턴한테 물었는데, 의외로 허락해 주더라고."

"……만나게 해 달라고 했구나. 화가 나지는 않았어? 그 사람, 너한테 말도 없이 갑자기 파혼해 버렸잖아."

"화가 나기는 했는데 나름의 사정이 있었다고 하더라. 말해 줄 수는 없다고 해서 캐묻지는 못했는데, 어쩌겠어. 결국 파혼은 예정되어 있었고 조금 미뤄졌을 뿐인데."

"있잖아, 이런 이야기 되게 실례되는 거 알지만, 혹시 무슨 이야기를 했는지 알 수 있을까?"

"그 이야기로 한바탕 싸운 게 다야. 그러고서 쫓아내 버려서 음…… 더 한 말은 없는데. 왜? 애런이 무슨 말이라도 했어?"

앨리스의 이야기가 거론되기도 했으니, 사실 말을 나눈 것이 그것뿐은 아니었다. 하지만 애런이 눈물을 흘리며 토로한 이야기는 내가 해서는 안 될 말이었다. 사과하든 마음을 고백하든 오롯이 애런의 몫이었다. 그래서 감춘 말이었음에도 앨리스는.

"아니……. 아무것도."

무어라 형용할 수 없는 표정으로 고개를 끄덕이고 돌아갔다.

이후로도 마찬가지였다. 앨리스는 애런이 에드가에 방문했는지만을 확인하기 위해 저택에 오는 사람처럼 굴었다. 흡사 집착이라도 하는 모양새였으나, 무슨 일인가 물어도 돌아오는 답은 없었다.

도대체 앨리스에게 무슨 일이 있던 걸까. 애런에게 물어도 별일이 없었다고 하니, 답은 그녀의 꿈에 있을 거라는 생각이 들었다.

어려서부터 앨리스와 함께했던 그녀의 꿈, 언제나 중요한 일을 보여 주었다는 앨리스의 예지몽. 어떤 꿈을 꾸었기에 앨리스의 마음이 변한 걸까.

"오늘은 가고, 내일 또 올게."

"온다고 했으면서."

마지막 날 그 애가 남긴 말을 떠올리며, 나는 창가에 고개를 기댔다. 마음이 우울하다.

그러다가 문득 나는 창밖을 다시 한번 내다보았다. 공작저는 3층으로 이루어져 있고 내 방은 2층에 있었다. 떨어지면 다칠지는 몰라도 생명이 위험한 정도는 아니다. 그마저도 아무 생각 없이 뛰어내렸을 때의 이야기였고, 커튼이라든가 뭔가 장치를 하면 조금이나마 더 안전할 것이다. 몸을 쓰는 데도 그렇게 둔하지는 않다. 다 자라고는 거의 하지 않게 됐지만, 승마라든가 활을 쏘는 등 운동에도 제법 재능이 있었으니까.

그런 생각이 들자, 나는 새삼스러운 눈으로 내 방의 커다란 창문과 거기에 매여 있는 커튼, 그리고 땅까지의 높이를 가늠해 보았다. 설사 다친다고 해도 앨리스가 쥐여 준 성수가 있으니 어느 정도까지는 괜찮을 것이다.

그러고 보니, 정원으로 산책하러 나갈 때 경비병을 보지 못했지. 사용인들은 거의 저택에만 있고, 내가 나가지 못하도록 막는 기사들도 정문 안쪽에 서 있으니 어쩌면 가능할지도…….

"뛰어내리고 싶어?"

뒤쪽에서 들린 소리에 흠칫 놀라 나는 몸을 돌렸다. 어느새 문은 열려 있고, 녹턴 에드가 문가에 기대어 서 있었다.

"무리일 텐데."

"이제는 창밖을 구경하는 걸로도 뭐라고 하네. 봄이라서 바깥 구경을 좀 했을 뿐이야."

"에드가 공작저를 왜 이런 지형에 지은지 알아?"

변명은 듣는 시늉도 없이 그가 내게 다가왔다. 방은 상당히 넓었지만, 녹턴의 걸음 몇 번에 거리는 금세 좁혀졌다. 그는 내 쪽은 쳐다도 보지 않는 채로, 어중간하게 쳐져 있는 커튼을 확 열어젖혔다. 바깥의 광경이 한층 선명해진다.

"발굽 모양의 호수, 그 가운데의 저택. 저택 밖으로 나가려면 가운데에 난 긴 길을 지나야만 하지. 고립된 형태지만, 습격이 들어오면 방어하기에도 좋아."

"영지에 지은 성도 아닌데 왜 그렇게까지―."

"요즘은 좀 세련되어졌지만 옛날에는 다짜고짜 기사단을 대동하고 가주의 목을 얻으려던 사람들도 있어서 말이야, 오가는 사람들을 몹시 경계했거든. 시대의 유물이지. 그리고 두루아."

양쪽으로 커튼을 움켜쥔 두 손이 천천히 가운데로 모였다. 쏟아지던 햇빛은 점차 줄어들고 종내 그 빛은 가느다란 실선만큼만 남게 되었다. 역광이 진 얼굴, 가운데로만 일직선으로 빛이 남은 청년이 눈동자만 굴려 나를 보았다.

"이런 지형에서는 누가 나가는지 감시하기에도 좋아."

"꿈 깨라는 소리를 고상하게도 돌려 말하는구나."

"그렇게 리모란드를 만나고 싶어? 몇 주만 기다리면 되는걸."

"그러다 무도회에 앨리스가 나오지 않으면? 황실 무도회라고 하더라도 절대로 못 빠지는 건 아니잖아."

"그럴 수도 있겠지."

커튼을 쥔 손을 펴고, 녹턴이 내게로 몸을 돌렸다. 햇빛을 삼켜 버린 손이 얼굴로 다가와 흐트러진 머리칼을 넘겨 주었다. 귀 끝을 스치는 손이 차다.

성의 없이 들리는 답에 눈가를 찡그리자, 귀로 향했던 손가락이 내 눈 아래를 문질렀다.

"만약 그렇게 되면 만나는 걸 도와줄게."

"뭐? 너 설마 최면 같은 거―."

"안 쓸 거야. 협박하지도 않을 거고, 공포로 조종하지도 않을 거야."

시를 읊듯 나긋하게 이어지는 목소리에 약간의 가책이 느껴졌다. 새삼스레, 녹턴은 내게 의심받는 일이 익숙하다는 생각이 들었다.

"……그렇게 말하지는 않았어."

"정말로 두루아, 험한 방법을 쓸 수 없더라도 상대를 유인할 수 없는 건 아니거든. 마침 리모란드 영애가 혹할 만한 패가 곧 손에 들어올 것 같아서."

"뭐?"

"이건 리모란드의 사생활이니 비밀로 해 둘게."

녹턴 에드가가 앨리스의 사생활을 운운할 줄이야, 어이가 없는 말이었으나 녹턴은 태연스럽게도 웃었다.

"그래, 차라리 명분이라도 있는 게 낫다. 그럼 앨리스를 에드가로 불러들인다는 거야?"

"무도회에 나오지 않을 경우에만. 대신, 그 이후는 없어."

허리를 좀 구부리고 고개도 낮추어 눈높이를 맞추고, 한결 가까운 거리에서 그가 나를 보았다. 가까이 있는 눈동자에 내 모습이 비친다.

"한 번의 대화로 실패하면 포기해, 두루아. 나와 파혼하게 된 이후에도."

"녹턴."

"나는 사실, 그 여자가 너와 말하는 것도 싫지만, 그렇게 해야 끊어 낼 수 있을 것 같으니까 그 정도는 양보할게."

"……알겠어, 그렇게 할게."

"다―."

"하지만 아직 대답한 건 아니야. 대답은 앨리스가 무도회에 나오지 않은 걸 확인하고, 심사숙고한 뒤에 할 거니까."

묘한 눈으로 나를 보다가, 녹턴은 옅은 숨을 내쉬며 어깨를 으쓱였다. 구부러졌던 허리와 고개가 다시 반듯이 펴진다.

"원하는 대로 해."

"그보다 너, 노크도 없이 들어오는 건 너무하지 않아?"

내가 탈출 생각을 한 건 사실이지만, 갈수록 사생활이 사라지는 것도 달갑지는 않았다.

“노크한 뒤 허락을 안 받고 들어오는 건 그래도 내가 들어오라고 하지 않을 테니 그러려니 했는데, 이러다 문이 왜 달린 건지도 의심스러워질 것 같아.”

“유감이네. 노크는 세 번이나 했는걸. 나쁜 친구를 생각하느라 넋이 나간 내 파랑새는 듣지 못한 것 같지만.”

확실히 다른 생각에 정신이 팔려 있긴 하지만, 녹턴의 말은 왜 이렇게 믿음이 안 갈까. 눈을 가늘게 뜨고 그를 노려보자 녹턴이 작게 소리 내어 웃었다.

“아직 식전이지? 같이 해.”

강제로 에드가로 오게 된 이후, 나는 거의 모든 식사를 녹턴과 함께했다. 말로는 바쁘다고 해도, 저택 밖을 잘 나가지 않는 젊은 공작은 식사 시간만 되면 다이닝룸으로 내려와 존재감을 알렸다.

그러나 그도 처음의 이야기이다. 갈수록 그럴 여유가 없어졌는지 녹턴과 함께하는 식사는 거의 저녁뿐이었다. 지금 와 생각해 보면, 초반에는 내가 어떤 식으로든 에드가에 적응하고 있는지 살피기 위해 식사 자리마다 나타난 것 같기도 하다. 어쨌거나, 그렇기에 점심을 함께하는 것은 오랜만이었다. 점심 뒤에 함께 산책하기로 약속한 것도.

“그러고 보니 참 대단했네.”

“뭐가?”

“너랑 처음……은 아니지만, 아무튼 약혼하고 처음 에드가에서 식사를 했을 때 말이야. 너도 나도 제정신이 아니라서 키스한 뒤였잖아.”

지금 생각해도 제정신이 아니었다고밖에 말할 수 없는 일이었다.

“그런데도 너는 엄청 태연해 보였지. 나중에야, 당황했을지도 모른다고 생각했지만.”

“글쎄, 너야말로 별로 놀란 것 같지도 않던걸.”

"괜히 분해서 노력하긴 했어. 네가 그렇게 말하는 걸 보니 성과가 있었나 봐. 아니면, 너도 너무 당황해서 내 표정을 제대로 읽어 낼 수 없었거나."

녹턴이 눈가를 슬며시 좁히고는, 시선을 빗겨 냈다.

"이 얘기 그만하면 안 돼?"

그렇게 말하는 모습이 진심으로 곤혹스러워 보여서, 나는 소리 내어 웃었다.

"아 정말, 네 기준을 이해할 수가 없어. 발등에 키스하는 건 아무렇지도 않아 했으면서, 그런 건 신경 쓰여?"

"반대로 그쪽에 더 민감하게 반응한 네가 이해가 안 되는데. 발등 같은 곳은 하등 의미 없잖아, 사교계에서는 손등에 입을 맞추는 정도는 흔하니까."

"그건 손등이지, 발등이 아니라. 아무튼 흔한 일은 절대 아니야. 흔하기로 치면 입술이 제일 흔할걸."

"참고 서적이라도 있나 봐, 굉장히 자신만만한걸."

"그럼. 책 이름은 『입맞춤의 미학』이야."

"저자는 두루아 발로즈 선생이겠군."

유연하게 맞받아치는 말이 우스워 우리 둘은 함께 웃음을 터뜨렸다. 희한하게도 별것도 아닌 말장난을 기억하는 모습에, 그렇게 웃음이 났다. 이렇게 웃는 게 얼마 만인지, 기억을 더듬어도 제법 까마득했다.

그렇게 옛날로 돌아간 기분을 느끼며 한담을 나누던 때, 녹턴의 보좌관이 다가오는 모습을 보았다. 녹턴도 그를 눈치챘는지 표정이 조금 가라앉았다. 다가온 사내는 소리를 낮추어 주인의 귓가에 무언가를 속삭이고, 녹턴의 눈가가 잠깐 찡그려졌다.

무슨 일이라도 생겼나.

"잠시만 기다려 줄래, 급하게 처리할 일이 생겨서."

"어차피 할 일도 없으니까 오래 기다려도 괜찮아."

"해가 뜨기 전에는 와야지. 봄이라서 바깥 구경을 하고 싶다고 했잖아."

"아니, 그건 '하고 싶다'가 아니라 '하고 있다'고—."

"별로 다른 말은 아니네. 금방 올게."

그러고는 녹턴이 자리에서 일어났다. 급한 일이 맞긴 한 듯 서두르는 모양새라 나는 끊긴 말을 잇지 못하고 입을 다물었다. 아까 한 말이니 아직 기억하고 있대도 대수롭지 않았으나, 묘한 기분이 들었다.

아무튼 이상한 데서 섬세하게 군다니까. 별로 봄을 좋아하는 것도 아닌데.

그런 생각이 들지만, 기분이 마냥 나쁘지는 않았다. 변명으로 흘린 말이었지만, 그 말을 주워 되돌려 주는 것이 솔직히 기뻤다. 조금 뒤로 예정된 정원 산책이 조금쯤은 기대될 만큼. 그러나 금방 온다고 말은 했어도, 무언가 일을 처리하는 것이 그리 간단하지는 않을 것 같았다.

다이닝 룸에서 20분 정도를 더 기다려도 오지 않기에 나는 그대로 자리에서 일어났다. 1층에는 서재가 있으니, 거기에서라도 기다릴 셈이었다.

다이닝 룸을 나오고 서재로 가기 위해 중앙 홀을 가로지르는 중, 끼기긱 하며 이상한 소리가 들렸다. 금속이 긁히는 것 같기도 하고, 기름칠이 되지 않은 톱니를 억지로 돌리는 것 같기도 했다.

주위를 두리번거려도 소리의 출처가 어딘지 알 수 없다. 이상한 소리가 나지 않느냐고 주위 사람에게 물어보려 해도, 그들은 태연한 얼굴로 지나다닐 뿐이다. 마침 새디는 이번 무도회에서 입을 드레스 때문에 의상실을 방문한 터라 (이 부분만큼은 에드가의 다른 이들에게 양보할 생각이 없어 보였다) 동의를 구할 사람은 아무도 없다.

결국 잘못 들었는가 보다, 생각을 마치며 멈추었던 걸음을 놀리려는 차. 나는 뒤늦게 소리가 어디에서 들린 것인지를 깨달았다. 비스듬한 위쪽, 3층까지 터져 있는 중앙 홀의 특성상 까마득히 높은 곳에 매달린 샹들리에가 요란하게 흔들리는 것이 보였다.

저게 왜…….

그러나 눈치챘을 때는 이미 늦었다. 거대한 물체가 나를 향해 떨어지기 시작했다. 형체가 커다랗기 때문인지, 너무 놀란 탓인지, 샹들리에가 추락하는 모습은 이상하리만치 느리게 보였다. 금속과 유리로 이루어진 유려한 곡선이 눈에 새겨질 듯 선명하다. 분명히 시끄러워야 할 소리는 이상하게 들리지 않고, 꽉 조인 심장이 북처럼 크게 박동했다. 생각조차 멈춘 채 머릿속이 희게 질렸다.

나는 몇 차례의 경험으로, 너무 놀라면 비명조차 나지 않는다는 것을 알고 있었다. 내가 기댔던 난간이 무너져 내릴 때, 갑작스레 곰과 맞닥뜨렸을 때도 물론 지금도. 바보처럼 내 죽음이 다가오는 것을 지켜보고만 있었다.

그렇기에 어느새 가까이 다가온 누군가가 나를 밀친 것도, 카펫에 몸이 쓸려 미끄러진 뒤에야 알았다.

손에 닿는 카펫의 감촉이 생경하다. 그제야 쪼그라들었던 폐부로 숨을 밀어 넣을 수 있었다.

"헉……!"

요란한 소리가 난 것은 그다음이었다. 청력을 상실한 듯, 아무것도 들리지 않던 귀에 날카로운 소음이 꽂혀 들었다. 눈을 질끈 감고 한껏 몸을 웅크렸다. 그러나 나는 금세, 조금도 다치지 않았음을 알 수 있었다.

"괜찮으십니까, 발로즈 영애님."

눈꺼풀에 덮여 새까만 눈앞에서, 평온한 물음이 들려왔다. 천천히 눈을 뜨자, 내게 물은 듯한 시종의 모습이 눈에 들어왔다.

시종뿐만이 아니다. 중앙 홀을 지나면서 봤던 시종, 시녀, 하인, 하녀를 비롯하여 정문을 지키고 있던 기사들도 어느새 내 주위를 둘러 감싸고 있었다. 나를 두른 사람의 방벽으로 인해, 떨어진 샹들리에 같은 건 보이지도 않았다.

그러나 그게 안심이 된다는 말은 아니었다. 같은 표정, 같은 눈빛을 한 열댓 명의 사람들이 나를 둘러싸고 내려다보는 것이 안심될 리 없다. 두려움은 종류를 바꿀 뿐이었고, 심장의 박동은 한층 거세어진다. 숨이 멎은 것처럼 가슴께가 짓눌리는 기분에, 나는 자리에서 일어나지도 못한 채 카펫을 손끝으로 뜯어낼 듯 움키다가 불현듯 종전의 일을 떠올렸다.

"잠시!"

그러고 보니 떨어지는 샹들리에로부터, 나를 밀어낸 사람이 있었다. 만약 나를 대신해 그대로 샹들리에에 깔린 거라면 어쩌면 그 사람은…….

눈앞이 희게 질려, 나는 다급히 일어나 나를 막아선 사람들을 헤집었다. 그러는 동안, 후들거리는 다리가 몇 차례 꺾어졌으나 나는 기어서라도 그 사람의 상태를 확인하고 싶었다. 다행히 사용인들은 순순히 물러나 주었기에, 금세 샹들리에가 떨어진 자리를 확인할 수 있었다.

나를 도와준 사람은 시녀였다. 나를 밀치면서 저도 넘어진 건지 떨어지는 물체에 직격으로 맞지는 않은 듯했으나, 왼쪽 발목이 잔해에 깔려 있었다. 요란하게 튄 파편으로 치맛자락이 찢기고 피부가 긁힌 모양새를 보며, 나는 순간적으로 아무런 말도 할 수가 없었다. 그때, 시녀의 고개가 나를 향해 돌더니 그녀의 입이 벌어졌다.

"다치지 않으셨습니까, 발로즈 영애."

저를 대신해서 다친 시녀가 처음 하는 말이 이렇다니, 몹시도 감동적인 말이어야 할 것이다. 그러나 고통이라고는 조금도 느껴지지 않는 얼굴로, 여전히도 흐리고 멍한 표정으로 하는 말은 감동적이기보다는 기괴했다. 그것에 그치지 않고 시녀는 아무렇지 않게 잔해에 깔린 제 발을 빼내고 몸을 일으키려고 했다. 황급히 다가가 그러지 말라고 '명령'하지 않았더라면, 그녀는 그 몸으로 태연하게 일어나 섰을 것이다.

그래, 명령. 그녀는 명령이 아니면 제 몸을 돌보지 않았을 것이다. 그 사실이 끔찍했다.

"다리는 괜……찮아?"

"괜찮습니다, 발로즈 영애님. 영애님께서는 괜찮으십니까?"

누군가에게 구해진 일이 이토록 소름이 돋을 거라고는 상상해 본 적도 없었다. 악몽 속에 홀로 내 버려진 것만 같았다. 더는 어떤 말도 할 수가 없어 말문을 잃고 있자, 시녀가 재차 내게 물었다.

"영애님께서는 괜찮으십니까?"

조금 전에 한 말을 그대로 반복하는 소리였다. 어조도, 어투도, 목소리도 모두 똑같았다. 온몸의 솜털이 바짝 서고 등골에 소름이 올랐다.

그러나 여전히 침묵하고 있다면 다시 같은 질문을 반복할 것이 분명해서, 어쩌면 내 대답을 들을 때까지 계속 그럴지도 모른다는 생각에 나는 억지로 말소리를 짜냈다.

"나는 괜……찮아. 그러는 너야말로 피가, 어서 치료를, 뭐라도 가져와야…… 제르벨라는……."

무어라도 해야 할 것 같은데, 말은 자꾸 잘리고 목소리는 이상하게 작아졌다. 누구라도 말을 할 사람이 있으면 좋으련만, 앞에 있는 이들은 죄 인형뿐이었다.

그때, 다급한 발소리가 들렸다.

"두루아!"

빠르게 계단을 내려오는 소리, 나를 부르는 익숙한 목소리.

고개를 들자 녹턴이 보였다. 굉음을 들었는지, 몹시도 놀란 것처럼 창백해진 얼굴로 그가 다급히 다가오고 있었다. 흐리멍덩한 얼굴들 사이에 유일하게 색채가, 표정이 남은 얼굴. 나를 둘러싼 이들과 그의 표정이 너무나도 달라 괴리감이 커졌다.

녹턴을 보는 순간, 발산하지 못하고 안으로만 꾹꾹 눌러지던 두려움이 터져 나온다. 빠르게 눈가가 젖어 들었다.

"두루아, 괜찮아? 어디 다친 데는—."

가까이 다가온 녹턴을 와락 끌어안으며 나는 그 품에 얼굴을 묻었다. 끌어안겨 위로를 받은 건 한 번뿐인데도 버릇이 든 걸까, 그에게 안기고 싶은 마음이 너무 강해서 참을 수 없었다. 무서웠다. 샹들리에가 내게 떨어진 것도, 누군가가 나를 밀치고 대신 다친 것도, 사람이 아니라 소모품처럼 나를 둘러싸고 있던 사용인들도. 어느 하나도 가볍게 넘길 수 없는 공포였다.

어린아이처럼 소리 내어 울면서, 나는 혹시 녹턴이 나를 떨쳐 내지는 않을까 두려워 그의 등을 단단히 붙들었다. 그런 내 불안에 답하기라도 하듯, 커다란 손이 내 등을 쓸어 주었다.

참으로 이상한 일이었다. 샹들리에가 떨어진 것은 어쩔 수 없는 사고였대도, 나를 두렵게 한 사용인들은 녹턴이 만들어 낸 것인데, 이 애가 저지른 죄악인데도 그의 품에 안겨 위로받을 수 있다는 것이.

그러나 그 서러운 모순을 외면하고서 나는 계속해서 두려움을 토해 냈다. 눈가가 짓무르도록, 목이 쉬도록, 한참을 울었다.

얼마나 지났을까, 몸속의 수분이 다 빠져나간 것 같다고 느껴질 때야 나는 그에게서 얼굴을 떼어 낼 수 있었다. 녹턴의 옷은 죄 눈물에 젖어, 비를 맞았다고 하더라도 믿을 수 있을 것 같았다. 그럼에도 평소처럼 웃을 수는 없어, 나는 손등으로 벅벅 얼굴을 문질렀다.

녹턴이 내게 손수건을 내밀었다. 그를 사양하지 않았다.

"다 울었어?"

"응."

다소 서먹하게 답하며, 나는 손수건으로 얼굴을 꾹꾹 눌러 닦았다. 그나마 이번에는 화장이라도 안 한 걸 다행이라고 해야 할지. 양껏 눈물을 흘리고 나니, 어쨌거나 속은 개운해졌다. 그제야 주위를 돌아볼 여유가 생겼다.

나를 빙 둘러싸고 있던 사용인들은 녹턴이 해산시킨 건지 자리에 없었고, 떨어진 샹들리에만 남아 있을 뿐이었다.

"아까 그 시녀는—."

"일단 안으로 들여보내서 응급 처치 중이야. 뭘 하더라도 파편은 빼내야 하니까."

"제르벨라가 도와주진 않을까?"

"그자가 돕지 않아도 상관없어. 너를 구하려다 다친 거니, 필요하다면 성수도 쓸 거야."

"고마워, 녹턴."

그는 내 인사가 마땅치 않은 듯했으나, 지금이 반발할 상황은 아니라고 생각한 건지 아무런 말도 하지 않았다.

"그 애 이름이 뭔지 알아?"

"파티마 아이작."

"아, 그 시녀가…… 파티마야?"

예전에 친하게 지내던 하인 아이에게서 들은 적이 있는 이름이다. 파티마 아이작. 에드가에 드나든 것이 하루 이틀 일이 아니니 사용인의 이름 몇이 귀에

익게 되는 건 당연하다. 그러나 그녀의 경우에는 이름만 알 뿐 얼굴은 한 번도 본 적이 없었다.

결론만 말하자면 어릴 적, 녹턴을 괄시하던 이들 중 하나였다. 우리보다 대여섯 살이 많은 시녀는 녹턴과 터울이 크지 않아 말동무 삼아 그의 전속 시녀가 되었으나, 노골적인 태도 탓에 금세 해임되었다. 이후로는 한층 녹턴을 미워하게 되어, 뒤에서 그에 대한 안 좋은 소문을 퍼뜨릴 때는 빠지지 않았다고 했다.

확실히 인성이 좋은 사람은 아니다. 녹턴은 티 내지 않았으나, 그녀로 인해 한 번쯤은 상처를 받았을 것이다. 나를 밀어내며 대신 다쳐 주었다고 하더라도 마법에 홀려 그렇게 굴었을 뿐이니, 자의도 아니다.

하지만.

"녹턴."

솔직히 말하면, 앨리스 때보다 가능성이 없는 일이다. 거절당할 것이 분명하다.

그럼에도 나로서는 말할 수밖에 없는 일이었다. 나중이 되면 가라앉을지언정, 적어도 조금 전에 느꼈던 공포와 기괴함은 진짜였다. 어쩌면 떨어지는 샹들리에를 볼 때보다 사용인들을 보며 더 큰 두려움을 느꼈을지도 모르겠다. 저택에서 지내며 이제는 익숙해졌다고 생각했으나, 잠깐잠깐 스쳐 지나갔을 뿐인 터라 나는 이들의 실체에 대해서는 제대로 알지 못했다. 영원히 몰랐다면 어쩌면 상관없는 일일 수도 있었으나, 이제는 그들이 이지를 잃어버렸다는 말이 어떤 의미인지를 안다.

그리고 그 일을 녹턴이 했다는 것 또한 안다. 결국 녹턴과 파혼한 뒤에도 그와의 관계를 이어 가기 위해서는, 나는 이 두렵고 끔찍한 일을 해결해야 했다. 최소한 그러려고 시도는 해 봐야 했다.

"그 애의 세뇌를 풀어 줄래. 그렇게 해 줘."

"알았어."

바로 나온 즉답에 나는 눈을 동그랗게 떴다. 내가 잘못 들었나, 녹턴을 다시 쳐다봤으나 그는 조금도 곤란한 기색이 없이 재차 말했다.

"치료를 마치는 대로 파티마 아이작의 세뇌를 마칠게."

"그래도…… 괜찮아?"

"상관없어. 하지만 세뇌를 끝낸 뒤에는 내보낼 거야, 여기서 멀쩡하게 살기도 힘들 테니까."

"그건 아무래도 좋지만. 혹시 어디 가서 너에 대해 떠들고 다니거나 그럼 어떡하지?"

"발설 금지 저주는 걸어 둘 테니까. 혹시 그것도 싫다면, 하지 않을게."

"아니야, 그 정도는. 참, 세뇌를 오랫동안 이어 가면 정신이 이상해질 수도 있다고……."

"못해도 수십 년간 길어질 때의 이야기지. 일회성의 최면보다는 정신이 망가질 가능성이 높겠지만, 나는 그 정도로 솜씨 없지는 않으니 아직은 괜찮아."

요구한 것은 나였음에도, 나는 내가 녹턴의 입장에 서기라도 한 양 그럴 수 없는 이유를 늘어놓았으나, 번번이 돌아오는 답은 깔끔하기까지 했다. 이토록 수월히 받아들여졌다는 점이 믿기지 않는다. 조금 전의 생생하던 두려움조차 꿈처럼 느껴질 정도였다. 당혹감에 표정을 바로 하지 못하는 나와 달리 녹턴은 퍽 태연한 얼굴로 물었다.

"그리고 또 말할 거 있어?"

"아니, 딱히. 그런데 정말—."

"그렇게 할 거야, 두루아. 네 말대로, 네가 바라는 대로 전부. 그러니까."

표정만큼이나 담담한 목소리. 그러나 말이 이어질수록, 나는 그가 실은 조금도 태연하지 않다는 것을 깨닫게 되었다.

그의 말소리는 끝으로 갈수록 갈라졌다. 자잘한 떨림은 커다란 동요가 되었고, 몇 마디를 내뱉지도 않았는데 몇 번이나 목울대가 일렁였다. 가만히 들여다본 연보랏빛 눈동자는 어쩐지 텅 비어 있는 느낌이 났다.

문득 그런 생각이 들었다. 내가 녹턴의 품에 안겨 눈물을 쏟고 있을 때, 그는 어떤 표정을 짓고 있었을까.

"다치지 마. 무슨 일이 있어도 다치지 말고, 그리고…… 죽지도 마. 절대로, 두루아."

잔뜩 억눌러 뱉은 말, 목소리, 약속.

불안정한 동요가 고스란히 담긴 말을 듣고야, 나는 녹턴이 진실로 담담한 게 아니라는 것을 확신했다. 난간이 무너져 내렸을 때, 곰을 마주했을 때, 샹들리에가 떨어지던 종전에, 나는 깨달았다. 너무 놀라면 비명도 나오지 않는다고. 두려움이 지나치면, 머릿속이 질리고 몸이 굳고 심장이 너무 뛰어서 겉으로는 조금도 드러낼 수 없게 된다. 살아야겠다는 생각도 하지 못한 채, 그저 멍하니 다가오는 죽음을 바라보게 된다. 그렇게 생각했던 것을 떠올리고야.

그제야 나는, 녹턴이 실은 두려워하고 있음을 깨달았다. 같은 감정을 느껴본 사람만이 알 수 있는 새하얀 정적이 그의 안에 머물러 있었다.

그는 다시 나를 끌어안을 듯 손을 뻗었으나, 손끝이 내 어깨에 닿기도 전에 손을 거두었다. 그러나 희게 질린 손가락이 벌벌 떨리고 있던 것만은 분명히 보았다.

"절대로, 제발, 절대로."

혼잣말처럼 중얼거리는 목소리에 담긴 감정으로. 그의 표정으로. 그의 말로. 녹턴의 감정이 확연히 담긴 그 모든 걸로 인해 나는 불현듯 그런 생각을 했다.

어쩌면 나보다 내 죽음을 두려워하는 사람이 있을지도 모르겠다고.

떠올림과 동시에, 나는 차마 내게 닿지 못하는 손을 끌어당겨 그를 품에 안았다. 맞닿은 부분이 내 눈물로 축축했다.

충격은 쉽게 가라앉지 않았다. 두루아를 돌려보내고도 떨리는 손은 쉬이 멈출 생각을 안 했다. 그는 떨어진 샹들리에를 바라보며 몇 번이나 얼굴을 쓸었다.

그 애가 기댄 난간이 무너질 때와는 달랐다. 그 애가 곰을 마주했을 때와도 달랐다. 그때, 녹턴은 두루아를 조금도 다치지 않게 할 자신이 있었다. 첫 번째 일은 녹턴의 바로 앞에서 벌어졌고, 두 번째 일은 녹턴이 예상하던 중에 일어난 일이니까. 그러나 지금의 일은 달랐다.

집무실에서 급한 일을 처리하던 도중, 갑자기 요란한 소리가 났다. 그의 예민한 청력은 그것이 1층에서 난 소리임을 알았고, 그 즉시 두루아의 얼굴을 떠올렸다. 처리하고 있던 서류를 내던지고, 당장 1층으로 뛰쳐나갔으나 일은 이미 벌어진 뒤였다.

떨어진 샹들리에, 사방으로 튄 파편들. 샹들리에에 발이 깔린 시녀. 희게 질린 얼굴로 쓰러진 이를 보는 두루아가 눈에 들어왔다.

다시.

떨어진 샹들리에, 발이 깔린 시녀, 그 옆에 서 있는 두루아.

일이 어떻게 된 것인지 바로 알았다. 녹턴의 머릿속으로 새하얀 공포가 찾아왔다.

샹들리에가 떨어질 때 주위에 사용인이 없었다면, 만약 사용인이 있었어도 두루아를 지킬 수 없이 멀리 있던 상태라면.

녹턴은 예상한 상황이라면 어떻게든 두루아를 지켜 낼 자신이 있었으나, 그가 알지 못할 상황에서는 이야기가 달랐다. 운이 나빴으면, 샹들리에의 밑에 깔린 것은 시녀의 발목이 아니라 두루아의 시신이었을지도 모른다. 사고는, 운은 그가 통제할 수 있는 일이 아니었다.

놀란 듯 눈물을 터뜨리는 두루아를 끌어안고, 그는 한참이나 그녀의 등을 쓸었다. 겉으로 보기에는 그 애를 달래려는 행동이었으나, 실제로는 저 자신을 가라앉히는 행동이나 다름없었다.

'두루아는 살아 있어.'

힘이 빠져 덜덜 떨리는 손끝으로 두루아의 온기를, 심장 박동을 느끼며 두루아 발로즈가 죽지 않음을 자신에게 끊임없이 상기시켰다. 그럼에도 충격은 지금껏 온전히 가시지 않았지만.

녹턴 에드가의 악몽 속에도 두루아의 죽음이 나온 적은 없었다. 그 애가 저를 버리고 떠나가는 꿈은 수십 수백 번을 꿨으나 그보다 최악의 상황은 나오지 않았다. 패트시아 에드가가 그 애를 노리고 있다는 걸 알았을 때도 마찬가지였다. 제 모친은 두루아를 인질로 삼으려 할 뿐이니 목숨을 위협하진 않을 테니까. 제위 의식에서 곰을 보냈으나, 그조차 진실로 두루아를 해치려 했다기보다는 녹턴에게 경고차 보낸 것임이 틀림없었다.

그러니 두루아가 죽을지도 모른다는 가정을 한 것은, 지금이 처음이었다. 그리고 이 순간, 녹턴 에드가는 제가 느낄 수 있는 절망보다 한층 밑바닥이 있다는 것을 알았다.

그를 깨닫고 나니 녹턴은 제 가정이 틀렸음을 깨달았다. 상상만으로 이런 기분이 든다니, 만에 하나라도 두루아가 죽는다면 제가 어떻게 망가질지 예상할 수 없었다. 패트시아 에드가도 그를 알고 있다면, 두루아를 인질 삼는 데서 그치지 않을 것이다. 어쩌면 그녀는……

금방이라도 구토감이 치밀어 오를 기분에 입가를 덮고, 그는 가늘게 숨을 내쉬었다.

'그렇게 두지 않아.'

무슨 일이 있더라도 그런 일만은 막을 것이다.

녹턴은 한번 눈을 질끈 감았다 뜨고는 떨어진 샹들리에로 걸음을 옮겼다.

그야말로 산산조각이 났다는 말밖엔 나질 않는다. 높은 곳에서 떨어진 샹들리에는 중앙 홀 전체를 밝히기 위해 달려 있던 만큼, 저택에 있는 것 중 가장 크고 화려했다. 두루아는 저를 민친 시녀만이 다친 줄 알고 있으나, 실은 그녀를 둘러막은 사용인 전체에게 크고 작은 상처가 남을 만큼 커다란 사고였다.

그러나 녹턴의 시선이 향한 곳은 많은 이를 상처 입힌 파편 쪽이 아니었다. 그는 샹들리에를 매달고 있던 여러 겹의 금줄을 보고 있었다.

'역시.'

정확히는 절반가량이 끊어진 금줄이라고 해야겠지만.

녹턴의 입매가 엉망으로 비틀렸다. 샹들리에가 왜 이렇게 되었는지, 그는 이미 알고 있었다. 제법 오래전에 수작질을 부려 놓은 흔적이었다. 작업을 진행하던 도중에 멈추었거나, 원하는 때 떨어뜨리려고 아슬아슬한 정도로만 잘라 놓은, 사고사의 준비 과정.

아직 입지가 안정되지 않은 시기, 에드가의 부적절한 후계자를 처리하려는 움직임은 거셌다. 흑마법도 들키지 않았던 때라 사고사로 위장해 녹턴 에드가를 처리할 수 있다고 패트시아가 생각하던 때의 일이다. 몇 번이나 우연찮게 샹들리에가 떨어지는 바람에, 녹턴은 몇 번이나 죽음의 위기를 넘겨야 했다.

그럼에도 그에게는 흑마법도 있고 타고난 육체적 재능도 있었기에 진실로 위험한 적은 한 번도 없었다. 나중에 가서는 지루하고 재미없는 수작이라고 생각한 적도 있었다. 그러나 그렇게 내버려 두었던 과거의 파편이 두루아를 노렸다.

102

실은 저를 노리고 설계된 함정이었음에도 결과적으로 다칠 뻔한 것은 두루아였다. 결코 건드려서는 안 되는 그의 성역이.

녹턴의 눈이 붉게 충혈됐다.

애런 클레이모어에게 말했던 대로, 그는 패트시아 에드가를 직접 처단할 생각이었다. 어중간하고 불확실한 방법이 아니라 세상의 윤리와 두루아와의 약속을 저버린 채로. 그러고 나면 그는……

그의 안에서 결심이 한층 단단해졌다.

샹들리에가 떨어지는 사고가 있고 며칠이나 지나서야, 나는 새디에게 가까스로 말을 꺼낼 수가 있었다. 차라리 누가 전해 주면 좋으련만 이 저택에 소식을 전하는 것을 즐기는 사람은 없었기에 결국 내 입으로 실토해야 했다.

처음, 내 말을 들은 새디는 돌처럼 굳었다가 이내 피가 다 빠져나간 것처럼 얼굴이 창백해졌다.

"세상에, 샹들리에가 떨어져 내리다니 어떻게 그럴 수가 있죠? 에드가에서는 그런 걸 관리하지도 않나요? 너무 위험하잖아요."

"굉장히 오래된 샹들리에인가 봐. 부식 방지 마법을 걸어 뒀다는데, 시간이 지나면 마법이 사라지기도 하니까."

"너무 안이해요. 두루아 아가씨께서 무사하셔서 망정이지, 잘못했으면……!"

말을 하다 말고 새디는 상상하기도 싫다는 듯 부르르 떨며 고개를 저었다. 그러고는 또 무슨 생각을 했는지 어두워진 얼굴로 머리를 수그렸다.

"죄송해요, 작은 아가씨. 제가 의상실을 직접 다녀오겠다고 또 고집을 부려서요. 아가씨께서 큰 사고를 당하실 수도 있었는데, 쓸데없이 그런 일에나 몰두하고."

"그런 말 하지 마, 새디. 나 대신 다친 사람이 너였으면, 나는 더 참담했을 거야."

"하지만 아가씨께서 다치셨으면 저는 더욱더 괴로웠을 거예요. 참, 그 고마우신 시녀분은 어떻게 되셨나요?"

"다리를 치료한 다음, 파우스트로 돌려보내졌어. 거기에 가족이 전부 있으니, 마음을 달래기에는 그편이 낫겠지."

새디에게 말을 건네며, 나는 파티마 아이작이 저택을 나가던 순간을 떠올렸다.

그래, 그녀는 에드가 저택을 나갔다. 설사 그 시녀가 밖으로 나가게 되더라도 지나가는 말로 알려 주고 말 줄 알았으나, 녹턴은 내가 의심할 것이 걱정됐는지 내 눈앞에 직접 파티마 아이작을 데려왔다. 좀체 사람 같지 않던 흐리멍덩한 표정은 간데없고, 그녀는 어둡게 위축된 얼굴로 내게 인사를 건넸다. 아래로 향한 채 데굴데굴 구르는 눈동자는 불안해 보였으나, 그렇기에 생기 있어 보였다.

짧게 인사를 건네고 저택을 나갔을 뿐임에도, 그 짧은 순간은 더없이 기묘하고 선명하게 남았다. 즐겨 보던 연극처럼 묘사하자면, 밀랍으로 만들어 낸 인형에 숨결을 불어 넣은 것처럼. 도로 사람이 된 아이작이 밖으로 나가는 마차에 오르는 걸 보며, 그런 생각이 들었다.

제르벨라에게는 열흘이 필요하지만, 직접 나서면 하루 만에 세뇌를 풀 수 있구나. 그리고 녹턴은 정말 나와의 약속을 지켰구나. 그럼 다른 사람들도 가능할까. 저택의 다른, 수백의 사용인들에게도 다시 이지를 되찾아 줄 수 있을까. 모든 걸 되돌릴 수 있을까.

아니, 되돌린다는 건 그릇된 말이었다. 그들이 잃어버린 시간을 보상할 수는 없을 테니까. 하지만 그들의 세뇌를 끝낼 수만 있다면, 나는 이기적으로나마 타협할 수 있었다. 그들이 녹턴에게 가했던 집단적인 조롱과 녹턴의 죄를 저울 위에 올려놓는다면, 그쯤이면 평형을 이룰 것 같았다. 가해자도 피해자도 아닌 제삼자가 남의 일을 용납하니 마니 말하는 건 우스운 일인 걸 알면서도, 그거면 녹턴을 이해할 수 있을 것 같았다. 그렇게 생각하면서도 아직 녹턴에게는 말조차 꺼낼 수 없었지만.

"참, 새디. 라뒤앙 의상실에서 방문한다던 게 오늘이었지?"

"네, 점심이 지나서 3시쯤에요."

방문 일정까지 잡히니, 정말 무도회가 코앞인 것이 실감 났다. 나는 짧은 한숨을 내쉬었다.

"샹들리에가 떨어졌다고 들었습니다, 어디 다치신 곳은 없습니까?"

방을 나서는 즉시 들린 소리에, 나는 조금 놀랐다. 제르벨로 제르벨라였다.

"안녕하세요, 제르벨라. 저는 다치지 않았어요. 안타깝게도 시녀 아이는 조금 다쳤지만요."

"그렇군요. 죄송합니다, 영애께 축복을 드릴 때를 제외하면 다른 곳에 틀어박혀 있어서, 실은 사건이 터진 줄도 몰랐습니다. 잘못하면 발로즈 영애께서 크게 다치실 수도 있었는데."

"정말로 괜찮아요. 사고였는걸요."

그렇게 답하면서도 나는 조금 의아한 생각이 들었다.

다른 곳에 틀어박혀 있어서 소리를 듣지 못했다니, 3층 집무실에 있던 녹턴도 굉음에 뛰쳐 내려왔는데 도대체 어디에 있던 거지. 철문을 닫고 지하실에라도 틀어박혀 있던 건가.

그러나 정말로 듣지 못했냐고 묻는 것이 서운하다는 말로 들릴까 봐 구태여 캐묻지는 않았다. 도움을 받는 와중이었기에 더더욱, 제르벨라에게 어떠한 여지도 주고 싶지 않았다. 어설픈 희망이란 무엇보다 잔인했으니까.

"그런데 그건 정말로 사고였습니까?"

"무슨…… 말씀이세요?"

"공교롭게도 영애께서 홀을 지나실 때, 샹들리에가 떨어진 것이 이상해서요. 혹 사고가 아니라—."

"저는 사고라고 확신하고 있어요. 설마 저택의 누군가가 절 죽이려고 했을 리는 없잖아요."

"그건……."

말끝을 흐리는 모양새로 보아, 그가 누구를 탓하고 싶은지는 분명했다. 전보다는 제르벨라와 친해졌으나 나는 여전히 그를 가까이 여길 수는 없었다. 목소리가 조금 뾰족해졌다.

"녹턴을 말씀하시는 건 아니겠죠? 죽여 입을 막을 생각이었다면, 훨씬 간단한 방법이 몇십 개는 더 있을 테니까."

"하지만 저도 이유도 없이 의심하는 건 아닙니다."

갑자기 제르벨라에게서 흰빛이 쏟아지더니, 그가 다가와 귀엣말을 했다.

"잠깐이나마 영애의 기적을 감춰 줄 겁니다. 지금 공작의 집무실에 한번 가 보세요."

그러고는 무언가 물을 새도 없이, 사내는 고개를 숙이고 몸을 돌렸다. 멀어지는 뒷모습을 보며 나는 잠시 멍하니 서 있었다.

이유도 없이 의심하는 건 아니라고?

구체적인 사정은 말하지도 않고 의심을 심어 놓는 불분명한 말이다. 기분이 좋지 않았으나, 깔끔하게 무시하기도 쉽지 않았다. 무슨 의도로 한 말인가. 마음이 영 찜찜했다. 이대로 못 들은 척 넘어가는 것도 방법일 수 있겠으나, 의혹의 응어리를 남겨 두느니 직접 보고 해소하는 편이 나았다.

생각한 즉시, 몸을 틀어 중앙 홀의 계단을 오르기 시작했다. 저택에 몰래 잠입한 것도 아니고 하루 이틀 드나든 것도 아니었으나 어쩐지 발끝을 세우게 됐다. 새끼고양이처럼 살금살금, 그야말로 도둑이 따로 없는 모양새다.

그러나 기척을 감춰 주겠다는 대신관의 말이 진실이었는지, 이따금 마주치는 사용인들은 나를 보지 못했다. 그에 조금 자신감을 얻고 그들을 시험해 보듯 앞을 얼쩡거리기도 했으나 눈동자 하나 흔들리지 않아서, 재미있기도 했다.

하나 마냥 놀고 있을 때만은 아니라서, 나는 3층까지 계단을 오르고 녹턴의 집무실 쪽으로 몸을 틀었다. 이제 소리 나지 않게 문을 열면 되나, 생각하던 나는 나도 모르게 숨을 들이켰다. 문이 열려 있었다.

넓게 트인 집무실 안쪽으로 한 무더기의 샹들리에가 보인다. 저택의 샹들리에를 다 뜯어 온 것처럼, 많은 물체가 집무실을 넘어 복도까지 진열되어 있다. 나는 반사적으로 천장을 올려다봤으나, 당연히 있어야 할 조명이 그 자리에 없었다.

햇빛이 훤한 낮이라 눈치채지 못했던 걸까. 무슨 생각으로 샹들리에를 다 모아놓은 거지.

놀란 가슴을 쓸어내리며, 나는 멈춘 걸음을 다시 놀렸다.

한층 가까이 다가가자 책상에 걸터앉은 젊은 공작의 모습이 눈에 들어왔다. 녹턴은 샹들리에를 매다는 줄을 바라보고 있었다. 중앙 홀의 물건이 떨어진 일 때문에 점검이라도 하는 걸까, 그렇게 생각하려고 해도 녹턴의 표정은 지나치게 가라앉아 있었다.

"그런데 그건 정말로 사고였습니까?"

"저도 이유도 없이 의심하는 건 아닙니다."

제르벨로 제르벨라의 말이 다시금 떠올랐지만, 고개를 한번 저어 생각을 털어 냈다. 확실히 기괴한 짓을 벌이고 있기는 했지만 그게 녹턴을 의심할 이유가 되지는 않는다. 설사 녹턴이 저 자리에서 혼잣말로 '아깝게 됐어, 두루아 발로즈를 죽여 버릴 수 있었는데.' 같은 살벌한 소리를 중얼거린다고 해도 어쩐지 믿기지 않을 것 같았다. 샹들리에가 떨어진 직후, 만난 녹턴의 감정을 느꼈으니까. 분명하고 아주 확실하게.

이내 손을 뻗어 줄을 매만지기 시작한 그를 보며, 나는 가까이 가도 괜찮을까 조금 머뭇거렸다. 그가 보고 있는 물체에 무언가 이상이라도 있는지 다가가 확인하고 싶었다.

그러던 중 뒤쪽에서 기척이 났다. 아직도 남은 것이 있는지, 하인 하나가 샹들리에를 둘러업고 집무실로 들어서고 있었다. 혹 몸이 닿기라도 할까, 기겁하며 나는 문 옆으로 몸을 비켰다.

"이것으로 본관에서는 마지막―."

"잠시."

하인의 말을 가로막고 녹턴이 걸터앉은 책상에서 몸을 일으켰다. 무얼 하나, 보는데 그가 성큼성큼 문가로 다가왔다. 가까워지고 있었으나 그의 시선은 내내 마지막으로 온 샹들리에에 고정되었기에 그리 긴장이 되지는 않았다. 그러나 그가 문가를 지나기 직전.

커다란 손이 내 팔을 붙들었다.

"여기서 뭐해, 두루아."

너무 놀라, 나도 모르게 비명이 나왔다. 귀신이라도 튀어나온 기분에 도망치려 했으나 팔이 붙들려서 그럴 수도 없었다. 다리에 힘이 풀려 휘청거리는 나를 지탱해 주며 녹턴이 황당한 눈으로 내려다봤다.

"그렇게 당당하게 들어와 놓고, 왜 놀라는 거야."

"아니, 당당하게 들어오지 않았거든! 그보다 어떻게 안 거야, 제르벨라가 분명─."

아, 이거 말하면 안 되는데.

순간적으로 그런 생각이 들어 입을 다물었다. 하지만 정말로 억울했다.

"잠깐이나마 영애의 기척을 감춰 줄 겁니다."

제르벨로 제르벨라는 분명 그렇게 말했으니까. 설마 잠깐이라는 게 이렇게까지 잠깐일 거라고 생각했겠냐고. 그렇게 애매하게 말할 거였으면 차라리 시간 단위로 말했어야지!

어쩌면 집무실을 염탐하게 보낸 다음 그걸 녹턴에게 들키게 하는 게 제르벨라의 목적이 아닐까, 그런 생각에까지 이르렀을 무렵.

"은신 계열의 신성 마법?"

"알아……? 아니, 마법이 사라져서 안 거 아냐? 내가 있는 걸 어떻게 알았어?"

"그자의 마법이 미숙한 탓이지. 그래도 추측했던 것보다는 나은 실력이지만."

실력이 미숙하다는 거야, 뛰어나다는 거야.

애매모호한 화법에 눈가를 찡그리자 녹턴이 가벼이 웃었다. 생각보다 불쾌해 보이지는 않았다. 무언가 들킬 것이 걱정된 사람이었다면 당황하며 화를 낼 텐데, 그러지도 않았다. 오히려 태연한 모양새로, 흐트러진 내 머리칼을 정리해 주었을 뿐이다.

"그래서 내 사랑스러운 파랑새께서는 무슨 일로 오셨을까, 대신관님을 만나고 왔으니 나를 의심하러 왔니?"

"뭐, 그렇다기보다는……."

무어라 변명하면 좋을까, 말을 고르다가 나는 한숨을 내쉬었다.

내가 지금 뭐 하는 거야. 변명으로 말을 꾸며 내려고 하면, 내가 녹턴보다 제르벨라를 믿고 있는 것 같잖아.

이럴 때는 차라리 솔직해지는 것이 좋아 보였다. 녹턴에게 괜한 의심을 심어 주고 싶지도 않았으니까.

"샹들리에가 정말로 우연히 떨어져 내린 걸까, 의심스러우면 집무실로 가 봐라. 그런 말을 듣고 찜찜해져서 와 봤는데."

"제 형편없는 마법을 믿고, 여기까지 네 등을 떠밀었구나."

"샹들리에 다 뜯어 놓고 점검이라도 하는 거야? 오래된 건 중앙 홀에 달려 있는 것뿐이잖아. 왜 군이 이걸 다……."

말을 하다 말고, 나는 무언가 이상한 것을 발견했다.

원래 샹들리에의 줄이 저렇게 듬성듬성 잘려져 있던가?

가까이 다가가서 살피자, 여러 겹의 금줄 절반이 인위적으로 잘려 난 것이 선명히 보였다. 나머지 절반은 무사했기에 그럭저럭 샹들리에를 지탱할 수는 있겠으나, 오랜 시간이 지나면 종내는 끊어져 버릴 것이 분명한 모양새다. 여기 오기 직전까지만 하더라도 샹들리에의 줄이 낡아 끊어진 거라고 확신하고 있었으나 내 생각이 지나치게 순진했나 보다. 다른 샹들리에들을 바라봐도 전부 마찬가지였다. 가슴께가 선뜩해지는 기분은, 이상하게도 이젠 익숙하기까지 했다.

"내가 한 게 아니야."

"알아."

녹턴의 말에 반사적으로 답했다가, 의문이 치솟았다.

"잠깐만, 그럼 누가 한 거야?"

"글쎄."

"이 저택은 네 거잖아. 그런데 누가…… 아니, 다시 말하지만 네가 했다고 의심하는 건 아니야."

녹턴을 탓하는 말처럼 들릴까 봐 나는 다급히 변명을 섞었다.

"그냥 이상해서 그래, 공작의 눈을 피해 에드가 저택의 샹들리에 줄을 다 반 토막 내 놓을 이유가 뭐가 있어. 그런 위험 부담을 감수하고 얻을 만한 게ㅡ."

"에드가의 역사는 길어. 알려지지 않았지만, 역대 공작 중에는 미치광이도 있었지."

당대의 공작이 선조에게 하기에는 가혹한 말이었다.

미치광이가 벌인 짓이라고?

"그럼 네 대에 벌인 일이 아니란 말이야?"

이 샹들리에들이 그토록 오랜 시간을 버텨 왔다는 말인가. 줄이 언제쯤 잘렸는지 시기라도 가늠해 보려 나는 다시 눈을 내렸으나, 솜씨 없는 눈으로 내려다본들 의미 없는 일이었다.

그러나 녹턴의 말을 마냥 수긍하기도 좀 석연찮았다. 미치광이 공작이 혼자 줄을 자르고 다닌 걸 여태까지 모르고 있었다는 것도, 이렇게 난도질을 해 놨는데 샹들리에가 최근에야 떨어졌다는 것도. 의심하더라도 반박할 증거가 없으니, 적당히 지어낸 변명으로만 느껴졌다.

결코 답이 없을 생각을 이어 가기를 포기하고, 나는 녹턴의 눈을 똑바로 보았다.

"녹턴."

"응, 두루야."

"누가 벌인 일인지 알지?"

글쎄, 라고 말하듯 녹턴이 어깨를 으쓱였으나 부정의 답은 돌아오지 않았다. 녹턴의 진짜 화법에 대해서도 슬슬 알 것 같은데.

"'응.'이나 '아니.'라고만 답해 볼래. '아니.'라고 하면 믿을게, 넌 나한테 거짓말을 안 하겠다고 했으니까."

이렇게까지 말했으니, 정말 꿍꿍이가 따로 있는 게 아니라면 입을 열 것이다. 과연, 녹턴은 잠시 침묵함으로써 은근한 당혹감을 드러냈다.

"나를 어떻게 몰아가면 좋은지, 알았구나."

"누가 자기 어필을 그런 식으로 해서 말이야."

"……그래, 누가 한 일인지 알아."

"그리고 그 미치광이라는 공작은 아니지?"

"아닐 수밖에. 그 사람은 2대째거든."

"그럼—."

"두루아."

재차 이으려는 질문을 끊고, 그가 내게 다가왔다.

"갑자기 샹들리에가 떨어져 너를 놀라게 한 건 몹시 유감스럽게 생각해, 지금 저택의 주인은 나니까 책임을 회피할 수는 없겠지. 어떤 식으로 나를 탓하든, 그건 상관없어."

이런 사고로 딱히 그를 탓할 생각은 없었지만, 녹턴은 내게 답할 여유도 주지 않고 말을 이었다.

"하지만 네게 전부 말할 수 있는 건 아니야. 이 이상은 에드가의 비밀이니, 깊이 캐묻지 않아 주면 좋겠어."

준비라도 한 것처럼 유리한 언변이었으나, 내 귀에는 구구절절한 말이 다 변명처럼 느껴졌다. 샹들리에의 줄이 반 토막 난 것이 에드가의 비밀이라니. 그렇다면 왜 며칠 전에는 샹들리에가 떨어진 일로 그토록 당황했다는 말인가.

잠시만, 녹턴은 조금 전에 누가 벌인 일인지 안다고 말했다. 그가 아는 사람 중, 에드가를 누비고 다녀도 괜찮을 사람이라면…….

나는 문득 무언가가 떠올라서 입을 열었다.

"패트시아 에드가."

녹턴의 입매가 굳었다. 시인이나 다름없는 반응이었다.

"네 어머니가 하신 일이야? 여기서 그런 짓을 할 수 있는 사람은 많지 않고, 네 할아버님께서는 네가 태어나기도 전에 돌아가셨잖아. 가주도 아닌 사람이 이런 일을 벌였다는 것도 이상해."

하지만 선대 공작이 벌인 일이라고 생각해도 여전히 이상하기는 했다. 저택의 샹들리에 전부를 떨어지기 좋은 상태로 만들어 놔서 얻을 수 있는 일이 뭐가 있단 말인가. 잘못하면 떨어진 샹들리에에 다치는 것이 본인이 될 수도 있을 텐데.

나는 손을 뻗어 금줄을 만져 보았다. 손에 닿는 느낌은 생각보다 단단했다. 나 같은 사람은 명검을 쥐어 준 데도 끊어 내기 힘들 것이고 기사라도 조금은 버거울 것이다.

그럼 그래서일까. 원하는 때 한 번에 잘라 내기 위해 사전 작업을 해둔 건가? 바라는 때 샹들리에를 떨어뜨려 죽이고 싶은 사람이 저택에 있었나. 그쯤 되는 권력자니, 사용인이 눈에 거슬렸다면 처리하기는 쉬웠을 것이다.

그럼 가족들일까. 남편인 제라늄 에드가? 아니면…….

"아."

녹턴, 에드가.

답을 찾아내는 즉시, 갑자기 이유 모를 두통이 밀려 왔다. 머릿속을 헤집는 듯한 둔탁한 통증에 나는 머리를 부여잡고 몸을 웅크렸다. 내가 떠올린 생각을 부정하기라도 하는 양, 더 이상의 생각을 방해하는 것처럼 요란한 고통이다. 귀에서는 날카로운 이명까지 나기 시작했다.

"두루아!"

지병이 있는 것도 아닌데 전조 증상도 없이 갑작스레 끔찍한 아픔이 찾아왔다. 그러나 나는 그것이 이상하다고 생각하면서도, 고통에 괴로워하면서도 생각을 멈출 수가 없었다.

모든 것이 완벽하던 선대 에드가 공작의 유일한 오점, 녹턴 에드가.

많은 것들이 생각났다. 녹턴을 둘러싼 추문, 그를 조롱하던 말, 사용인들의 태도와 그의 형제들의 차가운 눈. 녹턴 본인은 제 소문이 거짓이라 말했으나, 나는 사실 확신하고 있었다. 소문은 사실이며, 녹턴은 패트시아 에드가와 제라늄 에드가 사이에서 난 아이가 아니라는 것을.

왜냐하면 패트시아 에드가는 늘 달콤한 호칭을 사용해도 세상 누구보다 녹턴을 차갑게 바라봤고, 그의 이름을 불러 준 적이 한 번도 없었으며 또한.

또한 그녀는. 패트시아 에드가는…… 녹턴을 어떻게 대했더라, 어떤 취급을 했더라.

선대 공작이 녹턴에게 너무했다는 결론은 남아 있는데, 그렇게 생각하게 된 사건은 생각나지 않는다.

"왜 그래, 두루아! 정신 차려!"

단순한 두통을 넘어, 이제는 눈앞이 빙글빙글 돌기 시작했다. 세상에 구멍이라도 난 것처럼, 시야에 비추는 모든 광경이 한 점으로 빨려 들어갔다. 속이 울렁거리고 너무 어지러워서, 차라리 눈을 질끈 감아 버렸다.

그러고 나니, 정신이 흐려졌다. 의식을 잃어 가는 과정이 선명히 느껴졌고, 그 와중에 기억이 났다.

"네가 이걸 마시는 것만 보면, 바로 나가 줄 테니 마시렴."

"이걸 저 애에게 먹여 주세요."

그런 말을…… 들은 적이 있었나.

아, 생각났다. 녹턴이 아팠을 때, 방에 틀어박혀 앓고 있을 때 책을 돌려주려고 그의 방에 갔는데 선대 공작이 들어왔었다. 그러고는 무언가를 건네며 그런 말을 했다.

그게 뭐였지.

"아무리 그래도 안 돼. 내가 아니라면 이 아이가, 그도 아니면 네가 직접. 그래, 누구의 손으로 성수를 마시기 바라니."

아. 성수였구나.

머리가 깨질 것만 같은 통증을 마지막으로 온몸이 검게 짓눌리는 기분이 들었다.

"두루아!"

절박하게 외치는 소리가 들렸지만, 답해 줄 기력도 없이 의식이 까무룩 사라졌다.

"잔존한 약물이 날뛴 겁니다."

갑자기 쓰러진 두루아를 끌어안아 침실로 데려가고 제르벨로 제르벨라를 불러내 들은 말이다. 당장이라도 눈앞에 있는 이를 찢어발기고 싶은 충동을 이기며, 녹턴이 들끓는 감정을 내리눌렀다.

"치료를 시작한 지 제법 되지 않았나요."

"말했잖습니까, 몇 개월에서 수년이 걸릴지도 모른다고. 애당초 왜 그런 약물을 투약한 겁니까! 그런 잔인한 약물을……."

"당신의 솜씨가 어설퍼 이렇게 된 건 아니겠지요."

"절 모욕하고 싶으시겠지만 유감스럽게도 아닙니다."

신관은 턱이 불거지도록 이를 악문 채로, 말을 이어 갔다.

"임페르펙티오는 다른 비약과 달라요. 제조자가 심은 목표를 달성하기 위해 정말 끈질길 정도로 사람의 기억을 조작하니까. 목표에 어긋나는 기억을 떠올리면, 이처럼 몸에 무리를 주기도 합니다. 제조자에게 못 들으셨습니까?"

목표에 어긋나는 기억을 떠올리면.

제르벨라의 말을 되새기며 녹턴이 얼굴을 쓸었다.

'두루아가 한 어떤 생각이 약물에 반발했다…….'

그렇다면 그때, 그녀가 떠올린 생각은 뭘까.

두루아가 마지막으로 한 말은 패트시아 에드가에 관한 말이었다. 어떠한 직감이라도 온 것처럼 샹들리에의 줄을 끊어 놓은 이가 제 모친이라 확신하고는, 무언가 고심하다가 갑자기 충격을 받은 얼굴로 쓰러졌다.

두루아는 무슨 생각을 했나, 짐작해 볼 수는 있었다. 샹들리에를 떨어뜨리기 쉽게 조작해 놓은 것이 모친이란 걸 알았을 때, 다음으로 이어질 만한 생각이라면 '왜 패트시아가 그런 짓을 했나.' 정도일 것이다.

'답을 찾는 건 어렵지 않았겠지.'

미친 것이 아닌가, 패트시아의 정신을 의심하기에 그녀는 지나치게 온전해 보였고 저택 내부에는 어떤 식으로든 패트시아가 치우고 싶어 하는 치부가 있었으니까. 줄을 끊어 놓은 샹들리에가 녹턴을 살해하기 위해 준비된 도구라는 걸 알았을 것이다.

그러니 이제는, 제 출생에 대해 그럴싸한 변명을 늘어놓더라도 믿어 주지 않을 것이다. 그러고 보면, 저는 제 출생에 대해서도 거짓말을 한 셈이니 신뢰가 더 떨어질지도. 자조적인 웃음이 나와 녹턴이 제 입가를 문질렀다.

그러나 더한 문제는 두루아가 그런 생각을 떠올렸을 때 왜 약물이 반발했는지였다. 패트시아가 녹턴 에드가를 살해하려 했다는 생각에 반응한 건지, 아니면 거기서 곁가지를 펼친 다른 어떤 생각에 반응한 건지. 두루아가 약물에 대해 알지 모를지도 불확실한 상황이었기에, 그걸 캐물을 수도 없었다. 자칫 마법 물약에 중독되어 있다는 사실을 들키게 되면 그녀는 불안해할 테니까.

"발로즈 후작 영애에게 대체 어떤 목표를 심어 둔 겁니까. 설마 영애가 어떤 반응을 일으키는지 보려고, 심어 둔 목표에 반대되는 생각을 일부러 유도한 건 아니겠지요?"

"이 애는 무사한가요."

"무사하지 않게 만들어 두고는, 그런 건 왜 물으십니까."

"제르벨라, 나는 다정한 사람이 아니에요. 또다시 내 질문에 쓸데없는 소리로 답한다면, 당신의 동료가 하나씩 죽어 나갈 겁니다."

여태 누군가를 죽여 본 적은 없었으나 지금의 녹턴은 충분히 할 수 있다. 하나가 아니라, 둘이 아니라, 수백 수천이라도 죽일 수 있었다.

담담한 표정으로 하는 말에 담긴 진심을 알았는지, 제르벨로 제르벨라의 눈에 새파란 불길이 일었다. 그러나 약한 이의 분노란 언제나 무력한 것이다.

대신관은 이를 악문 채로 답했다.

"무사합니다, 당장은."

"어디 처박혀 있지 말고 근처에 있어요. 이 애에게 무슨 일이 생기면 곧바로 올 수 있는 곳에."

"여부가 있겠습니까, 각하께서 몹시도 귀히 여기는 분인데."

비꼬아 한 말이 정답을 찌른 줄도 모르고, 제르벨라는 씩씩거리며 방을 나섰다. 거칠게 문이 닫히는 소리는 조금도 신경 쓰지 않고, 녹턴은 두루아의 양손을 움켜쥐고 가만히 눈을 감았다.

째깍째깍, 시계 초침이 돈다.

일어나자마자 바로 보인 것은 연보랏빛. 녹턴의 눈이었다. 막 깨어난 뒤라 그런지, 유독 더 꿈결같이 보이는 색이다.

안쪽이 까끌까끌한 목을 매만지자 기시감이 들어서, 나는 멍하게 물었다.

"나, 혹시 9일 정도 잠들어 있었어?"

"……40분."

"딱 좋은 낮잠이었네."

웃으라고 한 농담이었으나, 녹턴은 조금도 웃지 않았다. 그는 무어라 말할 수 없는 표정으로 나를 보기만 했다. 어떤 표정을 지은 것도 아니고 특별한 말을 건넨 것도 아닌데, 시선에서 느껴지는 무게감이 상당했다. 샹들리에가 떨어진 직후에, 그리고 펑펑 울던 나를 달래어 준 직후 마주했을 때 본 얼굴과 비슷했다. 울고 있지도, 화를 내고 있지도 않은 그 얼굴에서 나는 상실에 대한 두려움을 읽었다.

분위기를 풀기 위해 더 애쓰지 않고 나는 가만히 팔을 벌렸다.

"이리 와, 녹턴."

"뭐……?"

"추우니까 나 좀 안아 줘."

겨울은 다 가고 곧 봄이 올 텐데, 추울 일이 뭐가 있겠냐만 핑계는 뭐가 돼도 좋았다.

잠시 머뭇거린 녹턴이 내게로 다가와 등을 끌어안았다. 체격의 차이로 인해 파묻히듯 끌어안긴 모양새가 되었으나, 내가 녹턴을 안아 준다는 생각으로 그의 등을 두드렸다.

그의 어깨에 얼굴을 기대고 가만히 눈을 감고 단단한 몸을 토닥였다. 녹턴의 손은 아플 때를 제하고는 언제나 차가웠으나 그의 몸은 따뜻했다. 의미를 알 수 없는 엷은 숨이 내 등위로 떨어졌다.

의식을 잃었다 깨어났으나 생각은 시간의 장벽을 두고도 매끄럽게 이어진다.

"그래, 누구의 손으로 성수를 마시기 바라니."

패트시아 에드가는 아픈 자식에게 성수를 먹였다. 녹턴이 거부하는 기색을 보였으나 아랑곳지 않았고, 그가 마시기를 거부하자 끝내는 내 손에 그 컵을 들려 주기도 했다. 아무것도 모르던 어린 날에는 그게 걱정의 표현인 줄 알았으나, 지금은 다르다.

패트시아 에드가는, 샹들리에의 줄을 끊어 놓은 그녀는 녹턴이 흑마법사라는 걸 알았을 것이다. 그러니 그토록 잔인하게 웃은 거겠지.

현실은 너무도 잔혹해서, 평생이 가더라도 녹턴에게 내가 추측한 것이 사실이냐고 물을 수는 없겠지만 나는 확신했다. 어긋나 있던 톱니바퀴가 일제히 맞물린 것 같은 느낌이 든다.

그러고 나니, 마음이 아팠다. 녹턴의 추문을 온갖 곳에서 듣고 사용인들의 조롱을 곁에서 보는 것만으로 힘들었으나, 그는 더한 것을 견디고 있었다. 바로 옆에서 십수 년을 있었는데도 나는 몰랐으나, 그는 끔찍한 지옥을 헤매는 중이었다.

나는 정말, 녹턴에 대해 아무것도 몰랐다. 그에 대해 안다고 말하는 것이 오만이라고 자조하면서도, 나는 또다시 같은 오만을 범했다. 녹턴의 생각이 왜 그토록 비틀려 있었는지, 그의 자존감이 왜 그토록 낮았는지 이제야 알 것 같다. 눈시울은 금세 뜨거워지고, 연민과 죄책감이 방울져 흐른다.

힘들었겠지.

"갑자기 두통이 심해져서 힘들었어."

"……그래."

누구에게도 말할 수 없었을 테니까.

"그래도 너라도 있어서 다행이야. 그대로 쓰러졌다가 아무도 없었으면, 생각만으로 끔찍하다."

"그래."

어쩌면 울었을지도 모르겠다.

"아직도 아픈 것 같아. 그렇게 아픈 건 처음이네."

"아파?"

"아니, 그냥 기분이 그렇다고."

녹턴이 우는 건 상상이 안 가지만, 그라고 세상에 날 때부터 다 자란 채로 난 것은 아니다.

"울고 있잖아."

"그런 건 모르는 척해, 바보야. 놀라서 그런 거니까."

"……미안."

"뭘 또 사과까지 해, 사람 민망하게."

녹턴에게도 어리고 여리던 때가 있었다. 그때는 나도 같이 조그매서, 그런 줄도 몰랐던 녹턴의 어린 날. 내게는, 나쁜 말을 하는 친구에게 짜증을 내고,

자매와 싸우고, 멀리 있는 친구에게 서신을 보내고, 달콤한 딸기 케이크를 먹으며 기분을 풀어내던, 조금은 삐죽하고 포근하던 유년이었다. 그러나 녹턴에게는.

"안 되겠다. 우리 그냥 계속 봐야겠어, 녹턴. 네가 아니면 아프다는 투정도 못 할 것 같아. 다 큰 어른이 어딜 가서 이래. 제위 의식 때 했던 말은 그냥 잊어버려."

"……그래."

마지막 대답은 다소 먹먹하게 들렸다. 그래서 나는 더 묻지 않았다. 어쩌면 내가 할 수 있던 얄팍한 위로가 벌써 동이 나 버린 탓일지도 모르겠다. 이런 감정은 연민일까, 사랑일까. 알 수 없었지만, 눈물은 쉬지 않고 흘렀다. 계속, 계속, 그러나 녹턴의 유년처럼 길지는 않은 시간 동안만.

폭우가 쏟아지는 것처럼 펑펑 울었으나, 울고 난 뒤에도 녹턴은 내게 왜 그리 우느냐고 캐묻지 않았다. 하기야 내가 이 애 앞에서 운 게 처음도 아니니까. 설사 처음이라고 하더라도 묻지 못했을 것이다. 울었다고 확신할 수는 없지만, 그 역시도 흰자위가 붉게 물들어 있었다.

자연스럽게 내민 손수건으로 얼굴을 닦고 있으니, 녹턴이 입을 열었다. 미처 묻기도 전에, 그는 내게 두통이 찾아온 이유를 말하기 시작했다.

"스트레스성 두통이야, 요즘 쌓이고 쌓이다가 그런 식으로 온 모양이지. 제르벨라에게 듣기로는 일회성에 그칠 거라고 했지만, 혹시 다시 머리가 아파지면 말해. 당분간 어딜 갈 때는 꼭 사람을 대동하고."

그의 말에 이렇다, 이의를 제기하지 않고 고개를 끄덕였지만, 나는 녹턴의 말이 사실과 다르다는 걸 알고 있었다. 갑작스레 기억을 떠올리고 의식을 잃어가던 중 기시감을 느꼈으니까.

메모리아의 실타래인 줄 알았던 임페르펙티오를 마셨을 때, 난 지금과 같은 기분을 느끼며 정신을 잃었다. 눈앞이 어지럽고 속이 매스꺼우며 시야가 빙글 빙글 돌아 한 점으로 빨려 들어가던 그 느낌. 내가 물약을 삼켰을 때 두통을 느꼈던 것은 아니었으나 두통 외의 모든 것이 같았다. 내가 그쪽 방면의 전문가도 아니니 확신할 수 있는 일은 아니래도, 스트레스성 두통보다는 이쪽이 더 가능성이 있다고 생각했다.

제르벨라는 내가 마법 물약에 중독되어 있다는 걸 아니까, 나중에 물어보면 확실히 할 수 있겠지.

한 번 마시는 것으로 끝나는 것이 아닌 건지, 내내 얌전하던 물약이 다시금 날뛰는 이유는 짐작조차 할 수 없었으나, 나를 기절시킨 것이 그 물약이라는 가정하에 얻을 수 있는 추측은 있었다.

나는 패트시아 에드가가 녹턴을 죽이려 했다는 사실을 기억해 냈다. 심지어는 내 눈앞에서도 그러려고 할 만큼 노골적이고 확연한 살의였다. 떠올리고 나니 너무도 선명한 기억이라, 잊고 있던 것을 외려 납득하기가 어려울 정도였다.

그렇다면 역시 내 기억이 조작된 탓이 아닐까. 어쩌면.

"마법 물약이라면…… 남들보다 저항력이 있긴 하겠지만, 물약의 효능을 완전히 막아 내기보다는 부작용이 생길 확률이 높습니다."

제르벨라의 말처럼 부작용이라도 생긴 걸 수도 있겠지만. 어쨌거나, 이번 일로 나는 한 가지 가능성을 얻었다.

내게 임페르펙티오를 먹인 사람이 누구인가, 녹턴 외의 누구도 특정할 수 없어 막막하기만 하던 머릿속에 새로운 후보가 떠올랐으니까. 아직은 막연한 일이었으나, 제르벨로의 도움으로 물약의 효능을 전부 지워 내면 어떤 부분이 조작되어 있던 건지 정확히 알 수 있을 것이다. 그러면 그 사람의 의도도 알게 되겠지. 그러니 그때의 일은 그때로 미루고, 지금은 지금의 일을 해야 한다.

"정말 괜찮으시겠어요, 아가씨?"

"괜찮다니까. 지금 너무 건강해서 좀 놀라울 정도야."

"하지만 아가씨, 방금 쓰러지셨는데—."

"옛날처럼 코르셋 조이던 시대도 아닌데 괜찮아."

걱정스러워하는 새디를 달래며 나는 응접실의 문을 열게 했다. 열린 문 안쪽으로 익숙한 얼굴이 보였다.

"오랜만이에요, 마담 브뤼셀."

라뒤앙 의상실의 브뤼셀 라뒤앙. 타국에서 건너온 이 디자이너는, 성인이 된 이후 내내 내 드레스를 책임져 주고 있는 사람이었다.

"어머, 발로즈 후작 영애! 정말 오래간만에 봬요! 이제 에드가 공작 부인이라고 부를 일도 머지않았네요! 그동안 더 날씬해진 것 같아요, 피부도 좋아지셨고……!"

맘고생이 심해서 살이 빠지고 햇빛을 잘 못 봐서 피부가 하얘졌을 뿐이지만. 나쁘게 봐주는 것보다는 나아서, 나는 그저 웃었다. 살갑게 다가온 마담은 조금도 껄끄러운 기색을 내비치지 않았다. 속으로는 어떤 생각을 할지 모르나, 끌려오듯 약혼한 일로 벌써 기분이 상하고 싶지는 않았기에 다행이었다. 그렇다고는 해도 무도회에 발을 내디디는 순간은 별수 없이 듣게 되겠지만.

애런과의 급작스러운 파혼, 절대 그런 사이가 아니라고 부정해 놓고 녹턴과 하게 된 약혼, 약혼식을 치르지 않은 이유는 뭔지, 왜 결혼도 전에 에드가에서 살고 있는지. 신나서 떠들어댈 소재가 한둘이 아니다. 어쩌면 그 말들을 쏟아내기만을 기다리며 무도회를 기다릴 이들도 있을 것 같다는 생각이 들었다.

"정말 저는 두 분이 잘되실 줄 알았다니까요. 소꿉친구와 결혼이라니, 얼마나 로맨틱해요. 저는 소설도 그런 이야기를 참 좋아했어요. 정말, 정말 잘 어울리세요!"

"음, 고마워요."

몇 달 뒤에 파혼할 거지만.

그래도 애런 때, 파혼할 약혼을 해 본 경험이 있다고 뻔뻔스럽게 웃어 보이는 것이 좀 더 쉬웠다. 뭐 파혼했다가도 다시 약혼하게 될지 누가 알겠는가.

"영애의 낭만적인 소식을 듣자마자 영감이 왔어요. 이번 시즌에 새로 나온 디자인이에요."

내 소식을 듣고 만들었다기에 옷감을 얼핏 봤으나 천의 색은 검었다. 어떤 의미로는 몹시도 정확한 영감이었다.

"요즘 봄이 만개해서 그런지 영애님들께서 연하고 부드러운 색을 찾으시지만, 발로즈 영애께는 그런 흐린 색보다는 강렬한 색이 어울리시죠."

마담이 가져온 옷은 검은색의 벨 라인 드레스였다. 상체 쪽의 천은 좌우로 갈라져 어깨를 훤히 드러내고 가슴 쪽으로 붉은 보석 가루를 흩뿌려 놓았다. 풍성하게 부푼 하단의 치마에서 가장 바깥의 천은 마찬가지 검은색이었으나 그 아래로 겹겹이 깔린 다른 천은 보랏빛이었다. 봄에 입기에는 다소 무거운 색감이었으나 여름보다는 나을 것이다.

그 외에도 몇 가지 디자인을 더 가져온 것이 있어, 나는 그 드레스를 포함하여 세 벌을 구매했다. 마담은 몇 달 새 바뀐 내 신체 치수를 새로이 측정한 뒤 물러났다.

그리고 나니 진이 빠져 나는 응접실을 나가지도 않은 채 소파에 늘어져 있었다. 발로즈에 있을 때는 귀족의 품위니 명예니 그런 걸 신경 썼겠지만, 에드가에는 어떤 의미로든 내 흉을 볼 사람이 없었기에 이런 면에선 편했다.

노크 소리가 났다. 새디로 알고 들어오라고 말했으나, 응접실로 온 사람은 녹턴이었다. 뭐, 이것도 이제 놀랄 일은 아니다.

"벌써 다녀갔어?"

"응, 대금은 에드가로 청구될 거야."

"당연한 이야길."

대수롭지 않게 답하며, 그가 맞은편의 소파에 앉았다.

"너는 옷 맞췄어?"

"방금 온 의상실에."

"라뒤앙에 맡겼다고? 남성복도 다루지만, 네가 맞출 정도는 아닐 텐데?"

"그쪽에서 먼저 제의해서 디자인을 보고 수락했어. 어차피 옷이야 어찌 되든 상관없으니까."

"뭐, 그래. 네 얼굴이면 몸에 신문지를 걸쳐도 괜찮겠다."

"몸은 어때."

"무사하다고 말하고 싶은데, 별로 그렇지는 않아."

두통은 없었으나 옷 좀 입어 보는 걸로 녹초가 됐으니까. 스트레스 때문이라고 핑계를 대고 싶었지만, 체력이 떨어졌다는 사실을 인정해야 했다.

"까맣게 잊고 있었는데, 마담을 보니까 생각났어. 이번 무도회 가면 완전히 난리 날 거야."

"무슨 의미로."

"몰라서 물어? 자, 그간 있던 일을 생각해 봐."

나는 손을 쫙 편 채 손가락을 하나하나 접으며 말을 이었다.

"너는 앨리스와 약혼 직전까지 갔고 나는 애런과 약혼했지. 그런데 갑자기 너와 그 애의 약혼이 무산됐고, 나는 애런과 급하게 파혼. 그러고는 곧바로 너와 약혼. 나중에는 또 파혼이 추가될 예정이지만."

말을 하다 보니 참 복잡하기도 했다. 남의 일이었다면, 나도 가십에 한 몫 가담했을지도 모를 만큼.

"1년간 일어난 일 중에 약혼은 몇 번이고, 또 파혼은 몇 번이야."

소파에 한결 몸을 파묻으며, 길게 한숨을 내뱉었다.

"개판이야, 아주. 이러니 사교계가 동물의 왕국이란 소릴 듣지."

"구설이 신경 쓰여?"

다음에 이어질 말이 뭔지 알 것 같았다. 또 중요하지도 않은 사람 눈을 뭐 그리 신경 쓰냐고, 그런 말을 하겠지. 말이야 맞는 말이긴 했다. 애런에게 들은 뒤로는, 나도 의식하고 고치려고 애쓰는 습관이기도 했고. 하지만 십몇 년을 쌓아온 습관이란 게 하루 이틀 만에 고쳐질 리 없다.

그러나 간만에 또 비아냥거리는 소리를 듣겠다고 생각한 것과 반대로.

"헛소리들 하면 막아 줄게."

"……무슨, 내가 부모님 뒤에 숨는 어린앤 줄 알아."

"내가 벌인 일이잖아. 지금뿐 아니라, 파혼하게 될 때도 신경 쓸 거 없어."

녹턴이 한 말이라기엔 너무 다정하다. 의심스럽게 눈을 치뜨자 그가 아무렇지도 않게 눈을 마주쳤다. 장난에 맞장구쳐 줄 생각이 없는지 녹턴은 나를 물끄러미 보기만 했다.

시선을 마주하는 것이 처음 있는 일도 아닌데, 그러는 시간이 길어지자 기분이 이상해졌다. 분위기가 더워지고 가슴 안쪽이 어색하게 간질거렸다. 더는 견디지 못하고 막 입을 열려는 차, 느리게 눈을 깜박인 녹턴이 아무 일도 없던 양 시선을 깔았다.

"하고 싶은 게 있어, 두루아."

그의 말에 순간적으로 이상한 생각이 들어 당황했으나, 가까스로 티를 내지는 않았다. 나는 짐짓 태연하게 물었다.

"뭔데."

"너에 대해 떠들어대는 사람을 조사해도 될까. 그러니까 네가 싫어하는 가십, 구설, 뒷말, 그런 걸 지껄이고 다니는 부류 말이야."

"갑자기……? 왜?"

"나는 여태, 좋은 쪽으로든 나쁜 쪽으로든 너에 대해서는 늘 자제해 왔어. 네 뒷말을 떠들고 다니는 이들에게도 간접적인 경고 외에는 아무것도 하지 않았거든."

녹턴은 차근히 자기변호를 깔아 놓고는 눈을 빛냈다.

"네가 싫어할 거라고 생각해서 그랬는데, 실은 내내 성가셔서 계속 신경 쓰였어."

"그러니까 이제 허락받고 보복하겠다는 거야? 네가 생각하는 보복이 어떤 건데?"

"글쎄."

청년의 눈이 묘한 기색을 담아 휘어졌다. 그 안에 잔혹한 빛이 떠올라 있지는 않았으나 저 머리 안에 무슨 생각이 들었을지는 모를 일이었다.

확실히, 녹턴 에드가의 방식은 어긋나 있었다. 오래전부터 나를 좋아했으면서 최면이 남아 있길 바라서 계속 시험하고, 버렸던 커프스 버튼을 주워 오고, 기억나지도 않은 지나간 말을 약속 삼아 생명을 해치지 않으려 애썼다. 저 나름대로 나를 존중하려고 애쓰며, 나에 대한 어떤 일(이를테면 감시라든가)도 간섭하지 않으려 하면서, 죄책감도 없이 혼담을 틀어막았다.

일관성도 없고 정말로 하고 싶은 일은 마음대로 해 버리지만, 그래도 할 수 있는 일은 하려고 하는 자기중심적인 최선. 조금 더 옛날이었다면 혼란스럽게만 느껴졌을 방식이, 이상하게도 마음에 받아들여진다.

내가 녹턴의 사고방식을 온전히 이해하게 되었다는 말은 아니었다. 다만 나는 어딘가 상식이 결여되어 있고, 균형이 안 맞게 삐죽빼죽한 그의 가치관이 생성된 배경을 좀 더 이해하게 됐을 뿐이다.

"잘했어, 녹턴."

"뭐?"

"여태 참아온 거, 아주 훌륭하다고."

"……두루야."

내 말이 무슨 뜻인지 알았는지, 그가 불만스럽게 내 이름을 불렀다.

"보복을 네가 하는 게 무슨 의미가 있어, 하려면 내가 해야지. 그리고 사교계에 떠도는 이야기를 이러쿵저러쿵 떠들어대는 건 나도 마찬가지야. 뒷말 좀 한다고 그렇게 대응하고 싶지는 않아."

"……."

"그렇게 신경 쓰이면 네가 좀 들어주든가."

"들어주다니?"

"내 욕 한 사람들 뒷담. 나도 욕 잘하거든, 알지?"

장난스럽게 눈을 찡긋하며 웃자, 가라앉았던 녹턴의 표정이 풀렸다. 웃으려고 하던 게 아닌 듯 손등으로 제 입가를 틀어막았지만 그럼에도 입꼬리는 올라가고 눈매도 휘었다.

잠깐의 저항을 포기하고 녹턴이 소리 내어 웃었다. 소년처럼 맑은 그의 웃음소리는 오랜만에 듣는다.

녹턴이 자리에서 일어나 내게 다가왔다. 뭐 하냐고 물을 새도 없이, 장신의 몸이 맞은편에서 내 바로 옆으로 이동해 왔다. 겨우 한 뼘 정도나 벌어진 거리, 당황한 내게 여전히 웃음기 어린 목소리가 닿아 왔다.

"가끔 네 윤리관이 짜증 날 때가 있어."

"갑자기 시비야."

"이것도 안 된다, 저것도 안 된다. 네 입으로 들은 건 아니지만, 내 머릿속의 작은 두루아가 계속 혼내는 걸 참느라 가끔은 바보가 된 기분이거든."

"혼나서 참은 게 그거야? 최면에 세뇌에 살인 미수에 납치에…… 안 참았으면 제국을 멸망시켰겠다."

"그 정도도 나한테는 힘들어서 때때로 화가 나기도 했어. 그런데."

그는 마치 그러기로 약속되어 있던 것처럼 자연스럽게 내 손을 가져가, 손목 안쪽에 입을 맞추었다. 손끝이 움찔거리며 오므라들고 뒷목의 솜털이 곤두섰다.

"실은 그것도 좋아하는 것 같아."

웃음기가 가신 목소리가 이상하게 선정적으로 들렸다. 뒤늦게 놀라며 손을 떨쳐 내자, 생각보다는 수월하고 손을 되찾을 수 있었다. 그러나 남의 숨결로 간질거리는 감촉은 손목에 새겨진 것처럼 생생했다.

"뭐뭐뭐, 뭐 하는 거야!"

물 흐르듯 자연스럽게 이어진 행동에 저지할 새도 없었다.

"미친 거 아냐? 어떻게 갈수록 자연스러워져? 건드는 일 없을 거라며, 입술, 발등, 손바닥, 손목, 온갖 곳을 다 건들고 있잖아!"

"엄밀히 말하면 '다시는 그럴 일 없을 거야.'라고 말했지. 키스한 뒤에 말이야."

"재수 없으니까 기억력 좋다고 자랑하지 마. 그리고 너한테는 아닐지 몰라도, 나한테 '그럴 일'은 모든 종류의 입맞춤을 통틀어 하는 말이야."

"입을 맞추지만 않으면 돼?"

"뭐……? 너 무슨 의미로 하는 말이야……?"

"아니, 손을 잡는 정도도 안 되나 싶어서. 무도회 때 에스코트는 해야 하잖아."

웃기고 있네.

무슨 의도로 한 말인지 뻔히 다 보인다. 분명히 나를 당황하게 만들려던 은근한 말이었다. 그럼에도 분한 것은, 알면서도 당황할 수밖에 없었다는 점이다. 거울을 보지 않고도 얼굴이 붉어진 것이 생생히 느껴진다.

나는 그를 노려보며 똑똑히 말했다.

"안 돼. 에스코트고 나발이고, 내 두 발로 알아서 걸어갈 거야. 네 팔에 손을 얹느니 지팡이를 짚고 가겠어."

"야박하네."

짐짓 서운한 투로 말했으나 그의 어깨가 웃음기로 떨리는 것이 훤히 보였다. 숨길 생각도 없는 것 같았다. 테이블에 놓인 찻물이라도 끼얹어 줄까 고민하던 중.

두루아, 다소 무거워진 목소리가 나를 불렀다. 녹턴의 입매에는 옅은 웃음기가 남아 있었으나, 분위기는 한결 달랐다.

"3개월 뒤에 내보내 주겠다고 했던 말, 조금 연장될지도 몰라."

"뭐……?"

"그 안에 끝내려고 했지만, 예정이 틀어졌어. 어쩌면 네게 말했던 것보다 빨리 끝날지도 모르지만, 훨씬 늦어질 수도 있어."

"하지만 녹턴―."

"독단이란 걸 알아. 그래도 미안하지만, 그 부분에 대해서는 양보할 수 없어."

단호한 말. 그럼에도 조금은 흔들리는 눈동자.

의도한 바인지는 알 수 없었으나 그로부터 녹턴의 미안함이 엿보이는 듯했다. 솔직히 달갑지는 않은 말이어서, 나는 무어라 따져 물을까 입을 달싹이다가 그냥 한숨을 내쉬었다.

"그 연장된다는 '조금'이 수십 년은 아니겠지?"

"아무리 늦어져도 1년 안쪽으로 해결할게."

"좋아, 에드가에 좀 더 있는 건 크게 문제 되지도 않을 테니까. 대신 3개월 안으로 이유를 말하겠다는 약속은 지켜 줘."

녹턴은 무어라 말할 수 없는 표정으로 나를 보다가, 느리게 고개를 끄덕였다. 나와 마찬가지로 달갑지 않은 수락이었다.

녹턴 역시도 내가 물러날 수 있는 만큼은 물러났다는 걸 알 것이고, 나 역시 이 정도로 일단은 만족할 수 있었다. 이유도 모른 채 감금당해 있는 것은 3개월로 족했다. 최소한 나와 관련하여 무슨 일이 벌어지고 있는지는 알아야 조금이나마 더 버틸 수 있을 테니까.

"걱정하지 마, 일이 끝나면 자유롭게 해 줄게."

"그걸 의심하지는—."

"정말이야, 두루아."

녹턴은 어느새 다시 내 팔목을 붙들고 조심스레 당겼다. 저항 없이 그의 품에 들어가자, 내 어깨에 그가 얼굴을 묻었다. 입술이 파묻힌 탓에 소리도 함께 묻혀 그의 말이 웅얼거리듯 들렸다.

"정말로 자유로워질 테니까."

그럼에도 뇌리에 새겨질 듯 선명한 그 말에 어쩐지 기분이 이상해졌다.

드레스를 맞춘 이후로 시간은 빠르게 지나갔고 기다리던, 혹은 두려워하던 날이 되었다. 황제의 탄일을 축하하는 황실 무도회.

라뒤앙에서 산 드레스를 입고, 그에 맞추어 케이프는 장미 문양 레이스가 달린 검은색으로 했다. 느슨하게 하나로 땋아 내린 머리에 가벼운 장식을 달아 채비를 마치고 나는 녹턴을 기다렸다. 준비에 필요한 시간은 내가 훨씬 길었음에도, 그는 미처 처리하지 못한 일이 있었으니까.

곧 녹턴도 1층의 홀로 모습을 드러내었고, 나는 라뒤앙에서 그에게 제의했다는 의상이 뭔지 확인할 수 있었다. 테일 코트, 셔츠, 조끼, 바지, 모두 명도의 차이만 있을 뿐 검었으며 크라바트에는 붉은 보석 가루가 달라붙어 있었다. 전반적인 디자인이 내 드레스와 몹시도 유사해서, 마담 브뤼셀이 무슨 생각으로 제의했는지 알 것 같긴 했다. 쌍둥이도 아니고, 약혼했다고 옷을 맞추어 입는 이유는 조금 모르겠지만.

색상이 강렬하지만 않으면 녹턴은 어떤 옷이든 무난하게 어울렸으나 확실히 검은색이 잘 어울렸다. 애런이 하얀 테일 코트를 입은 걸 보고도 감탄했지만, 역시 내 취향으로는.

"흰색보다 검은색이 좋다."

"무슨 뜻이야?"

"너 잘생겼다고."

녹턴은 미묘한 표정을 지으며 나를 에스코트하려 팔을 내밀었다. 그 위에 손을 얹으려다가 나는, 그의 셔츠 소매를 보고 무언가를 알아차렸다.

내가 커프스 버튼을 선물하기 전에도 그 후에도 한 번도 버튼이 달린 적 없던 소매에, 연보랏빛의 단추가 달려 있었다. 검은 다이아몬드, 연보랏빛의 연기가 떠오른 물건이.

"이거……."

내가 주었던 커프스였다. 허공에 멈춘 내 손을 끌어 제 팔에 얹고, 녹턴이 담담하게 말했다.

"나한테 있는 거 보여줬잖아."

"……이거 10년도 전에 산 건데."

"딱히 유행 타는 디자인도 아니니 지금 해도 상관없어."

"아니, 내 안목이 너무 출중해서 감탄했을 뿐이야."

기분이 정말로 좋아졌다. 자세히 보지 않으면 어떻게 생겼는지도 모를 조그만 단추. 어린 날에는 꽤 거금을 들였으나, 에드가 공작이 쓸 만큼 귀하지도 않은 커프스가 그의 소매에 달린 것이 좋았다.

왠지 이것만 보면 들뜨는 것 같아.

그러한 마음이 겉으로도 드러났는지, 녹턴은 가볍게 웃고는 걸음을 옮기기 시작했다.

"무도회장에서는 어떤 간섭도 않을게. 모르는 사람을 따라가는 것 빼고는 무슨 일이든 해도 좋아."

"진짜 어린앤 줄 아나 봐."

"그리고 이번엔 들키기 전에 미리 말해 두겠는데, 네 그림자에 마법을 걸어 났어. 유사시에 네 위치를 확인할 필요가 있어서."

그림자에 마법이라고……? 정말 별걸 다 하는구나.

신기한 말에, 걸으면서 발끝으로 그림자를 툭툭 건드렸지만 당연하게도 특별한 것이 느껴지지는 않았다.

"어차피 네가 아무 생각도 없이 무도회장에 데려갈 거라고 생각하지는 않았으니 상관없어. 아, 잠깐. 이거 얼마나 오래 가는데? 무도회 끝나면 사라져?"

"네가 없애 달라고 말할 때까진 계속 남겨 둘 생각이야. 네 기억력이 얼마나 가는지 궁금해서."

"웃겨, 진짜. 갈수록 가관이네. 잠깐만, 그런데 누가 알아차리기라도 하면 어떡해? 황실에는 거주하는 신관이 있잖아."

"흑마법의 마나 입자는 아주 작고 촘촘해서 어지간해선 눈치채기 힘들어. 특히 그림자처럼 실체가 있는 물질에 숨어 있을 경우에는."

말을 끊고, 녹턴이 손끝을 튕겼다. 동시에 발치의 그림자 일부가 나무줄기처럼 늘어나며 튀어나왔다. 마치 그림자에 자아가 있는 것처럼 보이는 모양새였다.

"이게 뭐야……!"

기겁하며 두어 걸음을 물러나도, 내 그림자에서 튀어나온지라 조금도 떨쳐낼 수 없었다. 잔뜩 경계하며 어깨를 움츠리자, 그림자에서 뻗어난 줄기는 비뚤어진 내 케이프를 바르게 돌려놓고는 다시 원래의 모습으로 돌아갔다.

"이렇게 되면 알겠지만."

가벼운 투로 말을 마무리하며, 녹턴이 두 걸음 멀어진 거리를 다시 좁혔다.

내 앞으로 태연하게 내민 팔이 얄밉다. 찰싹 소리가 나게 팔을 때렸지만, 얼얼해진 것은 내 손바닥뿐이라 녹턴의 웃음거리만 늘려 줬을 뿐이었다.

❧❦❧

저택 밖으로 나오는 일은 실로 오래간만이라 마차에 오르는 것조차 생소하게 느껴졌다. 그럼에도 긴장 때문에 창문을 내다보는 일도 할 수 없었지만.

황궁으로 다가갈수록 심장 박동은 거세어졌다. 오늘이야말로, 발로즈 일가에 관한 진실을 알게 될 것이고 나와 연을 정리하겠다는 앨리스의 말이 진짜인지도 알게 될 테니까. 모순적인 일이었다. 정작 나를 가둔 사람은 녹턴 에드가인데도, 내 주위에 있던 이들을 만날 걱정으로 이토록 심장이 뛴다는 것은.

황궁에 다다르는 것은 금방이었다. 곧, 나와 녹턴은 마차에서 발을 내리고 무도회장의 안으로 들어섰다. 시종장의 호명이 끝나자마자 곳곳에서 시선이 무섭게 쏟아졌다. 그러기로 말을 맞춘 사람들처럼, 동시에 이쪽으로 향하는 많은 이들의 눈길에 잠시 머리가 어지러웠다. 옆에 선 이가 손을 잡아 준 덕에 몸을 휘청거리지는 않았다.

처음으로 달려든 건 권력에 빌붙으려는 하이에나들.

"오랜만에 뵙습니다, 공작 각하! 저는 남부에서 온—."

"발로즈 후작 영애, 저를 기억하시나요? 저번에 함께 티파티에서—."

굳이 대꾸해 줄 것도 없이, 고개를 까딱이며 지나쳐 버리면 그만이었다.

그 다음으로는 녹턴이 블루팜 공작을 필두로 한 거물들에게 둘러싸이려고 해서, 나는 은근슬쩍 그를 버리고 빠져나왔다. 그러자 나를 기다리던 이는.

"세상에, 발로즈 후작 영애시군요! 공작 각하와 약혼하셨다지요?"

"……후우."

"분명히 제게는 아무 사이도 아니라고 확언해 주신 것 같은데, 희한한 일이로군요. 어떻게 되신 건지 말이라도 들을 수 있을까요, 영애?"

홀리아나 백작 영식이었다. 긴말할 건 없고, 내 얼굴에 홀려 치근덕거렸다가 차인 뒤로 앙심을 품은, 그야말로 전형적인 못난이였다.

한동안 안 보여서 편했는데 언제 수도로 올라온 거람.

"들을 수 없겠네요, 제가 좀 바빠서."

"예?"

독기와 질투로(애증이라고 말하고 싶진 않다. 우웩) 일그러졌던 얼굴이 멍청하게 풀어졌다. 그러거나 말거나, 나는 회장에 들어선 이후로 계속 고개를 두리번거리기 바빴다.

어머니, 아버지, 알로이나 앨리스. 분명히 주위에 사람들을 끌어모으고 있을 텐데도, 그 눈에 띄는 인사들이 누구 하나 보이지가 않았다.

설마, 전부 참석하지 않은 건 아니겠지?

"발로즈 후작 영애, 지금 절 모욕하시려는 겁니까? 분명 그렇게 말씀하셨잖습니까."

대화를 나눌 의사가 없는 걸 분명히 알았을 텐데도, 홀리아나는 부득불 내 앞을 가로막았다.

"제 마음을 받아줄 수는 없지만, 그게 공작 각하와 마음을 나눈 탓은 아니라고요. 그런데 이제 와서, 각하와 약혼을 하셨다는 건 그때 한 말이 거짓이란 뜻이잖습니까. 그래 놓고 지금은—."

"홀리아나 백작 영식, 그 이야긴 나와 하는 게 맞겠군요."

녹턴이 내 앞을 가로막으며 말했다.

벌써 빠져나오다니 대단하네. 이 정도 시간이면 정말, '잘 지내셨습니까?' '네.' 하고 끝난 수준인데.

불쾌한 낯으로 멀어져 가는 블루팜 공작을 보며, 나는 간만에 에드가의 힘을 실감했다. 3 공작 중 가장 오만한 이가 새파랗게 어린 청년에게 찍소리도 못 한다. 그래도 녹턴이 막 공작 위에 올랐을 때는 저 정도는 아니었는데, 시간이 흐르긴 한 모양이다.

"예? 예, 각하?"

"약혼을 제의한 것도, 생각 없는 사람을 유혹한 것도 전부 내 쪽입니다. 아니면, 혹 영식은 저를 비난하고 싶은 걸 돌려 말하는 중인가요?"

녹턴의 말에 사내의 눈이 둥글게 커졌다. 그는 한 번도 나를 대놓고 감싼 적은 없었으니까.

웃으며 이쪽을 흘금거리던 몇몇 얼굴이 굳어졌다. 아마도 홀리아나의 다음 순번으로 나를 조롱하려고 했을 것이다.

새삼 환멸이 나기도 했다. 당연하게도 내게 직접 시비를 거는 이들은 고위 귀족이었으나, 그들조차 에드가의 한마디에 입을 다무는 처지였다. 저토록 질이 나쁜 무리에서 권세를 따져가며 공격할 대상을 고른다는 걸 알았지만, 새삼 저들이 짐승처럼 느껴졌다.

"그, 그런 게—."

"이야기는 테라스에서 하는 게 좋겠군요."

나직이 말하고는, 녹턴이 내게 눈짓하고 사라졌다. 거의 끌려가듯 발걸음이 무거운 홀리아나를 보며 나는 혀를 찼다.

속된 말로 찌질하다, 정말.

그가 떠나고도 시험 삼아 나는 주위를 빙 둘러봤지만, 더는 나와 눈을 마주치는 사람도 없었다. 저들의 졸렬한 행태에 화가 나긴 했지만 더 시간을 빼앗길 일은 없을 듯했다.

"일단 치워 두고 천천히 처리하려고 했는데, 너무 존재감이 없어서 잊어버렸네. 언제 올라온 거람."

갑자기 들린 소리에 놀라, 나는 휙 고개를 돌렸다.

어느샌가 바로 옆까지 다가온 이는 알로이였다. 정확히는.

"안녕, 두두. 오늘 정말 예쁘다."

"알로—."

천연덕스럽게 나타난 알로이와 로직스 엘포드였지만. 달갑지 않은 동행에, 나는 절로 입이 벌어졌다.

"—직스 엘포드?"

"알로직스 엘포드라니, 따로 인사하기 귀찮았구나."

"뭐야, 왜 같이 와? 파트너야? 정말로 약혼해? 이미 한 건 아니— 읍."

쏘아대던 물음이 끝나기도 전에, 알로이가 내 입을 틀어막았다. 그럼에도 눈을 가린 건 아니었기에 내 흥분은 가라앉지 않았다.

"간만에 봐서 반가운 건 알겠는데 조금만 천천히. 그러다 숨넘어가겠어."

"이거 놔! 지금 그게 문제야? 세상에, 정말, 로직스 엘포드―."

"응, 그 '정말'이야. 인사해야죠, 로직스."

"……오래간만에 뵙습니다, 발로즈 후작 영애."

"네, 정말 오래간만이네요. 엘포드 영식. 더 오래간만이면 좋았을 텐데."

죽상으로 얼굴을 일그러뜨린 엘포드를 보며, 나는 한 음절 한 음절 힘주어 말했다. 그는 약혼하기 싫어 죽을 것 같은 얼굴을 하고 있었다. 당연했다. 좋아하는 사람이 따로 있으니 알로이와 약혼하는 게 달가울 리……는.

아니 자기 주제에 알로이면 감지덕지하지, 뭐 저따위로 얼굴을 구겨?

엘포드의 얼굴을 뚫어 버릴 듯이 강렬하게 노려봤으나 넋이 나간 표정으로 선 청년은 조금도 위축되지 않았다. 정신 나갔나.

"약혼식 잡혔어?"

"공식적인 자리에 파트너로 대동할 정도니까. 일단은 다음 달이야."

하필이면 다음 달이라니, 그때면 녹턴에게 붙잡혀 있을 텐데.

아니, 생각해 보니 다음 달이 아니라도 문제였다. 녹턴이 말한 기한이 연장되었으니 참석 자체가 불가능할 것이다. 녹턴이 알로이의 약혼식에 가게 해 줄 가능성도 있었으나, 가능하든 아니든 달가운 일은 아니었다.

나는 지나치게 흥분하지 않으려 애쓰며, 차분히 입을 열었다.

"알로이, 나는 정말로 이해가―."

"그것 말고도 하고 싶은 말이 있을 것 같은데."

내 말을 끊고, 알로이가 묘하게 미소 지었다. 그 얼굴을 보자 잊어버린 일이 떠올랐다.

처음 무도회장에 들어서면서 나를 긴장하게 만들었던 가정, 생각, 의혹. 로직스 엘포드가 알로이의 파트너로 온 일에 당황하여 숨었던 감정이 다시금 쏟아진다. 서신을 주고받으면서도, 글자만으로는 무엇도 확신할 수 없어서 미루어 왔던 검증의 시간이 왔다. 내 표정이 굳어지자, 그녀는 이야기할 준비를 하듯이 노골적으로 로직스 엘포드를 쫓아내고 나를 테라스로 이끌었다.

커튼을 닫고도 잠시간은 나는 어떠한 말도 할 수 없었다.

"어머니와 아버진—."

"아, 오늘 참석 못 하셨어. 저번에 서신으로 말했던 신입이 이번에 큰 사고를 쳤거든. 이래서 낙하산은 좀 곤란하다니까, 황제 폐하의 탄일 파티에도 참석할 수 없게 만들다니 말이야."

가까스로 입을 열었으나, 알로이의 천연덕스러운 답에 또다시 말문이 막혔다. 나는 내 자매를 물끄러미 바라보았다.

그녀의 눈빛은 평소처럼 또렷했고, 어딘가 이상하게 보이지도 않았다. 도무지 세뇌를 당한 것 같지 않은 얼굴이다. 사실 녹턴에 대한 분노가 녹고 감정이 애매해지면서는, 나도 확신할 수 없게 되었다.

녹턴은 발로즈의 정신에까지 손을 댔을까.

편지를 주고받으면서, 가족들은 한 번도 내 처지를 직접적으로 언급하지 않았다. 급작스럽게 약혼을 하고 에드가로 거처를 옮긴 것이 정상으로 보일 리 없음에도 불구하고, 그들은 내가 에드가에 있는 처지를 몹시 자연스럽게 받아들였다. 지금, 내 걱정이라고는 조금도 내비치지 않고 일상적인 말을 꺼내는 알로이처럼.

발로즈는 정말로 세뇌당했기에 강제적인 약혼을 받아들이고 내 신변을 녹턴에게 떠넘긴 걸까, 아니면 세뇌 같은 건 없었고 순전히 가문의 이익만을 위해 나를…….

아직 아무것도 듣지 않았는데, 마음속에 두 가설을 올려 둔 저울이 한쪽으로 기울어진다. 알로이에게서 세뇌의 흔적이 없었기에 불가피한 일이었다.

"그게 다야, 두두? 더 물어볼 건 없고?"

"내가 물어봐야 하는 거야?"

"응⋯⋯?"

"내가 물어봐야만 답해 주는 거야, 알로이?"

되묻는 말에 알로이의 표정에 당혹감이 떠올랐다. 그 표정에 나는 서러워졌다. 속에서부터 점점 설움이 차오른다. 능글맞은 알로이의 말투를 얄미워하면서도 사랑했으나, 적어도 지금만큼은 싫었다. 남이 했으면 별것 아닌 말인데도 사랑하는 가족이 나를 시험하듯 힘들게 하는 것은 참기 힘들었다. 설사, 가문의 이익을 위해 나를 약혼시킨 거라도, 솔직하게 말하고 미안하다고 말해 주길 바랐다. 그런데.

"그렇다면 아무것도 말해 줄 필요 없어."

나는 입술을 깨물고 고개를 수그렸다.

얼마나 그러고 있었을까, 깊은 한숨 소리가 났다. 알로이가 내 머리를 쓰다듬었다.

"미안해, 두루아. 내가 잘못했어."

"⋯⋯대체 무슨—."

"맹세코 너를 팔아넘긴 건 아니야. 하지만 자세한 사정에 대해 말해 줄 수는 없어."

요즘 나한테 사과하면서, 말해 줄 수 없다고 침묵하는 게 유행인가?

마음이 울컥했다. 저 말 뒤에 어떤 말이 따라붙을지 알 것 같았다. 이미 애런이, 녹턴이 같은 절차를 밟았으니까.

"나를 위해서 그런다고 말하진 않겠지."

"틀리지는 않네."

두루아, 다정히 부르며 알로이가 내 눈가를 쓸었다.

"울지 마, 화장이 망가져도 넌 예쁘겠지만, 사람들이 수군거리는 거 싫어하잖아."

"지금 상황에 농담이 나와?"

"좀 곤란해서."

"곤란한 동생이라 미안하게 됐네."

"그런 게 아니라……. 그래, 변명할 것도 없지. 발로즈가 약해서 그래."

뭐?

나오려던 눈물이 쏙 들어갔다. 무슨 맥락에서 나온 건지도 모를 말이었다.

"어떤 상황에서도 너를 지켜 줄 힘이 없어서, 남의 손을 빌린 거야. 그게 분해서 힘을 키우려고 노력하고 있는데, 아무래도 단기간에 되지는 않네."

눈가를 찡그리고 그녀가 한숨을 내쉬었다.

"테롭스 안단테는 영 아니었지만, 결혼은 좀 더 빨리할 걸 그랬어. 미혼의 후계자는 너무 권위가 없다."

"무슨 말을…… 하는 거야, 알로이. 발로즈에 무슨 일이라도 생겼어?"

"발로즈엔 없어, 일은 너한테 있지. 나중에는 말해 주겠지만, 지금은 안 돼. 네가 다 알게 되면 행동이 어떻게 튈지 전혀 모르겠으니까. 어떻게든 너는 안전해야 해, 두루아."

통 이해할 수 없는 말에 미간을 찡그리자, 알로이가 그 위로 입을 맞추었다.

"그래도 하나는 약속할게, 사랑하는 내 동생. 네가 원치 않는 결혼을 시킬 생각은 없어."

녹턴과 파혼할 예정인 걸 알고 말하는 건 아니겠지.

눈을 가늘게 하며 알로이를 바라보자, 그녀가 순하게 처진 눈매를 부드럽게 휘어 웃었다.

"네가 싫다는데 각하께서 발목을 붙들고 늘어지면 암살자라도 보내 줄게."

"무슨 그런 살벌한 농담을……. 됐어, 보내 봐야 소용없어."

"이상하네. 너도 각하가 싫지 않다는 말로 들리는 대답인걸."

"나 없는 동안 귀가 더 막혔네. 약혼은 됐으니 귀나 뚫어."

결국 알로이가 하는 말도 같았다.

말해 줄 수 없다. 너를 위해서야. 나중에 다 말해 줄게.

그런데 이상하게도, 애런이 하는 말이 다르고 녹턴이 하는 말이 다르고 알로이가 하는 말이 다르게 와닿는다. 쌓여 온 시간은 중요치 않다고 여겼지만, 마냥 그렇지도 않은 모양이다. 겨우 이 정도 달래는 말에 마음이 응어리 하나 없이 풀어지는 게 이상했다.

애런에게처럼 화를 내고 싶지도 않았고, 녹턴 때처럼 나중을 기약하며 넘어가 준다는 느낌도 아니었다. 설사 나중이 되어 아무런 말을 해 주지 않는다고 하더라도 의심하지 않을 것처럼. 알로이의 말에서는 분명한 확신이 느껴졌다.

"그러니까 두두, 혹시 각하께서 결혼도 전에 널 건들려고 하시거든 말이야."

"여기서 무슨 소릴 하는 거야, 대체……!"

"이걸 얼굴에 부어 버려."

그렇게 말하고 그녀가 내 손에 쥐어 준 것은 성수가 담긴 병이었다.

기시감이 느껴지는데, 요즘 나한테 성수를 주는 것도 유행일까.

그런 멍청한 생각을 하며 고개를 드는 순간, 알로이의 미소 띤 얼굴이 눈에 들어왔다. 유순한 눈매가 휘어져 짓는 웃음을 뭐라고 할지…… 살벌했다.

그를 보며 나는 두 가지 사실을 알게 되었다. 알로이도 녹턴이 흑마법사라는 걸 알고 있다는 사실과 알로이가 조금 전에 암살자를 보내겠다는 말이 실은 그녀의 진심이었다는 사실. 앨리스가 성수를 줬을 때와는 다르게, 손안에 독극물이 들린 기분이 들었다.

알로이와의 대화를 마치고, 나는 테라스를 나왔다.

아무런 설명도 들을 수 없었지만 그럼에도 안도했다. 내 가족들이 세뇌당한 게 아니며, 나를 팔아넘긴 것도 아니란 말을 들을 수 있었으니까. 상황을 모면하려는 거짓말도 아니다. 나는 내 자매의 방식을 잘 알고 있었다. 그 이유에 대해서는 여전히 몰랐으나, 결과만으로 만족했다.

내가 하고자 한 일이 하나뿐이었다면, 그립던 얼굴을 보며 계속 한담이라도 나누었을 것이다. 그러나 내게는 만나야 할 사람이 한 명 더 있었다.

"너를 전처럼 대할 수 없다고 해. 에드가로 다시 오지 않을 거라고."

앨리스 리모란드. 녹턴보다도 오래된 내 친구.

그 애가 왜 그런 말을 했을지는 여전히 감도 잡히지 않았다. 녹턴에 대한 경계가 극에 달해 있을 때라면 그가 말을 꾸며낸 거라고 의심했겠지만, 이제는 그럴 수도 없었다.

앨리스가 왜 내게 그런 말을 했을까, 어째서 감정이 상한 걸까. 혹 어쩌면……

"그래서 오늘도 클레이모어 경이 안 온 거야?"

애런과 관계가 있는 걸까.

그 애를 찾아, 무도회장을 누비고 다닐수록 머릿속이 점점 복잡해졌다. 여전히 얼굴을 볼 수 없었지만, 다행스럽게도, 앨리스가 무도회장에 왔다는 정보는 들을 수 있었다. 그녀와 마주 보고 인사를 나눈 사람을 봤으니 분명했다.

그럼에도 이렇게까지 만날 수 없다는 건, 그 애가 나를 피하고 있기 때문이겠지.

그에 오기가 생겨서 나는 주위들은 앨리스의 인상착의를 곱씹으며 더 열심히 그 애를 찾아다녔다. 하늘색 로브 아 라 폴로네즈, 흰 꽃으로 만든 머리 장식, 두 갈래로 땋은 머리……!

"앨—."

"꺅, 누구……. 어머, 발로즈 영애님 아니세요?"

마침내 발견한 앨리스의 어깨를 짚었으나 뒤돌아본 사람은 다른 이였다. 공교롭게도 비슷하게 생긴 옷을 입고 비슷한 머리를 했을 뿐인, 그러나 익숙한 얼굴의.

"벌써 잊어버리신 건 아니죠? 피오라 모멘텀이에요. 원래는 모멘텀가의 사녀였지만, 이제는 삼녀가 된 막내딸이요."

피오라 모멘텀을 필두로 둔 네 명의 여인은, 모멘텀 남작 부인과 세 명의 영애들이었다. 앨리스가 수도로 올라온 뒤로는 나도 에른하르트에 발길을 끊었다. 본 지 2년이 넘은 얼굴이 다소 긴가민가했으나 자기 입으로 소개까지 했으니 착각일 리는 없었다. 나는 서둘러 주위를 두리번거렸으나 다행히 외진 곳이라 보는 눈은 없었다.

"네가 왜 여기에 있어."

"역시 제게는 조금도 관심이 없으시군요. 저도 이제 어엿한 성인이라고요, 데뷔탕트 볼로 황실 무도회를—."

"말조심하렴, 피오라!"

사색이 된 남작 부인이 피오라 모멘텀의 팔을 잡아끌었다. 그러나 이미 들을 말은 다 나온 뒤였다. 황제의 탄일을 축하하는 무도회를 데뷔탕트 볼로 삼겠다니, 시골 영지의 막내 영애가 내뱉어도 좋을 말은 아니었다.

"죄송합니다, 발로즈 후작 영애. 이 애가 경솔하게 한 말은 부디 잊어 주시길 바랍니다."

"……모멘텀 남작 부인, 부인을 비롯한 영애들이 이 자리에 있는 게 정말 피오라의 데뷔 때문인가요."

"이 애가 하도 졸라대서 잠깐 왔을 뿐이에요. 조용히 있다 돌아갈 예정이니 아무 일도 생기지 않을 겁니다. 반드시 그렇게 할 거예요, 영애."

"봐 봐요, 어머니! 그리고 코르나도! 제가 못 올 데 온 것도 아닌데 왜들 그래요? 그럼, 수도는 앨리—."

"닥쳐, 피오라!"

앨리스의 이름이 나오려는 때, 차녀 에멜리아 모멘텀이 다급히 피오라의 입을 틀어막았다.

익숙한 모습이었다. 내 눈치를 살피는 남작 부인과 두 딸. 앨리스를 시기하던 철없는 막내 피오라, 저곳에 미안한 얼굴로 웃는 앨리스를 끼워 넣으면 에른하르트로 갈 때마다 늘 보던 모습이 완성된다.

그러나 그리운 마음이라곤 조금도 없었고 이들에게 정을 느끼지도 않았다. 앨리스와 처음 만난 날, 남작성을 방문했던 때 그 애가 어떤 취급을 받았는지 나는 똑똑히 봤다. 거미줄이 처지고 먼지가 퀴퀴한 창고 같은 방. 어디서 뭉개고 온 거냐고 자연스럽게 그 애의 머리를 내리치던 남작 부인. 그리고 계단에서 앨리스의 발을 걸어 넘어뜨리려던 6살의 피오라 모멘텀. 그 애와 내가 친구가 된 뒤로는, 두 번 다시 그런 모습을 보지는 않았으나 첫인상이란 그만치 강렬했다. 이들의 등장이 조금도 달가울 리 없었다.

리모란드에서는 모멘텀이 올라온 걸 모르나. 이들을 왜 내버려 둔 거지.

의아한 마음이 들었으나, 모멘텀 일가가 죄를 지은 게 아닌 이상 내가 어찌

145

할 방법은 없었다. 더군다나 지금은 이들을 상대할 시간도 없었으니까.

"그래요, 부인과 영애들이 오면 안 될 곳에 온 건 아니죠. 뭐라고 탓할 생각은 없으니 부디 무탈하게 지내다 가시면 좋겠군요. 그 애에게 피해가 될 일은 없도록."

"우와, 발로즈 영애님께서는 속도 좋으시네요. 아직도 그 사람을 감싸고 싶어요?"

"피오라, 제발 좀⋯⋯!"

"코르나도 들었잖아, 아까 사람들이 쑥덕거리는 소리! 그 여자, 발로즈 영애님을 모욕한 사람들이랑 어울리고 있다잖아!"

나를 모욕한 사람들과 어울린다⋯⋯. 나와 앨리스의 사이를 이간질하려는 것으로밖에 들리지 않는다.

내가 피오라를 무거운 눈으로 쳐다보자 그 애는 잠시 움찔하다가도 곧 기세등등해져서 소리쳤다.

"설마 영애님, 모르셨던 건 아니죠? 그리고 보니 영애님께서 요즘 약혼 때문에 바쁘셨다는 말도 들었는데, 어쩌면 정말 몰랐을 수도 있겠네요."

"확실한 것도 아니잖아, 피오라, 제발!"

"그 사람이 그렇다니까요, 영애님 앞에서는 온갖 착한 척을 다 했지만 실은 얼마나 기회주의적이고 이기적인 사람인데!"

"⋯⋯너, 지금 나한테 그 애 욕을 하는 거니?"

"와, 정말로 아무것도 모르시나 봐. 우리가 그 여자한테 얼마나 잘해 줬는지도 모르시죠?"

피오라의 가족들이 안절부절못하며 그녀를 만류하려 했으나, 그녀는 오히려 오기가 치민 것 같았다. 모멘텀이 앨리스한테 얼마나 잘해 줬는지 모르냐니, 너무도 어처구니없는 말이 기가 차다.

헛웃음을 내뱉으며 피오라를 바라보자 그녀는 그걸 더 말해 보라는 신호로 본 모양이었다.

"코르나는 데뷔탕트 볼에 입을 드레스를 내주고 에멜리아는 첫사랑한테 받은 오르골까지 내줬어요. 저는 제 목걸이, 귀걸이, 반지까지 다 빼앗겼다고요!"

"그, 그건 내가 그냥 준 거야!"

"그뿐인 줄 알아요? 잠이 안 온다고 해서 어머니는 매일 숙면에 좋은 차를 내갔고 저는 온갖 심부름까지 도맡았다니까요?"

피오라가 씨근덕거리며 말을 이어 갔다.

"갑자기 어깨가 결린다고 해서 부모님께도 안 해 드린 마사지를 해야 했고 세안 물도 다 제가 내갔어요. 완전히 절 시녀로 부려먹었는데!"

"피오라 모멘텀."

"그렇게 잘해 줬는데도 수도로 올라오고는 침묵하라고 협박하고. 수도에서 데뷔탕트 볼을 치를 수 있도록 도와 달라고 그렇게 애걸했는데 듣는 시늉도 하지 않았어."

얼마나 이기적이에요, 기가 막혀.

내게 하는 말인지 혼잣말인지 모를 말로 마무리하고는, 그녀는 이제 알았냐는 듯 의기양양하게 허리에 손을 올렸다. 그 모습을 보며 나는 이마를 짚을 수밖에 없었다.

"그런 말도 안 되는 이간질에 속아 넘어갈 줄 알았어? 멍청한 소리는 그쯤 해. 가만히 들어준 내가 바보 같을 지경이니까."

"제가 거짓말을 하는 것 같아요? 완전히 배신당한 와중에도 영애는 그 여자 말이 그렇게 신뢰가 가요?"

"아무렴 너보다는 그 애가 믿음이 가지."

쓸데없는 데 시간을 허비했네. 왜 저걸 다 들어주고 있던 거람. 다시 앨리스나 찾아봐야겠다.

설레설레 고개를 내젓자, 피오라를 제외한 모멘텀 일가가 안도의 한숨을 내쉬는 것이 보였다.

저들이 피오라를 막아 줄 테니, 방해받을 일은 없겠지.

그녀를 무시하고 다시 몸을 돌리자, 푸른 눈동자와 눈이 마주쳤다. 열 걸음 남짓 떨어진 거리에 선 여자, 머리를 두 갈래로 땋고 하늘색 드레스를 입은 이는 분명 앨리스였다.

마침내 발견한 친구를 보고, 그 애의 이름을 부르려는 찰나.

"발로즈 영애님의 이름을 얼마나 팔아먹었는데, 그것도 모르고 친구인 줄 알았죠?"

악에 받친 목소리가 내 귀를 뚫고 들어왔다. 조금 전에 한 말의 연장과도 같은 외침이었다. 아무런 근거도 없고 신빙성도 없는, 그저 철없는 어린애의 치기일 뿐인 말.

그러나 앨리스의 반응이 그 소리를 흘려들을 수 없게 만들었다.

나와 눈을 마주치고 있었기에, 그 애의 표정이 확연히 눈에 들어왔다. 창백하고 파리하게 질린 얼굴, 크게 흔들리는 눈동자에는 얼핏 공포와도 같은 감정이 스며들었다.

아. 저 표정이 의미하는 게 무언지 알 것 같았다. 피오라 모멘텀의 말은 어쩌면 거짓이 아니라…….

앨리스가 뒤돌아 도망쳤다. 그러나 나는 크게 펄럭이는 치맛자락을 보면서도 그 애를 붙잡으러 발을 뗄 수 없었다. 멍해진 내 정신을 일깨운 것은, 뒤쪽에서 난 소리였다.

짝, 살갗과 살갗이 거세게 맞닿는 소리에 놀라 나는 도로 고개를 돌렸다. 에멜리아가 피오라의 뺨을 내려친 모양이었다.

"정말 좋게 좋게 넘어가 주려고 하니까 별소릴 다 하는구나, 모멘텀을 무너뜨리고 싶어 환장한 거니, 피오라."

"하, 하지만 에멜리아, 나는—."

"에른하르트로 돌아가는 즉시, 다리가 부러지고 싶은 게 아니라면 입 다물어."

희번덕거리는 눈이 살벌하기 짝이 없다. 그래 놓고는 다시 나를 보는 눈빛에서는 분노가 싹 빠졌다. 외려 미안한 기색이 비굴하리만치 가득 차오른 표정이다.

"죄송합니다, 발로즈 후작 영애. 이 애는 어떤 식으로든 교육하겠습니다."

그녀가 내게 다가와 고개를 숙였다.

"다시는 수도에 올라올 일도 없을 거예요. 그러니 부디 용서해 주세요. 리모란드 측으로도 말이 흘러 들어가지 않도록, 제발—."

"하나만 물을게요, 에멜리아."

네?

어안이 벙벙한 에멜리아를 보며, 나는 입술을 짓씹다가 물었다.

"피오라의 말이 무슨 뜻인가요."

⁂

모멘텀에서 말을 전부 전해 들었을 무렵에는, 드디어 무도회의 주인공이 안으로 들어섰다. 황제의 인사말과 선물 수여식이 지나가고 악단이 노래를 시작했다.

이때만을 기다리던 귀족들 틈바구니에서, 나와 녹턴도 춤을 추었다. 먼저 입을 열 기분은 아니어서 조용히 몸을 움직였더니 녹턴이 소리를 낮춰 물었다.

"······만났어?"

"얼굴만 보고 말은 못 해 봤어, 계속 도망 다녀서."

"그럼 표정이 왜 그래."

"그냥······ 좀 충격적인 말을 들어서."

순전히 피해자인 줄로만 알았던 이가 나를 휘둘러 가해자가 되었다는 건, 수월히 받아들일 수 있는 이야기는 아니었다. 무거운 피로감이 눈꺼풀을 눌러 와 나는 느리게 눈을 감았다 떴다. 마음에 차올랐던 결의가 천천히 무너지는 것이 느껴졌다.

"춤만 추고 돌아갈까, 녹턴?"

"만나지 않아도 괜찮아?"

"알로이는 만났고, 앨리스는······. 그래, 이제는 내가 용기가 없어. 그 애한테 무슨 말을 들어야 할지도 모르겠고."

"사실이에요, 그······ 사람은 발로즈 영애님을 만나고 달라졌어요. 처음에는 가벼운 부탁 정도였지만, 갈수록 영애님의 이름을 권력으로 휘둘렀어요. 사람이 바뀌기라도 한 것처럼."

"저희가 잘했다고 말할 생각은 아니에요. 하지만 그 사람도 영애님이 아시는 만큼, 선하지는 않습니다. 그건 분명해요."

피오라 모멘텀은 제 이득을 위해서는 얄팍한 거짓말도 금방금방 지어내는 사람이었으나, 에멜리아는 달랐다. 인성이 바르지는 않아도 금방 들킬 거짓말을 할 사람은 아니다. 점점 사색이 되어가는 남작 부인과 코르나의 얼굴만 봐도 그 말이 진실이란 걸 알 수 있었다.

그런 이야기를 듣고 나니, 자신을 잃게 되었다. 앨리스가 정말로 나를 친구로 생각했는지조차 확신할 수 없게 돼서, 처음부터 친구가 아니었다는 말을 들을 것이 두려워서.

"무슨 말을 듣고 온 거야? 앨리스 리모란드가 에를린, 카룬, 홀리아나와 어울린다는 말?"

"아…… 그것도 진짜였구나. 아무튼, 다른 이야기야. 확실한 건 아니라 자세히 말하기는 좀 곤란하지만."

말로는 그렇게 해도 심정적으로는 확신하고 있는 모순이 우스웠다. 힘없이 웃고 입을 다물자, 악단이 곡을 연주하는 소리만이 정적을 메웠다.

녹턴은 조금 머뭇거리는 듯하다가 입을 열었다.

"……분노, 원망, 질투, 죄책감, 배신감."

"무슨, 말이야?"

"그 여자가 몸에 걸고 있던 아티팩트를 다 부수니까 느껴진 감정이야. 전부 너를 향한 마음이었어."

분노, 원망, 질투, 죄책감, 배신감. 어느 하나 이해할 수 있는 것이 없었다. 그나마 죄책감은 종전에 들은 이야기와 맞닿는 부분이라도 있었지만, 배신감을 느낄 만한 이유는…….

"그래서 오늘도 클레이모어 경이 안 온 거야?"

정말 꿈에서 그날의 대화를 봐 버린 걸까? 애런이 내게 제 첫사랑이 그 앨리스가 맞는다고 실토하던 일을……?

그러나 그렇다고 하더라도, 이상한 이야기였다. 그날, 애런은 울면서 맹세 때문에 제 정체를 드러낼 수 없다고 털어놓았고 나는 그가 진실을 고백하도록 설득했다. 저만 모르고 있었다는 사실에 배신감을 느낄 수는 있으나, 아무런 말도 해 보지 않고 연을 끊을 정도는…….

아니, 이것도 내 처지에서나 할 수 있는 이야기일까. 앨리스의 기분이 정확히 어땠을지는 그 애밖에 모를 일이었다. 내 기준으로 남의 감정을 재단할 수는 없었다.

"그 여자가 네게 느끼는 감정이 바뀐 건 사실이야."

"바뀌었다면, 그럼 그전에는?"

"글쎄."

"넌 말하기 싫으면 다 '글쎄.'라고 하더라."

"어리광 부리지 마, 두루아. 만나 보겠다고 말한 건 너였으니 제대로 매듭지어."

설핏 차갑게 들렸으나 내 등을 떠밀어 주는 말이란 건 금세 알았다. 녹턴은 내가 앨리스와 다시 만나길 바라지 않았으니, 내 말에 고개를 끄덕이고는 데려가 버리면 그뿐일 것이다. 그런데도 제가 아는 단서를 제공하고 이야기를 해 보라고 권하는 건, 녹턴 자신을 위해 하는 일은 아니었다.

말과 본심의 괴리에 괜히 웃음이 났다. 힘없이 꺼졌던 마음이 다시금 바로 선다.

"녹턴, 그 말을 따뜻하게 하는 방법을 알려 줄까?"

"뭐?"

"앨리스 리모란드는 널 소중하게 여겼어. 모종의 오해가 있을지도 모르니 관계가 아예 틀어지기 전에 확인해 보자. 에드가로 돌아가면 쉽게 나올 수 없을 텐데, 네가 후회하는 걸 바라지 않아."

"소설을 쓰지그래."

"어차피 확신이 서기 전의 모든 추측은 다 소설이지, 뭐."

녹턴이 가볍게 한숨을 내쉬었다.

152

"네 말이 전부 맞는다는 건 부정할 수가 없네."

"어?"

"앨리스 리모란드가 널 보물처럼 싸고돈 것도 맞고, 네게 알 수 없는 배신감을 품었으니 오해한 걸 수도 있고, 에드가로 돌아가면 일이 끝나기 전까지 내보내 줄 수 없는 것도 맞아. 그리고."

곡에 맞춰 가까워진 거리에서, 낮은 목소리가 귓가를 스치며 울렸다.

"네가 후회하지 않았으면 하는 것도."

"……십수 년 세월이 영 쓸모없는 건 아니네. 그렇게 배배 꼬인 말을, 이렇게 멋들어지게 풀어내다니."

녹턴이 픽 웃는 걸 보고, 춤에 맞춰 나는 빙글 몸을 돌리고. 막바지로 향할수록 춤곡은 점점 격해져 갔다.

"만약 오해가 아니라면 말이야, 앨리스와 아예 절연하게 되면 위로해 줄래?"

"어렵지 않지, 마침 들어온 샴페인 중 좋은 게 있거든."

"축하가 아니라 위로. 그런 날 샴페인이라니 아무튼 못됐어."

"무도회에 끝까지 있을 생각은 없어. 한 시간 뒤면 귀족들 대부분이 돌아갈 테니, 그쯤 떠날 거야."

"그전에 해결하도록 노력할게."

드디어 첫 춤이 끝나고 녹턴이 내 손을 놓아주었다. 가 보란 듯 손짓하는 모양새가 예뻐서, 나는 충동적으로 그의 뺨에 입을 맞추었다.

"용기 줘서 고마워."

당황하는 녹턴을 등지고, 나는 빠르게 앨리스를 찾아다니기 시작했다.

그러나 내 계획은 예상대로 되지 못했다. 어느새 셰릴 보르나인이 다가와서.

"리모란드 공작 영애를 찾는 거라면 의미 없어요. 무도회장의 첫 춤이 끝나기도 전에 돌아가 버렸거든요."

이렇게 말했으니까.

"앨리스가 돌아갔다고요?"

"사색이 된 얼굴로 도망이라도 치듯 떠났어요. 계속 발로즈 영애를 의식하고 있었으니, 영애한테서 도망친 거겠죠. 하기야, 요즘 어울리는 사람들만 봐도 뻔하지만."

"보르나인 후작 영애."

"그렇게 노려보지 말아요. 그런다고 리모란드 공작 영애가 돌아오는 건 아니잖아요?"

얄미운 말에 보르나인을 쏘아봤으나 틀린 말은 아니었다. 앨리스는 떠났고, 그렇게 갔으니 돌아오지 않을 것이다. 나는 곧 다시 에드가로 향하게 될 것이고, 내가 탈출이라도 하지 않는 한 앨리스를 만나러 갈 수는 없을 것이다. 그 애가 저택으로 올 리도 없었고.

그럼 녹턴이 말한 기한까지는, 계속 그 애를 볼 수 없는 걸까.

그럴 순 없다. 어쩌면 1년이나 될지 모를 긴 기다림 동안 앨리스를 보지 못한다면, 관계는 돌이키지 못하고 틀어져 버릴 수도 있다. 모멘텀에게 충격적인 말을 들었으나, 여전히 내겐 앨리스가 소중했다. 설사 그 애에게 강렬한 배신감을 느껴 연을 끊어 내고 싶었더라도 말 한 마디 나누지 않고 그럴 수는 없는 일이다. 어쩌면 정말로, 나는 아랫입술을 사리물었다.

에드가 저택에서 잠깐 탈출해야 할지도 모르겠다. 누구의 도움도 없이 저택을 탈출하는 건 힘들겠지만 그렇다고 포기할 수는……

"발로즈 후작 영애, 듣고 있어요?"

신경질적인 소리에 나는 상념에서 빠져 나왔다. 내 생각에 몰두해서, 눈앞에 세릴 보르나인이 있는 것도 잊고 있었다.

"뭐라고 하셨는데요."

"……하여튼 무례하기는. 이제 한가해졌죠? 그럼 저와 얘기 좀 하자고요, 발로즈 영애."

앨리스의 귀가로, 할 수 있는 일이 없어졌기에 나는 보르나인을 따라 테라스로 들어왔다. 그러나 그녀는 나를 끌고 들어온 주제에 한참 동안 말문을 열지 않았다. 인내심 있게 기다려 주어도 도통 벌어지지 않는 입에 슬슬 짜증이 치밀었다. 막 따져 물으려 입을 여는 때, 드디어 보르나인이 말을 텄다.

"영애의 자매, 그러니까 알로이 발로즈는 정말로 로직스와 약혼하기로 한 거죠?"

"엘포드 영식한테 못 들으셨어요? 다음 달이라고 하잖아요."

"다음 달? 다음 달이라고요?"

뭐야, 정말로 소식을 못 들었나.

충격으로 물든 얼굴은 진실했다. 로직스 엘포드가 보르나인에게 아무런 말도 안 했다니, 충격적이었지만.

"몰……랐어요, 못 들었어. 요즘 로직스는 저와 통 얘기를 하지 않으려고 해서."

"아니, 결혼도 아니고 약혼이니 얘기 오갈 즘이면 서둘러 하죠. 왜 그렇게 놀라요, 보르나인 후작 영애. 엘포드 영식을 좋아하기라도 하는 사람처럼. ……아니죠?"

설마 하는 생각에 물었을 뿐이지만, 창백하게 질린 얼굴은 내 말에 긍정하고 있었다.

이제 와서?

"뭐야, 저한테는 로직스 따위는 갖든 말든 마음대로 하라고 했잖아요."

"이게 다 영애 때문이에요! 영애가 쓸데없이 찌르고 다닌 바람에. 로직스를 그런 식으로 생각해 본 적은 없었는데! 전에 고백을 받았을 때도, 분명……!"

고백을 받은 적도 있다고?

어이가 없는 전개에 그녀를 황당하게 쳐다보자, 셰릴 보르나인은…… 고개를 수그렸다.

설마.

"보르나인…… 후작 영애? 울어요? 우는 거 아니죠? 영애도 자존심이 있지. 내 앞에서 운다고요?"

"시끄러우니까 닥쳐요! 안 울어, 안 운다고요!"

그렇게 외쳤으나, 보르나인의 고개는 여전히 들리지 않았다.

"좋아하는 거 아니에요. 그럴 리 없잖아요. 나는…… 전에 사랑도 해 봤는데, 이런 기분이 아니었어요."

"녹턴…… 말이군요."

"그래요, 영애의 약혼자. 생각해 보니 진짜로 웃기네요, 그렇게 아니라고 친구라고 우길 때는 언제고 이제 와 약혼이라니. 대체 몇 사람한테 거짓말을 하고 다닌 거람."

이 와중에도 나를 비난할 정신이 남았다니, 여러모로 대단한 사람이었다.

"그러는 보르나인 영애야말로, 그렇게 필요 없다고 말할 때는 언제고 약혼 일정이 잡히고 나니까 좋아한다는 건 뭐예요. 남의 남편이 된다니까 그건 좀 아까워요?"

"안 좋아한다니까요? 전에 좋아했던 때랑 완전히 느낌이 다르다고요!"

셰릴 보르나인이 빽 소리를 내질렀다. 울고 있음에도 참으로 시원스러운 성량이다.

"전에는…… 그분 옆에 누가 붙어있어도 마음에 불이 붙은 것 같는데, 그분의 이름만 들어도 심장이 터질 듯했는데, 소설에서 보는 것처럼 그랬단 말이에요. 그런데 로직스를 상대로는 그게 아닌걸."

"셰릴 보르나인이 사랑하는 방식이 우습지는 않았니, 두루아. 꼭 책 속에 나오는 것처럼 평면적이잖아."

"본인이 생각하는 사랑의 방식이 그런 거였겠지."

지나간 녹턴의 말이 떠오르자, 무어라 형용할 수 없는 기분이 들었다.

셰릴 보르나인은 착각으로 이루어졌을 뿐인, 그 가짜 사랑을 진짜라고 믿고 있다. 세뇌가 끝난 뒤에도 제가 녹턴을 사랑했다고 생각한다. 그러니 진짜와 가짜를 헷갈리고서는 외려 로직스 엘포드를 향한 마음이 거짓이라고 착각하는 것이다. 녹턴이 뿌려 놓은 씨가, 이제는 온전히 거두어 갔다고 믿은 마법이 아직 보르나인에게 영향을 미치고 있었다.

마음이 껄끄러웠다. 알고 있으면서 말할 수 없다는 죄책감에, 무어라도 해야겠다는 오지랖마저 들 정도였다.

"그래서 그때는 행복했나요? 녹턴을 떠올리는 것만으로, 마음속이 차올랐다거나 음…… 아무튼 기뻤나요?"

"……몰라요, 그런 건."

"그럼 엘포드 백작 영식은요, 생각하면 어떤 기분이 들어요?"

"지금 울고 있는 거 보면 내 기분이 어떨지 몰라요?"

안 운다며.

뻔뻔스럽게 고개를 든 보르나인은, 이제는 제 눈물도 숨기지 않으려는 모양이었다. 아니면 이미 늦었다고 생각하거나. 품에서 손수건을 꺼낸 셰릴 보르나인이 제 얼굴을 꾹꾹 눌러 닦았지만, 하나로는 턱없이 모자랐다. 그녀가 자연스럽게 손을 내밀었다.

"영애 손수건도 줘요."

"……무슨 맡겨 놓은 사람처럼."

어이가 없었지만, 별수 없이 나는 손수건을 내어 주었다.

"엘포드 백작 영식도 아직 영애 좋아해요."

"알아요."

"그럼 망설일 게 뭐 있어요? 더 늦기 전에 고백하고 끝내요. 나도 그 사람이 알로이와 약혼하는 거 달갑지 않거든요."

"지금 장난해요? 이미 두 사람의 약혼이 많이 진전됐는데 그걸 어떻게 뒤집어요! 난 못 해요! 어머니께 뭐라고 말을……. 그리고 로직스한테도 그토록 단호하게 거절했는데, 이제 와서 뭘……."

정석적인 대답이기는 했다. 귀족의 혼담이란 그토록 가벼운 것이 아니었고 더군다나 셰릴 보르나인은 자존심이 상당한 사람이었으니까. 녹턴의 일로 그녀에게 부채감을 느꼈고 알로이와 엘포드의 약혼을 반기지도 않았지만, 내가 더 할 수 없는 일도 없다.

나서서 어떻게든 떼를 쓰면 약혼을 무산시킬 수도 있겠으나, 확고해진 알로이의 결심을 그렇게까지 방해하고 싶지는 않았다. 죄책감이 든다 한들, 보르나인은 내게 귀한 사람도 아니었으니까. 엄밀히는 엘포드가 테롭스보다는 나은 사람이니. 결국에는 나도─.

잠시만.

안타깝게 셰릴 보르나인을 바라보다가 나는 무심코 떠오른 생각에 눈을 가늘게 떴다. 새삼스러운 일이었으나, 그녀의 키와 체구는 나와 비슷하다.

"……만약 제가 영애를 도와주면요, 로직스 엘포드와 알로이의 약혼을 깰 수 있도록 도와주면, 뭘 해 줄 거예요?"

"네?"

"보르나인 후작 영애, 날 도와줄 수 있어요?"

셰릴 보르나인이 어리둥절한 낯으로 고개를 기울였으나, 곧 그녀의 분위기가 변했다. 이미 알고 있었지만, 눈치 하나는 참 빨랐다.

"목숨을 걸어야 하는 일은 아니죠?"

"아니에요."

아마도……?

"일단 이 자리에서 자세한 얘기는 말할 수는 없으니 시간 되는 대로 에드가로 와 주세요. 저와 화해하고 친구가 되었다고 하면, 만나게 해 줄 거예요. 들어오면서 친한 척 좀 하고. 당분간 셰릴이라고 부를게요, 영애도 두루아라고 해요."

"그게 무슨—."

방문을 허락해 줄 거라고, 장담할 수는 없었지만 아마도 만날 수 있을 것이다. 녹턴은 셰릴 보르나인에 대해서는 조금도 경계하지 않았으니까. 앨리스를 만나지 못하게 되었으니, 그녀와 한담을 나누게 해 달라고 하면 의심하더라도 거절하지 않을 것이다.

만나는 동안 그림자에 마나를 집어넣든 뭘 하든 마음대로 하라고 협상하면 조금쯤은 눈감아 주겠지. 거절한다면…… 그때는 다른 방법을 찾아봐야겠지만.

"아, 그리고 미리 말하겠는데 저택에서 사용인이 있을 때는 별말 하지 말아요. 다 녹턴 귀로 들어갈 테니까."

"잠, 잠시만요. 각하의 귀로 들어가는 게 어때서요, 그분 귀에 들어가면 안 된다는 말이에요? 영애 대체 어떻게 살고 있길래 그런 말을……."

"궁금하면 직접 와서 확인해요."

보면 깜짝 놀라 까무러치겠지만.

어쩐지 기대가 되는 모습에, 이상하게 웃음이 나왔다.

"올 거라고 기대할게요, 셰릴. 당신의 사랑을 위해서라도."

혼자 힘으로 탈출할 수 없다면, 다른 이의 도움을 받으면 된다.

다행스럽게도 사용인들은 인지 능력이 통상적인 사람들과 달랐다. 명령을 내리면 수행하고 업무에 관한 일에는 보통의 사람처럼 주의를 기울일 수 있었으나 그 외의 분야에서는 달랐다.

이를테면, 저택에 길고양이 수십 마리가 들어온다고 가정해 보자. 평범한 사람이라면 그걸 내버려 두면 안 된다고 판단하겠지만, 에드가의 사용인은 고양이에게 눈길도 주지 않을 것이다. 왜냐하면, 들짐승을 들어오게 하지 말라는 명령은 듣지 못했으니까.

그러한 인지력의 허점을 이용하면, 내가 탈출하는 것도 영 무리한 일은 아니었다. 공작저에서 수도로 오갈 수 있는 길이 외길이라 눈에 띄었으나, 외부인의 도움(마차 같은)을 받는다면 자연스럽게 나갈 수 있었다.

그러나 그렇게 생각해서 셰릴을 불렀음에도, 망설이는 마음이 남긴 했다. 성공할 수 있을지도 불분명했고, 혹 그녀에게 불똥이 튈 수도 있었으며, 녹턴이 나를 저택에 묶어 두려는 나름의 이유도 분명히 있을 테니까.

그러나 무도회를 다녀온 이튿날, 신문사에 실린 제보를 보고는 나는 결심을 다잡을 수 있었다. 블루팜 공작이 후원하는 신문사에서 마침내 그 애의 치부가 터져 버렸다.

리모란드 공작가의 숨겨진 보물, 요양이 아니라 도난이었다?!

신문에는 모멘텀 남작이 앨리스를 훔쳐다 기른 이야기가 낱낱이 적혀 있었다.

'이런 건 꿈에 나오지 않았잖아.'

리모란드 공작저, 앨리스 리모란드는 침실의 침대에 널브러져 누워 있었다. 빗질하지 않은 머리칼은 엉망으로 흐트러졌고 항상 청명하던 눈동자는 흐리멍덩하니 빛이 없었다. 내내 침대에서 일어나지 않은 탓에 해가 넘어가고 있음에도 슬립 차림이었고 눈 밑으로 퀭한 그늘이 졌다. 그리고 침대의 옆으로는 채 열어 보지도 않은 편지들이 산더미처럼 쌓여 있다. 그 안에 적혀 있을 내용이라면 뻔했다.

신문에 적힌 내용이 사실이냐고 묻고 있겠지. 정말로 요양을 떠났던 게 아니라 에른하르트에서 자랐냐고. 공작 부인을 흠모한 기사가 널 납치해 간 거냐고. 에른하르트에서 험한 일이 있던 건 아니냐고.

최근 어울리게 된 무리가 얼마나 악랄하게 혀를 놀리는지는 이미 체감한 적 있었다. 편지에 적혀 있을 말도 훤히 그려 낼 수 있었다. 그러니 굳이 펴 보지 않았다. 그러지 않더라도 이미 가슴은 난도질당해 있었으니까.

"앨리스, 문 좀 열어 봐! 더는 강요하지 않을게, 수프라도 좀 먹어, 앨리스! 그러다 쓰러진단 말이야!"

밖에서 가족들의 부름이 들렸지만, 그녀는 눈 뜬 시체처럼 멍하니 천장을 올려다보기만 했다.

신문은 리모란드에서 취한 조치로 인해 한 시간 만에 내려갔다. 그러나 이미 발행된 신문을 없앨 수는 없었다. 단 몇 분이었대도, 수도의 모든 귀족이 알기엔 충분했을 것이다.

블루팜에서도 그걸 노리고 터뜨린 거겠지. 에드가는 넘보지도 못하고 리모란드라도 끌어내리기 위해 안달 난 가문이었으니.

앨리스는 이해할 수 없었다. 그녀에게 있어 중요한 일들은 모두 알려 주던 꿈이 왜 이번에는 아무것도 보여 주지 않았을까. 그리고 그랬으면서 왜.

'사람들의 반응은 낱낱이 보여 주는 걸까.'

[그래, 뭔가 이상하다고 했어. 아무리 요양을 다녀온 거라고 해도, 좀 이상했잖아. 시골에서 올라온 촌뜨기였다니.]

[그러게 말이야, 에른하르트면 대체 어디 촌구석이야. 거기 기사들이 수행 다니는 데 아닌가. 왜 볼 건 없고 몬스터나 나오는 곳. 그쪽 출신이라면 알 만하네.]

[그런데 왜 요양 중이라고 거짓말을 한 걸까요?]

[모르십니까? 리모란드 공작 부인과 영애가 엄청 닮았잖아요. 그런데 또 그 영애를 납치해 기른 사람은 공작 부인을 흠모했다고 하니……]

[어머, 어머, 정말 추저분하네요. 리모란드 영애도 참 가엾게 됐어요. 그 정도의 명문에 태어났는데 어쩜—.]

최근 꾸는 꿈들이 의식 저편에서 올라와 머릿속을 지나갔다.

앨리스에 대해 뒷말을 수군거리는 사람들, 조금도 여과되지 않은 악의와 조롱. 심지어 그녀의 유년에 대한 추문은 제 가족들마저 공격했다. 리모란드의 명예를 공격하고, 저와 가족들을 이간질하려는 뒷말이 돌아다니기도 했다. 그런 꿈을 꾼 뒤로, 앨리스는 가족들의 얼굴조차 볼 수 없게 됐다.

'내가 뭘 잘못한 거지.'

태어나자마자 납치당해서, 겨우 있어야 할 곳으로 돌아왔을 뿐이다. 어느 시기가 되기 전까지는 갖은 구박과 멸시를 받으며 자랐고, 힘이 좀 생기고는 모멘텀 일가를 휘두르긴 했으나 그건 제가 당한 일을 보복한 것뿐이었다.

제겐 잘못이 없다. 아무런 죄도 짓지 않았다. 미안해할 사람이 있다면 두루아뿐이었으나, 그녀 역시도 뒤에서 저를 기만하고 조롱한 죄가 있지 않은가. 결국 같을 텐데 왜 나만, 왜 내게만 이런 일이…….

'아닌가.'

속말로 중얼거리던 중에, 앨리스는 문득 두루아의 얼굴을 떠올렸다. 황실 무도회에서 마주쳤던 얼굴, 정말 끈질기게 저를 쫓아다녀서 결국 얼굴을 보고 끊어 내겠노라 다짐했던 그 순간.

"발로즈 영애님의 이름을 얼마나 팔아먹었는데, 그것도 모르고 친구인 줄 알았죠?"

피오라 모멘텀이 그 말을 한 때, 멍해지던 두루아의 얼굴이 아직도 생생하다. 모멘텀이 은근슬쩍 수도에 올라왔다는 건 알고 있었는데, 어쩌면 두루아에게 이상한 말을 할지 모른다는 생각도 했었는데. 그런 일이 생길지 모른다고 예상했음에도 그녀의 표정이 변하는 순간, 앨리스는 온몸의 피가 싸늘하게 식어 버리는 것 같았다. 그렇기에 당당히 얼굴을 보고 절연하겠노라 굳건히 결심했음에도, 앨리스는 도망치듯 무도회장을 떠났다.

저는 죄가 없는데, 오히려 두루아에게는 배신을 당했을 뿐인데 왜 그랬을까. 어린 날, 두루아를 등에 업고 추저분한 복수를 한 죄가 그녀의 배신보다 무겁다고 판단한 걸까? 아니면, 무의식적으로도 제가 무고하다는 건 오만한 착각임을 알기 때문일까.

따지고 보면, 두루아가 지은 죄는 없었다. 저에 대해 촌스럽다고 한 것 말고는 별다른 비방도 없었다. 오히려 대놓고 절 모욕했더라면 꿈을 의심해 봤겠지만. 에드에 대해 먼저 말하지 않은 건 저 또한 마찬가지였으니, 설사 두루아가 말하고 싶었어도 섣불리 입을 열 수 없었을 것이다. 단편적인 꿈 하나만을 보고 멋대로 배신감을 느끼며 우롱당했다고 단단히 화를 냈지만……

어쩌면 진정으로는 두루아를 향한 질투에 눈이 멀어 섣부르게 행동한 걸지도 모른다. 저만이 알고 있을 줄 알았던 '에드'를 두루아도 알고 있고, 그녀가 에드와 사랑을 나눈다는 것에 눈이 뒤집혀서 그만.

그렇다면.

'내가 나빠서…….'

검은 가발, 흐리멍덩한 인상의 청년이 머릿속에 떠올랐다. 몇 번을 마주하고 몇 번을 말을 섞었음에도 도무지 떠올릴 수 없던 얼굴. 그 얼굴 위로 백금발의 사내가 덧씌워진다.

애런 클레이모어, 에드이나 에드이기를 거부한 사람. 제 첫사랑이며 지금은 두루아를 사랑하는 사람. 저에 대해 모르는 척해 주겠노라 맹세했던 저의 기사.

맞아, 그러고 보니 서약을 하기도 했었지.

떠오른 생각이 앨리스의 입매가 약하게 휘어졌다. 그래 놓고, 그런 주제에, 왜 아는 척하지 않느냐 배신감을 느끼다니 우습기 짝이 없다. 그래, 전부 제 탓이다.

'은혜도 모르고, 당한 일에만 괜히 화가 나고 배신감을 느끼고 시기를 하고, 그래서.'

"전부 잘못된 거야. 전부 내가 자초한 거야."

허무하게 중얼거리며, 앨리스가 연거푸 웃음을 터뜨렸다.

피오라 모멘텀의 말대로였다. 저는 정말 이기적이고 자기중심적인 사람이다. 두루아에게 온갖 미안한 척은 다했으면서, 꿈에서 본 일을 제대로 알아볼 생각도 않고 단번에 등을 돌렸다. 더군다나 그 애는 녹턴 에드가의 손아귀에

잡혀 있는 상태였음에도.

사실, 그런 생각을 하는 지금도 그녀를 향한 의심을 완전히 씻어 낼 수 없었다. 어쩌면 그날을 간절히 바라고 있었는지도 모르겠다. 제가 지은 죄에서, 앨리스 모멘텀을 향한 자기혐오에서, 씻어 낼 수 없는 죄책감에서 도망치고 싶어서, 두루아와 멀어질 기회만을 기다리고 있던 걸지도.

잠기운이 쏟아져 내렸다. 잠이 들면 예지몽이 앨리스를 찾아올 것이다. 그리고 꿈은 또다시 귀족들이 그녀에 대해 어떤 나쁜 말을 하는지, 인간의 악의가 얼마나 지독해질 수 있는지를 눈앞에 들이밀겠지.

한때는 몹시도 기다렸던 꿈이지만, 지금은 조금도 반갑지 않다. 앨리스는 통제할 수 없는 꿈, 악의로 가득 찬 예지몽을 피하고 싶었다. 그러나 앨리스 리모란드는 너무나 무기력했기 때문에 찾아오는 밤손님을 피해 도망칠 수도 없었다. 길게 팬 그녀의 눈매로 눈물방울이 흘러 떨어졌다.

새삼스레 두루아가 한 말이 떠올랐다.

"이렇게 말하긴 좀 조심스럽지만, 너무 꿈에 의존하지는 마."

그럴 걸 그랬다.

꿈을 믿지 말걸. 꿈에 의존하지 말걸. 차라리 너를 믿고 그런 말을 한 게 진짜냐고 확인이라도 해 볼걸.

아직 그녀를 미워하면서도, 그런 의미 없는 후회가 들었다. 양가적인 감정은 어둠에 파묻히고, 앨리스는 다시 꿈에 발목이 붙들려 무의식으로 끌려 내려갔다.

오늘도 긴 밤이 될 것이다.

앨리스의 기사가 신문에 실린 지도 벌써 나흘이 지났다. 내가 앨리스의 이야기를 꺼내면 아직도 미련을 버리지 못했냐고 나를 경계할 것 같아서 입을 꾹 다물었으나, 이쯤에는 나도 인내가 닳았다.

나는 결국, 녹턴에게 그 애에 대해 물을 수밖에 없었다.

"녹턴, 그거 누가 제보한 줄 알아? 그러니까 앨리스―."

"내가 한 거 아니야."

"……이제 어지간해선 의심 안 할 테니까, 미리 선 긋고 부정하지 마. 말 그대로, 아는지 물어본 거야."

"아론 모멘텀 남작."

내 질문을 예상이라도 한 듯 이름자가 손쉽게 튀어나왔다. 그러나 녹턴의 그러한 태도보다는, 바로 나온 이름이 더 놀라웠다.

아론 모멘텀은 앨리스를 납치해 기른 그 애의 가짜 부친이었다. 듣기로, 리모란드에서 사람이 나오자마자 잽싸게 도망쳐서 지금은 행방을 모른다고 하던데, 이번 일을 제보한 사람이 모멘텀 남작이라니. 정말로 오래간만에 듣는 이름이었으나, 듣는 즉시 납득할 수 있는 범인이었다.

그런데 녹턴은 그걸 어떻게 아는 거지, 의아한 마음이 치솟는 즉시 그를 눈치채기라도 한 듯 녹턴이 말을 이었다.

"그자의 행적을 좇고 있었어. 인성에 비해 실력은 쓸 만해서, 작정하고 숨으니 리모란드에서도 찾아내지 못했으니까. 쥐고 있으면 좋은 패가 될 것 같아서 찾아다녔지만, 유감스럽게도 한 발 늦었지."

"한 발 늦었다는 말은……."

"지금은 내 손에 있어. 신문사에 제보한 뒤에야 잡았지만."

녹턴이 태연하게 하는 말에 놀라 나는 자리에서 벌떡 일어났다.

"모멘텀 남작을 네가 붙잡아 놨다고?"

"그래, 앨리스 리모란드가 무도회에 나오지 않았다면 그자를 이용해 널 만나게 해 줄 셈이었어."

"확실히 모멘텀 남작이라면, 그 애도 나왔겠네."

"하지만 두루아, 너는 그 여자를 만났어."

녹턴의 눈동자가 천천히 굴러 나를 바로 쳐다보았다.

"첫 춤을 추는 동안 리모란드가 도망쳐 버린 것은 유감이지만, 내가 굳이 그 여자를 네 앞에 데려다 놓을 의무는 없다는 이야기야."

"알아."

그날, 등을 떠밀어 준 게 녹턴이 할 수 있는 최대한의 배려였다는 걸 모를 리 없다. 아마 그때도 그는 내가 앨리스와 연을 정리하고 오기를 바랐을 것이다.

나는 한숨을 쉬며 도로 자리에 앉았다. 앞에는 아직 먹지 않은 식사가 가득 남았지만, 식욕은 바닥을 뚫고 내려갔다. 기계적으로 고기를 썰어 내며 나는 침착해지려 애썼다.

앨리스가 지금 뭘 어쩌는지 물어볼까? 녹턴이 또 '글쎄.'라고 말하고 대답하지 않으면, 그것만으로도 그 애의 상태가 멀쩡하지 않다는 건 확신할 수 있을 텐데.

아니, 이것도 멍청한 생각이다. 지금 앨리스가 멀쩡할 리 없었다. 나만 해도 그 기사를 본 뒤로 밤잠을 설치는데, 당사자인 앨리스의 속이 어떨지는 짐작하는 것만으로 괴로웠다. 저지르지도 않은 죄에 발목을 붙들려, 온갖 추문의 중심에 선 기분이 어떨까.

혹 그 애가 나쁜 생각이라도 하는 건 아닌지, 염려로 머리가 가득 찼다. 그런 생각으로 인해 나는 고기를 다 썰고도 칼질을 멈추지 않고 접시를 썰고 있다는 걸 뒤늦게 알았다.

내 정신이 돌아온 걸 알는지, 녹턴이 다른 화제를 꺼냈다.

"보르나인 후작가에서 이상한 연락이 왔던데, 너를 만나고 싶다더라고."

"셰릴 보르나인……? 아, 그래, 드디어."

"바로 아는구나, 그 여자의 이름을 딱 집어 말하지는 않았는데."

"의심하듯 말하지 마. 셰릴과 말한 게 있으니까 아는 건 당연하잖아. 무도회
장에서 초대했거든, 한번 와 주면 좋겠다고."

천연덕스럽게 뱉은 말에, 녹턴의 얼굴이 묘하게 변했다.

"셰릴…… 이라고? 보르나인 후작 영애, 하물며 보르나인도 아니라?"

"나도 세뇌를 푼 거지. 셰릴 보르나인은 남의 가십을 물어뜯고 다니길 좋아
하면서, 자기보다 권력이 약한 사람을 찍어 누르기 좋아하는 무례하고 철없는
여자라는 편견을 깨고 친구가 된 것뿐이야."

"유감스럽게도 그건 편견이 아닌 것 같은데."

혼잣말처럼 중얼거리는 말에 심정적으로는 고개를 끄덕이고 싶었다.

그렇지, 내가 생각해도 그건 편견이 아니라 진실이야.

하지만 정말 그렇게 말할 수는 없었기에, 나는 정말로 셰릴을 무고한 사람이
라고 생각하듯 뻔뻔하게 굴었다.

"사람을 교환하듯 말하는 게 이상하다는 건 알지만, 앨리스 대신이라고 생각
하고 셰릴의 방문을 허가해 줘."

"글쎄……. 갑자기 셰릴 보르나인과 친구가 되었다고 말하면, 내가 의심도
없이 믿어 줘야 할까."

"모르는구나? 앨리스가 요즘 어울려 다니는 무리, 셰릴도 싫어하거든. 그 사
람들 뒷말을 나누다 보니 좀 그렇게 됐어. 원래 빠르게 친해지는 데는 남 욕이
제일이거든."

168

내뱉고 나니, 정말로 그게 셰릴 보르나인과 친해질 수 있는 최선의 방법처럼 느껴져서 내가 한 말임에도 조금 껄끄러워졌다.

"셰릴이 저택의 사용인들을 보고 뭔가 이상하다고 생각해도, 그 이유는 짐작도 못 할 거야. 당장, 새디만 해도 여전히 아무것도 모르니까."

녹턴은 무슨 말을 하는지 들어나 보자는 식으로 물끄러미 나를 보았다. 그러고는 내가 말을 마친 뒤에도 잠시 침묵하다가, 한숨을 내쉬었다.

"어쩌려는 거야, 두루아. 그 여자 안 좋아했잖아."

"녹턴, 아무리 내가 좋아도 여자한테 질투하지 마. 난 여자를 좋아하지 않아."

진지한 답을 회피할 겸, 농담 삼아 한 말인데 그의 눈가가 찡그리듯 가늘어졌다. 어떻게 봐도 불쾌한 표정이었다.

"설마 진짜 질투야?"

"아니야."

"그러고 보니, 앨리스와 가까이 지내는 걸 못마땅하게 생각했지. 따지고 보면 앨리스가 너한테 원한을 가지는 건 이해가 돼도 네가 그 애를 껄끄러워하는 건 이상한데. 설마 그런 이유였어?"

"그건 너 때문이잖아, 두루아."

"응?"

"어릴 때부터 가까이 한 친구가 있다는 티는 있는 대로 냈으면서, 상대의 존재조차 내내 숨겼으니까."

아…….

담담하게 한 말에, 나는 어색하게 웃었다.

녹턴에게 앨리스의 존재를 감추려 애쓴 건 진짜였다. 두 사람이 언젠가는 만나게 될지라도, 내가 직접 만나게 해 주고 싶지는 않았으니까. 그러나 생각해 보면, 내가 숨기려고 애쓸수록 티가 났을 것이다. 무언가 감추고 있는 것이 분명하니까 수상하게 생각하는 것도 당연했다. 그 수상함이 껄끄러움으로 전이되는 과정은 조금 이해가 되지 않았지만.

"결혼할 남자라도 숨겨 둔 줄 알았어."

이어진 말에 뭐라 할 말이 없어, 나는 입술만 달싹였다. 존재조차 숨겼으니 그렇게 생각했을 수도 있었으나…….

그럼, 질투한 거였나? 앨리스를 질투했다고?

내가 그 애를 감춘 이유와 완전히 상반되는 결과물에 기분이 미묘해졌다. 그리고 뭐라고 할까……. 미친 소리 같지만, 녹턴이 좀 귀엽게 보였다.

"그래서 안 좋아한 거야? 잠깐, 그럼 여자인 걸 알았으면 된 거 아냐?"

"네 옆에 걸리적거리는 게 붙어 있는 건 싫어."

"아니, 걸리적거린다니……. 질투 맞잖아. 세상에 여자한테까지 질투라니, 녹턴, 넌 날 얼마나 좋아하는 거야."

"아니라고 했어."

"아, 그래. 내가 어릴 때 행동을 잘못했다."

"……무슨 소리야."

"셰릴 보르나인이랑 말다툼을 할 게 아니라 친하게 붙어 지내야 했는데. 그럼 네 속을 더 잘 뒤집어 놓을 수 있었을 텐데."

점점 표정이 삐딱해지던 녹턴이, 돌연 눈을 휘어 웃었다.

"역시 그 여자는 못 오게 하는 게 좋겠어."

"그러니까 더 질투 같잖아, 달링."

"이상한 호칭으로 부르지 마."

그러는 자기는 종달새니 파랑새니 잘만 불러대면서.

속으로는 투덜거렸지만, 나는 별다른 첨언 없이 고개를 끄덕였다. 막상 내뱉

170

고 나니 혀에 털이 돋아날 것처럼 으스스한 호칭이었으니까.

"아무튼 허락해 줄 거지?"

"네가 그 '허락'이란 말을 안 쓰면."

"전부터 엄청 민감하게 구네."

나는 혀를 한 번 차고는 표정을 바꾸었다.

"알았어, 그럼 허락받을 일도 아니란 소리지? 와도 좋다고 답신 좀 부탁할게."

그러길 바라는 것 같아 당당하게 허리를 펴며 말하자, 녹턴이 만족한 듯 미소 지었다. 이것만은 여전히 이해 못 할 행동이었다.

"참, 두루아. 사흘 뒤에 아침부터 저택에 없을 거야."

"뭐? 갑자기?"

"개인적인 일이 생겼거든. 정 심심할 것 같으면, 그날도 부르도록 해. 하루쯤은 눈감아 줄 테니까."

"……언제 돌아오는데?"

"자정이 지나고 새벽쯤에."

갑작스러운 녹턴의 부재, 초대에 대한 허락. 미묘한 기분이 들었다.

나는 그의 얼굴을 물끄러미 바라보다가 천천히 고개를 끄덕였다.

이튿날, 세릴 보르나인이 에드가 저택을 찾았다. 겉보기에는 가벼운 방문일 뿐인데도, 옛 사랑의 저택에 방문한다는 생각 때문인지 그녀는 전투적으로 치장한 상태였다.

시녀의 안내를 받아 응접실로 들어선 세릴은 소파에 앉고, 우아한 말씨로 홍

차를 내어 달라고 말했다. 거기까지는 평소 그대로의 셰릴 보르나인이었다.

그러나 시녀가 응접실을 나가는 즉시, 태연하던 표정이 싹 바뀌었다. 긴장과 경계로 굳어 버린 얼굴에는 두려움마저 떠올라 있었다.

"뭐예요, 여기 대체."

"와, 표정이 정말 순식간에 바뀌네요. 극단에 서도 되겠어요."

"지금 농담할 때예요? 여기 사람 사는 곳은 맞죠? 사용인들이 전부 유령처럼 이상해서, 뭔가, 약이라도 하거나 그런 건 아니죠? 각하, 그런 쪽으로도 손을 대시나요?"

"오늘은 고개를 숙이고 다니던데 그 와중에 용케 그걸 보셨네요."

셰릴 보르나인을 의식했는지, 오늘따라 사용인들이 얼굴을 잘 안 보여 주던데 눈썰미가 참 대단한 사람이다.

"갑작스럽게 약혼에, 결혼도 전부터 저택에 들어갔다고 한 게 이상하긴 했어요. 대체 공작 각하와 무슨 일이 있던 거죠."

"이 자리에서 말해 주기엔, 너무 많은 일이 있긴 했죠."

"사용인들은 다 뭐고 기사들은 왜 정문 안쪽에 서 있는 거예요. 그래서는 마치 영애가 나가지 못하도록 감시라도 하는 것 같잖아요."

"눈치가 빠른 건 좋은데 셰릴, 입조심하는 게 좋을 거예요."

뭐, 다른 사람도 아닌 이 여자니 알아서 하겠지만.

나름대로 생각해서 한 말이었으나 그녀가 인상을 찡그렸다. 경고하듯 말한 것이 자존심을 건드렸나 생각했으나.

"셰릴이라니, 꼭 그렇게 속 뒤집히게 불러야 해요?"

"아니, 영애 이름을 불렀다고 그렇게 얼굴을 구긴 거예요? 당분간 친한 척해야 한다니까?"

"그 이름이 발로즈 영애 입에서 나오니, 마치 욕처럼 들려서요."

"셰릴도 날 두루아라고 불러야죠, 발로즈 영애가 아니라."

"영애나 많이 부르세요. 난 그냥 이름 안 부를 테니."

치를 떠는 모습은 괜히 놀려 주고 싶은 구석이 있다. 좀 전보다 한결 긴장이 풀린 얼굴을 보며, 나는 과장되게 인자한 표정을 짓고 말했다.

"그래요, 셰릴. 당신의 의사를 존중할게요, 셰릴. 부르고 싶지 않으면 그럴 수도 있죠, 셰릴. 먼 길 오느라 고생했어요, 셰―."

"그만해요, 좀! 내가 내 이름을 혐오하게 될 것 같다고요!"

똑똑, 셰릴의 비명과 거의 동시에 노크 소리가 났다.

차를 가지고 온 시녀였다. 셰릴 보르나인은 언제 소리까지 지르며 진저리를 쳤냐는 듯, 금세 차분해졌다. 제 앞에 놓인 홍차를 보고 우아하게 향을 맡기도 했다. 거짓말처럼 급변하는 표정이, 무슨 연극을 보는 것 같았다. 사용인을 대상으로도 저토록 남의 눈을 의식하는 데에 동질감이 들기도 했고. 차를 둔 시녀가 응접실을 나가자마자, 도로 표정이 변해 버린 점까지 아주 완벽하다.

셰릴이 짜증스럽게 한숨을 내쉬었다.

"그래, 진지한 얘긴 됐어요. 신경 써 준 내가 바보지."

"걱정해 준 점에 대해선 감사해요. 그런데 영애 생각만큼 심각하지는 않아요."

"부디, 발로즈 영애의 머리가 돌아 버려서 그렇다고 착각하는 건 아니길 바랄게요."

셰릴 보르나인의 말투가 온전히 평소처럼 돌아왔다.

이젠 긴장이 거의 풀린 거겠지.

슬슬 본론을 꺼내도 될 때였다. 긴장되는 기분에, 내 앞에 놓인 찻물을 한 모금 넘기고 차분히 말문을 열었다.

"제의는 생각해 봤나요?"

"거절할 생각이었다면 여기까지 오지도 않았을 거예요. 이미 어머니께도 허락은 받아 두었어요."

"후작 각하께서 벌써 동의해 주셨다고요?"

"어차피 내 성격은 잘 아시는 분이니까. 단, 발로즈에서 로직스를 먼저 놓아 줄 경우에만 혼인을 허락해 주겠다고 하셨지요."

"혹시나 해서 묻는 건데, 엘포드 백작 영식도—."

"당연히 동의했지요. 내가 받아 준다니 감격해서 눈물을 흘리더군요."

으스대며 콧대를 세우는 그녀의 모습에서 겸양이라곤 조금도 찾아볼 수 없다. 다른 사람이었다면 허세를 부린다고 생각했겠지만, 이 여자를 앞에 두고 로직스 엘포드가 우는 모습은 이상하리만치 손쉽게 그려졌다.

그 사람은 도대체 얼마만큼 허리를 굽히고 산 거지.

대화 한 번 나눈 것만으로 파혼을 결심하다니. 주위에 어려운 사람만 있어 그런지, 두 사람의 사랑이 유독 쉬워 보일 지경이었다.

셰릴 보르나인이 품에서 무언가를 꺼냈다. 테이블에 오른 물건은 소리가 새어 나가는 걸 막아주는 아티팩트였다. 알로이의 집무실에서 보던 것과 같았기에 단번에 그 용도를 알 수 있었다. 마도구에 손을 올려 도청을 방지하고, 셰릴 보르나인이 무겁게 입을 열었다.

"그래서 내게 도와 달라는 건 뭔가요."

"어렵진 않을 거예요, 일단은."

"사흘 뒤에 아침부터 저택에 없을 거야."

나는 녹턴의 말을 떠올리며, 다시금 날짜를 세어 보았다. 하루가 지났으니 이제 이틀 뒤에 일어날 일이었다.

"이틀 뒤에 에드가 저택으로 와 주세요. 제 머리 기장의 붉은 곱슬머리 가발, 영애 머리와 비슷한 금발 가발, 그리고 인식 방지 아티팩트도 가지고요. 그 외의 준비는 제가 해 둘게요."

"……그리고 내가 오면 옷을 바꿔 입고, 영애가 나인 척 빠져나간다는 그런 허술하고 조잡한 계획은 아니겠지요?"

"정말로 똑똑하시네요. 해 본 적 있나요?"

감흥 없이 박수를 치며 말하자, 셰릴 보르나인이 기가 찬 듯 헛웃음을 토했다. 그러고는 인상을 찡그리고 신랄한 말을 퍼부을 줄 알았는데, 의외로 그녀는 표정을 진지하게 굳혔다.

"영애, 진짜로 갇혀 있어요?"

"네."

"네?"

"그러니까 외부인의 도움이 필요했던 거죠."

셰릴은 내가 정말 감금당해 있던 거라고는 생각하지 않는 모양이었다.

하기야, 에드가 공작씩이나 되는 사람이 여자애 하나 납치해 잡아 두는 게 선뜻 납득될 리는 없지.

"공작저가 자리 잡은 지형상, 오가는 사람들이 훤히 보여서요. 혼자서는 몰래 나가려고 해도 들킬 수밖에 없어요. 외부인의 마차에 몰래 타고 나가는 방법밖에 없죠."

머리가 좋은 사람이라면 더 기발한 방법을 생각해 낼 수도 있겠지만, 그게 나는 아니었다.

"잠시만. 그럼 날 미끼 삼아 버려두고 영애 혼자 도망쳐서 잘 먹고 잘살겠단 얘기예요? 장난해요? 그럼 로직스가 알로이 발로즈와 파혼하든 말든 뭔 상관이에요, 내가 불행해지는데!"

"걱정 말아요. 그날 저녁 중으로는 돌아올 거고, 녹턴은 그날은 안 들어올 거라고 했거든요."

"각하께서 하필이면 이런 때 그런 정보를 말해 주셨다고요? 그 말을 믿어요?"

"거짓말은 아닐 거예요. 저도 나름대로 녹턴에게 신뢰를 얻었거든요. 여태 순순히 말을 잘 들었고 저번에 부재중일 때도 얌전히 있어서, 의심하는 눈치는 아니었어요."

"그게……."

"아니면, 인질이 잡힌 마당에 섣불리 도망칠 리 없다고 생각하는 거든가?"

'인질'이라는 말에, 세릴 보르나인의 표정이 이상하게 변했다. 구체적인 이야기를 캐묻지는 않은 걸로 보아, 알아서 해석한 모양이었다. 흑마법이라는 특별한 힘이 아니더라도 에드가의 권력이 남다른 건 분명했으니까.

그녀는 잠시 침묵하다가 혼잣말처럼 중얼거렸다.

"영애가 에드가 각하를 좋아한다고 생각한 건, 정말로 제 착각이었던 모양이군요. 오히려……."

말을 멈추고, 세릴이 고개를 들었다.

"됐어요, 자세히 알고 싶은 이야기도 아니니까. 그럼, 도망치는 것도 아닌데 저택을 나가서 하루 동안 뭘 하시려는 거죠. 답답해서 바깥 구경이나 하고 싶다는 헛소린 아닐 거 아니에요."

"앨리스를 만나러 갈 거예요."

"……발로즈 영애. 영애가 요즘 바깥 활동을 안 해서 못 들었나 본데 리모란드 공작 영애는──."

"저를 험담하는 무리와 어울렸다? 아니면 출생에 대해 숨겨진 비밀이 있다는 이야기? 무슨 말을 하시려고요."

말허리를 끊어 내고 하는 말에 세릴이 인상을 찡그렸다. 의아함과 혼란으로 가득한 얼굴. 내가 감금당해 있었으니 정말로 모를 거라고 생각한 모양이다.

"어떤 말을 하시더라도, 전 앨리스를 만나 봐야 해요. 아직 그 애에게 아무 말도 듣지 못했으니까."

"전부 알고 있는데도 굳이 위험을 감수하고 찾아갈 필요가 있나요? 이미 뒤통수를 맞은 마당에 리모란드로 가 봐야 사교계의 비웃음거리나 될 거예요. 친구 하나가 그렇게 의미 있나요?"

"셰릴, 당신도 예정된 약혼을 깨고 남의 약혼자를 빼앗아 가는 일로 얼마나 많은 추문에 휩싸일지 알잖아요. 영애에게 손해인 걸 알면서도, 그러기로 결심한 거잖아요."

"전…… 사랑이잖아요."

"저도 사랑 때문이에요. 친구를 향한 마음도 사랑인걸요. 사랑을 너무 편협하게 보지 말아요."

"정말 밑도 끝도 없는 로맨티시스트시군."

빈정거리는 말투로 말하며, 셰릴 보르나인은 몹시도 해괴한 생명체를 보듯 나를 보았다. 도무지 이해할 수 없다는 것처럼 묘한 표정이었으나 철없는 사람을 비난하려는 눈초리는 아니었다.

"어차피 당신이 무슨 이유로 그런 행동을 하는지는 내가 알 바 아니죠. 어쨌거나 내겐 득이 되는 일이니까."

"더 물어볼 건 없나요? 허술하다고 그렇게 신랄하게 비난했으면서?"

"이미 하기로 결정한 일에 끝도 없이 말 붙이는 건 질색이에요. 위험할 거 모르고 여기까지 온 것도 아니고, 영애도 나름대로 계산이 있어서 일을 벌였을 테니."

그렇게 말하면서도 퍽 복잡한 표정으로, 그녀가 한숨을 내쉬었다.

"일단은 믿어 줄게요. 일을 망치면 잃을 게 많은 건 영애 쪽일 테니까."

"이유야 뭐가 됐든 감사해요. 정말로 크게 염려하지 않아도 돼요. 아무 문제 없을 거라고 확신하거든요."

"정말로 신뢰가 가는 말이네요. 영애는 사기꾼을 했으면 더 부유하게 살았을 거예요."

그녀는 자리에서 일어나며 벗었던 보닛을 다시 쓰고, 솜씨 좋게 턱 밑에 끈을 묶었다.

"배웅은 됐어요."

"어차피 나가고 싶어도 못 나가요."

"그렇게 안 봤는데, 의처증이 정말 어마어마하군요. 차라리 혼담을 거절당한 게 낫지, 조건만 번드르르해가지고는."

혀를 차는 모습에 쿡쿡 웃으며 따라 일어나자 그녀가 응접실 문을 향해 걸어 갔다. 그리고는 곧바로 문고리를 돌릴 줄 알았으나, 셰릴은 잠시 머뭇거리다가 내게 인사를 남겼다.

"이틀 뒤에 봐요, 두루아."

"어서 와요, 셰릴."

이틀은 금세 지났고, 나는 웃으며 셰릴 보르나인을 반겼다. 이전의 방문보다 한결 가벼워진 차림의 셰릴은 나를 보는 즉시 턱이 빠진 것처럼 입을 벌렸다.

"그, 그게 대체 뭐죠."

"보닛이요."

"영애 미쳤어요?"

그녀가 가리키고 있는 것은 내 보닛이었다. 정확히는 검은 베일을 몇 겹이나

덧대어 앞을 가린, 괴상하고 우중충한 보닛이었다. 보기만 해도 수상쩍은 모자였으나, 어쨌거나 쓰고 있으면 얼굴이 보일 걱정은 없을 것이다. 저택의 사용인들은 이 물건을 이상하게 여기지도 않을 테고. 그러나 그에 대해 알 리 없는 셰릴은 흥분해서 목에 핏대까지 세우고 외쳤다.

"보닛에 그렇게 베일을 달다니 도대체 어떤 머저리의 머리에서 나온 생각이죠?"

"일단 진정해요."

"아니, 영애가 어떤 쓰레기를 뒤집어쓰든 알 바 아니지만, 그걸 내 머리에도 씌울 생각은 말아요. 그딴 걸 쓰고 있으면 세 살배기도 사람이 바뀐 걸 숨기려 한다고 알아차릴 테니까."

"요즘 세 살은 생각보다 똑똑하네요."

"영애!"

"뭐, 인식 방지 아티팩트만으로는 좀 모자라서요. 아무도 의심하지 않겠지만, 영애께 믿음을 드리기 위해서 확인시켜 드릴게요."

"무슨—."

그녀가 만류하기도 전에 나는 응접실에 있는 종을 울려 시녀를 불렀다. 새디 외의 모든 사용인이 그러하듯, 응접실로 온 시녀 역시도 세뇌당한 사람이었다. 그녀는 내가 쓴 괴상한 보닛은 쳐다보지도 않았고 그게 이상하다는 것 또한 눈치채지 못한 듯이 굴었다. 그러한 모습을 셰릴에게 똑똑히 보여 주고 나는 입을 열었다.

"이제 나가."

응접실로 불렀으면서 아무 일도 시키지 않고 내보냈으나, 그녀는 조금의 불만도 없이 순순히 밖으로 나갔다.

봐봐, 아무도 의심하지 않는다니까.

그런 생각으로 의기양양하게 셰릴을 돌아보자, 그녀는 떨떠름한 얼굴로.

"그런 기행에도 놀라지 않다니, 여기서 미친 짓을 한두 번 한 게 아닌가 보군요."

음, 이 보닛을 써도 신경 쓰지 않는다는 걸 보여 주고 싶었을 뿐이지만 어떤 식으로든 납득했다면 괜찮았다.

짧은 검증을 마치고, 나와 셰릴은 곧바로 옷을 갈아입기 시작했다. 갈아입을 것을 감안하고 그녀가 가벼운 차림으로 와 준 덕에 오래 걸리지는 않았다. 마음의 저항감 때문인지, 가발 위로 특수 제작한 보닛을 쓸 때는 다소 시간이 걸리긴 했지만.

간단한 변장을 마치고, 그녀가 내게 동그란 팔찌를 내밀었다. 인식 방지 마법이 걸린 아티팩트로, 그녀의 팔에도 같은 것을 끼고 있었다. 셰릴에게 건네받은 금발의 가발을 머리에 얹고, 그 위에 그녀에게 준 것과 같은 모자를 얹고서는 나는 새디를 불렀다.

"이 애가 영애를 도와줄 거예요."

새디에게는 셰릴의 도움을 받아 앨리스에게 다녀올 거라고 말해 둔 상태였기에, 그녀의 표정에는 어떠한 사명감마저 떠올라 있었다.

이제, 필요한 준비는 다 끝났다. 내가 생각한 대로라면 아무 문제 없이 저택을 나갈 수 있을 것이다.

"마차에는 호위 기사들과 로직스가 있어요. 기사들은 전부 로직스의 사람이니 영애께 특별히 말을 걸지는 않을 거고 리모란드 저택으로 데려다줄 테니, 돌아올 때는 그쪽 마차를 빌리도록 해요."

"거기까지 데려다주시게요?"

"그럼 제 몸 간수할 줄 모르는 귀족 영애를 수도 한복판에 버리고 갈 줄 알았어요?"

"친절하시네요, 진심으로."

분명히 나는 칭찬을 했는데도, 셰릴은 외려 인상을 찡그렸다.

아무튼 배배 꼬인 사람 같으니.

"오늘 중으로 돌아오겠다고 한 말, 꼭 지켜요. 당신이 약속을 지키지 않으면, 나도 각하께 전부 말해 버릴 테니까."

"그렇게 말하니 신데렐라가 된 것 같지만. 걱정 말아요, 셰릴. 반드시 돌아올 테니까."

다짐과도 같은 말을 마치고 우리는 응접실을 나왔다.

셰릴은 새디를 따라 내 방으로 향하고, 나는 다른 시녀의 안내를 받으며 천천히 저택을 나섰다. 정문 앞을 지날 때는 그 앞을 지키고 선 기사 때문에 심장이 뛰었으나 탈출은 터무니없이 쉬웠다. 내 발은 너무도 수월하게 정문을 통과했다. 머리 위로 쨍하게 내비치는 햇살에 앞이 어지러울 지경이었다.

그때, 밖에서 기다리고 있던 로직스 엘포드가 내게 다가왔다. 분명 해괴한 보닛을 쓴 것이 그의 눈에 보일 텐데도 그는 조금도 이상하단 기색이 없이 자연스러운 태도였다.

"빨리 나오셨네요, 셰릴 님. 바로 저택으로 모시겠습니다."

정말 셰릴 보르나인을 대하듯 매끄러운 말투…… 인데 호칭이 또 셰릴 님이 되었군.

보르나인 후작 영애보다야 친근한 호칭이었으나, 사랑을 약속한 상대를 부르기에는 좀 딱딱한 말이었다. 그녀에게 듣기로 이미 마음 확인이 끝난 것 같은데 아직도 저런 말투라니, 오랫동안 유사 주종 관계로 지낸 후유증이 남은 듯했다.

셰릴의 도도하던 표정을 떠올리며 고개를 끄덕이고, 엘포드의 에스코트를 받아 마차에 다가갔다. 그리고 그 위에 오르기 직전, 나는 무심코 지나간 말을 떠올리며 고개를 들었다.

"사흘 뒤에 아침부터 저택에 없을 거야."

호수로 둘러싸인 아름다운 저택, 의 3층, 녹턴의 집무실이 있는 자리.
그럴 리 없을 텐데도, 창가로 얼핏 사람 그림자가 비추어 보인 것 같았다.
"셰릴 님?"
"아."
의아한 듯한 엘포드의 부름에, 떠올린 말이 흐려졌다. 나는 아무것도 아니라는 듯 고개를 젓고 마차에 올라탔다.
뒤따라 오른 로직스 엘포드가 맞은편에 앉고, 거의 곧바로 마차의 바퀴가 움직이기 시작했다. 느리게 구르던 바퀴 소리는 말이 뜀박질을 시작하면서 거세게 변해 갔다.
에드가 공작저가 멀어져 간다.

녹턴 에드가가 집무실의 창밖을 내려다봤다.
바깥으로, 금발의 여자가 저택을 나서는 모습이 보인다. 독특한 보닛을 쓰고 있었지만, 셰릴 보르나인이 공작저로 들어올 때 했던 차림에 체구도 비슷하다.
인식을 흐리는 마도구를 써서 그의 인식도 조금쯤은 흐려졌고 거리감 때문에 상대의 모습이 확연히 보이지도 않았다. 그러나 녹턴은 그 여자가 두루아 발로즈임을 확신했다.

'이렇게까지 어설플 줄은 몰랐는데.'

대놓고 판을 깔아 주었지만 기껏 생각해 낸 것이 외부인을 불러 옷을 바꿔 입는 정도라니. 확실히 온실 속의 화초로 자란 태가 난다.

그 순진한 모습이 달가워, 그의 입매가 가볍게 휘어졌다.

두루아는 조금 착각하는 모양이었으나, 사용인들의 인지 능력이 망가진 것은 아니었다. 그들에게 그녀의 보닛이 어때 보이냐고 묻는다면, 틀림없이 괴상하다는 답이 돌아올 것이다. 그들이 아무런 조치도 취하지 않는 것은, 사전에 제가 오늘은 두루아를 내버려 두라고 말한 탓이었다.

"사흘 뒤에 아침부터 저택에 없을 거야."

그 말은 거짓이었다. 지금 시점에서 중요한 건 두루아의 안위 외에 아무것도 없었으니까.

솔직히는 잠깐이라도 내보내고 싶지 않았다. 그러나 당초 3개월로 약속했던 약혼이 연장된 것은 순전히 제 탓이다. 패트시아가 절대로 파우스트를 비울 리 없다고 믿었던 확신이 깨져 버렸기 때문에. 사실 지금도 제 모친이 에드가 외의 무얼 노리고 있는지 알 수 없었지만, 전제 자체가 틀린 것은 제 책임이었고 그로 인해 두루아가 저택에 묶여 있는 시간이 늘어났다.

제 무능력으로 인해 두루아가 손해를 감수하고 있었다. 그러니 이 정도의 보상쯤은 당연히 해 주어야 했다. 덕분에 하루 종일 남의 그림자만 신경 쓰며 있어야겠지만.

아직 두루아의 그림자에 심어 둔 그의 마나는 존재감을 여실히 드러내고 있다. 패트시아의 집사장에게 묻은 마나의 수십 배는 되었기에 할 수 있는 일도 많았다. 그녀의 위치를 시시각각 감지하고, 그림자에 물리력을 부여해 움직일 수도 있었으며, 유사시에는 그림자를 통해 두루아가 있는 자리에 나타나는 것도 가능했다. 기력의 소모가 극심해 잘 쓰지는 않는 방식이지만 하루 이틀 정도는 가능…….

'에스코트를 할 필요가 있나.'

두루아가 로직스 엘포드의 팔에 손을 얹는 모습에 생각이 멈추었다. 녹턴의 눈가가 조금 일그러졌다. 그러나 불쾌감을 제대로 드러낼 새도 없이, 두루아가 고개를 드는 바람에 그는 창가에서 한 걸음 물러났다.

'눈치챘나.'

잠시 뒤, 다시 내다본 창밖으로 마차가 멀어지는 모습이 눈에 들어왔다. 녹턴은 복잡한 얼굴로 그 모습을 가만히 바라보았다.

분명히 그림자로 연결되어 있는데도, 아직은 제 손에 있는데도 두루아가 사라진 듯한 느낌이 묘하다. 내보내 주기로 결정했음에도 그녀를 다시 잡아 오라는 것처럼 마음이 초조해졌다. 그러나 녹턴은 그저 멀어지는 마차를 보기만 했다.

원래도 없었지만, 이제는 정말로 녹턴에게 두루아를 붙잡아 올 자격은 없었다. 두루아에게 약속했던 기한이 끝나고 임의로 연장해 버린 시간마저 끝난다면 정말로.

녹턴 에드가가 쓰게 웃었다. 서둘러 패트시아 에드가를 붙잡아야 한다고 생각하면서도, 어쩌면 내심으로는 영영 붙잡을 수 없길 바라고 있는지도 몰랐다.

마차에 오르자마자 로직스 엘포드의 표정이 변했다. 그는 내 보닛을 떨떠름한 표정으로 노려보고는 무릎조차 스치지 않으려고 안간힘을 쓰며 다리를 오므렸다. 그렇게 제 몸가짐을 정돈하고야 셰릴의 안부를 물었고 (그녀도 이 보닛을 썼다고 말하자 보기 좋은 표정을 지었다) 반드시 오늘 중으로 돌아와야 한다고, 같은 말을 몇 번이나 반복했다.

어차피 오지 말아 달라고 애걸해도 돌아와야 한다니까.

듣기 싫은 소리를 귓등으로 흘리며, 나는 품에서 간밤에 적어 둔 편지를 꺼냈다.

"이거 알로이에게 전해 줘요."

"……뭡니까."

"약혼을 성사시키지 말아 달라는 부탁이에요. 내 명예 전부를 걸고 약속했으니, 지켜 달라고요."

실은 적혀 있는 내용은 좀 더 구구절절하기는 했다. 내 명예가 걸려 있다는 애원에, 체면 좀 살려 달라는 부탁에, 그렇지 않으면 나도 갈 데까지 가 버리겠다는 협박까지. 그럼에도 급하게 써내려 간 활자뿐이라 겨우 그 정도로 되겠냐고 화를 낼 줄 알았는데, 엘포드는 의외로 진지하게 고개를 끄덕였다.

내 명예를 믿어 주는 건가.

사실 겨우 이 정도로는 안 될 거라고, 내 명예를 부족하게 여긴 건 내 쪽이긴 했다. 나는 다시 품에서 다른 편지를 꺼냈다.

"만약 이걸로도 안 되면, 이 편지를 줘요."

"이건 뭡니까."

"로직스 엘포드의 명예를 위해 숨기고 있었는데, 그 남자 고자니까 발로즈 명맥을 끊지 않으려면 성혼하지 말라는 내용이에요. 절대로 외부에 그 비밀을 유출하지 말란 당부도 적어 놨어요."

제삼자의 이야기를 하듯 명랑하게 말하자 로직스 엘포드의 얼굴이 새빨갛게 달아올랐다. 황당함과 분노, 수치, 표정에 떠오르는 감정은 여러 가진데 감정의 색은 죄 붉다. 금방이라도 소리를 지를 것만 같아, 슬금슬금 귀를 틀어막을 준비를 했다. 그러나 예상 밖에도 그는 한 번 한숨을 내쉬고는.

"감사합니다."

"네?"

고자라고 한 게 감사해?

"그리고 죄송했습니다."

로직스 엘포드는 깊이 고개를 숙이기까지 했다. 불능이라는 말은 약혼을 무산시킬 가장 확실한 방법이었으나 개인적으로는 굉장한 모욕일 텐데도 외려 인사를 건네는 것이 당황스럽다. 상대가 다름 아닌 로직스 엘포드라는 점에서 더더욱. 이 사람을 상대로 느낄 거라고는 생각도 못해 봤는데, 철없는 사람이 된 기분이 창피하고 민망했다.

"어…… 아니요, 어느 쪽이든 제가 해야 할 인사 같은데요. 음…… 그럴 리는 없겠지만, 이걸로도 안 된다면 한 번 더 에드가를 찾아 주세요. 그땐 다른 방법을 찾아봐야 하니까."

얼버무리듯 말하고 있는 내게는 다행스럽게도, 마차가 멈추었다. 마부가 마부대에서 내려와 리모란드에 도착했음을 전했다.

"생각보다 빨리 왔네요. 그럼 전 이만 가볼게요."

엘포드가 나를 에스코트하려는 걸 넌지시 거절하고, 나는 홀로 마차 밖으로 뛰어내렸다.

"데려다줘서 고마워요. 그리고 두 사람, 정말 잘 어울리긴 하니까요. 그러니까, 둘 다 인성이 덜 됐다는 점에서?"

"좋은 의미로 듣겠습니다."

떨떠름한 말소리를 마지막으로, 나는 몸을 돌렸다. 괴상한 보닛과 금발 가발을 벗어 내리자 두피가 한결 시원해졌다. 팔에 낀 인식 방지 아티팩트도 풀어

내고 헝클어진 머리를 손가락으로 슥슥 훑어 내리며 고개를 들자 거대한 저택이 보였다.

리모란드였다.

연락도 없이 온 터라, 저택에 들어가지도 못하고 거부당하면 어쩌나 걱정했는데 다행스럽게도 발을 들일 수 있었다. 리모란드에는 동생을 위해 뭐라도 해 보고 싶은 심정의 두 남매가 있었기 때문이다.

보닛과 가발, 팔찌를 시녀에게 잠시 맡기자, 칸타나와 아르한 리모란드, 앨리스의 형제들이 나를 반겼다.

"안녕하세요, 발로즈 후작 영애. 앨리스를 걱정해서 와 주신 거겠지요, 정말 감사드립니다."

말로는 감사를 표해도 나를 경계하는 기색이 역력했다. 최근 앨리스와 내 사이가 틀어졌다는 걸 이들도 알고 있을 테니 혹 조롱하러 온 건 아닐까 걱정하는 모양이었다. 나는 그들의 경계를 풀어 주려 평소보다 더 유순하게 굴었다.

"그 애는 좀 어떤가요."

"앨리스는ㅡ."

"침실에 틀어박혀 나오지 않습니다. 좀 도와주십시오, 발로즈 영애."

아르한 리모란드가 간절한 목소리로 끼어들었다. 조금 전까지는 나도 당황하여 미처 살피지 못했는데, 평소와 인상이 달랐다. 동생을 향한 지극한 걱정 탓인지, 수염도 정리되지 않고 머리도 깔끔하지 않았다.

실례되는 말이지만, 조금 폐인 같은데.

그런 생각을 읽기라도 한 것처럼 칸타나 리모란드가 크게 한숨을 내쉬었다.

"알, 그렇게 몰골 정리 좀 하랬지. 손님 앞에서 이 무슨 추한 꼴이야."

"……죄송합니다, 발로즈 후작 영애."

"아니요, 뭐, 앨리스가 걱정되시면 그럴 수도 있죠."

"앨리스 때문이 아니에요. 후계 위에서 탈락한 다음부터 이렇게 추저분한 몰골로 빌빌거리고 있으니까."

신랄한 칸타나의 말에 아르한이 어색하게 웃었다.

나야 한 줄로 전해 들었을 뿐이지만, 생각보다 심적 타격이 컸던 모양이지.

날 때부터 후계 자리와는 연이 없던 터라 이렇다 할 공감도 못 하고 나는 고개만 끄덕였다.

"그런데 죄송하게도 앨리스를 만나긴 힘드실 것 같습니다. 발로즈 영애께서 오셨다고 말을 전했는데도, 만나지 않겠다고 해서."

"음…… 당장 공작저를 나가야 하는 건 아니겠죠?"

"힘들게 찾아 주신 손님께 그럴 수는 없죠. 편하실 대로 쉬다가―."

"그럼 앨리스에게 말을 걸어 보는 정도는 괜찮은 거군요!"

쉬다가 그냥 갈 거였으면 오지도 않았다. 마음이 급해 칸타나의 말을 끊자, 그녀가 얼떨떨한 얼굴로 고개를 끄덕였다. 녹턴은 자정이 넘어 돌아온다고 했으나 앨리스와 이야기하는 데 얼마만큼의 시간이 필요한지는 가늠할 수 없었다. 나는 칸타나 리모란드가 말을 번복해 나를 내쫓기 전에 앨리스의 침실로 안내를 부탁했고, 잠시 뒤 그 문 앞에 설 수 있었다.

내가 왔다는 티를 내기 위해 방문 너머로 그 애의 이름을 몇 번 불러 봤으나, 그새 잠든 건지 아니면 무시하고 싶은 건지 돌아오는 답은 없었다. 아르한과 칸타나가 안타까운 듯 한숨을 쉬었으나, 애당초 이 정도는 예상한 터라 충격은 조금도 없다.

다음 조치로 넘어가기 위해 나는 주위를 두리번거렸다. 먼저 눈에 들어온 것은 복도에 장식된 도자기였다.

"저 도자기 귀한 건가요? 아니다, 도자기로는 부족하려나."

"예⋯⋯? 일단 귀한 거긴, 음, 뭘 찾으시는 겁니까?"

"혹시 손에 쥐기 쉬운데 굉장히 튼튼한 물건 없을까요?"

"그게 무슨―."

"아, 저거 좋네요."

복도의 벽면에 장식용으로 손도끼 한 쌍이 걸려 있었다. 도대체 왜 이런 게 복도에 걸려 있는지는 알 수 없었지만, 리모란드 공작의 취미가 무기 모으기라니 영 이해 못 할 일은 아니었다.

손을 뻗어도 닿지 않아 검지로 손도끼를 가리켰다. 아르한 리모란드가 얼떨떨한 기색으로 도끼를 들어 건네주었다. 무게가 상당해서 몸을 휘청거리자, 그가 들어주려는 듯 손을 뻗었으나 고개를 저어 거절했다.

아무렴 집주인한테 시킬 수는 없는 일이지.

그걸 가만히 바라보던 칸타나가 불안한 표정으로 물었다.

"그런데 발로즈 후작 영애, 그걸로 뭘 어쩌시려고⋯⋯."

"잠시만요, 조금 바빠서."

손도끼면서 정말 쓸데없이 무겁네. 안에 뭘 넣은 거람.

낑낑거리며 무기를 들고, 나는 문 가까이 다가갔다. 손이 무거운 탓에 입 밖으로 나는 목소리도 끙끙거리듯 작았다.

"앨리스, 나 두루아야."

"⋯⋯보고 싶지 않으니까 돌아가."

"오, 이번에는 대답해 주는구나. 그런데 내가 알겠다고 대답하지는 않았잖아. 아무튼 내가 좀 바빠서 그러니까 양해해 줘."

"뭐?"

"귀 막고, 혹시 문이랑 가까이 있으면 되도록 떨어져. 5초 셀게."

"그게 무슨─."

"5, 4, 3, 2, 1."

힘껏 숨을 들이켜고 나는 팔 전체를 크게 휘둘렀다.

"바, 바, 발로즈 영─!"

칸타나 리모란드가 뒤늦게 만류하려고 했으나, 이미 일은 벌어진 뒤였다. 콰직, 문 한가운데에 흉물스러운 구멍이 났다.

어깨며 팔이며, 상반신에 있는 근육이 다 내 욕을 하는 것처럼 저리다. 더는 들고 있을 기력도 없어, 복도 바닥으로 손도끼를 내려 두었다.

"손목 나간 것 같아."

성수 들고 올걸, 속으로 후회하며 나는 손을 탈탈 털었다. 손바닥 전체에 감각이 없었다. 그럼에도 무모한 일을 벌인 보람은 있는지 거칠게 뜯긴 문구멍 사이로 익숙한 얼굴이 보였다.

초췌하게 마르고, 머리가 산발이 된 앨리스 리모란드. 얼이 빠져 멍하게 날 보는 내 친구는 아르한 리모란드보다 더한 모습이었다.

"안녕, 앨리스. 완전 폐인이 다 됐구나!"

"너, 너…… 문을 부쉈, 미쳤……. 아니, 남의 침실을…… 지금 이거 꿈이야?"

"봐봐, 침실에만 틀어박혀 있으니까, 언어 능력이 퇴화하잖아. 노크는 이만하면 된 것 같으니, 들어갈게."

구멍 사이로 손을 넣어 문의 잠금쇠를 풀고 나는 안으로 들어갔다. 앨리스가 기가 막혀 숨을 들이켜는 모습이 보였지만, 애당초 더 기가 막힌 일을 벌이고 있는 건 당사자였다. 그러고는 문을 닫았으나, 방금 한 짓 때문에 그럼에도 구멍 사이로 아르한과 칸타나의 모습이 보였다.

음, 이것까진 미처 생각하지 못했는데.

나는 아직도 넋이 나가있는 친우를 향해 다소 어설프게 웃었다.

"문이 달린 곳에서 이야기하고 싶은데, 응접실로 옮길래?"

문에 구멍이 나고는 더 무시할 수도 없던 건지, 앨리스는 순순히 응접실로 따라왔다. 바싹 마른 얼굴에 차갑게 가라앉은 표정. 생기가 느껴지지 않는 앨리스의 눈빛이 낯설면서도 안타깝다. 날이 선 목소리조차도, 건조하게 말라서 더 그런 기분이 들었다.

"왜 이렇게 날 귀찮게 하는 거야. 내가 무슨 생각인지는 각하를 통해 이미 전했잖아."

"그랬지. 이제 에드가에 안 온다고, 이제 날 친구로 생각하지도 않는다고."

들은 말을 담담히 되풀이했을 뿐이지만, 뭐에 놀란 건지 앨리스가 어깨를 움찔 떨었다.

"들었으면, 알았으면 여기 왜 온 건데. 각하께서 네게 거짓말이라도 한 줄 알았어?"

"아니, 이제 그 애가 그런 말로 거짓말하지 않는다는 건 알아."

"뭐?"

"일단 말해 둘게, 그 신문사에 제보한 거 나 아니야."

입 밖에 내고 나서야, 찔리는 사람처럼 지레 입을 여는 것이 녹턴의 요즘 화법이라는 걸 깨달았다.

"……네가 그랬다고 생각하진 않았어."

그리고 앨리스의 대답은 내가 말하는 것과 비슷했고.

어쩐지 웃음이 나와서 미소 짓자, 그녀가 얼굴을 찡그렸다.

"나도 네가 왜 이럴까, 그 이유를 생각해 봤어. 네가 하던 말이 마음에 걸리더라. 오늘은 애런이 왔냐고 매번 물었지."

"……."

"혹시 네가 그렇게 말한 게 애런과 무슨 상관이―."

"그것 때문에 온 거 아니잖아."

성마르게 내 말을 끊고 앨리스가 날 노려봤다. 언제나 맑던 눈빛이 탁하게 흐려진 것이 생소했으나, 나는 그녀의 눈을 피하지 않았다.

"왜 여기까지 와서 날 괴롭히는 거야? 피오라 모멘텀한테 다 듣지 않니, 그 거 다 진짜야. 거짓말은 하나도 안 했다고, 그 애는."

"앨리스."

"에른하르트에서 그렇게 살았어. 화나잖아, 억울하잖아. 나는 아무 잘못도 안 했는데, 처음부터 전부 날 미워했어. 부정하다고, 더럽다고 말이야."

지나간 과거를 회상하듯, 그녀가 이를 악물었다.

"착한 척, 비굴하게 실실거리고 다니지 않으면 빵 쪼가리 하나 제대로 못 얻어먹었어. 그래서 네 이름 좀 쓴 거야."

"……."

"나는 무슨 짓을 해도 안 되는데, 네 이름을 거론하는 것만으로 이상하게 내 지위가 높아지더라. 모두가 내 말 한마디에 벌벌 기더라고. 되게 이상하고 분하기도 했는데, 솔직히 좋았어."

그녀의 입매가 차게 비틀렸다. 그러나 나를 똑바로 바라보던 시선은 어느새 바닥을 향해 내려가고 눈동자가 잘게 떨렸다. 건조하게 마른 입술도 좀처럼 차분히 다물려 있지 못했다. 앨리스가 마른침을 삼킨 듯, 그 애의 목울대가 울렁였다.

"나는…… 난 널 이용했을 뿐이야. 그게 다야. 널 싫어하는 무리랑 어울린 것도 진짜야. 다, 내가 했어."

점점 드러나는 앨리스의 동요는 기어이 그 애의 목소리에도 묻어났다. 냉랭

한 척해도, 떨리는 목소리는 오히려 안쓰러울 뿐이다.

"혹시 각하께 세뇌라도 당한 건 아닐까, 의심할지도 모르겠지만 유감스럽게도 그런 일은 없어. 이걸 확인하고 싶어 온 것 같은데 됐니? 이제 만족해?"

그리 말하고 그녀는 벌떡 자리에서 일어났다. 제대로 된 대꾸도 하지 않는 내게, 그저 말을 퍼부어댔을 뿐이지만 그것으로 대화가 끝났다고 여기는 모양이다.

입을 열어 말을 쏟아 낸 건 앨리스였으나, 그 말에 가장 상처를 받은 사람도 본인인 것 같았다. 애써 싸늘한 표정을 꾸며 냈으나 괴로워하는 기색이 역력했다. 그 표정을 보고 어쩐지, 앨리스가 어떤 기분으로 그 사실을 숨겨 왔는지를 알 것만 같았다.

나는 앨리스와 시선을 맞추기 위해, 그 애를 따라 자리에서 일어났다.

"만족 못 하겠는데. 그것 때문에 나와 절연하겠다고 말한 건 아니잖아. 다른 이유가 있잖아."

"뭐?"

"나도 눈치란 게 있어. 그 말 들을 때 네 표정을 보고, 피오라가 거짓말을 한 게 아니란 건 그 자리에서 알았어. 그래, 그 이야기도 언젠간 해야 한다고 생각했지. 그런데."

앨리스의 눈이 크게 흔들렸다. 마음을 다친 이가 자기 방어를 위해 서둘러 입을 열었지만, 지금 나는 그 애의 말을 가만히 들어주러 온 것은 아니었다.

"내가 지금 온 건 그것 때문이 아니야. 네가 내 이름을 가져다 쓰든, 뭘 하든 솔직히 지금 상황에서는 잠깐 신경 쓰이다 말 뿐이니까."

"그렇게 가볍게 말하지 마! 내가 그걸로 얼마나─."

"회피하지 마, 앨리스. 친구 관계를 정리하자면서 아무런 이유도 덧붙이지 않는 게 말이나 돼?"

"그런 게 뭐가 중요해."

"녹턴에게 절연하자고 말했을 때도, 나는 그 이유를 말했어. 별거 아니라면 너도 말해. 다른 이유 뒤에 숨지 말고 똑바로 말하라고. 나한테 뭐가 그렇게 화가 난 거야?"

어떤 식으로든 추측은 할 수 있을 테지만, 추측이 답은 아니었다. 정확한 이유를 알려면 당사자의 입을 벌려야 한다.

입술을 잘근잘근 짓씹으며, 앨리스가 나를 쏘아봤다.

"정말로 몰라서 물어?"

"알면서 의뭉을 떨 이윤 없어."

"내가 꿈을 꾼다는 걸 알잖아, 내가 없는 자리에서의 일도 볼 수 있다는 걸 알잖아. 내게 숨기는 게 있잖아, 두루아!"

갑작스럽게 언성을 높여 하는 말에 놀라, 나는 눈을 깜박였다. 어느 정도는 그럴 수도 있다고 생각했지만 정말로 예지몽 때문이었다니. 그러나 노골적인 키워드를 들었음에도 무언가 확 와닿지는 않았다. 아직도 앨리스가 절연하자고 할 만큼, 결정적인 잘못이 뭔지는 찾을 수 없다.

잠시 동안 정적이 맴돌았다. 무어라 변명할 것을 기대했던 건지, 앨리스의 입에서 허탈한 웃음소리가 났다.

"그게 이유야. 나는, 날 기만하는 사람을 옆에 둘 순 없어. 나는 좋을 대로 널 이용했지만, 내가 당하기는 싫어. 이런 졸렬한 친구는 없던 셈 치고 돌아가. 그게 좋아, 너한테도 나한테도 말이야."

"……맞아, 비밀이 있지. 숨기는 거, 절대로 말할 수 없는 것. 그런데 그건 지금 상황과는 아무런 관련도……."

말을 채 마무리 짓지 못하고, 나는 입을 다물었다. 앨리스뿐 아니라 여태껏 누구에게도. 애런에게도 녹턴에게도 알로이에게도 부모님께도 말할 수 없던 내 비밀은, 내가 살고 있는 세상이 실은 책 속이라는 것이었다. 우리는 모두 책 속의 등장인물로서 배역을 맡고 운명을 배정받았으나, 원작의 존재를 알고 있는 나로 인해 모든 것이 틀어져 버렸다고. 내가 품고 있는 비밀은, 이 애가 나와 멀어지기로 한 결심과는 상관이 없을 것이다.

그러나 그렇게 말한대도 앨리스가 납득할 리 없었다. 나한테는 비밀이 있지만, 그건 이번 일과 상관이 없으니 말하지 않는다고 하면 어느 누가 순순히 믿겠는가. 앨리스를 이해시키기 위해서는 내게 비밀이 없어야 했다.

그러나 그는 곤란한 일이었다. 어떻게 원작에 대해 말한단 말인가. 그걸 이야기해 버리면, 그러면…….

"무슨 일이 생겨나는 거지."

믿어 줄 가능성은 거의 없겠지만, 끽해야 미치광이 소리를 듣는 게 전부잖아. 그리고 그것만은 못하더라도 이 애는 이미 내게 놀라운 비밀을 털어놓지 않았던가.

"미친 소리로 들릴 거 아는데 사실 내가 예지몽을 꿔."

조심스레 털어놓은 말을 나는 취기에 한 말이라 흘려 넘겼지만, 결국에는 앨리스의 말이 사실임을 받아들이게 됐다.

어쩌면 나도 가능하지 않을까.

문득 든 생각에 나는 입을 벌렸다.

"아무런 관련도 없지만, 그렇게 말한대도 믿지 못하겠네. 그냥 말해 줄까?"

"뭐……?"

"솔직히 미쳤다고 할 게 뻔한데, 생각해 보면 무슨 일이 있어도 말 못 할 일은 아니야. 네가 믿지는 못하겠지만, 그래도 말하고 나면 내 속은 편해지겠지. 원한다면—."

"됐어."

제대로 된 이야기를 꺼내기도 전에 앨리스가 말허리를 잘랐다.

"관련 없는 얘기라면 알고 싶지도 않아."

말씨는 냉정했으나, 어쩐지 그 말이 다정하게 들렸다. 내 비밀을 구태여 캐내고 싶지 않다는 듯한, 부드러운 말로. 내 착각일 수도 있겠으나, 마음 한 편이 따뜻해졌다.

그러자 그런 확신이 들었다. 역시 앨리스는 내가 알던 대로고, 이 애가 연을 끊자고 말한 데에는 어떤 오해가 있는 거라고.

"앨리스, 그럼 말해 줄래?"

"……뭘."

"네가 예지몽으로 봤다고 말해도 사실 뭔지 모르겠어. 애런이 방문했는지를 물었고, 내게 화가 났으니 나와 애런이 같이 있을 때의 꿈을 꾼 걸 텐데."

그녀의 표정이 조금 서늘해져서, 내가 입에 담은 추측이 맞다는 걸 확인할 수 있었다.

"그걸 알면서도 모르겠다는 거야?"

나는 차근히 그날 있던 일을 읊기 시작했다.

"아무리 떠올려 봐도 그래, 애런이 오지랖을 부려서 나와 녹턴의 사이를 중재하겠답시고 나선 걸 들킨 게 시작이었지."

나를 도와서 앨리스에게 다가간다는 죄책감을 줄이고 싶었다고.

"그러다가 나를 위해 녹턴의 일을 돕게 되었다고 실토한 거냐."

"뭐……?"

"그런 주제에 뭘 하고 있냐는 물음에는, 침묵의 맹세를 해서 답할 수 없다고, 그래도 나를 위해 한 거니까 양해해 달라고 고집을 부린 거냐."

"그게 무슨……."

"그건 기만이 아니냐고 화를 내니까, 뒤늦게 깨달음을 얻은 것처럼 눈물을 뚝뚝─."

"무슨 말을 하는 거야, 대체!"

당황스럽게 외친 소리가 내 말을 끊어 냈다. 너무 놀란 건지 내게 다가오다가 테이블에 다리를 찧었지만, 아픈 것도 모르는 모양이었다. 앨리스의 반응이 이해 못 할 정도로 격해서 나도 좀 당황스러웠다.

"그 이후에 네 얘기를 하긴 했는데, 그걸 생각해 봐도 왜 네가 나와 연을 끊겠다고 말하는지는─."

"자, 자, 잠시만. 클레이모어 경이 각하의 밀정 노릇을 하고, 맹세를 하고, 울었다고?"

뭔가 상당 부분 생략되어 있지만, 서술어만 따지면 맞는 말이다. 얌전히 고개를 끄덕이자 앨리스가 혼란스러운 표정으로 얼굴을 쓸었다.

"에른하르트가 그립지 않느냐고, 두고 온 사람이 있지 않느냐고 그런 말을 한 게 아니라?"

이건 또 무슨 소리지. 에른하르트? 두고 온 사람?

맥락상으로 보면 앨리스를 가리키는 말이 분명했지만, 그런 이야기는 꺼낸 적도 없었다. 나는 고개를 가로저었다.

"에른하르트 이야기를 하지는 않았어. 꿈에서 본 시기를 착각한 건 아니야? 장소라든가─."

"아니야, 분명! 지금보다 차림새가 무거웠으니 얼마 전 일이고, 확실히 에드가 저택의 응접실이었어."

그러고 보니 예지몽이 보여 주는 일은 기껏해야 한 달 안쪽의 미래라고 했던가. 앨리스의 말대로라면, 그렇게 생각할 수밖에 없는 문제였다.

"잠시만, 그런데 그런 대화를 나누다가 내 이야기가 왜 튀어나온 거야?"

"엄밀히는 애런이 운 게 너 때문이니까?"

"나 때문에 울었다고……?"

미안해요, 애런. 나도 '애런 클레이모어, 눈물의 역사.' 같은 이야길 하고 싶던 건 아니었다. 하지만 이 애는, 나와 애런이 에드가에서 어떤 대화를 나누었는지에 몹시 집착하고 있었으니 말을 삼갈 수도 없다. 애런도 나나, 앨리스한테 잘못한 게 하나씩은 있으니까 부디 넘어가 주길.

속으로 짤막하게 사과를 건네는 동안, 앨리스의 얼굴은 한층 혼란스럽게 일그러져 있었다.

"왜?"

"일단 울었다는 이야기를 함부로 말한 것도 문제지만, 이 이상의 자세한 이야기는 내가 하면 안 될 것 같아. 앨리스, 괜찮다면 지금 리모란드로 애런을 불러도 될까?"

"……못 오실 거야. 2 기사단은 변방으로 마수 정벌을 떠났으니까."

"그건 어떻게 알아?"

"아버지께 들었어. 조금 신경 쓰여서."

리모란드 공작에게 들은 말이라면 확실할 것이다.

하여튼 타이밍하고는. 이왕 입단을 미룰 거면 조금만 더 미루지.

절로 한숨이 나왔다. 혹 녹턴이 시킨 일이 아닌가, 잠깐 의심스러웠으나 '경은 이제 필요 없으니, 다시는 올 필요 없어요.'라는 말을 들었기 때문에 곧 의심을 지워 냈다. 그냥 애런 클레이모어가 운이 나쁜 것 같았다. 슬슬 정체를 고백하려는 때에 조부가 돌아가시고, 하필이면 자리를 비웠을 때 앨리스가 진짜 가족을 찾아 수도로 올라왔으니, 운이 좋은 사람은 절대로 아니지.

내가 애런의 불운에 대해 속으로 한탄하는 동안, 앨리스는 내내 멍한 표정으로 허공을 바라보았다. 생각에 잠긴 듯 눈이 흐리다.

애런이 없으면 결국 그가 없는 자리에서 내가 전부 이야기해야 하나, 고민하던 중이었다. 불현듯 그녀가 입을 열었다.

"그럼 정말로 그런 말은 안 했다고? 뭐야, 그럼 그 꿈은 뭔데……? 난 분명히 봤어, 두루아."

"대체 무슨 꿈을 꾼 건데 그래."

"……처음 꾼 꿈은 방금 말한 게 전부였어. 그리고 두 번째 꿈에서는."

도대체 뭘 본 건지, 앨리스의 입이 선뜻 열리지 않았다. 그러나 몇 번을 달래며 앨리스를 채근하자 곧 그녀가 감추던 사실을 꺼냈다.

"너와 그 사람이 키스했어."

"키……스? 그 사람이 누군데? 녹턴?"

"클레이모어 경."

"미친 소리 하지 마."

되도록 부드럽게 말하고 싶었으나, 앨리스의 말에 내가 할 수 있는 반응은 정색뿐이었다.

내가 애런과 뭘 해?

"아니, 내가 애런 클레이모어와 키스했다니 말이 돼? 그것도 에드가 공작저의 응접실에서?"

어쩐지, 생각하는 것만으로 등골이 서늘해진다. 녹턴은 분명 내 주위 사람을 더는 건들지 않겠다고 말했지만, 내가 응접실에서 애런과 입을 맞추어도 눈감아 줄지는 의심스러운 문제였다. 나는 괜히 발밑으로 시선을 처박고 구두코로 내 발치에 매달린 그림자를 문질렀다.

"하지만 두 사람은 약혼까지―."

"파혼하기로 했던 거, 너도 알잖아! 안 했어, 키스 안 했다고! 애런이었던 건 확실해? 사람을 잘못 봤다거나, 아니면 나를 잘못 봤다거나."

"분명 너와 클레이모어 경이었어. 두 번째 꿈부터는 네 모습도 선명해졌으니
까."

"뭐?"

"전에 말했잖아, 어느 순간 네 목소리가 들리게 됐다고. 외관도 갑자기 보이
게 되더라. 그리고 에드 경이라고 부르기도 했으니까 정말로 확실한데……."

말로는 분명하다고 하면서도 앨리스의 목소리가 갈수록 조용해졌다. 얼굴
표정도 점점 애매하게 흐려지는 것이 스스로도 확신을 잃고 있는 듯 보였다.

그보다 에드 경이라니. 애초에 나는 그의 가명도 몰라야 하는 입장이었다.
원작을 읽었기에 알고 있을 뿐, 애런도 내게 가명까지 말해 주진 않았으니까.
사실, 이것도 이상한 일이긴 했다. 원작에서 가명에 대한 부분은 임페르펙티오
를 마시고서야 기억이 또렷해진 부분이니까 진실일 리 없을 텐데도 뭐가 잘못
된 건지.

잠시 혼란이 치밀어 눈가를 찡그렸지만, 지금 고민할 일은 아니었다. 나는
어찌할 바를 모르는 앨리스를 향해 단호하게 말했다.

"미안한데, 울보 경이라고 놀린 기억밖에 없어."

앨리스가 입을 꾹 다물었다.

내 말을 믿어 주는 건가.

확실히 조금 전까지와는 다르게, 억지로 날을 세우는 모습은 사라졌다. 무어
라 말할 수 없는 표정으로 물끄러미 나를 볼 뿐. 곧 그녀의 시선이 바닥으로 떨
어지고 앨리스가 고개를 수그렸다. 그 동작이 의미하는 바를 깨달은 것은, 훌
쩍이는 소리를 듣고 나서였다.

"……앨리스?"

"그럼, 그럼 정말로 아무 일도 없었어? 아무 소리도 안 했어? 내가 촌스럽다

거나 볼품없다거나……."

"무슨 말도 안 되는 소리야, 대체. 앨리스, 거울 좀 봐. 네 얼굴이 촌스러울 수나 있는 얼굴이야?"

"리모란드가 다 같은 리모란드는 아니라고, 시골 출신은 어쩔 수 없다고……."

"험담하는 것 같아 미안한데, 나 좀 전에 아르한 리모란드 영식 보고 왔거든. 몰골이 너랑 똑같던데."

"나와 에드가 만나는 게 달갑지 않다고, 키스—."

"아, 제발, 앨리스!"

비명처럼 부른 이름에 그녀가 고개를 처들었다. 말소리에 울음기가 섞여 짐작했지만, 앨리스의 얼굴이 엉망으로 젖어 있었다.

"그럼 대체 뭐야, 그 꿈은 뭐였던 건데. 분명히 예지몽이었어, 아주 확실했단 말이야. 왜 그런 꿈을 꾼 건데."

"나한테 물어봐도 모르겠는데. 꿈이 고장 난 거 아냐?"

"뭐……?"

"아니, 나도 말도 안 되는 소리란 거 알지만. 네가 어릴 때부터 꿨던 꿈이라며, 원래는 내 얼굴도 목소리도 잘 나오지 않았다고. 갑자기 꿈이 이상해진 거면 그럴 수도……."

"그게, 그게 무슨 바보 같은 소리야."

앨리스는 이제 소리까지 내며 펑펑 울기 시작했다.

그래, 내가 생각해도 바보 같은 말이긴 한데, 그렇게 울 것까지 있나.

그래도 앨리스의 예지몽이 이상해졌다는 생각에는 변함이 없었다. 여태까지는 내내 진실만을 보여 줬으면서 갑자기 일어나지도 않은 일을 꾸며 내다니. 과한 생각일 수도 있었으나 어쩐지, 꿈이 나와 앨리스를 이간질하는 것처럼 느껴졌다. 어쩌면 앨리스의 확신과는 달리, 이번 꿈은 예지몽이 아니었던 걸 수도 있겠지만. 아무튼, 결국 꿈을 과신하는 건 좋지 않은 선택인 듯했다. 내가 앨리스의 입장이었대도 다르지 않았겠지만.

"정말 아닌 거지, 두루아. 정말로 날 험담한 것도 아니고, 에드와 사랑에 빠지지도 않은 거지?"

"아니야, 정말 아니야. 완전히 아니야. 진짜로 아니야."

"그럼 나는 꿈이 아니라 널 믿어도 되는 거지?"

"적어도 이성 관계는 믿어도 돼. 정말 죽었다 깨어나도 그럴 일 없을 테니까."

애런을 붙잡고 늘어져야겠다고 생각한 전적이 있기에 양심의 가책이 아예 없는 것은 아니었으나, 지금 내 마음은 청정수처럼 깨끗했다. 생각해 보면 애런이 이성적으로 보인 적도 없었다. 외모에 감탄한 적은 많았으나 사이가 가까워져도 설렘을 느끼지는 않았다. 가족애를 느끼긴 했지만.

그 말이 결정타가 되었는지, 앨리스가 나를 덥석 끌어안았다. 그러고는 다리에 힘이 풀린 듯이 주저앉는데, 나도 힘이 빠진 것은 마찬가지인지라 덩달아 바닥에 주저앉을 수밖에 없었다.

내 몸까지 덩달아 무너뜨리고도 앨리스의 울음은 멈추지 않았다. 울보 경에 이어서 울보 영애라니, 봄이 이렇게 눈물이 많은 계절이던가.

그래도 이런 별 볼일 없는 설득에 넘어와 주는 앨리스가 고마웠다. 안 그러려고 애써도 긴장으로 굳어지던 마음이 이제야 편안해졌다. 내게 안겨 펑펑 울면서, 앨리스는 계속 무엇인가를 종알거렸다.

"미안해, 두루아. 미안해, 네가 꿈에 의존하지 말라고 했는데 나는 너무 멍청해서……."

여기까지 들은 뒤에 더는 무슨 말을 하는지도 알 수 없게 됐지만. 나는 그 애를 가만히 끌어안고 등을 두드리며, '이거 셰릴 보르나인 옷인데 어쩌지.' 같은 생각을 했다.

꽃장식

잠시 뒤, 겨우 앨리스가 울음을 그쳤다. 그럼에도 한참은 오열한 탓에 여전히 목소리에는 떨림이 남았다. 딸꾹질하는 것처럼 끅끅거리는 소리에 틈틈이 말이 끊어졌다.

그런 목소리로, 앨리스는 에른하르트에서 있던 일을 입에 담았다. 그 애의 목소리가 아주 어린 날로 되돌아갔다.

"꿈에서 본 걸 따라 한 게 시작이었어. 예지몽에서 네 이름을 대면, 좋은 일이 생겼으니까."

앨리스는 그게 옳은지 그른지 분간하지 못한 채로, 꿈속의 일을 흉내 냈다고 말했다. 그러니 시간이 지나고도 모를 수는 없었다. 깨달았을 때는.

"모멘텀 사람들과, 내가 경멸하던 이들과 같은 사람이 되어 버렸더라."

좋은 옷, 좋은 음식, 그녀에게 아첨하는 사용인과 모멘텀의 사람들, 남작성에 존재하는 모든 것이 숨통을 조였다. 죄의식은 나날이 강해졌고, 그때부터 앨리스는 변장하고 성 밖을 돌아다녔다고 했다.

"거기서 만난 사람이 에드야."

저에 대해 아무것도 모르는 에드를 만날 때면, 그녀는 제가 앨리스 모멘텀이 아니게 되는 것처럼 해방감을 느꼈다. 그래서 계속해서 에드를 만나러 갔고, 그러다가 불현듯 그가 제 정체를 눈치챈 것을 확신했다.

"그걸 알면서도 에드를 놓을 수는 없었어. 그래서 그 사람의 약한 마음을 이용해서…… 침묵의 맹세를 받았지."

그리고 시간이 흘러 리모란드에서 그녀를 찾아오기 얼마 전, 에드가 갑자기 사라졌다. 무슨 급한 일이라도 생긴 건지 걱정하며 자주 만나던 곳을 기웃거려도 보이지 않았다고 했다. 결국 리모란드의 가족들이 찾아와 에른하르트를 떠나게 될 때까지도 그녀는 에드를 볼 수 없었고, 그래서 수도로 떠나기 직전에.

"편지를 남겼다고?"

"응, 혹시 어떤 기사가 남작성으로 와서 나를 찾는다면 편지를 주라고 코르나에게 맡겼어."

"뭐라고 적었는데?"

"모종의 사정으로 거처를 옮기게 됐다고. 혹 수행이 끝난 다음에도 나와 만나고 싶다면 답신을 남겨 달라고 했어. 그리고 3개월 뒤에, 에른하르트로 사람을 보내 봤지만 찾아온 사람은 아무도 없었대."

찾아온 사람이 아무도 없었다고?

앨리스의 말에 나는 눈가를 찡그렸다. 그럴 리 없었다. 그렇다면 처음 앨리스의 이름을 입에 담았을 때, 애런이 한 말은 무어란 말인가.

"장례를 치르고 다시 그곳으로 향했지만, 시장에 그녀는 없었습니다. 며칠을 기다려도 몇 달을 기다려도 나타나지 않았지요. 그래서 비겁하지만 할 수 없이, 가문에 직접 찾아갔습니다."

"그녀의 가족이라는 사람이 저를 안내해 주더군요. 그녀의 묘비로."

애런은 분명 남작성을 찾아갔으며, 모멘텀가의 누군가를 만나 묘비를 안내받기까지 했다. 그런데 찾아온 사람이 아무도 없다니, 누구 하나는 거짓을 말하고 있는 것이 분명했다. 그리고 거짓말을 한 누군가는 아마도……

"그래도 미련이 남아서, 편지를 가져오지 않고 거기에 뒀어. 나중에라도 기사가 찾아오면 반드시 전하라고 말하고. 그런데…… 이렇게 됐네."

앨리스가 침울한 표정으로 한숨을 내쉬었다. 그 표정을 보니 속이 부글부글 끓었다. 정말로 앨리스와 애런의 사이가 이렇게까지 틀어진 게 누구 하나의 거짓말 때문이라면, 참기 힘들 것 같았다. 앨리스가 남긴 편지만 제대로 주인에게 돌아갔다면 모든 일이 여기까지 오지는 않았을 테니까. 아무래도 모멘텀 일가를 만나 봐야 할 것 같았다.

황실 무도회도 끝났기 때문에 수도에 머무르고 있지 않다면 에른하르트로 돌아갔을 것이다. 그러나 무도회장에서 그 난리를 피웠고 수도에 별다른 연도 없으니 지금까지 남아 있을 것 같지는 않았다. 오늘 중으로 에른하르트에 다녀올 수 있을까, 가늠해 보고 있을 때 앨리스가 돌연 다른 화제를 꺼내 들었다.

"참, 아까 각하 이름은 왜 나온 거야?"

"응?"

"너랑 그 사람이 키스했다고 했을 때, 각하의 이름을 말했잖아."

앨리스의 말에 눈을 깜박이며, 나는 종전에 한 말을 떠올렸다.

"너와 그 사람이 키스했어."

"키……스? 그 사람이 누군데? 녹턴?"

이런 미친. 그 와중에 그걸 기억하는 앨리스에게 감탄해야 할지, 무심코 녹턴의 이름을 입에 담은 스스로를 욕해야 할지.

무어라고도 반응하지 못하고 얼굴이 굳자, 앨리스의 눈이 슬며시 가늘어졌다.

"두루아, 너 설마—."

"이러고 있을 때가 아니야, 앨리스. 확인하러 가야지!"

그녀가 정신을 차리지 못하도록, 나는 일부러 부산스러운 동작으로 몸을 일으켰다. 앨리스가 얼떨떨한 표정으로 따라 일어났다.

"확인이라니, 뭘⋯⋯?"

"지금 애런이 올 수 없다니 어쩌겠어, 간접적으로라도 알아봐야지. 에른하르트로 가자, 앨리스."

"뭐? 지금?"

"응. 내가 지금밖에 시간이 안 될 것 같거든. 혼자 보낼 수는 없으니까―. 참, 혹시 스크롤을 좀 빌릴 수 있을까? 오늘 중으로는 수도에 돌아와야 해서."

"전에 쓰던 게 남아 있긴 할 거야."

마침 잘 됐네.

나는 크게 고개를 끄덕이고 앨리스의 팔을 잡아끌었다. 그녀는 아직 정신을 못 차린 것 같았지만 별달리 저항하지는 않았다.

그리하여 그 애를 데리고 응접실의 문을 열자, 칸타나 리모란드가 엄한 표정으로 우리를 내려다봤다.

"앨리스."

"칸타나⋯⋯? 걱정시켜서 미안해. 그런데 이야기는 이따가. 확인할 게 있어서 잠시 에른하르트에 다녀오고 싶은데 마차를―."

"그 꼴로 어딜 나간다는 거야. 밖에서 무슨 이야기가 도는지 몰라?"

내가 급하다고 말한 것 때문인지, 앨리스가 다짜고짜 꺼낸 본론이 칼처럼 잘렸다. 차갑게만 들리는 목소리에 앨리스는 기가 죽어 고개를 숙이고, 나는 당황하여 눈을 깜박였다. 칸타나 리모란드가 한결 무거운 목소리로 말을 이었다.

"아르한도 용모를 정돈하지 않아서 바깥으로 나도는 걸 금지당한 거잖아. 아는 사람이 그래? 널 미워하는 사람들 앞에서는 더 완벽하게 하고 다녀야 한다고, 몇 번을 말했니."

"칸타나······?"

이게 무슨 소리래.

바로 알아듣지 못하고 멍하니 있는 사이, 칸타나가 손을 튕겼다. 응접실 앞 복도에 일렬로 서 있던 시녀들이 일제히 앨리스에게 달려들었다.

"잠, 잠시만, 이게······!"

"아가씨, 먼저 씻으시는 게 좋겠어요."

"그 무엄한 에른하르트로 가신다면서요, 당연히 황실 무도회보다 더 완벽하셔야죠!"

"모멘텀 일가한테 제 주제를 알게 해 줘야 해요!"

"안젤라, 새로 들어온 머릿기름 어디 있는지 알지!"

그들의 손에 이끌려 그녀가 사라지기까지 채 30초가 걸리지 않은 것 같았다. 앨리스가 사라진 자리를 멍하니 바라보며, 나는 그저 감탄할 수밖에 없었다. 시녀들이 저렇게 전투적으로 변할 수도 있구나.

그때, 칸타나 리모란드가 내게 다가와 정중히 말을 건넸다.

"기다리게 해서 죄송하지만, 부디 30분만 양해해 주시기 바랍니다."

"저는 상관없지만 30분만으로 괜찮아요? 아, 하긴 앨리스는 워낙 예쁘니까 깔끔하기만 해도─."

"잠시만, 그리고 보니 발로즈 후작 영애도 마찬가지시군요. 대체 에드가 각하께서는 무슨 생각으로, 영애를 이 꼴로 내보내신 거죠?"

"이 꼴······ 이요?"

"가슴의 눈물 자국은 앨리스가 벌인 일이니 그렇다고 쳐도······."

칸타나가 말을 끌며 한숨을 내쉬었다.

"옷의 사이즈도 안 맞고 색도 디자인도 영애와 어울리는 것이 없잖아요, 머리도······. 그리고 보니 아까 시녀에게 가발을 맡겼죠? 그걸 벗은 탓인지 완전히 헝클어졌어요."

그야 이건 남의 옷이니까 나와 어울릴 리가 없지.

그렇게 생각하며 생각 없이 내 차림을 내려다보자, 상상 이상으로 대단한 몰골이 눈에 들어왔다. 앨리스만큼은 아니어도 상당히 흐트러진 머리, 도끼를 휘두른 탓인지 바닥에 주저앉아 그런지 드레스의 구김이 솜씨 없는 디자이너가 잡아낸 서링 같았다. 앨리스를 끌어안고 운 탓에 가슴팍은 찐득하게 젖기까지 해서, 셰릴 보르나인이 보면 아주 기뻐할 거라는 생각이 들었다.

할 수 없지 뭐.

나중에 따로 배상하고 이따 내 옷을 입혀서 돌려보내면 어떻게든 될 것이다. 어쨌거나 에른하르트로 가기에 적절한 차림이 아니라는 것만은 인정할 수밖에 없었다.

"죄송한데 머리빗이랑 케이프를 좀 빌릴 수 있을까요?"

"더한 것도 얼마든지 도와드리죠."

"네?"

어쩐지 불길하게 들리는 소리에 묻는 차, 또다시 칸타나 리모란드가 무섭게 손을 튕겼다. 그러자 언제부터 와 있었는지 모를 다른 시녀들이 우르르 나타났다.

"발로즈 후작 영애를 도와드려라."

"아니, 잠깐. 저는―."

"예, 큰 아가씨."

사양하려는 말을 완전히 틀어 막힌 채, 나는 앨리스처럼 시녀 무리에 파묻혀 끌려가는 수밖에 없었다.

그리고 30분 뒤. 나와 앨리스는 정말로, 리모란드에서 준비해 준 마차에 타 있었다. 황실 무도회에 갔을 때보다 쓸데없이 더 빛나는 차림새로.

녹턴과 울며불며 언쟁을 했을 때보다, 지금 더 몸에 기운이 없었다. 반 시간 동안 얼마나 사람을 쥐어짤 수 있는지 알게 되었다고 할지.

나와 앨리스가 넋이 나가 있는 동안 마차는 빠르게 달려, 어느새 에른하르트에 도착해 있었다. 리모란드 기사의 에스코트를 받아 발을 내리며 우리는 시간여행을 한 기분이라고 중얼거렸다.

"에른하르트라……."

두루아와의 거리가 계속 멀어져서 신경 쓰이던 차에, 리모란드에 심어 둔 감시로부터 들어온 소식이었다. 그 애와 앨리스 리모란드가 마차를 타고 떠났다고.

저택을 나선 두루아가 리모란드로 향할 것은 뻔했으나, 설마 에른하르트까지 갈 줄은 몰랐다. 오늘 중 돌아오기만 한다면 어디에 가더라도 상관없었으나 한결 멀어진 거리감이 신경 쓰인다.

'사이가 회복되기는 했다는 말이군.'

무슨 목적으로든, 관계가 아예 틀어져 버렸다면 함께 갈 일도 없었을 테니까. 두루아의 걱정거리가 덜어진 것은 좋은 일이나, 앨리스 리모란드가 다시 달라붙게 된 것이 결코 달갑지는 않았다. 그 여자가 두루아에게 속살거린 말이 뭔지 아직도 모르고 있기에 더더욱. 아무리 조사해 봐도 리모란드가 저에 대해 알 만한 일이라곤 흑마법 밖에 없을 텐데, 그게 아니라면 대체 무어란 말인가.

녹턴의 손끝이 툭툭, 책상을 두드리던 중 노크 소리가 났다. 두루아가 에른하르트로 향했다는 걸 알았을 때 그가 부른 기사들이었다.

"부르셨습니까, 각하."

들어오라고 말하는 대신, 그는 집무실을 나와 두 명의 기사를 이끌고 계단을 내려갔다.

녹턴 에드가가 향하는 곳은 지하였다. 개중에서도 가장 안쪽으로 들어가면 나오는 방, 제르벨로 제르벨라를 가둬 두었던 곳이다. 말만 지하실이지, 거의 지하 감옥과 다를 바 없는 곳은 철문으로 단단히 막혀 있었다. 별로 좋아하는 곳은 아니지만 다른 공간에는 테롭스 안단테를 가둬 두었기에 선택지가 없었다.

녹턴이 문 앞에 멈추어 서자 기사 하나가 문을 열었다. 거칠게 귀를 긁는 소음이 나고, 방 안의 어둠이 온전히 모습을 드러냈다. 복도에서 새어 들어온 불빛 때문에, 안쪽의 형체가 고개를 쳐드는 것이 어렴풋이 보였다. 에드가의 주인이 그를 물끄러미 내려다보는 동안, 다른 기사가 등불을 밝혔다.

어렴풋한 주홍빛이 형체를 비췄다. 본래 연령보다 나이 들어 보이는 중년의 사내였다. 도피 생활에 익숙해져 머리도 수염도 제대로 정리되지 않은 지저분한 남성, 아론 모멘텀이다.

팔다리가 묶인 채 무릎 꿇린 남자가 흰 눈으로 녹턴을 노려보았다. 어차피 남의 손에 들어갈 물건인지라, 들키면 곤란해질 흑마법을 쓰는 대신 사지를 결박해 두었다. 그 탓인지 사내에게서 두려움이라곤 조금도 느껴지지 않았다. 저가 맹수라도 되는 양, 밧줄을 끊어 내면 어떻게든 될 거라고 믿는 얄팍한 오만이 우습다. 무언가 말하고 싶은 게 있는 듯, 읍읍 소리를 냈지만 딱히 들어주고 싶은 마음도 없었다.

"일으켜 세워."

무감한 말과 함께 온 기사들이 모멘텀 남작을 억지로 일으켜 세웠다. 그를 확인하고는 몸을 돌리려는데, 뒤에서 무언가 뱉어 내는 소리가 났다. 입가를 틀어막은 밧줄을 어떻게든 짓씹어 끊어 낸 모양이었다.

'별 같잖은 짓을 다하는군.'

눈을 희번덕대는 사내가 더러운 몰골로 숨을 헐떡였다.

"에드가 공작이시지, 나를 풀어 주시오."

"끌고 와."

"나를 도망치게 해 준다면 좋은 걸 알려드리겠소."

듣는 시늉도 않고 녹턴이 몸을 돌렸다. 남작은 버티려고 안간힘을 썼으나, 결박된 채 질질 끌려가는 입장에서 그게 가능할 리 없었다. 금세 초조해진 아론 모멘텀이 소리쳤다.

"다 알아! 나도 소문 다 들었다고! 당신이 그토록 싸고도는 계집애, 두루아 발로즈?"

녹턴의 걸음이 멈추었다.

"에른하르트에 있을 때, 몇 번이나 봤지. 미색이 반반한 것이 사내 여럿 홀리게 클 것이 분명하더군. 지금 이 저택에 있는 놈도 단단히 홀려 놓은 모양이던데."

그가 저를 돌아보는 걸 보고, 제 말이 통했다고 생각한 건지 사내가 실실거리며 눈을 빛냈다.

"여기 신관 나부랭이가 한 놈 있지, 그놈이 밤마다 지하로 와서 뭘 하는지 아시오? 딴에는 철문으로 막혀 있어서 안 들릴 줄 아나 본데, 분명 이 방의 철문 너머로 개수작을 부리는 소리가 들린다오."

남작이 간사하게 혀를 놀리는 모습을, 녹턴은 물끄러미 바라만 보았다. 그의 눈 안쪽으로, 짙은 감정이 일렁였다.

"혹시 아나, 그 멍청한 신관 놈이 그 계집애를 훔쳐 가려고 굴이라도 파는─."

아무렇게나 지껄이는 헛소리. 두루아에 반응하는 걸 보고 대충 그 애와 엮어 대면, 말이 통할 줄 알았나.

녹턴의 입매가 비틀린 다음 순간, 남작의 눈이 찢어질 듯 크게 벌어졌다.

사내의 몸이 이리저리 뒤틀렸다. 사지가 묶여 있었으나 그를 잡아끌던 기사 가 손을 놓칠 만큼 격한 발버둥이었다. 비명조차 제대로 내지 못하고 꺽꺽거 렸으나 분기는 조금도 풀리지 않는다. 몸을 돌려 남작에게 다가간 녹턴이 그를 내려다봤다.

"정말이지, 개인적인 원한은 없어서 곱게 다루어 줬더니 굳이 속을 긁는 이 유가 뭔지."

"커헉, 큭. 끅……!"

"그러고 보니, 그 애가 에른하르트를 그토록 자주 다녔다는 건 당신이 그만 큼 자주 봤다는 말이겠네. 그럴 때마다 그 더러운 눈으로 추저분한 생각을 했 을 거고."

녹턴이 허리를 수그리고 사내의 머리채를 쥐어 들어 올렸다. 침과 눈물로 범 벅이 된 남자의 얼굴은, 다소 결벽인 녹턴이 아닌 누가 보더라도 더럽고 추할 것이다. 녹턴이 그의 머리채를 잡은 순간, 고통은 사그라졌다. 그러나 아론 모 멘텀은 더한 공포에 사로잡혀 숨만 헐떡이며 시선을 피했다.

젊은 공작이 눈을 가늘게 뜨고 웃었다.

"눈을 파 버릴까."

혼잣말처럼 중얼거린 말에, 남작이 숨을 들이켰다. 잔인한 말은 단순히 말만 으로 그치지 않았다. 녹턴이 뒤쪽으로 눈짓하자, 기사 하나가 검을 빼 들고 다 가왔다. 어스름한 불빛 아래서도 칼날의 예기가 선명히 느껴진다.

남작의 눈 바로 앞에 멈추어 선 날붙이를 보고, 그가 필사적으로 발버둥 쳤 다. 그러나 다른 기사가 다가와 그를 엎어뜨리고 어깨를 발로 짓누르고부터는 바둥거릴 수도 없게 되었다. 팔다리가 묶인 채 짓눌린 상태, 옴짝달싹할 수 없게 된 사내가 필사적으로 소리를 질렀다.

"사, 사, 살려 주십시오! 그러지 않았습니다. 저는 아무것도, 아무 생각도ㅡ."

"눈이 없어진다고 사람이 죽나."

"제발, 제발 그러지 말아, 말아 주십시오! 살려 주신다면, 아니, 제 눈을 가만히 둬 주신다면, 저를 놓아주시면 뭐든 드리겠습니다. 보물을 드리겠습니다!"

보물……?

녹턴의 눈이 설핏 가늘어지자, 혹한다고 생각한 건지 사내가 더 간절히 소리쳤다.

"그렇습니다, 리모란드의 보물입니다! 미래를 보여 준다는, 거미거울이 제게, 살려 주십시오, 그 위치를 알려 드리겠습니다! 미래를 알 수 있어요, 정말입니다!"

"그런 물건이 왜 그 손에 있을까."

"유모 년이 훔치는 걸, 제가 빼돌렸으니까요! 그, 창고에는 그 출산 때 필요한 마법 물품이 있어서 유모들이 들어갈 수 있습니다! 그년이 그걸 훔쳐서 제가 다시 그 물건을ㅡ."

횡설수설하는 말이었으나, 그에게서 느껴지는 마음으로 보아 거짓은 아니었다. 미래를 보여 주는 거미거울이라. 옛날의 보물이란 대개는 이름만 그럴싸한 상징물이었지만, 확신에 차 지껄이는 모습을 보니 잠깐 시간을 할애할 가치는 있을 것 같았다.

"이야기를 들어 보고 싶군, 모멘텀 남작."

잡은 머리채를 놓아주며, 녹턴이 온화한 소리로 말했다. 남작의 눈이 몽롱하게 흐려졌다.

모멘텀 남작이 거미거울에 관한 상세한 이야기를 시작했다. 십수 년 전, 리모란드의 유모에게서 거울을 뺏은 순간부터 그 물건이 지금 어디에 있으며 미래를 보려면 어떻게 해야 하는지까지. 가벼운 호기심에 듣기 시작한 이야기였으나, 그 안에는 녹턴이 내내 의문스럽게 생각하던 답이 들어 있었다.

"그래서 이 거울은 결국―."

"그만하면 됐어, 아론 모멘텀."

알맹이는 동이 나고, 이제는 자기변명으로 남은 이야기에 녹턴이 호칭을 바꾸며 말을 끊어 냈다. 아론 모멘텀의 눈빛이 평소대로 돌아왔다.

그는 제가 할 생각조차 없던 말까지 모조리 꺼내 버린 일로, 몹시도 혼란스러워 보였다. 흑마법에 대해 알 리 없으니, 무슨 일이 일어났는지도 몰랐다.

남작의 무지를 비웃으며, 녹턴이 손짓하여 기사의 검을 거두었다. 얼굴 가까이 있던 칼날이 거두어지자 남작이 안도의 한숨을 내쉬었다. 그의 얼굴에는, 이제는 풀려날 거라는 기대가 담겨 있었다. 녹턴은 놓아주겠다고 답한 적은 없음에도 말이다.

"끌고 올라가 있어."

"고, 공작 각하?"

"안심해도 좋아, 눈을 빼지도 죽이지도 않을 테니. 원래 계획대로 리모란드로 데려갈 셈이니까."

제 말의 의미를 깨닫고 아론 모멘텀이 고래고래 소리를 질렀다. 보물을 줬는데, 알고 있는 걸 전부 말해 줬는데, 비겁하니, 졸렬하니 별에 별 말을 다 퍼부어댔다. 듣는 시늉도 않고 녹턴이 손을 휘저었다.

기사들이 버둥거리는 남작을 끌고 나가고, 그는 홀로 지하실에 남겨졌다. 품에서 손수건을 꺼내 더러워진 손을 닦으며, 녹턴은 사내가 있던 자리를 잠시 바라보았다.

"여기 신관 나부랭이가 한 놈 있지. 그놈이 밤마다 지하로 와서 뭘 하는지 아시오?"

"분명 이 방의 철문 너머로 개수작을 부리는 소리가 들린다오."

옅은 빛의 시선이 철문 너머를 가만히 바라보았다.

지하로 와서 뭘 하는지 아느냐고?

"모를 리가."

픽 웃으며, 녹턴이 등불을 껐다.

다시 새까만 암흑으로 물든 지하실, 구둣발 소리가 멀어져 간다.

미리 방문하겠다는 말을 전하지 않고, 갑작스럽게 왔음에도 모멘텀 남작 부인은 우리를 안으로 들여보내 주었다.

앨리스가 수도로 간 지도 어느덧 2년이었다. 남작성에 오는 것은 오랜만이었고, 그 때문인지 내부의 모습이 상당히 바뀌어 있었다. 묘한 위화감을 느끼며 나와 앨리스는 응접실로 향했다.

앨리스가 편지를 맡긴 사람이 장녀인 코르나 모멘텀이었기에, 남작 부인이 그녀를 불러 주기로 했다. 응접실에 앉은 지 얼마 뒤, 코르나가 안으로 들어왔다.

"어, 서 오렴, 앨리스. 발로즈 후작 영애도 와 주셔서 감사해요."

경직된 몸짓에 어색한 미소. 모멘텀 남작이 도주했으니 (녹턴의 손에 있다고 했지만 아무튼) 곧 성의 주인이 될 차기 남작이었음에도, 몹시 눈치를 살피는 모양새였다.

"다짜고짜 찾아온 마당에 죄송하지만, 바로 본론으로 들어갈게요. 앨리스가 수도로 올라갈 때 주고 간 편지 가지고 있죠? 아무도 찾아오지 않았으니까 넘겨 주지도 않았을 거 아니에요."

"네? 아, 그게…… 가지고 있는데 제가 아니고 피오라에게 있어요."

"피오라 모멘텀? 그게 무슨 말이에요, 코르나에게 맡겼잖아요."

코르나 모멘텀이 허둥대며 손을 내저었다.

"그 아이가 꼭 자기가 보관하고 싶다고, 나는 다른 물건도 잘 잊어버리니 본인이 가지고 있는 게 안심이 되겠다고 해서 피오라에게 줬어, 앨리스. 그러니까 나는 편지에 대한 건 몰라."

제 책임은 결코 없다는 듯이 코르나가 고갯짓을 했다. 그 모습이 보기 좋은 건 아니었지만, 거짓말을 하는 것 같지는 않았다. 그녀는 우리가 제 말을 납득한 걸 확인하고는, 서둘러 피오라를 불러오겠다고 말하고 응접실을 나섰다.

이러다 모멘텀 일가를 다 만나겠는데.

찻물을 한 모금 삼키고, 나는 한숨을 내쉬었다.

"이상하다고 생각했는데, 모멘텀 사람들이 어떻게 수도에 온 거야? 마주칠 일이 없도록, 리모란드에서 조치했을 줄 알았거든."

"……원래는 큰돈을 주는 대가로 수도에 오지 못하도록 각서를 쓰게 할 생각이셨어, 아버지는."

"입을 막는 대가로?"

"겸해서 모멘텀 남작이 에른하르트로 돌아오면 제보하는 대가로. 하지만 나는……."

잠시 말을 흐렸다가, 앨리스가 쓰게 웃었다.

"너도 이제 알잖아, 두루아. 내가 순수한 피해자는 아니라는 거. 너처럼 모멘텀에도 죄책감을 느낀 건 아니지만, 내가 이들의 행동을 강제할 자격은 없다고 생각했어."

그래서 돈은 주되, 법적인 효력이 있는 각서가 아니라 단순히 자제하라는 권고에 그친 거구나.

하기야 피오라 모멘텀만 아니었다면 그것만으로 충분할 것 같긴 했다. 코르나는 소심하고, 에멜리아는 현실적이며, 남작 부인도 겁이 많은 사람이니까. 피오라가 수도에 가겠다고 졸라대지 않았다면, 아무 일도 일어나지 않았을 것이다.

그러면, 나는 앨리스의 유년에 대해서는 평생 동안 모르고 살았을까.

미묘한 기분이 들어 나는 옆 눈으로 앨리스를 바라보았다. 성에 들어오면서부터 조금 어깨를 움츠린 내 친구는 무슨 생각인지 모를 멍한 눈으로 찻물을 내려다보고 있었다.

그때, 정적이 깨지고 응접실의 문이 열렸다. 노크도 없이 들어온 이는 피오라 모멘텀이었다. 그녀는 들어오는 즉시 나와 앨리스가 함께 있는 것을 보고는 기가 막힌다는 듯 코웃음을 쳤다.

"놀랍게도 사이가 좋네, 정말. 뭐 하러 왔어, 앨리스. 다시는 에른하르트에 발도 들이지 않을 거라고 했잖아."

응접실로 내려오면서도, 코르나에게 편지에 대한 말은 듣지 못한 모양이었다. 당당하게 불쾌감을 드러내는 모습을 보면서, 나는 힐금 벽에 걸린 시계를 살폈다. 그렇게 빠듯하지는 않았으나 애당초 주어진 시간은 하루뿐이었기에 마냥 여유가 있지도 않았다. 서둘러야겠다고 생각하며 입을 여는데, 앨리스가 한발 앞서 말문을 텄다.

"내가 수도로 갈 때 맡긴 편지, 너한테 있니, 피오라."

"뭐? 편지……?"

그녀는 눈가를 찡그리다가, 뒤늦게 생각났다는 듯이 고개를 끄덕였다.

"아, 그거. 그래, 나한테 있는데 왜. 찾아온 기사는 아무도 없었다니까, 그게 못 미더워서 온 거야? 분명히 말할게. 아무도 안 왔어, 널 찾으러 온 사람은 한 명도 없었다고."

발뺌하는 모습이 뻔뻔스럽기도 하다. 내내 모르쇠를 대며 시간을 끌 것 같아서, 나는 바로 정곡을 찌르기로 했다.

"그래? 남작성을 찾아와서 묘비를 보고 간 사람이 정말 없었단 말이지."

"두루아? 그게 무슨—."

"무, 무슨 말을 하는 거예요!"

단번에 그녀의 얼굴이 당혹감으로 일그러졌다. 내 옆에 앉은 앨리스도 혼란스러운 듯 나를 봤으나 지금은 피오라 모멘텀을 상대해야 할 때였다.

"어디서 뭘 잘못 듣고 온 모양인데, 그런 사람은 전혀……. 날 의심하는 거예요? 분명히 없었어, 정말로 없었어요!"

"그럼 아직 네가 갖고 있겠네. 앨리스가 맡긴 편지, 돌려줄래?"

내 말에 피오라의 눈이 크게 흔들렸다.

에른하르트로 자주 왔기 때문에 나도 본의 아니게 네 살 어린 이 여자아이에 대해 많이 알게 되었다. 철없고 생각이 얕으며 겁이 많으나 좀체 화를 참지 못한다. 또래의 아이들과 크게 다를 바 없었으나, 교류할 사람이 없는 탓에 유독 시야가 좁았다.

코르나에게서 앨리스의 편지를 빼앗은 뒤, 이 아이가 어떻게 했을까. 수도로 데려가 달라는 말을 거절당해서 화가 났을 테니 아마도 편지를 없애 버리지 않았을까. 어디까지나 추측에 불과한 의심이었으나, 내 생각이 맞았던 모양이다. 피오라가 우물쭈물 목소리를 낮추었다.

"잃어버렸어요, 그러니까 한참 된 건 아니고 최근에요. 어차피 상관없잖아요. 찾아온 사람은 정말로 없었으니까."

"찢거나 불태운 건 아니고?"

"그런 건……."

말꼬리를 흐리고 피오라 모멘텀이 입술을 짓씹었다. 그러나 그도 잠시. 당황해서 위축된 상황이 마음에 들지 않는지, 눈썹이 모로 서고 눈빛에 독기가 서렸다.

"지금 뭐야, 잃어버렸다고 했잖아! 나한테 누명이라도 씌우고 싶은가 봐? 수도에 올라가는 것도, 데뷔탕트도 도와주지 않았으면서 선의로 편지를 보관해 준 사람한테 이게 할 짓이야?"

목에 핏대까지 세우며 그녀가 소리쳤다.

"그렇게 입단속을 하라고 모멘텀과 연을 끊어 놓고 이제 와서 행패라니, 당장 꺼져! 발로즈 영애도 가 버려요, 가 버리라고, 둘 다!"

대화할 의지는 조금도 없다는 듯, 테이블 위의 찻잔을 바닥으로 던져 버리기까지 했다. 이렇게 고함을 질러대면 일이 해결될 줄 아는 건지 온전히 이성을 잃은 모양새에 절로 한숨이 나왔다.

"좋아, 네게 더 묻지는 않을게."

여전히 씨근덕거리면서도 피오라의 눈이 반짝 빛났다. 이제 곤욕이 끝났나, 반가워하는 것이 훤히 보여서 외려 우스워졌다. 이대로 돌아갈 생각이라면 에른하르트까지 오지도 않았을 테니까.

"우리는 이제부터 모멘텀의 모든 사용인들을 불러낼 거야."

"한 명씩 응접실에 들여보낸 다음, 혹시 앨리스를 찾아온 기사가 없었는지 물어볼 거고, 만약 기사에 대해 말하는 사람이 있다면 그 사람에게 막대한 보상금을 지불할 생각이야."

"뭐…… 라고요? 지금 돈으로 없는 사실을 만들어 내겠다는 거예요?"

"넘겨짚지 마. 나도 돈이 그렇게 넘쳐 나는 건 아니거든."

정확히 말하자면 지금은 금화 한 닢도 없다. 그럼에도 내 주머니 사정을 알 리 없는 피오라는, 내 말을 믿는 모양이었다.

"기사의 인상착의를 정확히 맞추는 사람한테만 보상금을 지불할 생각이야."

"그런 건 그냥…… 아무렇게나 말하다 보면 맞아떨어질 수도 있잖아요."

"그렇진 않을걸. 네가 그 기사를 봤다면 알 수 있을 텐데 말이야, 아무렇게나 말해서 인상착의를 맞출 수 있는 사람이 아니란 걸."

그 말에, 제 기억을 더듬어 보기라도 한 것처럼 피오라가 어깨를 흠칫 떨었다. 무슨 생각을 했는지 알 것 같았다. 얼굴도, 키도, 목소리도 어느 하나 선명히 기억할 수 없을 것이다.

흐리멍덩하게 뭉개진 인상이 전부겠지. 왜냐하면 에드는 수행 중에, 언제나 인식 방지 아티팩트를 썼을 테니까.

그러니 정답은, '모멘텀을 찾아온 기사는 있었으나 인상착의에 대해서는 이상할 정도로 기억나는 게 없다.'였다. 정말로 목격한 사람이 아니라면, 아무렇게나 말을 지어내서 정답을 맞힐 수는 없을 것이다.

피오라의 얼굴을 노려보는 채로, 나는 자리에서 일어났다.

"만약 기사를 본 사람이 아무도 없다면 보상금은 네게 줄게, 피오라. 하지만 단 한 명이라도 목격자가 있다면."

표정을 싸늘하게 하며, 나는 한 자 한 자 무겁게 내뱉었다.

"각오하는 게 좋을 거야."

그 말을 끝으로, 나는 앨리스를 데리고 몸을 돌렸다. 응접실을 나가 모멘텀 남작 부인의 협조를 구하려는 듯이.

그러나 채 몇 걸음을 떼기도 전에, 내 치맛자락에 묵직한 것이 매달렸다. 자리에서 뛰쳐나온 피오라 모멘텀이었다.

"잘못, 잘못했어요, 발로즈 영애님! 앨리스, 미안해, 너무 속상해서 그랬어.

그렇게 잘해 줬는데, 그렇게 뭐든지 맞춰 줬는데 수도로 데려가 주지 않은 게 서러워서!"

"뇨, 피오라."

"그렇잖아! 너랑 내가 뭐 그리 다르다고, 넌 갑자기 공작의 딸이 돼서 정말 공주라도 된 것처럼 큰 마차를 타고 떠나는데 난! 이 시골 영지에 처박혀 있어야 했어."

커다란 눈에서 눈물방울이 펑펑 쏟아졌으나 연민이 들지는 않았다.

"나도 가고 싶었어, 나도, 나도 수도로 데려가 주길 바랐어! 그게 그렇게 큰 잘못이야?"

"놓으라고."

"발로즈 후작 영애, 영애님도 분하지 않아요? 앨리스 모멘텀은 분명히 영애보다 못한 사람이었잖아! 영애님의 이름을 팔아서야 겨우 사람 취급을 받는 반푼이였잖아요! 그런데 이제 와서 갑자기 리모란드 공작가의 막내딸이라니, 영애님보다도 귀한 사람이라니 이게 말이 돼요?"

"네가 잘못한 일에 대한 변명으로 몇 명을 모욕하는 거니, 감당할 수 있―."

"왜! 대체 왜!"

내 말을 끊고, 피오라 모멘텀이 악을 쓰며 소리쳤다.

"왜 앨리스를 그렇게 싸고돌아? 당신의 이름을 좋을 대로 팔아먹었는데, 당신을 험담하는 무리와 어울렸는데, 왜 그런데도 아직도 친구인 척 굴어요? 에른하르트에 왔을 때도 왜 앨리스와만 친구가 됐어요? 왜! 저 여자가 뭐가 그렇게 특별해서!"

왜 앨리스와만 친구가 됐냐고? 이상한 물음이다. 바로 떠오르는 답이 있기는 했다. 내가 앨리스와 친구가 된 이유, 그건 이 애가 원작의 주인공이기 때문이었다.

하나 그게 전부인 건 아니다. 녹턴이 주인공인 줄 알면서도 그와 멀어지기로 결심한 적이 있던 것처럼, 앨리스와의 사이도 얼마든지 달라질 수 있었다. 그럼에도 나는 이 애와 친구로 남았고, 나를 밀어내려는 손을 붙들고 기어이는 오해를 풀었다. 그렇게까지 한 이유가 뭐냐면…… 음.

"그걸 내가 어떻게 알아, 시간이 지나고 보니 그냥 친구였는데."

왜 친구가 됐냐는 질문에 답할 수 있을 만한 목적이 있다면, 그게 진짜 친구가 맞긴 한가.

"뭐, 무슨 거우 그런……!"

"철학자나 사회학자도 아니고, 그런 걸 고민하고 싶지는 않아. 그러니까 이제 정말로—."

놓으라고 말하려는 순간 부우욱, 드레스가 요란한 소리를 내며 길게 찢어졌다. 어떻게 봐도 비싸 보이는, 리모란드로부터 임시로 빌렸을 뿐인 옷이.

제 감정을 못 이겨 길길이 날뛰던 피오라 모멘텀이 단번에 조용해졌다. 치맛자락을 움켜쥐고 있던 손에서 슬그머니 힘이 빠졌다. 사색이 된 피오라의 얼굴을 보다가 나는 천천히 고개를 돌려 앨리스를 보았다. 그에 앨리스도 고개를 돌려 나를 보았다. 그러더니 곧, 웃음이 터져 나왔다.

"그만 좀 웃어."

남작성을 나와 마차에 오르면서까지, 앨리스의 웃음은 멈추지 않았다. 별로 우스운 일도 아닌 것 같은데 멎을 만하면 터지고, 멎을 만하면 터져서, 기껏 피오라 모멘텀과 잡아 놓은 분위기는 완전히 깨져 버렸다.

결국에는 다시 앨리스에게 해가 될 짓을 하면 가만두지 않겠다는 삼류 악당 같은 경고를 내뱉는 것이 끝이었다. 달아나듯 성을 빠져나오는 결말이 얼마나 볼품없어 보였을지, 상상만으로 낯이 화끈거렸다.

"아니, 옷 좀 찢어졌다고 얼굴이 파래지는 게 웃기잖아. 피오라는 그렇다 치고 두루아 발로즈가, 네가 겨우 그만한 일로!"

"지금 내가 가난해서 그렇다니까."

"아까는 보상금까지 줄 거라고 했잖아. 그럼 그 돈은 어떡할 셈이었는데?"

"그쯤 말하면 꼬리 내릴 걸 알고 그런 거지, 나 지금 알거지야."

다시 웃음이 터졌다. 이제는 맞은편에 앉은 내 어깨에 기댈 만큼 기울어진 앨리스의 몸에, 나는 다 포기하고 창밖만 바라봤다.

바깥으로, 멀어지고 있는 남작성이 보였다. 저 안에서 피오라 모멘텀은 얼마나 황당한 표정을 짓고 있을지. 아, 그러고 보니까.

"네 묘비, 보고 올 걸 그랬나? 어떻게 돼 있는지 궁금한데."

"묘비? 아…… 아까 묘비를 보고 갔다는 이야기는 뭐야?"

"뭐, 대단한 말은 아니고 남의 술주정을 좀 들었거든. 지금 자세히는 묻지 마, 당사자가 할 말을 자꾸 가로채는 기분이라 찝찝해."

"알았어, 안 물을게. 그래. 내 묘비로 왔었구나. 내 묘비라니…… 되게 이상하게 들린다."

"있는 거 몰랐어?"

"아니, 혹시 몰라서 만들어 두었다고 아버지께서 말해 주셨었어."

고개를 저은 뒤, 앨리스는 등받이에 기대 창밖을 바라보았다. 얼굴에 서린 웃음기가 천천히 사그라진다. 미소가 사라진 얼굴은 지쳐 보였다. 나는 앨리스를 잠시 보다가 모르는 척, 다시 바깥으로 고개를 돌렸다.

해가 저물고 있다. 멀리서 보이는 백금빛 밀밭 위로 붉은 놀이 덧씌워지고, 수평선에 비죽 솟은 남작성은 천천히 작아진다. 앨리스 모멘텀을 만나러 왔다가 저택으로 돌아가던 때면 늘 만나던 풍경은, 2년이란 시간을 거쳐 내 가슴을 그리움으로 물들여 놓았다.

"나는 에드가……."

정적을 깨는 소리에 나는 고개를 들었다. 말문을 열면서도, 앨리스는 나를 보지 않고 바깥의 광경을 보고 있었다.

"에드가 날 찾으러 왔을 줄 몰랐어. 기사 수행이 끝나서 영영 돌아가 버린 거라고, 수행 중 잠깐잠깐 만나는 정도는 괜찮았지만, 수도에 가고 다시 찾을 만큼 나를 아꼈던 건 아니라고……."

"그랬구나."

"안 하려고 해도, 자꾸 그런 생각이 들었거든. 다 잊고 지나간 추억으로 여기려고 했는데, 그래도 아직 그런 생각이 남았었나 봐."

노을이 깃든 푸른 눈, 그 아래로 붉은 빛이 고인 물방울이 툭툭 떨어진다.

"그 꿈을 꿨을 때 그렇게 쉽게 믿었던 걸 보면, 에드는 나를 좋아하지 않는다고, 나 같은 건 조금도 의미 없었다고 그렇게 계속."

그 애는, 내 친구는 울음기에 억눌린 목소리로 말했다.

"미안해, 두루아."

나는 가만히 앨리스의 손을 잡아 주었다.

중간 지점에서 다인용 텔레포트 스크롤을 사용했기에, 수도로 올라오는 것도 금방이었다. 그럼에도 하늘에서는 붉은 놀이 가라앉고 보랏빛 장막이 드리우고 있었다. 세릴 보르나인이 아침에 와서 다행이다. 그 많은 일을 했음에도 아직 완전히 밤이 되기까지는 시간이 남았으니까.

아침 식사 이후로 종일 굶은 탓에 허기가 심했다. 나뿐 아니라 앨리스도 며칠간은 침실에 틀어박혀 있느라 제대로 식사하지 못했기에, 실례를 무릅쓰고 리모란드에서 저녁을 함께했다. 비록 찢긴 드레스를 칸타나 리모란드에게 보일 때 눈치가 보이긴 했으나(앨리스의 무섭던 미소는 칸타나에게서 배워 온 것이 분명했다) 포만감이 들고는 그런 건 아무래도 괜찮아졌다.

이제는 에드가 저택으로 돌아갈 시간이라, 나는 엉망이 된 옷과 보닛, 가발과 팔찌를 넣은 가방을 받아 들고 공작저를 나섰다. 찢긴 드레스 대신 다른 드레스를 빌려 주려고 했으나, 그것마저 망가뜨릴 것이 걱정돼 나는 부득불 우겨질 좋은 하녀의 옷을 빌렸다. 사실 다른 속셈이 있기도 했지만.

그리고 리모란드의 마차가 정비되기를 기다리는 중.

"방금 발로즈 영애께 서신이 왔습니다."

아르한 리모란드가 내게 온 서신을 건네주었다.

내가 리모란드에 있는 걸 어떻게 알고 누가?

잠깐 의심이 들었지만 발신인을 보고는 날선 긴장은 풀어졌다. 편지를 보낸 이는 놀랍게도 세릴 보르나인이었다.

여태 에드가로 오지 않았으니, 아직 리모란드에 있다고 생각해도 되겠지요. 자질구레한 인사말은 생략하도록 하죠.

잘 맞지도 않는 드레스를 입었다가, 실수로 넘어졌어요. 사용인들 앞에서 보닛도 벗겨지고 가발도 조금 삐뚤어졌는데 아무도 신경 쓰지 않더군요. 혹시나 해서 그대로 저택을 나와 봤는데, 정문의 기사들이 붙잡지 않더라고요. 에드가의 마차를 내 달라고 해도 태연히 내어 주기에 그대로 보르나인으로 돌아와 버렸어요.

어쩌면 이 글을 읽고 약속을 어긴 게 아니냐고 욕을 하고 있을지도 모르겠지만, 욕을 해야 할 사람은 당신이 아니라 나예요.

보닛이 벗겨졌을 때, 시종이 내게 뭐라고 했는지 알아요?

"괜찮으십니까, 보르나인 후작 영애. 다친 곳이 있으시다면 조치하겠습니다."

이미 내가 두루아 발로즈가 아니란 걸 알고 있는데, 거기에 버티고 있어 봐야 무슨 의미가 있겠어요. 아무튼 허술한 사람 같으니.

P.S. 드레스를 굳이 돌려줄 필요는 없어요. 원래 한 번 입은 옷을 다시 입지는 않으니까.

적힌 글자를 다 읽어 내리고 나자, 무어라 형용할 수 없는 기분이 들었다.

나와 셰릴이 바뀌치기 됐다는 걸 사용인들이 이미 알고 있었다고?

"그럼 그것도……."

아무래도 내가 그들의 인지 능력에 대해 착각하고 있던 모양이었다. 그리고 아마도 내가 저택에 나온 건―.

"두루아, 왜 그래. 편지에 나쁜 말이라도 적혀 있어?"

배웅을 나온 앨리스가 걱정스레 물었다.

"보르나인 후작 영애가 이쪽으로 편지를 보낸 것부터가 이상했는데."

"아니야, 별거 아닌……. 음, 숨기는 것 싫다고 했지, 볼래?"

"……네 사생활을 낱낱이 알고 싶다는 얘기는 아니야."

떨떠름하게 하는 말에 작게 웃음이 터졌다. 그러고 보면 앨리스는 아까 싸울 때도, 상관없다는 말 한 마디에 내 비밀을 듣지 않겠다고 말했으니까.

그때 정비를 마친 마차가 내 앞에 섰다. 확실히, 발로즈에 있는 것보다 커다란 마차였다.

떠날 준비가 끝났다. 나는 마부와 인사를 나누고 앨리스 쪽으로 고개를 돌렸다. 그러자.

"앨리스, 그럼 이제―."

"가지 마, 두루아."

앨리스가 내 팔을 붙잡았다. 장난기라고는 조금도 없이 진지한 얼굴로, 그녀는 내 눈을 똑바로 쳐다보고 있었다.

"이젠 정말 빈말이 아니야. 에드가로 돌아가지 마. 어떻게든, 무슨 수를 써서라도 지켜 줄게. 상대가 에드가라고 한들, 리모란드도 그렇게 나약하지는 않아."

감동적인 말이다. 그러나 솔직히는 남들이 오해하기 딱 좋은 말이라는 생각이 먼저 들었다. 나는 주위를 두리번거려 다른 사람들이 근처에 없는 걸 확인하고야 한숨을 삼켰다.

"앨리스, 그거 되게 청혼처럼 들린다."

"농담이 아니라 정말―."

"있잖아, 내가 정말로 몰래 나온 걸까?"

장난스럽게 웃으며 말하자, 앨리스가 눈을 깜박였다. 혼란스러워 보이는 표정이었다.

"무슨…… 말이야?"

"녹턴이 정말로 날 내보내 줄 생각이 없었다면 말이야, 너와 이야기를 나누는 게 가능했을까 싶어서."

"사흘 뒤에 아침부터 저택에 없을 거야."

내가 나올 수 있던 오늘은, 녹턴에게 개인적인 볼일이 생긴 탓에 만들어졌다.

"네 그림자에 마법을 걸어놨어. 유사시에 네 위치를 확인할 필요가 있어서."
"네가 없애 달라고 말할 때까진 계속 남겨 둘 생각이야."

나는 아직 녹턴에게 내 그림자에서 그의 마나를 거둬 가라고 말하지 않았고, 엘포드의 마차에 오르기 전 올려다본 창가에서 사람 그림자를 보기도 했다. 정확히는 3층 집무실의 창가에서 검은 머리칼의 남자 같은 형상을 봤다. 셰릴의 서신을 통해 알 수 있듯, 사용인들은 바꿔치기가 된 걸 알면서도 내가 나가는 걸 묵인했고, 저택을 나서는 건 너무 쉬운 일이었다.

이렇게까지 훤히 보이는데 어떻게 모를 수 있을까, 나는 내 탈출이 녹턴의 묵인하에 이루어졌다는 걸 확신하고 있었다. 앨리스는 내가 떠올린 요소들에 대해서는 알지 못했지만, 그가 용인하지 않고는 내가 외출할 수 없었다는 걸 인정하는 모양인지 침묵했다. 아랫입술을 짓씹는 모습은 분해 보였으나, 그 얼굴을 보며 나는 동조받은 기분이 들었다.

"에드가를 찾아올 때 말이야, 네 얼굴이 너무 안 좋아서 말할 수 없었는데 나와 녹턴, 좀 사이가 회복됐어. 네가 생각하는 것처럼 괴롭지 않아."

"……혹시 내가 걱정할까 봐, 일부러 그렇게 말하는 건—."

"자의식 과잉이야, 앨리스. 아무렴, 나는 네가 걱정하는 게 싫어서 목숨까지 내걸 만큼 다정한 사람은 아닌걸."

"바보 같은 소리 하지 마."

앨리스의 입매가 늘어졌다. 금방이라도 울음을 터뜨릴 것 같은 웃음이었다.

"너는 내가 아는 사람 중에, 가장 다정한 사람이야."

"과분한 칭찬이네."

그녀를 안심시키려, 가볍게 끌어안았다 놓고 나는 밝게 웃었다.

"나는 무사할 거야, 약속할 수 있어. 자세한 이야기는 다음…… 음, 이제 우리 화해한 거지?"

"응?"

"그러니까…… 내 이야기 들으러 에드가 저택으로 다시 와 줄 거지?"

웃으며 고개를 끄덕이는 모습에, 비로소 미세한 긴장까지 다 풀어졌다.

앨리스 리모란드는 녹턴에게 전하라 했던 말을 철회했고, 이제는 다시 공작 저에 와 줄 것이다. 녹턴과 있던 많은 일은 그때 이야기하면 된다. 지금은 앨리스도 나도 지쳤으니까.

먼저 저택으로 들어가라고 앨리스의 등을 떠밀자, 그녀는 잠시 버텼지만 네가 들어가기 전에는 떠나지 않을 거라는 생짜에 별수 없이 안으로 들어갔다.

그 애의 모습이 완전히 사라지는 걸 보고, 나는 하늘을 올려다봤다. 어느덧 어깨 아래로까지 밤이 내려앉았다. 틈틈이 별이 반짝이는 모습이 참 예뻤다.

"이제 출발할까요, 발로즈 영애님."

"부탁해, 그런데 에드가 공작저가 아니라 다른 데로 가 줘."

"예?"

녹턴은 내가 외출한 걸 알 테고, 어디에 있는지도 안다. 앨리스를 만나는 것만으로 끝날 거라 생각하고 허락한 외출일 것이고 실제로도 그럴 생각이었지만, 이제는 좀 마음이 바뀌었다. 어차피 셰릴 보르나인도 저택을 나왔다고 하니까.

"나온 김에 좀 놀다 가려고."

에드가 공작저가 아니면 무도회장, 최근의 발로즈 후작저를 추가하더라도 우리가 만난 곳은 너무 적었다. 충동적이었지만, 나는 녹턴을 밖으로 불러내고 싶었다.

두루아를 배웅하고 안으로 들어서며 앨리스는 한숨을 내쉬었다. 하도 괜찮다고 하는 바람에 할 수 없이 보냈지만, 마음이 영 편치 않았다.

섣부른 오해로 사이를 끊어 내겠다고 말했음에도 제게 다가와 준 친구였다. 귀하지 않을 리가 없다. 그런데도 그 애를 녹턴 에드가의 손으로 되돌려보내게 되다니. 마음속의 감정이 쉴 새 없이 변했다. 안도했다가 행복했다가 미안해졌다가 두려워졌다가.

몸의 피로보다 마음의 피로가 더 커서 앨리스가 양손으로 제 얼굴을 쓸었다. 그때, 안쪽에서부터 이상한 소리가 들리기 시작했다.

"당장 풀어, 당장 풀라고, 이 버러지 같은 것들!"

누군가 난동을 부리는 것 같은 소리였다. 앨리스는 다급히 소리가 나는 쪽으로 뛰었다.

본관의 중앙 홀이었다. 리모란드의 블리츠 기사단 전체가 일렬로 서 있고, 아르한이 사지가 묶인 사내를 잡아끌고 있었다. 그리고 그 뒤로는 칸타나가 서서 차가운 눈으로 사내를 노려보고 있었다.

앨리스가 다가오는 소리를 들었는지, 홀에 있던 모두가 그녀를 쳐다봤다.

"앨리스……."

한꺼번에 쏟아지는 시선에 위축되면서도, 앨리스는 지금 상황을 분간하기 위해 사내의 모습을 살폈다. 수염도 정돈되지 않은 더러운 몰골의 중년 사내. 나이를 제대로 가늠할 수는 없었으나, 확실히 선한 인상은 아니다.

앨리스는 그의 정체를 바로 알아보지는 못했다. 그녀의 기억 속에 있는 모습과는 너무 달랐다. 잘생기지는 않아도 깔끔하고 번듯하게 차려입던 사내가, 형편에 비해서는 다소 사치를 부리던 남자가 저토록 추레해질 거라고는 상상해 본 적도 없었으니까.

"앨리스 모멘텀!"

그러나 그 귀를 긁는 듯 불쾌한 소음을 듣고는, 눈치챌 수밖에 없었다. 남자는 모멘텀 남작이었다. 아론 모멘텀, 제 유년을 불행으로 물들여 놓은 한때는 제 부친인 줄로만 알았던 사내.

"이 망할 계집애! 길러 준 은혜를 원수로 갚는 년! 이 애비가 무릎 꿇려 있는 데 멀뚱히 서서 뭘 하는 게냐! 당장 이거 풀어. 이 버러지만도 못, 커억!"

순식간에 쏟아지는 험한 말에, 칸타나 리모란드가 남작의 턱을 걷어찼다. 그러고는 아르한이 충격에 쓰러진 사내를 붙들고 그의 입에 재갈을 물렸다. 사전에 계획해 두기라도 한 것처럼 일사불란한 동작이었다.

"미안해, 앨리스. 재갈부터 물릴 걸 그랬네. 마침 황궁으로 이송하려던 중이거든."

"발로즈 후작 영애께선 돌아가셨나 보구나. 너를 도와준 손님을 경황이 없어 그렇게 보내다니, 다음에 제대로 초대해야겠어."

"……그 사람이 어떻게 여기에 있어? 잡은 거야?"

"그래, 이자 덕분에 제대로 배웅도 못 했지. 에드가 각하께서 잡아다 주셨어."

뭐라고?

예상치 못한 말에 앨리스의 눈이 둥글게 커졌다.

"녹턴 에드가가……? 방금 다녀갔다는 말이야?"

"네가 에른하르트에서 도착하기 전에 이미 가셨어. 발로즈 후작 영애께는 말하지 말아 달라고 하셔서, 영애께 전하지는 않았지만."

녹턴 에드가가 리모란드 공작저에 와서 아론 모멘텀의 신변을 넘겨줬다. 언뜻 듣기로는 호의로 느껴졌으나, 상대가 에드가 공작이라는 점이 앨리스의 불안을 자극했다.

공작이 모멘텀 남작을 잡아다 줄 이유가 뭐가 있단 말인가. 혹시 이 자를 이용하여 리모란드에 무슨 일을 벌이려는 건─.

생각을 이어 가던 중에 불현듯, 두루아가 한 말이 떠올랐다.

"나와 녹턴, 좀 사이가 회복됐어. 네가 생각하는 것처럼 괴롭지 않아."

그 말을 되새기는 즉시 그런 생각이 들었다.

이자를 잡아다 준 건 어쩌면 두루아 때문이 아닐까. 두루아가 나를 신경 쓰고 있어서, 그 애가 나를 걱정하고 있으니까 두루아의 걱정을 덜어 주려고 그런 걸까.

평소 같았으면 말도 안 된다며 고갯짓을 할 생각이었으나, 지금 기분으로는 조금 달랐다. 앨리스가 녹턴 에드가에 대해 잘 안다고 말할 수는 없겠지만, 기껏 잡아 놓은 이가 나가는 걸 허락해 줄 것 같지는 않았다. 그런데도 친구와의 오해를 풀겠다는, 공작의 입장에서는 별거 아닐 목적임에도, 두루아의 외출을 눈감아 주고 아론 모멘텀의 신변을 넘겼다는 건.

어쩌면 공작에게 두루아가 소중하기 때문이 아닐까.

실은 전에 한번 떠올려 본 적이 있는 가정이었다. 녹턴 에드가가 그 애에게 집착하는 이유가 사랑은 아닐까 하고. 당사자인 두루아가 단번에 부정하는 바람에 접었던 가정이 다시금 떠올랐다.

그러자 허무하게 느껴졌다. 잠깐 떠오른 추측이 정답이라고 확신하는 것은 아니었지만, 제가 생각한 모든 게 다 착각일 수도 있다는 생각만으로 기분이 이상해졌다. 그렇기에 침묵한 것이 다르게 해석되었는지, 아르한이 소심한 목소리로 정적을 깨뜨렸다.

"네 눈에 안 띄게 서둘러 처리하려고 했는데 그만……."

제 형제의 말에, 앨리스는 재갈이 물린 사내를 망연히 바라봤다.

추레하고 더럽고 비천했다. 길거리를 돌아다니는 거지를 보더라도 이런 기분이 들지는 않을 텐데, 저를 괴롭힌 유년을 상징하던 사람은 이제는 구겨진 쓰레기보다도 못했다.

"황궁 감옥으로 가?"

"그래, 일단은 재판부터 받아야 해서. 많이 고민했는데, 은밀하게 처리하는 것보다 대놓고 판을 벌리는 게 다른 이들의 입을 다물리는 데도 좋을 것 같더라고."

칸타나가 음산하게 눈을 빛냈다.

"아마 사형 판결이 날 테지만, 부디 그보다 약한 형이 떨어지면 좋겠네. 바로 죽는 건 이자에게는 너무…… 그렇잖아?"

"어머니랑 아버지는……."

"두 분께선 황궁에 계셔. 이자를 이송해 갈 거라는 소식을 보냈으니, 그쪽에서 기다리실 거야. 혹시 따로 하고 싶은 건—."

"그 사람이 어떻게 되든 상관없어."

앨리스의 차가운 말에, 모멘텀 남작의 눈이 커졌다. 읍읍거리던 소리도 멈추었다. 그의 그런 모습을 봐도 그녀는 이상하리만치 아무렇지 않았다. 제 유년을 불행하게 만든 이 남자가 언제부터 이토록 존재감이 흐려졌을까.

앨리스의 마음속에는 분명 고통과 괴로움이 남았지만, 그 원인은 본인이었다. 앨리스 모멘텀이 되갚아 주겠다며 추악하게 권력을 휘둘러댄 데 대한 자책감과 두루아를 향한 죄책감. 이 남자로 인한 고통은 이제는 흔적조차 남지 않았다.

하기야 흉터란 것이 그렇다. 어렸을 때 난 상흔이란 그때는 크게 보일지 모르지만, 몸이 자라고는 다르다. 몸은 자라도 흉터는 자라나지 않으니 결국 커서는 작아 보일 수밖에 없는 것이다. 지옥 같던 유년은 끝나고, 저는 결국 성인이 되었다.

"사실 한눈에 알아보지도 못했거든. 못 본 새 너무 추레하고 형편없어져서."

사람을 보고 하찮다고 생각하는 게 얼마나 부도덕한 일인지 알면서도, 앨리스는 그런 생각을 지워 낼 수가 없었다.

"아니, 원래부터 그랬을까."

"읍, 읍읍읍!"

중얼거리듯 내뱉은 혼잣말에 분기가 차오른 듯 남작이 펄쩍 뛰어오르려 했다. 그러나 오히려, 그를 예의 주시하던 기사에게 배를 얻어맞았다. 더 시간을 주지 않으려고 기사들이 그자를 밖으로 질질 끌고 갔다. 요란한 발버둥 소리가 났으나, 앨리스는 그쪽으로 눈길조차 주지 않았다. 이제는 정말로 제게 의미 없는 사람이었으니까.

"그리고 앨리스, 에드가 각하께서 남작이 가지고 있던 걸 함께 주셨어. 거미 거울, 남작이 훔쳐 간 거였더라."

"거미거울……? 그, 전에 잃어버렸다고 했던 그 보물? 저 사람이 훔쳐 갔었다고?"

"그래, 20년도 더 전의 일이지. 그리고 그 거미가—."

칸타나가 본격적으로 말을 시작하려던 중에, 집사장이 두 사람에게로 다가왔다.

"말씀 중에 죄송합니다만, 앨리스 아가씨께 손님이 오셨습니다."

"손님이요? 두루아가 다시 왔나요?"

"아니요, 애런 클레이모어 경이십니다."

뜻밖의 말에 앨리스는 당황할 수밖에 없었다.

애런 클레이모어가, 에드가 왔다고? 어떻게?

부친에게 듣기로 분명히 2 기사단은 일주일 전, 마수 정벌을 떠났다고 했다. 못해도 한 달은 변방에 묶여 있을 거라고 들었는데 그 사람이 어떻게 수도에 와서 저를 찾는다는 말인가. 머릿속이 온통 희게 물들었다.

앨리스가 당혹감에 어찌할 바를 모르는 동안, 칸타나는 인상을 찡그리고 있었다.

"이 와중에도 앨리스에게 집적거릴 사람이 남아 있었군. 돌려보내—."

"아니야, 칸타나!"

정신이 멍해진 와중에 용케도, 앨리스는 소리쳐 자매의 말을 끊어 냈다. 칸타나가 놀란 눈으로 저를 보자 제가 과민 반응을 했다는 걸 알았지만, 민망함보다는 기대가 컸다. 그녀가 마른침을 삼켰다.

"나…… 만날 거야."

앨리스가 강력하게 밝힌 의사로 인해, 리모란드는 그토록 정신없는 상황에서도 손님을 맞았다. 그녀는 흐트러진 차림을 가다듬고 응접실로 향했다.

안에는 먼저 온 손님이 그녀를 기다리고 있었다. 문이 열리는 기척을 느꼈는지 장신의 사내가 몸을 일으켜 앨리스를 보았다.

창문 너머로 밤이 드리웠음에도, 여전히 태양처럼 붉은 눈.

시선을 피하지 않으며 앨리스가 천천히 걸음을 옮겼다. 두 사람의 거리는 점차 줄어 가고 상대의 얼굴은 점차 선명해진다. 그리고 두어 걸음 정도의 차이가 날 때, 사내의 상체가 천천히 수그러졌다.

무릎이 구부러지고 머리가 낮아진다. 종내는 제가 섬기는 주군을 대하듯이 정중하게 무릎을 꿇었다.

"너무 늦어졌습니다."

바닥을 긁듯 낮은 목소리다. 앨리스는 당황하는 기색도 없이 가만히 서서 그 모습을 내려다보았다.

"너무 많은 후회를 했음을 아는데 또다시 반복했습니다. 알고도 모르는 척하는 것이 기만임을 알고는, 지난 행동을 후회하고 리모란드 영애의 소식을 들었을 때는, 기사단 입단을 더 미루지 않은 것을 후회했습니다."

"……."

"업무에 발목이 잡혀 소식을 듣자마자 오지 못한 것이 원망스러웠으나, 전부 변명입니다. 제가 모든 것을 토로할 수 있던 기회는 얼마든지 있었으니까요."

"그렇다면 지금이 마지막 기회겠네요."

내내 바닥을 향하고 있던 애런 클레이모어의 고개가 위를 향했다. 사내의 눈이 크게 흔들렸다.

심하게 동요하는 모습에, 앨리스는 그가 전혀 모르고 있었음을 알 수 있었다. 제가 이미 눈치챘다는 걸, 앨리스 리모란드는 이미 에드의 정체를 알고 있다는 걸.

하기야 꿈이 아니었다면, 저가 어떻게 확신할 수 있었겠는가. 이따금 보이는 언행에 위화감을 느끼더라도, 절대로 인정하지 않았을 것이다. 에드가 바로 제 옆에 있음에도 불구하고, 제게 정체를 숨기고 있다는 사실을.

"하고 싶은 말이 있다면 해 보세요, 경."

만나게 되면, 몹시도 당혹스러울 거라 생각했지만 앨리스의 심장은 놀랍도록 평온하다. 어쩌면 너무 현실감이 없는 탓일지도 모른다.

"저는, 에른하르트에서 기사 수행을 했습니다."

"네."

"수행으로 드레이크를 잡았고, 다른 기사들처럼 인식 방지 마법이 걸린 아티팩트를 착용했습니다."

"그렇군요."

"그리고 수행지에서, 정체를 감춘 사람을 만난 적이 있습니다."

"그 사람의 이름이 뭐였나요."

바로바로 이어지던 답이 잠시 멈추었다. 침묵 속에, 애런 클레이모어의 얼굴이 괴롭게 일그러졌다.

"맹세를 했습니다. 모르는 척하겠다는, 기사의 맹세를."

'정말로 맹세 때문이었구나. 내 옆에 있으면서도, 아무것도 말하지 않은 게 정말······.'

허망한 기분에 앨리스가 쓰게 웃었다. 상대의 동정을 건드려 맹세를 받아 낸 대가를 이런 식으로 치르게 될 줄이야. 두루아의 일도, 에드의 일도, 결국 다 제가 자초한 일이었다. 에른하르트에 다녀오면서 잠시 잠겨 들었던 자괴감이 다시 머리를 쳐들었다.

제 눈가를 꾹꾹 누르다가 뒤늦게, 앨리스는 아직 제 눈이 부어 있다는 걸 깨달았다. 그게 신경 쓰여 눈가를 가리려다가, 그녀는 그냥 손을 내렸다. 이제 와서 이런 게 무어 중요하다고.

미처 말을 잇지 못하는 사내를 대신하여, 앨리스가 입을 열었다.

"맞아요, 그런 맹세를 시켰어요. 저는 누가 제 정체를 아는 게 싫었어요. 왜냐하면 그때 저는, 앨리스 모멘텀은 참 못난 사람이었거든요. 아마 모르셨겠지만, 그 여자는 그랬어요."

가장 말하고 싶지 않았던 치부를 스스로 드러내는데도 이상하게 마음이 홀가분하다. 서로가 서로인 걸 알고, 마주 서는 데 너무 오랜 시간이 걸렸다. 더는 감추면서 시간을 소모하고 싶지 않았다. 상대를 침묵시킨 책임이 제게 있다는 걸 알기에 더더욱. 만약 이 일로 상대가 실망하게 된대도, 그래서 저를 영영 떠나 버리게 된대도 할 수 없는 일이다.

"어릴 때는 제 잘못도 아닌 일로 갖은 구박을 견디며 살았는데 권력자의 친구가 되고 나니까 하루아침에 세상이 달라진 거예요."

두루아에게 한 번 고백했기 때문일까, 말소리가 한결 가벼웠다.

"더는 애걸하지 않고도 좋은 식사를 할 수 있었고, 쓸모도 없는 일로 밤을 샐 필요도 없었죠. 하지만 만족하는 건 잠시뿐이고 모멘텀에 복수를 해야겠다는,

그런 생각이 들었어요."

어릴 때는 멋모르고 꿈에서 하던 것을 따라했을 뿐이지만, 자라서는 그게 어떤 일인지 알게 되었다. 그러나 모르고 한 일이라도 저지른 일이 변하지는 않는다.

"그래서 제가 싫었어요. 어느새 제가 싫어하던 행동을 그대로 하고 있다는 게 분하고, 자괴감이 들고 괴로웠어요. 혹시 두루아가 알게 되진 않을까, 걱정스럽기도 하고요."

앨리스 리모란드는 앨리스 모멘텀이기를 부정했으나, 결국 둘은 같은 사람이다. 그녀는 지나온 시간에 책임을 져야 했다.

"차마 그 애에게 말하지는 못했지만 솔직히 열등감을 느꼈어요. 왜 나는 그 애처럼 고위 귀족의 딸로 태어나지 못한 걸까. 그랬으면 이런 지저분한 감정을 평생 몰랐을 텐데. 그런데 거짓말처럼 리모란드 공작 영애가 됐는데도, 그 감정은 사라지지 않더라고요."

에른하르트에서 있던 일을 온전히 잊었다고 생각할 때면 다시금 앨리스 모멘텀이 그녀의 발목을 붙들었다. 그게 참 싫었으나, 지금 와서는 당연하다는 생각이 든다. 과거가 없이 어떻게 현재가 있을까. 그걸 분리할 수 있다고 믿은 스스로가 어리석었다.

가만히 말을 듣던 애런 클레이모어의 얼굴은 서서히 일그러져 이제는 고통스럽게 보일 정도였다. 그야말로 참담하다는 말이 어울리는 표정이었다. 애런 클레이모어가 보일 거라고는 예상치도 못한 반응이었으나, 상대가 에드라고 생각하니 그의 얼굴이 자연스럽게 보였다.

그래, 이런 표정을 짓고 있을 것 같았다. 에른하르트에서 만나던 시절, 제 괴로운 마음을 넌지시 돌려 말할 때면 흐리멍덩하게 뭉개진 마법 너머로 그는 괴롭게 얼굴을 일그러뜨리고 있을 것 같았다.

"아닙니다, 앨리스. 당신은—."

"경과 두루아의 사이를 질투하기도 했어요."

"예……?"

뭘 질투했다고?

황당한 표정에서는 무슨 생각을 하는지가 훤히 읽혔다. 두루아에게 그와 키스하지 않았냐고 물었을 때와 아주 같은 표정이라, 앨리스는 하마터면 소리 내어 웃을 뻔했다.

"그래서…… 이제는 알겠네요. 꿈이 내게 거짓말을 했단 걸."

애런 클레이모어가 의아함에 눈가를 찡그렸다. 그의 의문을 해소해 주는 대신, 앨리스는 작게 웃었다. 그리고 물었다.

"앨리스 모멘텀에게 실망하셨나요?"

그 물음이 신호가 되기라도 한 것처럼, 앨리스의 마음이 갑자기 긴장으로 죄어들었다. 질끈 눈을 감고 싶은 마음과 그럼에도 애런 클레이모어의 표정을 확인하고 싶다는 마음이 모순적으로 뒤엉켰다.

실망할 말을 했음에도, 실망시키고 싶지 않다. 에드는 상냥한 사람이니, 제가 기대를 저버렸대도 드러내 놓고 감정을 표현하진 않을 것이다. 그러나 그가 아무리 감춰도 미처 감추지 못한 실망의 편린이 드러나는 것조차 싫다. 어린아이처럼 마음이 막무가내였으나, 이성적으로 통제할 수도 없다.

결국 앨리스가 눈을 감으려던 때, 애런 클레이모어가 나직이 답했다.

"조금도."

그는 고개를 숙이고 마른침을 삼켰다. 아래로 흐트러진 백금발을 대충 쓸어 넘기고, 클레이모어가 몸을 일으켜 세웠다. 저보다 낮은 곳에 있던 시선이 껑충 뛰어 올라갔으나 그도 잠시, 애런 클레이모어가 허리를 구부려 눈을 맞춰 주었다.

"애당초 저는, 당신…… 앨리스가 완벽한 사람이라 곁에 있고자 한 것이 아니었습니다. 오히려 완벽한 사람이었다면 위축됐을 겁니다. 제가 어떠한 도움도 될 수 없는 사람이라면, 곁에 있어도 제가 필요 없다는 생각에 괴롭고 비참해졌을 테니까요."

"그럼 불완전한 사람이라서 곁에 있던 건가요? 못난 사람이라는 게 훤히 보여서?"

"완벽하지 않아 곁에 있고자 한 것도 아닙니다. 저는 그냥, 당신의 곁에 있고 싶었습니다. 이유가 뭔지, 언제부터 그랬는지 물으신다면, 죄송하지만 저도 모르겠습니다."

애런 클레이모어가 깊게 숨을 들이켰다. 그러고는 몹시 긴장한 사람처럼.

"리모란드 영애, 제가 영애의 이름을 불러도 되겠습니까. 그러니까 제가 당신을 앨리스라고 부르는 걸…… 감히 허락해 주겠습니까."

불안하고 초조하고, 심지어는 애처롭기까지 한 얼굴. 애런 클레이모어의 표정을 아무리 뜯어 봐도, 실망이라고는 한 점도 찾을 수 없었다. 스스로도 말도 안 된다고 생각한 제 바람을 그대로 그려낸 듯한 얼굴이다.

마음 가득 들어차는 감정을 견디지 못하고, 앨리스는 커다란 사내의 품에 뛰어들었다.

갑작스레 성인 여성이 끌어 안겼음에도 애런의 단단한 몸은 조금도 기울어지지 않았다. 그는 조금 놀란 듯했으나, 곧 그녀의 등을 받쳐 주었다. 앨리스의 등에 닿은 손이 떨렸다.

아니, 그뿐만 아니라 그에게 안겨 든 앨리스의 몸 또한 격동을 고스란히 드러내고 있었다. 사내의 품 안에서, 그녀가 떨리는 목소리로 말했다.

"그런 맹세를 시켜서 미안했어요. 맹세를 되돌리려면 뭘 어떻게 해야 하죠?"

"아무것도 필요 없습니다. 당신이 나를 버리지 않겠다는 약속과 제 용기만 있으면."

"경의 명예가 걸려 있잖아요."

"두루아가 전에 물어본 적이 있습니다. 제 명예는 얼마나 중요하냐고, 그게 사랑보다도 중요하냐고."

"대답하셨나요?"

"그때도 겁에 질려 답을 회피했었죠. 당신이 원하지 않을 거라는 핑계로. 하지만 이제는 답할 수 있을 것 같습니다."

안긴 몸을 조심스레 떼어 내고, 그가 앨리스의 머리칼 한 줌을 쥐어 그 위에 입을 맞추었다.

"제 명예는 터무니없는 싸구려라고."

스스로를 모욕하는 말에 앨리스가 놀라 눈을 둥그렇게 떴지만, 곧 그녀의 눈이 부드럽게 휘어졌다.

"그럼 내가, 이제는 아는 척해도 되나요."

"그렇게 해 주실 수 있다면 부디."

웃으며 속삭이는 말을 참지 못하고, 앨리스가 그의 양 뺨을 손에 쥐었다. 그러고는 그가 물러날 새도 없이, 발뒤꿈치를 들고.

"보고 싶었어, 에드."

입술에 닿는 온기에 어쩐지 눈물이 날 것만 같다고, 앨리스는 생각했다.

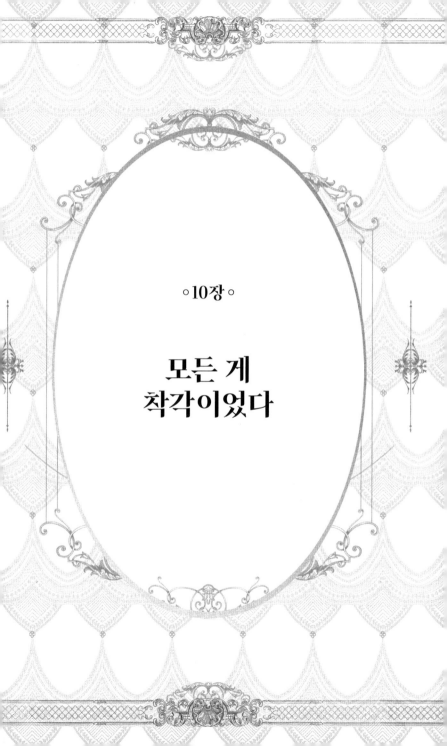

○10장○

모든 게
착각이었다

"정말 같이 와 주지 않아도 괜찮아요."

"이 밤중에 후작 영애를 혼자 보내다니요, 그럴 수는 없습니다."

리모란드에서 내어 준 마차를 타고 목적지까지 온 것은 좋았지만, 생각지도 못한 장애물을 만났다.

귀족가에서 손님에게 마차를 내어 줄 때면 흔히 그러하듯, 리모란드에서도 기사 한 명을 호위로 붙여 주었다. 잿빛 단발의 장신, 스텔라 메이비. 종종 앨리스의 호위를 맡는 이였다. 마차가 목적지에 다다른 후에는 메이비 경을 마부와 함께 돌려보내고 싶었으나, 그녀는 순순히 내 말을 따라 주지 않았다.

기사의 입장에서는 당연한 일일지도 몰랐지만, 나는 조금 곤란해졌다. (아마도) 녹턴이 보호 중이니 신변상의 위협은 없을 테고, 그게 아니라도 이쪽 거리는 사람이 많고 경비대가 자주 돌아 안전했다. 이목을 끌지 않으려 하녀의 옷까지 빌려 입었는데, 메이비 경이 옆에 붙자 갖은 곳에서 시선이 몰려들었다.

아무래도 오늘은 날이 아닌 모양이다. 더는 때를 쓸 수도 없어 나는 한숨을 내쉬었다.

"알겠어요. 그럼 그냥 에드가로 돌아갈게요."

"저 때문에 행선지를 바꾸실 필요는 없습니다. 곤란하게 생각하지 말아 주십시오, 리모란드는 영애께 은혜를 입은 입장이니까요."

"은혜요……?"

"저는 정말로 앨리스 아가씨께서 잘못되시는 줄만 알았습니다. 영애처럼 도끼로 문을 뜯어내는 건 생각할 수도 없었어요."

이거 욕인가. 망가뜨린 문 값을 배상하라고 돌려 말하는 건 아니겠지.

그러나 배배 꼬인 내 생각과 다르게 메이비 경의 얼굴은 진중하기 짝이 없었다.

"그래서 발로즈 영애께 몹시 감사드리고 있습니다."

"앨리스가 많이 사랑받고 있군요."

"작은 아가씨는 몹시 다정한 분이시니까요. 잘해 주면 그게 저가 잘나서인 줄 아는, 건방진 몇을 제외하고는 모두가 아가씨를 좋아합니다."

어쩐지 뼈가 섞인 말에 조금 웃음이 났다. 모가 난 몇을 제외하고는 모두가 좋아하는 앨리스 아가씨라, 그 애가 원작의 주인공이라는 것이 새삼스럽게 실감났다.

나는 할 수 없이 메이비 경을 떨쳐 내기를 포기하고, 걸음을 옮겼다.

"그런데 여기에는 뭘 하러 오신 겁니까."

"어려서부터 연극을 즐겨 봤거든요. 한동안 나오지 못한 게 아쉬워서요."

"그러고 보니 귀족분 중 연극을 즐기는 분들이 많으셨죠. 그렇다면 시기가 잘 맞았군요, 마침 굉장히 인기 있던 소설이 연극화되었다고 들었습니다."

이런저런 한담을 나누며, 우리는 극장을 향해 걸어갔다. 연극의 제목은 『당신의 선택은?』으로, 인기가 있다는 말이 정말인지 상영 시간은 제법 남았는데도, 남은 표가 거의 없어 곤란할 뻔했다.

메이비 경과 하나씩 표를 사고 연극이 시작되기를 기다리며, 그녀의 차림새(기사복)를 가릴 로브 하나를 더 구매했다. 그러고도 시간이 남아 앨리스의 이야기를 하던 중, 누군가 나를 불렀다.

"발로즈 영애님?"

바로 알아듣지는 못했으나, 어딘가 익숙한 목소리였다. 경계하는 메이비 경에게 고개를 젓고 나는 고개를 돌렸다. 상대는 나무색 곱슬머리에 콧잔등에 주근깨가 난 청년으로, 분명히 알고 있는 사람이었다.

"베리타스?"

베리타스 말론, 그는 에드가 공작저의 하인이었다. 제 주인을 조롱하기 바쁜 사용인들 틈바구니에서 드물게도 녹턴에게 호의적인 인사로, 종종 말을 나누다가 제법 친해진 아이였다. 에드가에 갇힌 이후로, 찾아보려고 해도 보이지 않아 어디에 간 건지 녹턴에게 물어보기까지 했었다. 그에게서는 아무런 답을 들을 수도 없어 적당히 쫓아내 버린 거라고, 다시는 볼 일이 없을 거라고 생각했었는데. 이런 곳에서 만나게 될 줄이야.

놀람은 잠시, 반가운 마음에 입가에 웃음이 차올랐다.

"세상에, 이게 얼마 만이야! 그간 잘 지냈어?"

"저야 못 지내기가 더 힘들지요. 영…… 아차, 어…… 아가씨? 라고 불러도 괜찮겠습니까?"

주위의 시선을 의식한 듯한 호칭에 고개를 끄덕이자, 그가 재차 신나서 외쳤다.

"아가씨께서는 여전히 정말 아름다우시군요! 어떻게 거기서 더 예뻐지실 수가 있는지."

"아 음, 느끼하지만 일단 고마워. 그런데 어떻게 된 거야, 왜 여기에 있어? 분명 공…… 아니, 저택에서 일했잖아."

"아직 모르셨군요, 실은! ……해고당했습니다."

"해고?"

"여기서 말씀드리기는 좀 그런데……. 아 연극 보러 오신 겁니까?"

그렇긴 하지만, 어떻게 안 거지.

우리는 극장의 바로 앞에 있는 것도 아니고 길거리에서 대화를 나누고 있었다. 나와 마찬가지로 의문을 느낀 듯, 메이비 경의 눈이 조금 날카로워졌다. 그를 아는지 모르는지, 얼떨떨하게 고개를 끄덕이는 나를 보며 베리타스가 씩 웃었다.

"당연히 보러 오실 줄 알았습니다. 되게 좋아하시던 책이니까요. 일단 대기실로 좀 들어가실래요?"

"극장의 대기실이라고?"

"아, 저택에서 해고당하고 여기서 일하고 있습니다. 슬슬 배우들은 바쁠 때라, 2 대기실은 한산할 거예요. 이야기는 그쪽에서 하고 싶은데, 괜찮으십니까?"

거리와 달리, 건물로 들어가면 사방이 막혀 있을 것이다. 베리타스의 언행에서 수상하다는 생각이 들지는 않았으나, 우연으로 믿기에는 조금 공교로운 상황이었다.

내 판단을 신뢰할 수가 없어, 옆 눈으로 메이비 경을 보자 그녀가 고개를 끄덕여 주었다.

"알았어, 들어가자."

베리타스 말론은 에드가 공작저의 하인이었다. 그의 부친이 하인인 탓에, 베리타스도 어려서부터 하인 일을 배웠다. 조금 머리가 커졌을 때는 베리타스의 아버지가 부상을 당해 쉬게 되었기에 저택에는 그 혼자 남았다.

명문 귀족가는 대개 그렇다고 하지만, 에드가 공작저는 특히 더 삭막한 저택이었다. 가주인 패트시아 에드가는 언제나 다른 이들을 벌레 보듯 쳐다봤고, 그녀의 남편인 제라늄 공은 사람에게 아예 관심이 없는 것 같았다. 첫째, 둘째 공자인 프렐류드와 단차는 딱 그 나이 대의 어린애였으나 저택의 분위기 탓인지 어려서부터 까칠하고 까다롭게 굴었다. 그렇기에 셋째 공자인 녹턴 에드가는 상대적으로 돋보일 수밖에 없었다.

가주의 불륜으로 태어났다는 설이 돌지만, 독보적으로 뛰어난 능력 탓에 5살부터 후계가 된 공자. 가문 안팎으로 적이 참 많은 셋째 공자는, 그럼에도 늘 온화하게 웃으며 누구보다 품위 있게 굴었다. 나중 가서는 베리타스도 그 껍데기가 전부가 아니란 걸 알게 됐지만, 별것도 아닌 일로 부당한 처벌을 내리지는 않았기에, 그는 셋째 공자를 가장 좋아했다.

저택의 안에도, 녹턴 에드가가 후계자임을 인정하지 못하고 조롱하는 사용인들이 많았지만, 그들의 음흉한 따돌림을 보면서는 오히려 오기가 치솟아 공자에게 더 잘하려고 애썼다. 그래 봐야 힘도 명예도 없는 하인이 공자를 챙기는 모습이란 우습기만 할 뿐이었으나, 저택에는 베리타스 같은 사람이 몇 더 있었기에 외롭지는 않았다.

아니, 좀 더 솔직해지자면 그가 녹턴에게 살갑게 군 데는 그런 이유만 있는 것은 아니었다.

"고생이 많네, 베리타스. 쿠키 가져온 거 있는데, 줄까?"

셋째 공자의 친구라는 작은 영애님은, 맹세코 그가 본 여자 아이 중에 가장 예뻤으니까. 붉은 곱슬머리가 그렇게 예쁠 수 있는지, 그는 그때 처음 알았다.

셋째 공자에게 나쁘게 굴지 않는다는 것만으로 호감을 느꼈는지, 발로즈 영애는 베리타스를 잘 챙겨 주었다. 시간이 지나 녹턴 에드가의 입지가 튼튼해지면서는, 어린 하인의 안목이 제법이라며 추켜세우는 말을 듣기도 했다.

그렇게 나름대로는 평화롭던 일상이었으나, 어느 날부터인가 저택이 이상해지기 시작했다. 첫 번째로는 패트시아 에드가, 다음으로는 집사장과 시종 시녀들, 두 공자, 그리고는 누구라 할 것도 없이 저택에 있는 모든 이들이 이상해졌다.

웃지 않고, 울지 않고 언제나 무표정에, 눈빛도 뭐에 취한 사람처럼 흐리멍덩하다. 틈틈이 땡땡이를 치던 제이콥도, 하녀 델리시도, 델리시에게 추파를 던지던 코론도 모두, 자유를 잃어버린 인형처럼 하루 종일 일에만 몰두했다. 한둘 정도도 아니었다. 눈치챘을 때는 저택에 있는 사용인 대부분이 그렇게 영혼을 빼앗긴 사람처럼, 혹은 태엽이 달린 인형처럼 변해 있었다.

그뿐만이 아니었다. 저와 친하게 지내던, 장난스럽게는 친녹턴파라고 명명하던 무리가 하나둘 사라지기 시작했다. 어떠한 말이나 흔적도 없이, 하루가 지나면 한 명이 사라진다. 함께 일하는 사람들 전부가 넋이 나가거나 사라져 버리는 저택이라니, 괴담에나 나올 법한 이야기였다.

그즈음에는 베리타스도 눈치챌 수 있었다. 그 괴이한 재앙으로부터 유일하게 무사한 사람은 녹턴 에드가뿐이며, 그로 인해 이 모든 일이 시작되었다는 진실을.

그럼에도 베리타스는 꿋꿋이 버틸 수밖에 없었다. 바깥에서 지금처럼 고액의 일자리를 새로 구하기는 불가능했고, 부친이 일을 할 수 없게 된 탓에 진 빚만 수십 골드에 달했으니까. 그러나 종내는, 그 미련하고 덜떨어진 고집에도 마지막이 찾아왔다.

"베리타스, 각하께서 널 부르셨어."

언제나 베리타스를 볼 때면, 뭘 주워 먹을 게 있어 사생아에게 꼬리를 치냐고 조롱하던 플럼. 이제는 무표정한 얼굴로 부엌일에만 몰두하는 하인이 녹턴의 부름을 전했다.

녹턴 에드가가 저를 불렀다니, 몹시도 불길한 말이었다. 솔직한 심정으로는 가지 않겠노라 거부하고 달음박질을 치고 싶었지만, 플럼의 뒤로 줄줄이 늘어선 기사들 때문에 그럴 수도 없었다. 결국 베리타스는 사지에 발을 디뎠다.

이제는 공작이 된 셋째 도련님, 새로운 각하의 앞에서 베리타스는 고개를 바짝 수그리고 긴장으로 마른침을 넘겼다.

공작은 저를 불러 놓고도 잠시간 침묵했다. 5분일까, 10분일까. 몹시도 길었던 그 시간이 실제로 어느 정도였을지는, 짐작조차 할 수 없었다.

"베리타스 말론."

길었던 정적 끝에 나직한 소리가 제 이름을 불렀다. 베리타스가 고개를 들자 마침 서류를 보던 젊은 공작도 눈을 들었다.

시선이 마주친 순간, 몹시도 시리게 보이는 연보랏빛 눈동자를 보고 어린 하인은 제 죽음을 확신했다. 그러나 그의 생각과는 다르게, 공작은 베리타스를 죽이라 명령하는 대신 그의 앞으로 무언가를 던졌다.

주먹 두 개 크기의 벨벳 주머니였다. 얼떨떨하게 던져진 것을 받으면서도, 그게 무언지 몰라 소년은 눈만 끔벅였다.

"유감스럽지만, 이제 에드가에서 나가 줘야겠어."

"아, 아, 예. 알겠습니다, 각하!"

"저택에서 일어난 일에 대해 떠벌리고 다닐지는 자유겠지만, 행동에는 책임이 따른다는 걸 기억하는 게 좋을 거야."

"명, 명심하겠습니다!"

어찌나 힘차게 답했는지 소리가 이탈했지만, 공작은 조금도 신경 쓰지 않고 나가 보라 손짓했다. 주머니에 손자국이 남을 만치 힘주어 쥐고, 베리타스는 뻣뻣한 발걸음으로 서둘러 몸을 돌렸다.

그러나 그가 막 집무실을 나가기 직전, '잠깐.'이라는 말소리가 그의 발길을 잡았다. 마냥 불길하게만 들리는 소리에 베리타스의 뒷목이 서늘해졌다.

"에일, 처분하는 걸 도와."

"알겠습니다, 각하."

'처분하다니 뭘? 내 목숨을?'

베리타스가 파랗게 질린 얼굴로 눈을 깜박이는 사이, 공작의 보좌관이 다가와 그의 목덜미를 잡아채고 끌고 나갔다. 베리타스는 어떠한 저항도 못 한 채 맥없이 끌려 나갔고 그 뒤⋯⋯.

"만 골드어치였습니다."

"뭐⋯⋯?"

"주머니 안에 들어 있던 보석들이 백 골드도 천 골드도 아닌 만 골드였습니다! 집에 진 빚이 37골드였는데 한순간에 들어온 돈이 만 골드요!"

"보좌관이 처분하라고 한 게 보석이었다고?"

"예! 말로는 해고였지만, 실제로는 그처럼 명예로운 은퇴도 없을 겁니다."

우리는 대기실로 들어와 이야기를 나누고 있었다.

베리타스와 말을 나누다 보면 어쩔 수 없이 녹턴의 이야기가 나올 것 같아, 미안하지만 메이비 경은 조금 멀리 앉아 있었고, 나는 그에게 해고당한 경위를 물었다. 그 결과, 베리타스는 벼락이라도 맞은 사람처럼 흥분으로 몸을 떨며 이야기를 시작했다. 그리고 지금.

"잠시만 베리타스, 그러면 저택이 이상해지던 중에 막대한 보상금을 받고 저택을 나오게 됐다, 그런 말이지?"

"예, 정확합니다!"

"그럼 레모드나 페라도 그런 식으로 저택을 나간 거야?"

"예, 저는 확신하고 있습니다. 레모드는 무슨 일이 있어도 저택에서 죽을 거라고 했는데 하루아침에 사라졌고 페라도 마찬가지로…… 아, 페라는 이후에 만난 적도 있습니다."

"뭐? 만났다고?"

"멋들어지게 차려입은 기사와 팔짱을 끼고, 고급 레스토랑에 가는 길이라고 했었죠. 별로 궁금하지는 않으시겠지만 5살 연하라고 했습니다, 흉."

저도 어서 연인을 만나야 할 텐데.

한숨을 쉬며 한탄하는 베리타스의 혼잣말은 들리지도 않았다. 나는 그냥…… 어이가 없었다. 저택의 사용인들이 죄 이상해진 마당에, 정이 붙은 얼굴들이 안 보여서 걱정했던 기억이 생생하다.

그래도 사람을 죽이지는 않는다니, 불안하면서도 적당히 쫓아냈겠지. 그렇게 생각했는데 실은 벼락부자를 만들어서 출가시킨 거라고?

"모든 사용인이 다 이 모양이 된 거야? 베리타스는 어디 있어. 레모드나 페라는?"

"……하나같이 모르는 이름뿐인걸."

"네가 누굴 말하는지는 모르겠지만, 저택에서 보지 못했다면 에드가를 나간 거야. 의미 없는 일에 신경 쓸 필요는 없어, 두루아."

그럼 그 대화는 대체 뭐였는데!

그냥 보상금을 왕창 쥐어 주고 내보냈다고 말하면 될 걸, 자처해서 악당이 되는 행태가 실로 황당할 지경이었다. 이쯤 되면 녹턴은 욕먹는 걸 즐기는 게 아닐까.

"그럼 극단은 어떻게 된 거야? 설마 그 큰돈을 다 날려 버리고 새로 일자리를 구한 건—."

"물론 아닙니다. 이 극단의 주인이 되었으니까요."

"뭐?"

"이번 연극화를 추진한 것도 접니다. 진짜 힘들었습니다, 마지막 권은 죽어도 못 쓰겠다고 버티는 작가를 달래고 다독여서 어떻게든 완결을 내게 하고, 연극화까지 시키는 건 정말이지……!"

눈을 질끈 감고 이리저리 고개를 젓는 모습이 정말로 힘들어 보여서, 나는 떨떠름하게나마 맞장구를 쳐 주었다.

"어, 음, 정말 좋아하는 소설이었나 보네. 그리고 보니, 너도 연애 소설을 참 좋아했지."

"네? 방금 진심으로 하신 말씀이십니까?"

베리타스의 눈이 찢어질 듯 커졌다. 그야말로 경악했다고 밖에 표현할 수 없는 표정이다. 심지어 그는 커다란 충격을 표현하듯 다리를 비틀거리기도 했다.

극단의 주인이 아니라, 연극배우가 된 것 같은데.

"어, 어떻게……! 영애님과 함께 이 책을 읽던 시절이 아직도 생생한데 아무리 세월이 흘렀어도 어떻게 그 마음까지 잃어버리신 겁니까. 저는 영애님을 위해 사인본까지 챙겨 뒀습니다만……."

"나도 읽은 소설이라고? 잘못 알았겠지, 나 『당신의 선택은?』이라는 책은 본 적 없어."

"아, 제목 때문에 모르셨던 거구나. 그렇다면 그럴 수도 있겠군요. 책 제목이

랑 다르게 지었으니까요."

베리타스가 도로 차분해진 얼굴로, 크게 고개를 끄덕였다.

갑자기 큰돈이 생겨서 그런가, 성격이 좀 변한 것 같은데.

속되게 표현하자면 좀…… 또라이 같았다. 내가 속으로 어떤 생각을 하는지 알 리가 없는 베리타스는, 내 반응을 몹시도 기대하는 표정으로 입을 열었다.

그러나 그 입에서 책의 제목이 나오려는 차, 요란한 외침이 그의 말을 삼켰다.

"베리타스 님, 준비가 끝났습니다! 어서 나오세요!"

"이런, 벌써 시간이 이렇게 돼 버렸군요."

그가 벽에 걸린 시계를 보고는 안타까운 듯 혀를 찼다. 아무래도 극단주가 해야 할 일이 있는 모양이었다. 베리타스는 곧 가겠노라 문밖에 소리치고는, 대기실의 선반에서 무언가를 꺼내 내게 건넸다. 붉은 리본으로 포장된 상자였다.

"이왕 이렇게 된 거 깜짝 선물입니다. 연극 보신 뒤 확인해 주십시오, 아마 아주 행복해지실 겁니다."

"윽, 왜 이렇게 무거워. 아니, 굳이 안 줘도―."

"그리고 발로즈 영애님, 제가 오늘은 정말 중요한 약속이 있어서 곤란하지만, 다음에 꼭 다시 들러 주십시오! 약혼하셨다고 하니 각하도 함께 오서도 좋고요!"

"베리타스?"

"그럼 먼저 가 보겠습니다!"

억지로 상자를 내 손에 들려주고, 베리타스가 대기실을 뛰쳐나갔다. 사람이 사라지고 문만 열린 모양새를 보며 나는 얼떨떨하게 눈을 깜박였다.

여러 권의 양장본은 벽돌과 다름없었다. 잠깐 들었을 뿐인데도 팔이 저린 걸 어떻게 알았는지, 메이비 경이 내 상자를 대신 들어 주었다.

연극이 곧 시작된다고 하기에, 우리도 표를 보여 주고 안으로 들어갔다.

조금은 늦게 온 건지, 우리가 들어섰을 때는 이미 극장 안이 캄캄한 어둠으로 물들어 있었다. 그 상태로 얼마나 시간이 지났을까, 무대의 불이 켜지며 사람들의 시선을 끌어모았다.

무대의 가운데에는 다소 우스꽝스러운 연미복을 차려입은 신사가 서 있었다. 콧수염을 촘촘히 기른 사내가 한 걸음 나와, 우아하게 허리를 구부렸다.

"신사숙녀 여러분, 극을 시작하기 앞서 베리타스 극단을 찾아 주신 점에 진심으로 감사드립니다. 모르시는 분들을 위해 극에 대해 짤막하게 설명드리겠습니다. 지금은 『당신의 선택은?』이라는 굉장히 촌스러운 제목을 달고 있습니다만—."

사내가 말을 끌며 우스꽝스러운 표정을 짓자, 객석에서 웃음소리가 터져 나왔다.

그 제목, 베리타스가 지었다는 것 같은데 극단주의 뒤끝이 무섭지도 않은 건가. 그렇게 생각하면서도 내심으로는 동감하던 터라, 입가에 웃음이 맺혔다.

"소설을 연극화한 이야기라는 건 모두가 아실 거라고 생각합니다. 굉장히 유명한 이야기였죠. 저도 기억이 생생합니다."

기억을 더듬어 보는 것처럼, 사내는 고개를 기울이며 위쪽을 쳐다봤다.

"근 10년도 전에 에덴지에 실리던 글이었죠. 남녀도, 노소도, 신분도 가리지 않고 모두가 사랑하던 그 소설! 제가 감히 소개드릴 줄은 꿈에도 몰랐습니다."

그 말대로 정말, 극장에 사람이 가득 차 있기는 했다. 좌석 쪽은 캄캄해서 사람들의 표정이 제대로 보이지 않았지만, 많은 이들의 기대가 피부로 느껴졌다.

베리타스의 말대로라면, 나도 엄청 좋아하던 소설이었다고 하니 슬슬 기대가 되기 시작했다. 당초의 목적은 녹턴을 불러내는 거였지만, 메이비 경이 옆에 붙어 있는 이상 그가 나올 것 같지는 않았다. 그러니 이왕 이렇게 된 거, 연극이라도 즐거우면 좋을 것 같았다.

그런 생각을 할 즈음, 사내가 양팔을 높게 벌렸다.

"오래 기다리셨습니다. 이제는 연극으로 찾아온 『그와 앨리스』입니다!"

사내를 비추던 불이 꺼지고 무대의 막이 열렸다. 그러나 나는 그 모습에 집중할 수 없었다.

"뭐…… 라고?"

심장이 쿵 떨어져 내렸다. 온몸의 솜털이 바짝 서고, 정수리를 타고 찬 기운이 흘러내린다.

그와 앨리스? 아니, 그 소설이 원작을 말하는 걸 리 없다. 그 무슨 말도 안 되는 이야기란 말인가. 소리가 울려서 잘못 들은 건가, 아니면 같은 이름의 다른 책이 있던 건가, 환청을 들은 건, 내가 꿈을 꾸고 있는 건…….

혼자 고민한다고 답이 나올 리 없다. 잘못 들은 말이기를 희망하며 옆에 앉은 메이비 경에게 물어보려 한 순간, 무대에 나온 이가 내 눈을 사로잡았다.

옅은 갈색 머리칼, 푸른 눈의 선량하게 생긴 여자 아이는 내가 아는 이의 어린 시절을 상당히 닮아 있었다.

내레이션이 울렸다.

밀러 자작가의 앨리스 양은 어려서 어머니를 잃고, 어리석은 부친과 교활한 계모의 밑에서 자랐습니다. 계모에게는 세 딸이 있었는데, 그들은 모두 어머니를 닮아 따뜻한 마음이라고는 조금도 없는 이들이었습니다.

앨리스. 그러나 리모란드도, 모멘텀도 아닌 밀러.

메이비 경에게 물으려던 것도 잊고 나는 멍하니 무대 위를 보았다. 앨리스 밀러의 주위로, 성인 여성과 세 명의 아이들이 나와 소녀를 구박하기 시작했다.

"앨리스 밀러! 빨래를 도대체 어떻게 한 거니, 잉크가 하나도 안 지워졌잖아!"

"비켜 봐, 애니. 지금 그게 문제야? 앨리스, 너 내가 한스에게 가져다주라던 편지 제대로 전한 거 맞아? 왜 여태까지 답장이 없어!"

"그것보다 중요한 일이 있어요, 넬라! 앨리스가 내 목걸이를 훔쳐 간 것 같단 말이에요!"

"대체 뭘 하는 거니, 앨리스 밀러! 너같이 못된 애는 본 적이 없다. 벌을 줘야겠구나, 오늘은 저녁도 없어!"

"어머니, 제발! 아침도 점심도 먹지 못했는데, 저녁도 먹지 못하면 저는 쓰러지고 말 거예요!"

"듣기 싫다!"

문이 닫힌 걸 표현하듯 쾅 소리가 나고, 무대의 불이 꺼졌다.

그럼에도 불구하고 앨리스 양은 누구보다 선량하고 아름다웠습니다. 못된 가족들은 그녀를 미워했으나, 한낱 미물조차 앨리스 밀러 양을 사랑할 정도로요.

다시 불이 켜진다. 앨리스 밀러는 무대의 한 가운데서 웅크리고 앉아 울고 있었다.

그때, 무대 뒤쪽에서 찍찍 소리가 나더니, 생쥐 분장을 한 아이가 쪼르르 달려 나와 그녀에게 버려진 빵 쪼가리를 건네주었다. 감동한 앨리스가 곧바로 빵을 먹으려는 때 커다란 비명 소리가 났다.

소리에 놀라 뛰쳐나간 그녀는 밀밭에 넘어져 있는 허름한 노인을 발견한다. 앨리스 밀러는 서둘러 그를 구해 주고, 노인의 배에서 꼬르륵 소리가 나는 걸 듣고는 하루 중 유일한 식사였던 빵까지 내어 준다.

그리고 다시 3개월의 시간이 지났습니다. 한적한 밀러의 영지에 어느 기사가 찾아왔습니다. 새카만 가면으로 얼굴을 가린 흑발의 기사였습니다. 기사는 제가 황실에서 나왔다고 밝히며, 밀러가의 가족들을 모두 불러 모았습니다.

"앨리스 밀러 양, 그대를 황실 무도회에 초대하겠습니다."

세상에, 앨리스 양은 황태자비를 뽑는 무도회에 초대된 것입니다! 이유는 알 수 없는 일이었지만, 앨리스 양은 그렇게 수도로 떠나게 되었습니다.

계모와 세 딸이 앨리스를 노려보는 것을 마지막으로, 다시 무대의 불이 꺼졌다가 켜졌다.

수도로 가도 머물 곳이 없어 걱정이었으나, 그를 예상하기라도 한 것처럼 기사는 앨리스 양에게 대저택을 내어 주었습니다. 필요한 준비는 모두 도와줄 거라고도 말했지요. 앨리스 양은 궁금해지기 시작했습니다.

"기사님은 누구신가요."

"황태자비 후보를 데려오는 기사는 신변을 감출 의무가 있습니다."

"그럼 성함조차 말해 줄 수 없다는 말씀이신가요? 그럼 전 기사님을 어떻게 불러야 하죠?"

기사는 한참을 고민하다 말했습니다.

"에드라고 부르십시오."

그래요, 기억나는군요. 검은 기사 때문에, 수도에서는 한동안 에드라는 가명이 유행했었죠. 가명뿐 아니라, 그해 태어난 아이들 중 절반의 이름이 에드였다는 기사마저 있을 정도였으니까요, 하하.

내레이션이 이어지는 동안 또다시, 무대의 장소가 바뀌었다.

기사, 아니, 이제 에드는 약속한 대로 틈틈이 앨리스 양을 찾아와 도와주었습니다.

그리고 마침내 무도회가 열리는 날이 되었습니다. 그 자리에서 앨리스 밀러 양은 누구보다 아름답게 빛났습니다. 무도회의 주인인 황태자, 프란티코 전하도 한눈에 반할 만큼.

"안, 안녕하세요, 전하. 앨리스 밀러라고 합니다."

"그대가 앨리스 밀러 양이었군. 들은 대로 믿기지 않게 아름답군."

"저에 대해 들으신 적이 있다고요?"

"음? 아직 못 들었나? 그대가 밀러의 땅에서 구해 준 노인 말일세, 잠행을 나간 내 아버지셨다네."

"황태자 전하의 아버지라면…… 세상에, 설마!"

요란한 트럼펫 소리가 나고, 무대 한편에서 금관을 쓴 황제가 나타났다. 그자는 앨리스에게 빵 쪼가리를 얻어먹었던 허름한 노인이었다. 따뜻한 미소를 지으며 황제와 앨리스는 감동적으로 재회한다.

실제와는 달랐지만 연극상으로 황실 무도회는 총 7일 동안 열리며, 마지막 날 황태자비가 선정되는 체제였다. 앨리스 밀러는 꼬박꼬박 무도회에 참석하며 황태자 프란티코와 가까워지지만, 그럴수록 그녀의 마음은 혼란으로 물들어 갔다. 금발의 황태자는 몹시도 잘생기고 다정했지만, 자꾸 무뚝뚝한 기사의 모습이 떠올라 황태자와의 달콤한 때를 방해하는 것이다.

낮에는 기사의 도움을 받아 무도회를 준비하고 밤에는 황태자와 달콤한 말을 나누며 지내던 4번째 날, 새로운 등장인물이 등장한다. 붉은 머리칼을 탐스럽게 기른 고위 귀족의 딸이었다.

> 페넬로페 로잘리아는 대단한 미인이었으나, 심성은 그 얼굴만큼 곱지는 못한 여자였습니다. 자존심 또한 엄청나서, 본인이 사랑하는 황태자가 앨리스를 마음에 품은 일로 대단히 분노했습니다.
> "감히 전하의 마음을 훔쳐 가다니, 용서할 수 없다."

이런 류의 이야기가 으레 그렇듯, 로잘리아는 앨리스에게 갖은 악행을 저지른다. 마시던 물을 뿌리고 험담하고 사교계 예절로 모욕을 주기도 한다.

무도회장에서 친구가 된 영애의 도움을 받으며, 앨리스는 로잘리아의 악행을 딛고 두 남자와 점차 가까워진다. 그러나 어떤 일을 저질러도 앨리스가 사라지지 않자, 분기가 차오를 대로 차오른 페넬로페 로잘리아는 결국 엄청난 일을 저지르게 된다.

> "사사로운 질투로 앨리스 양을 죽이려 하다니, 그대가 미친 것이

틀림없구나!"

로잘리아가 시녀를 사주해 결국 앨리스 밀러를 독살하려 한 것이다. 로잘리아에게 협박당해 독살을 시도했으나, 시녀는 앨리스에게 도움을 받은 적이 있었기에 죄책감을 못 이겨 모든 것을 실토했다.

음흉한 흉계를 알게 된 프란티코는 몹시도 분노하고, 페넬리페 로잘리아는 결국.

"용서, 용서해 주세요! 전하를 사랑해서 그랬어요, 프란티코, 나의
프란티코. 아, 아아, 제발 나를 가엾게 여겨…… 아아악!"
페넬로페 로잘리아는 평소 자랑스럽게 여기던 붉은 머리칼보다도
더 붉은 불길에 잡아먹혔습니다.

화형에 처해진다.

어떻게 내는 소리인지는 알 길이 없었으나, 정말 불이 붙은 것처럼 바람 소리와 불씨가 튀는 소리가 뒤섞여 나서 현실감을 더했다.

요란하게 비명을 지르며 핏대를 세우는 배우의 모습에, 가슴이 짓눌린 것처럼 숨을 쉬기가 힘들었다. 실제 있는 일도 아니고, 내게 벌어지는 일도 아닌데 벌벌 손이 떨렸다. 저 여자의, 페넬로페 로잘리아의 위로 두루아 발로즈의 그림자가 덧씌워진 것만 같았다.

그때, 누군가 떨리는 내 손을 잡아 주었다.

"저 대목을 읽고 몹시도 겁에 질렸었지, 아직도 무서워하는구나."

나직이 들린 소리와 손등을 덮은 남자의 손에 놀라 황급히 고개를 돌렸다. 분명히 메이비 경이 앉아 있어야 할 자리를 장신의 청년이 대신했다.

칠흑처럼 검은 머리칼, 어둠 속에서도 고아하게 그려진 아름다움은 좀체 감춰지지 않는다. 다리를 꼬고 앉은 이는 녹턴 에드가였다.

"녹……턴."

"나들이는 즐거웠니?"

여러 가지 감정이 치솟아 무슨 말을 하면 좋을지도 몰랐다. 그런 나를 안심시키기라도 하듯, 내 손을 덮은 그의 손에 한결 힘이 들어갔다.

"안심해. 연극은 끝까지 보여 줄 테니까."

"그 애가 가출을 했다고?"

"예, 엘포드 로직스의 마차를 타고 리모란드로 향했다가, 에른하르트까지 다녀왔다고 합니다."

유시스의 말에, 패트시아가 참지 못하고 웃음을 터뜨렸다.

참으로 허술하기도 하지. 새장을 어떻게 만들어 놓으면, 안에 있는 새가 좋을 대로 나들이를 다닐까.

"아무리 그래도 자그만 아이 하나 붙잡아 두지 못할 만큼 무능하지는 않을 텐데, 어떻게 에드가를 나간 거지?"

"그게…… 저택에 심어 둔 세작 중 남은 이가 없어 그 부분에 대해선 알 길이 없습니다. 무리한다면 확인할 수 있겠지만, 다아즈 님께서……."

"그래, 겨우 궁금증을 해결하기 위해 쓸 패는 아니지. 그리고 보면 마음대로 쓸 수 있는 건 브리만이 마지막이었구나."

그녀가 아쉬움에 혀를 찼다. 녹턴 에드가가 무르게 굴어 저택을 나올 수 있던 건지, 그 애가 기상천외한 방법으로 저택을 탈출한 건지 궁금했는데 말이다.

"아무튼 재미있구나. 못 견디고 저택을 뛰쳐나갈 정도면 어지간히도 그 애가 싫어진 모양인데, 내게는 참 좋은 징조야."

적어도 둘의 신뢰가 완전히 틀어졌다는 건 확실할 테니까.

지금 그 아이는 어떤 기분을 느끼고 있을까, 패트시아가 빙긋 웃었다.

"죄송합니다, 패트시아 님. 조금만 일찍 알았더라면 손에 넣을 수 있었을 텐데. 지금이라도 감시를 더 늘릴까요?"

"아니, 됐어. 굳이 신전 밖으로 나가 위험을 감수할 필요는 없지. 오히려 앞으로는 더 조심하도록 하게, 자네의 위치가 발각되면 공들여 세운 계획이 모래성이 돼 버릴 테니."

"알겠습니다, 패트시아 님."

"더군다나 물리적으로 잡아 오는 건 의미가 없단 말이야. 걱정 마, 유시스. 어차피 그 애는 내 손에 들어오게 되어 있어."

만족스럽게 웃으며, 그녀는 책상에서 물잔을 들어올렸다. 희뿌연 알갱이가 떠 있는 물은 패트시아 에드가 파우스트에 있을 때부터 마시던 것으로, 그 정체는 백수정을 갈아 뿌린 성수였다.

녹턴 에드가에게 한 번 세뇌를 당한 이후로, 그녀는 다시는 그럴 일이 없길 바랐다. 때문에 수족인 흑마법사가 말해 준 대로 몸 안에도 방어 체계를 만들고 있었다.

이제는 이걸 마시는 것도 지긋지긋하지만.

무겁게 가라앉은 눈이 알갱이가 뜬 물을 노려봤다. 물에 비추어진 형상은 패트시아 에드가였으나, 그녀가 들여다보는 이는 본인이 아니었다.

"이제 머지않았구나."

연보랏빛 눈을 가진 아름다운 기사. 그 형체를 삼켜 내듯, 패트시아가 잔을 기울였다.

극이 끝나고 극장을 나오자, 문양을 가린 에드가의 마차가 나를 기다리고 있었다. 극심한 혼란으로 몸도 마음도 피곤해서 나는 저항 없이 마차에 올랐다.

멍하니 의자에 기대어 있다가, 문득 떠오른 것이 있어 고개를 들었다.

"메이비 경은 어떻게 됐어?"

"안심해, 네가 연극에 너무 몰입해서 몰랐을 뿐이지, 말로 해서 돌려보냈으니까."

뭣하면 확인시켜 줄까?

덧붙은 말에 나는 가만히 고개를 저었다. 혹시나 해서 물어봤을 뿐 저렇게 말한다면 거짓은 아닐 것이다. 그녀의 신변에 문제가 생긴 게 아니라면 지금 메이비 경을 신경 쓸 여유는 없었다. 좀 전에 있던 일이 다 꿈처럼 느껴졌다.

"안색이 별로네, 오래 기다린 결말이 마음에 들지 않았나 봐."

녹턴의 말은 마치 그도 그 소설을 알고 있다고 말하는 것처럼 들렸다.

오래 기다린 결말이라……. 베리타스가 한 말이 생각났다.

"마지막 권은 죽어도 못 쓰겠다고 버티는 작가를 달래고 다독여서 어떻게든 완결을 내게 하고……."

아무래도 내가 책을 좋아하던 때는 마무리가 지어지지 않았던 모양이지.

얼추 내 기억과도 맞아떨어지기는 했다. 원작의 두루아 발로즈가 화형에 처해진 부분 뒤로는 읽지 않았다고 기억하니까. 그걸 내 기억이라고 해야 할지도 모르겠지만.

책의 내용은 물약을 마신 뒤에야 선명해졌으나, 그건 기억을 조작하는 임페르펙티오였으니 진짜 기억은 아니었다. 그렇다고 물약을 마시기 전의 기억을 신뢰할 수도 없다. 임페르펙티오를 마신 건 불과 몇 달 전의 일이었고, 그 전에 도 나는 내가 책 속에서 태어났다고 자각하고 있었다.

기억이 엉망진창이다. 전생에 있어야 할 책이 지금에도 존재한다니, 내 머릿 속의 어떤 것도 믿을 수가 없다.

기억을 조작한다는 건 어떤 의미지, 어떤 기억을 어디부터 어디까지, 어떤 식으로 비틀어 낸다는 걸까.

물약이 바꿔치기 된 일에 소름이 돋았으면서, 녹턴이 아니라 제삼자의 소행 임을 알게 됐으면서도 더는 할 수 있는 게 없다며 생각조차 멈춘 스스로를 이 해할 수가 없었다.

"그 책 말이야, 내가 많이 좋아했나?"

"굳이 이걸 보러 오기에 기억난 줄 알았는데, 아니었구나."

"녹턴."

"좋아하기만 한 정도가 아니었지. 책장이 다 너덜너덜해질 때까지 읽었으니 까. 너는 까맣게 잊었지만, 생명을 죽이지 말라고 약속한 것도 그 시기의 일이 었어."

"그래? 그런데 난 왜……."

왜 아무것도 모를까.

머릿속이 혼란스러워 나는 두 눈을 질끈 감았다. 녹턴이 나를 부르는 소리를 들었으나, 그저 고개를 저을 뿐 아무 대답도 하지 않았다.

머릿속을 잡음으로 가득 메운 채, 우리는 에드가로 돌아왔다. 마차에서의 내 상태가 좋아 보이지는 않았는지 녹턴은 별다른 말없이 쉬라고 말했다. 그의 암 묵적인 묵인이 있었다고 한들 내가 저택을 나선 걸 탓하지 않았고, 나도 그에 대해 변명하지 않았다.

새디의 도움을 받아 지친 몸을 씻고 나는 침실이 아니라 내 방으로 들어왔다. 문을 닫자 세상은 놀랄 만큼이나 조용해졌다. 베리타스에게 받은 상자를 테이블 위에 내려 두고, 나는 천천히 포장을 풀었다.

안에 든 것은 그가 말한 대로 책이었다. 저마다 색이 다른 세 권의 양장본이었으나 은박으로 새겨진 제목은 모두 같다.

『그와 앨리스』.

두꺼운 겉표지를 넘기자, 눈에 익은 삽화가 모습을 드러냈다. 흑발의 사내가 갈색 머리칼의 여자를 등진 채, 옆 눈으로 바라보는 모습. 정정된 내 기억에서는 붉어야 할 그 눈은 맑은 녹빛이다.

앨리스와 몹시도 닮은 얼굴을 보고, 나는 헛웃음을 터뜨렸다. 이것마저 같다면, 더는 부정할 수도 없는 노릇이다. 책 속에 태어나서 그저 제목이 같고 내용이 비슷할 뿐인 다른 책을 봤을 뿐이라는, 얄량한 자기합리화는 시도도 전에 틀어 막혔다.

분명히, 같은 책이었다. 베리타스도, 녹턴도 내가 좋아했다고 말했으나, 두루아 발로즈로서 본 기억은 없는 책. 내가 태어난 세상 그 자체라고 믿었으나, 남들은 그렇지 않다고 말하는 이야기. 내 현실과 같을 거라 생각했으나, 요소 요소를 제하면 그렇게 비슷하지도 않은 내용. 그러나 아예 무시할 만큼 다르지도 않은 내용.

나는 어디에 태어난 걸까.

나는 이 책을 대체 어디에서 봤던 걸까.

나는…… 정말로 다시 태어나긴 한 걸까.

죽기 전의 기억을 떠올려 보려고 했으나, 아무것도 떠오르지 않았다. 어떻게 생겼는지, 이름은 뭔지, 목소리는 어떻고 어쩌다 죽게 되었는지, 하나도 기억

나는 것이 없었다. 마치 처음부터, 그런 일은 일어나지 않았다는 듯이.

속이 매스껍고 구토감이 치밀어 올랐다. 임페르펙티오를 마셨을 때처럼, 샹들리에를 보고 에드가의 진실을 알았을 때처럼, 눈앞이 어지러웠다.

기억이 조작되었다는 건 이미 알고 있었으나, 온전하지 않은 건 최근의 기억뿐이라 생각했다. 절대로 틀리지 않을 거라 믿었던 기본적인 전제가 깨져 버릴 거라고 생각한 것은 아니었다.

의식이 흐려진 곳은 내 방이었는데, 해가 밝았을 때 나는 침실에 있었다.

옮겨 놓은 건가.

뻑뻑한 눈을 깜박이며 나는 몸을 일으켰다. 기운이 없어 보였는지 새디가 걱정하며 묻기에, 몸이 좀 안 좋다고 적당히 둘러댔다. 실제로 상태가 나쁘기도 했으니까.

그리고 식사를 하러 갔을 때, 아침임에도 녹턴이 다이닝룸에 와 있었다. 다소 간만의 일이었다.

자리에 앉아 수프 한 술을 뜨려는 차에, 그가 말을 건넸다.

"걱정하던 일은 해결된 것 같은데, 왜 더 상태가 나빠진 거야."

가라앉은 목소리에 나는 고개를 들었다. 그와 눈이 마주치자 문득 지나간 일이 떠올랐다.

그리고 보면, 녹턴은 임페르펙티오에 대해 알고 있지 않던가.

"혹시 모멘텀 남작을 걱정하는 거라면, 이미 리모란드로―."

"녹턴, 임페르펙티오에 대해 알고 있지? 관련된 책을 볼 수 있을까, 아니면 네가 알고 있는 거라도 이야기해 줄래."

성마르게 내뱉은 말에, 녹턴의 표정이 굳어졌다. 평소보다 낯빛이 조금 창백해 보이기도 했다.

"갑자기 왜 또 그 물약이 나왔는지는 모르겠는데, 말해 줄 수 없어."

"왜? 나라에서 금지하는 비약이라서? 그렇게 철저하게 준법하는 사람은 아니잖아."

"너야말로 왜 다시 궁금해하는 건데."

나는 물끄러미 그를 바라보았다. 평소와 크게 다르지 않은 것 같으면서도, 묘하게 날이 선 얼굴. 그의 눈에 경계가 서려 있었다. 그 속을 낱낱이 파헤칠 정도로 집요하게 시선을 맞추며 나는 느리게 입을 열었다.

"내가 그걸 먹은 것 같아서."

녹턴의 눈이 커졌다. 그럼에도 예상치 못한 말을 듣고 충격을 받았다기보다는, 당혹에 가까운 표정이었다. 마치 그 사실을 이미 알고 있기라도 한 사람처럼.

그러고 보면 이전에 임페르펙티오에 대해 물었을 때도, 그는 필요 이상으로 예민한 반응을 보였다. 왜 그랬을까. 이상한 생각이 들었다.

녹턴을 조금도 믿지 않았을 때도, 나는 그가 내게 임페르펙티오를 먹였다고 생각하지는 않았다. 녹턴이 물약을 다루지 못할 거라 제르벨라가 장담한 탓도 있었고, 임페르펙티오에 대해 떠봤을 때 녹턴이 보인 반응 탓도 있었다. 그는 내가 그 물약에 관심을 갖는 걸 몹시도 경계했으니까.

그럼에도 나는 이미 끝났다고 마무리 지은 의심을 다시 캐내고 있었다. 녹턴이 그랬을 리 없다고 생각하면서도, 머릿속의 모든 이성이 망가진 것처럼, 내 확신이라는 게 더없이 못 믿을 것으로 느껴졌다. 나 자신조차 믿지 못하겠는데, 내가 누굴 믿는단 말인가.

녹턴, 그의 이름자를 부르는 소리가 내게도 음울하게 들렸다.

"나한테 임페르펙티오를 먹인 적이 있어?"

"……두루아."

"몇 달 전이 아니라 그 전에, 아주 옛날에, 아니⋯⋯."

그렇다 한들 태어나기도 전에 먹일 수는 없잖아.

시기조차도 제대로 가늠할 수가 없다. 아니, 기억을 조작하는 비약을 먹여 책 속에서 다시 태어났다고 생각하게 하는 것도 이상한 일이었다. 그렇게 해서 대체 뭘 얻을 수 있다고. 내 기억을 조작해서 얻어 낼 수 있는 거라고는 내 고통과 혼란뿐일 텐데도.

추측이란 믿을 수 있는 전제를 기준 삼아 논의를 확장해 가는 것이었으나, 내게 확실한 지표는 아무것도 없었다. 지금의 현실조차 온전히 보고 있는 것 같지 않다. 속이 매스꺼워졌다.

"아니, 됐어."

한 입도 뜨지 않았으나, 식사를 보는 것만으로 속이 울렁거려서 나는 도로 자리에서 일어났다. 무거운 시선이 나를 따라붙었다.

"미안한데 나 너무 속이 안 좋아서, 식사 못 할 것 같아."

"두루아."

부르는 소리를 무시하고 그대로 몸을 돌렸으나, 곧바로 팔이 붙들렸다. 어느 샌가 다가온 녹턴이 코앞에 서 있었다.

"그 이야기 무슨 뜻이야. 네가 먹은 것 같다니, 어쩌다 그렇게 된 건데."

"너, 알고 있던 거 아니야?"

"뭐?"

"방금 내 이야기 들었을 때 말이야, 생각지도 못한 이야기를 들어 충격을 받았다기보다는 내가 그걸 어떻게 알았는지 당황하는 것처럼 보였어."

"아⋯⋯."

"전에 임페르펙티오의 이야기를 물었을 때도, 이상할 정도로 과민반응했고. 정말 모르고 있었어? 내가 괜히 트집 잡는 거야?"

입과 머리 사이에 아무런 거름망도 없는 것처럼, 나는 생각나는 대로 지껄였다.

"두루아, 난……."

녹턴의 표정이 아득해졌다. 그는 어떠한 말도 덧붙이지 못한 채, 멍하니 나를 바라봤다. 충격을 받은 듯한 모습에 뒤늦게 죄책감이 들었다.

"미안해, 널 상처 주려던 게 아니었어."

사과의 말을 꺼내면서도, 머리는 여전히 느슨했다. 내게는 남을 배려할 여유가 남지 않았고, 더 있다가는 이보다 더한 말실수를 할 것 같았다.

지금은 혼자 있어야 해.

방으로 돌아가기 위해 내 팔을 붙든 녹턴의 손을 떼어 내려 했다. 그러나 남들보다 차가운 그의 살갗에 손이 닿는 순간, 나는 뒤늦게 알았다. 내 손이 덜덜 떨리고 있었다.

그를 깨닫는 즉시 울음이 올라왔다.

"녹턴, 이상해. 나 뭔가 이상해진 것 같아."

"무슨, 말이야."

"생각지도 않았는데, 의심해 본 적도 없었는데 머릿속이 엉망진창이야. 나 정말 그 책 좋아했어? 베리타스도, 너도 그렇게 말하는데 난 그거, 두루아 발로즈로는 그 책을 정말 읽은 기억이—."

횡설수설 말을 잇던 중에, 잊고 있던 매스꺼움이 치고 올라왔다. 치솟는 구토감을 참지 못하고, 나는 녹턴의 어깨를 밀쳐 내며 허리를 구부렸다. 아침인지라 먹은 게 없어, 나오는 것은 신물뿐이다.

다행이다. 다행인가?

배 속이 뜨겁고, 목에서 시큼한 맛이 났다. 감각이 잔인할 만큼 선명한데, 이상하게 현실감은 들지 않았다. 꿈속에 있는 것처럼 멍한 기분은 전에, 숲에서 녹턴을 마주했을 때와 비슷한 구석이 있었다.

그 순간, 녹턴이 나를 끌어안았다. 더러울 텐데, 곧바로 그런 생각이 들었지만 녹턴을 밀어낼 마음은 들지 않았다. 그보다는 오히려, 그 품에 파묻혀 사라지고 싶다고 생각했다.

"넌 이상하지 않아, 두루아."

귓가로 흘러드는 목소리가 참 달았다.

갑자기 속이 뒤집어지는 바람에 식사를 하진 못했으나, 몸은 조금 개운해졌다. 최소한 뭐라도 해 봐야겠다는 의지는 생겼다.

미리 정해 놓은 것은 아니지만, 계획해 두기라도 했던 것처럼 나는 방으로 돌아와 곧장 책을 폈다. 총 세 권으로 되어 있는 『그와 앨리스』.

그러고는 책을 읽으며, 내가 알고 있던 내용과 비교하기 시작했다. 준비해 둔 종이에 같은 점부터 적어 갔다. 앨리스의 이름, 인상착의, 유년시절, 화형당해 퇴장하는 악역, 정체를 감춘 기사, '에드'라는 가명.

그러고 보니, 선황제의 장례식장에서 애런과 그런 이야기를 나누었다. 어쩌다, 연애 소설 이야기가 나왔을 때 분명히.

"저도 그 정도는 읽습니다. 지금은 아니지만, 어릴 때는 좋아하던 소설도 있었습니다. 당시 그건 누구나 좋아하는 소설이었지만, 나름대로 얻을 것도 있었죠."

"……아니요, 가명입니다. 가명을 만드는 데는 도움이 되더군요."

그럼 애런이 에드라는 가명을 쓴 건, 『그와 앨리스』의 영향을 받은 건가? 내레이션에서도 당시, '에드'라는 가명이 유행이었다고 말하기도 했으니까.

아무튼 그 외에 같은 점이라고 할 건 없었으나, 차이점은 많았다. 일단 앨리스의 성도 달랐고, 그 외 등장인물의 이름도 외모도 모두 맞는 것이 없었으니까. 완전히 같지는 않으나, 아예 다르다고 할 수도 없는 정도의 차이.

문득 그런 생각이 들었다. 어쩌면 이 기억과 현실의 공통점을 기준 삼아, 원작의 내용을 내 현실에 맞춰 왜곡한 건 아닐까.

생각해 보면 '죽었다가 다시 태어나, 책 속인 걸 자각했다.'라는 사실조차 기억에 불과하다. 기억을 조작할 수 있다면 책 속에 태어났다는 어리석은 망상을 만들어 내는 것도 가능할 것이다.

"하지만 그렇게 착각시켜서 뭘 얻을 수 있지."

혼잣말을 중얼거리며, 나는 깊게 한숨을 내쉬었다. 결국 누군가가 내게 임페르펙티오를 먹인 이유를 알아내야 했다.

그걸 내게 먹인 것으로 추정되는 후보는 둘이었다. 제일 처음으로 의심했던 녹턴과, 새로이 의심하게 된 패트시아 에드가. 스스로의 확신조차 믿을 수 없어 녹턴을 쏘아붙였으나, 진실로 그가 한 짓이라고 의심하지는 않았다. 이 점에 대해서는 제대로 사과해야겠지.

그러니 남은 사람은 선대 공작뿐이다. 내가 그녀를 의심하게 된 것은 샹들리에의 줄이 죄 반쯤 잘려 나간 것을 본 다음부터였다. 샹들리에의 줄을 끊어 놓은 목적이 뭔지 고민하던 중에 나는 그녀가 그를 이용해 녹턴을 죽이려던 게 아닐까 의심하게 됐고, 그 순간 임페르펙티오를 마셨을 때와 같은 증상이 나타났다. 그리고 그녀가 아픈 녹턴에게 성수를 먹이려던 걸 기억하고는 의식을 잃었다.

모순적이게도, 내 기억을 조작한 임페르펙티오가 내게 힌트를 준 셈이다. 그

때 물약이 내가 떠올린 생각에 반발한 거라면, 임페르펙티오는 내가 그런 추측을 하는 것도, 그런 기억을 떠올리는 것도 바라지 않는다는 이야기가 된다. 그렇게 생각하니, 어떤 걸 기준점으로 잡아야 할지 알 것 같았다.

내가 임페르펙티오를 마신 전후로, 기억에서 바뀐 부분을 뒤져 보면 물약의 용도를 알 수 있지 않을까.

물약을 마신 뒤 바뀐 것은 하나뿐이었다. 흐리던 원작의 내용이 선명하게 생각났다는 것, 정확히는 한결 현실에 맞게 왜곡되었다는 것. 그리고 왜곡된 원작의 내용을 요약하자면.

"주인공인 줄 알았던 녹턴이, 나를 화형에 처한 악역이었다."

이번에도, 녹턴이 있었다.

그래, 범인 후보로 패트시아 에드가가 떠오른 시점에서 진작 눈치챘어야 했다. 그녀와 나 사이의 접점이라고는 녹턴 에드가뿐이라는 것을.

녹턴을 의심하게 된 것은 앨리스의 예지몽이 시작이었다. 그러나 임페르펙티오가 현실을 기반 삼아 기억 속 책의 내용을 왜곡할 만큼 교활하다면, 앨리스의 말을 기반 삼아 내 기억을 바꿔 놓는 것도 가능한 이야기일 것이다. 원작의 내용을 바꾼다고 얻을 수 있는 것은 없다.

그러나 나를 그 바보 같은 망상에 빠뜨리는 것이 목적이 아니라 수단에 불과했다면.

내 인식을 바꿔 놓기 위해 부수적인 기억을 이용한 것뿐이라면.

갑자기 머릿속을 언어맞은 것처럼 둔탁한 두통이 찾아왔다. 이를 악물게 하는 통증에 몸을 웅크리자, 뾰족한 소리가 귀를 헤집고 시야가 어지럽게 울렁거린다.

징조도 없이 나타난 고통은 두려워야 마땅하겠으나, 나는 오히려 이 증상이 반가웠다. 이미 몇 차례 겪어 본 두통이 무얼 의미하는지 알고 있었으니까.

시야가 한 점으로 빨려들 듯 일렁이더니 곧 의식이 흐려져 갔다. 책상 위로 엎어지면서, 나는 무의식적으로 종이에 적은 이름자를 보게 되었다.

Nocturne.

흐리게 번진 그의 이름을 보며 나는 웃었다.

임페르펙티오가 내게 답해 주었다.

'네가 맞았어, 두루아.'

"……가씨, 아가씨!"

가까이서 나를 부르는 소리에, 의식이 점차 또렷해진다.

느리게 눈꺼풀을 들어 올리자, 새디의 모습이 보였다. 책상에 엎어진 상반신을 일으키니, 접혀 있던 몸이 뻐근한 통증을 호소했다. 다행히 두통은 사라졌으나, 머리가 멍하고 영 정신이 없어 나는 획획 고개를 저었다.

"왜 책상에서 주무시고 계신 거예요, 피곤하시면 침실로 가셔야죠."

"아니야, 그냥 잠깐 존 거야. 지금 몇 시쯤 됐어?"

"……밤 10시예요."

어쩐지 허기가 지더라니.

창밖을 보자 새까만 어둠이 길게 늘어져 있었다. 나는 새디에게 물을 달라 말하고 길게 기지개를 켰다. 자의로 잠든 것은 아니었으나, 깨고 나니 머릿속이 한결 가벼웠다. 그래도 상들리에 때는 겨우 40분 의식이 없었을 뿐인데, 이번에는 거의 열 시간에 가깝게 잠들어 있었다.

내가 떠올린 사실이 본질에 가깝기 때문이겠지.

새디는 금세 물을 가지고 돌아왔다. 미지근한 물을 목뒤로 밀어 넘기자 한결 눈앞이 선명해졌다.

"리모란드 영애 때문에 마음고생이 심하시죠."

"어?"

영 생뚱맞은 소리에 눈을 깜박이다가, 나는 뒤늦게 깨달았다.

앨리스와 화해한 거, 그러고 보니 말 안 했구나.

그 애와 화해하고 돌아오는 길에 본 연극이 하필이면 『그와 앨리스』의 원작이었던 터라, 말할 여유가 없었다.

"요즘 계속 표정도 안 좋으시고 피곤해 보이세요. 리모란드 영애님을 만나고 오신다더니, 일이 잘 안 풀리신 거지요?"

"미안해, 새디. 내가 정신이 없어서 말하는 걸 잊었는데, 그 애와는 화해했어."

"네?"

"그리고 앨리스의 이야기가 신문에 실린 것도, 이제는 신경 안 써."

당사자인 앨리스가 마음을 바로 세웠으니, 내가 계속 그 일로 걱정하는 것은 오히려 실례였다.

"그럼…… 왜 그렇게 마음이 안 좋으신 거예요. 안색이 내내 안 좋으시던데. 혹시 또 각하께서―."

"아니, 녹턴 때문도 아니야."

오히려 이번에는 내가 잘못한 입장이니 녹턴은 피해자였다. 그러나 새디에게 원작이니, 임페르펙티오니 하는 이야기를 떠들어댈 수는 없었기에 그녀에게 제대로 된 이유를 말해 줄 수도 없었다. 미안한 마음이 들어, 나는 그 애와 눈을 마주치지 못하고 어색하게 웃었다.

"걱정시켜서 미안해. 나는 그냥…… 좀 피곤했어, 많이 자서 좋아졌으니까 마음 안 써도 돼."

"……아가씨가 괜찮으시기만 하면 제 걱정 같은 건 아무래도 좋아요. 안 그런다고 말하면서, 번번이 간섭해서 죄송해요."

"간섭이라고 생각하지 않았어. 계속 내 걱정을 해 주잖아, 넌 그냥 다정한 거야."

"다정한 게 아니에요."

영문 모를 말을 하더니, 새디가 갑자기 눈물을 터뜨렸다. 울지 않으려고 애쓰듯 이를 악물었으나 발개진 눈가에서는 눈물이 방울져 떨어졌다.

"아가씨께서는 아무것도 말해 주시지 않으니까, 혹시 나쁜 생각이라도 하시면 어쩌지 그런 불안한 마음이 들어서 계속 묻는 것뿐이에요."

"새디⋯⋯?"

"여기 온 날부터 계속 그랬어요. 분명 발로즈의 모두는 아가씨를 그리 아끼시는데 왜 구하러 오지 않는지. 황실 무도회도 다녀오셨는데 왜 아무 일이 없는지."

새디가 손등으로 벅벅 눈가를 문질렀다.

"에드가에 오셔서 많이 힘들어하시다가 그래도 좋아지신 것 같아서 마음을 놓는데, 또 이렇게 돼서. 리모란드 영애님이나 클레이모어 경이 오셨을 때는 아가씨를 구해 줄 줄 알았는데도, 또 아무 일도 없어서."

"그건⋯⋯."

"아가씨께서 잠시 에드가를 나간다고 말하셨을 때, 사실 영영 돌아오지 않으시길 바랐어요."

조금도 짐작하지 못했던 일에 입이 벌어졌다.

"그래야, 두루아 아가씨께서 행복해질 수 있을 것 같아서요. 그런데 아가씨는 또 각하와 함께 돌아오시고⋯⋯."

끅끅거리는 소리 때문에, 새디의 말 중에는 온전히 맺어진 문장이 거의 없었다. 아무리 닦아 내려 해도 끊임없이 떨어지는 눈물방울은 보기만 해도 서러워질 지경이었다.

그녀가 펑펑 우는 모습을, 나는 멍하니 바라볼 수밖에 없었다. 위험할 수도 있다는 걸 알면서 고집스레 나를 따라와 준 아이에게 못할 짓을 했다. 할 수 없는 이야기가 너무 많은 탓이다. 미안한 마음을 느끼고 있는 지금도, 이성적으로는 사정을 이야기하지 않는 게 옳다는 생각이 들었다. 임페르펙티오의 이야기를 한다고 해 봐야 걱정만 늘어날 테고, 이건 새디와 관련된 일도 아니었으니까. 물약에 대해 이미 아는 녹턴과 제르벨라 외에는, 누구에게도 말하지 않을 생각이었다. 그러니까 모든 것이 해결되기 전에는.

생각을 정리하고 나니 애런이, 녹턴이, 알로이가 한 말들이 차례로 떠올랐다. 비록 새디는 내가 침묵하는 이야기의 당사자는 아니었지만, 그들이 어떤 마음으로 그런 말을 했는지는 알 것 같았다.

"주제넘게 굴지 않으려고 그렇게 애써도, 결국 아가씨께 물어보게 돼요. 괜찮다는 말밖에 못 듣는데. 아가씨께서 점점 시들어 가는 깃 같아서, 잘못되실까 봐 너무 무서워요."

"새디, 나 정말로 괜찮아. 에드가에 갇혀 있는 게 우울해서 그런 것도 아니고, 엄밀히는 다 다른 이유로 힘든 거였어. 처음은 녹턴 때문이었지만, 그 다음은 앨리스 때문이고 그리고 이번은……."

"봐요, 또 말해 주지 않으시잖아요."

미안하다고 말하려다가, 나는 입을 다물었다.

"저는 괜찮아요. 제게 하실 수 없는 중요한 이야기일 테니까요. 하지만 아가씨께서 아무에게도 말하지 않으시는 건 너무 속상해요."

"새디, 나는……."

"제게 미안하면 약속해 주세요, 아가씨. 다른 사람에게라도 아가씨의 고민을 말하겠다고."

"뭐?"

"각하 때문에 괴로운 건 처음뿐이라고 하셨잖아요. 그래요, 여기 오기 전까지는 소꿉친구셨으니까 그분에게, 아니면 리모란드 영애님과 화해하셨다니 영애님께―."

"그거면 돼? 그런 거라면 걱정 마, 안 그래도 녹턴에게 말하려고 했으니까."

갑작스럽게 떨어진 해결책이 달가워 나는 서둘러 입을 열었다. 새디의 눈이 토끼처럼 동그래지더니 영영 멈추지 않을 것 같던 설움이 뚝 그쳤다.

"정말요?"

"응, 정말. 밤중에 미안한데 새디, 녹턴에게 지금 볼 수 있겠냐고 전해 줄래."

"밤이고 낮이고가 어디 있어요. 당장 전할게요!"

씩씩하게 답한 새디가 품에서 손수건을 꺼내고는 서둘러 얼굴을 닦았다. 원래는 날이 늦어 내일 만나려고 했지만, 이 애가 이렇게까지 나오면 할 수 없었다. 붕어처럼 부은 눈을 하고도 기쁜 듯 웃는 얼굴이 미안하고 고마웠다.

얼굴을 얼추 닦아 낸 새디가 금방이라도 달음박질을 칠 듯, 문을 열었다가 휙 몸을 돌렸다. 평소답지 않게 조금은 부산한 행동이었다.

"참, 아가씨. 서신이 세 통 왔어요."

그러고는 세 통의 서신을 내게 건네주고, 새디가 쏙 방을 빠져나갔다.

각각 세릴과 알로이, 앨리스로부터 온 편지였다. 세릴에게서 온 편지에는 알로이와 로직스 엘포드의 약혼이 기어이 무산되었으니 안심하라는 내용이 적혀 있었고, 알로이에게서 온 편지도 얼추 비슷했다. 그리고 앨리스가 보낸 서신은 내용이 제법 길었다.

안녕, 두루아.

무리한 게 독이 됐나 봐. 몸살이 걸렸지, 뭐야. 손에 힘이 안 들어가서 바로 본론으로 들어가도 이해해 줘.

전에 거미거울이 사라졌다고 말한 거, 기억하니? 그때는 잡담 삼아 말했을 뿐이지만, 실은 내 예지몽이 그 거울과 관련이 있었대.

간략히 얘기하자면, 그 거울에는 미래를 아는 거미가 살고 있는데 그 거미가 사용자의 머릿속으로 들어가 미래를 보여 준다는 거야. 그래, 내 꿈에 거미가 살고 있던 거지.

이야기는 좀 긴데, 모멘텀 남작에게 협조한 유모 말이야, 그 사람이 유모의 직위를 악용해서 거미거울을 훔치려 했대. 아픈 손녀가 살아남을 수 있을지 알고 싶어서였는데, 그러던 중 남작에게 들켜 거울도 빼앗기고 협박당하게 된 거야.

그 거울에는 사용하는 사람을 끔찍하게 불행하게 만든다는 전설이 붙어 있었는데, 남작은 그 이야기를 듣고 거울을 악용하기로 했대. 처음에는 우리 어머니께 쓰려고 했는데, 거울에 사는 거미는 이지가 단단히 선 성인을 좋아하지 않아서 실패했다나 봐. 그 다음에 무슨 일을 했을지는 예상이 가지?

갓 태어난 나한테 거울 속의 거미를 집어넣은 거야. 거미는 영혼이 무른 아이의 꿈속에 숨어, 무수한 가능성 중 가장 불행한 미래를 선택하게 만든다더라. 처음에는 옳은 것만 보여줘서 꿈을 맹신하게 한 다음, 아주 천천히 불행을 유도하는 거지. 내게 한 것처럼, 나중에는 가짜 미래를 보여 주기도 하고.

이제 더는 나한테 꿈이 안 통할 것 같았는지, 내 앞에 거울을 들이밀자마자 나한테서 이상한 거미가 나와 거울로 돌아갔어. 그걸 보니까 너무 화가 나서 그만 거울을 깨뜨려 부숴버렸지 뭐야. 그랬더니 글쎄, 소름 끼치는 비명 소리가 들리더라, 정말 악마라도 됐던 건지. 가족들이 조금 당황하긴 했는데, 차라리 없애는 게 낫다며 근신 처분을 당하지는 않았어.

하지만 아직도 왜 네 목소리와 얼굴이 최근에야 선명해진 건지는 모르겠어. 신성력이 타고난 사제라면 거미의 마법을 밀어내서 그럴 수도 있다고 하는데, 그런 건 아니잖아.

편지의 내용을 읽어 내리는 걸 멈추고, 나는 내 체질을 떠올렸다. 신성력에 친화된 대신, 마법에 대한 저항력이 높은 체질. 떠올릴 수 있는 가능성이라고는 그것뿐이었다. 이제 와 중요한 일은 아닌 듯했지만.

아무튼 그 뒤로 더 꿈을 꾼 적은 없어. 허무하게 끝나 버렸지.

그리고 말해야 할 게 하나 더 있는데, 음 간략히 할게.

그날, 애런이 왔었어. 애런이라고 말하니까 좀 어색하다. 내내 에드라고만 불렀는데. 아무튼 호칭만 봐도 알겠지만, 많은 이야기를 했어.

음 역시 편지로는 너무 쑥스러워, 몸이 좀 낫는 대로 바로 만나러 갈 테니까 자세한 이야기는 그때 할게.

아무튼 내가 이런 편지를 쓰게 된 건, '네가 걱정할까 봐.'가 첫 번째고. 그 다음으로는 거울에 관한 내막을 알려준 분이 에드가 각하시기 때문이야.

네가 한 말도 그렇고, 네가 걱정할 것이 싫어서 네 친구인 내게 모멘텀 남작을 잡아다 준 것도 그렇고. 그런 일들이 있으니, 전에 부정당한 말이 다시 떠오르더라.

혹시, 두루아. 네가 각하와 사이가 회복되었다고 말했잖아. 그 방향

성이 그러니까, 귀족적으로 돌려 말하는 건 역시 못 하겠어. 그냥
물을게.

각하가 널 사랑하시니?

마지막 구절을 읽을 때쯤 들린 노크 소리에 놀라, 나도 모르게 편지의 귀퉁
이를 구겼다.

"아가씨? 안 계세요?"

"아, 아냐, 새디. 들어와!"

애써 목소리를 가다듬으며 말하자, 곧바로 문이 열렸다. 새디가 생글생글 웃
는 낯으로 말했다.

"각하께서 30분 뒤에 정원에서 뵙자고 하셨어요."

❦

두루아의 시녀를 보내고, 녹턴은 잠시 집무실의 문을 바라보았다. 만나러 가
겠다고 말했으니 발걸음을 떼야 할 텐데도, 구두가 너무 무거웠다. 아침에 봤
던 두루아의 잔상이 끈질기게 따라붙는다.

"너, 알고 있던 거 아니야?"

그래, 알고 있었다. 두루아가 마법 물약에 중독됐다는 것도, 그 물약이 임페
르펙티오이며, 그를 투여한 사람이 패트시아 에드가라는 것도 전부 알고 있었
다. 그럼에도 그는 뻔뻔스럽게도 아무것도 말하지 않았다. 왜냐하면 무서웠으
니까.

패트시아 에드가가 어째서 제게 임페르펙티오를 먹였느냐 물으면, 녹턴이 답할 수 있는 건 없었다. 그녀의 진실한 목적이 무언지는 아직도 가늠할 수 없었지만, 제 모친이 저를 파괴하려 안달이 나 있다는 건 분명했다. 모친이 저를 증오하기 때문에 네게 해를 끼쳤노라, 어떻게 그런 말을 입에 담을 수 있단 말인가. 더군다나 패트시아가 자식을 증오하게 된 배경을 설명하기 위해서는 그의 치부를 모조리 드러내야 했다.

어쩌면 두루아는 이미 많은 것을 짐작하고 있을지도 몰랐으나, 그럼에도 그러고 싶지 않았다. 비천함과 열등함과 수치심으로 가득 찬, 제 본질을 까발리고 싶지 않았다. 3개월, 이제는 채 한 달이 남지 않은 그 기한이 닥치더라도, 차라리 약속을 어기고 매도당할 것을 각오할 만큼.

그래서 차라리, 다 묻어 버리기로 했다. 패트시아 에드가에게 최후를 선사하는 그 순간까지 아무것도 드러내지 않은 채로 끝내자고.

'그렇게 생각했는데.'

그러나 그렇게 회피할 수 있는 문제가 아니었다. 도대체 무슨 일이 있었는지, 두루아는 급작스럽게 제가 임페르펙티오를 마셨다는 걸 확신하게 되었고 극도로 불안한 모습을 보였다. 텅 빈 눈, 떨리는 몸, 사방 모든 것을 경계하듯 날선 목소리. 끝내는 먹은 것이 하나 없었음에도 속을 게워 내기까지 했다. 뭐가 문제인 걸까.

처음에는 다시, 앨리스 리모란드를 의심했다. 그 여자만 만나고 오면 두루아가 이상해진다며 그녀를 탓하려고 했다. 하나, 이제 녹턴은 책임을 마냥 남에게만 회피할 수 없다는 걸 알았다. 수십, 수백 번을 반복했던 생각이 다시금 통렬히 뇌 속에 새겨진다.

'내가 저지른 죄.'

제 수치를 드러내고 싶지 않다. 두루아를 망가뜨리고 싶지 않다. 어차피 모든 걸 토로한다 한들, 두루아의 상태가 좋아질 거라고 장담할 순 없지 않은가. 그러나 굳게 침묵한다면 두루아의 상태가 나아질 가능성은 조금도 없다. 전부를 알게 된 두루아가 저를 혐오하게 된다면. 예정된 결말을 생각하면 차라리 그 편이 낫지 않은가. 슬픔보다는 혐오가 나은 건 당연하다.

두 가지 의견이 치열하게 언쟁을 벌였다. 그러나 승자는 이미 정해진 것이나 다름없었다. 두루아가 한 말이 마음속에 박혔을 때부터.

"녹턴, 이상해. 나 뭔가 이상해진 것 같아."

이상한 것은 두루아가 아니라 녹턴이었다. 그러니 그 애가 이상하다고 생각하는 것 또한 본인이 아니라 저여야 했다. 제가 받아야 할 평가를 그 애에게 뒤집어씌울 수는 없었다.

결론 내리자, 몸속 깊은 곳에서부터 구토감이 치밀어 올랐지만 그조차 우스운 일이었다. 두루아는 정말로 메슥거림을 견디지 못했는데 저는 기분뿐이지 않은가.

두려움을 방패 삼아 회피할 수 있는 시기는 지났다. 모든 걸 설명해야 할 때가 온 것이다.

꽃무늬 장식

슬슬 여름이 가까워졌으나, 밤바람을 쐬면 그럭저럭 덥진 않았다. 슈미즈 위에 가벼운 숄을 걸치고 나는 정원으로 향했다.

정원의 테이블에는 녹턴이 이미 자리를 잡고 있었다. 테이블 위에는 오래된 와인 한 병과 두 개의 잔, 합치면 간단한 식사는 될 만큼 여러 종류의 핑거 푸드가 놓여 있었다. 잠시 잊었던 허기가 다시 떠올라서, 나는 새삼 사람의 본능이 얼마나 대단한지를 느꼈다.

가까이 다가가기 전에도 기척을 느꼈을 것이 분명하지만, 녹턴은 내가 자리에 앉고서야 고개를 들었다. 나도 그제야 알았지만, 녹턴의 잔에는 이미 와인이 차 있었다.

"안녕, 두루아. 좀 괜찮아 보이네."

기다란 눈이 가늘게 접혔다. 이상한 말이지만, 어쩐지 처연하게 보이는 웃음이었다.

"원래 몸이든 마음이든, 자고 나면 좋아지는 법이니까."

녹턴이 내 잔도 붉은 색으로 채워 주었다. 무겁고 진한 색이다. 무어라 말을 시작하면 좋을지 몰라서, 나는 잔을 흔들다가 일단 한 모금을 기울였다.

"녹턴, 앨리스한테 편지가 왔더라고."

"알아."

"듣기로, 네가 모멘텀 남작의 신변을 넘겨주고 거미거울에 대한 내막까지 말했다던데."

"그 여자는 정말, 입이 무겁지는 않구나."

다소 서늘한 말을 하면서도 외려, 그는 입매를 말아 웃었다.

"맞아, 그 말대로야. 의도한 바는 아니지만 덕분에 알게 된 것도 있었으니까."

"알게 된 것?"

"앨리스 리모란드가 네게 무슨 말을 했나. 그 여자가 나에 관한 무얼, 어떻게 알아냈는가. 생각지도 못했어, 예지몽이라니, 정말 허무맹랑한 말인데 그걸 순순히 믿어 버린 남작도 대단했지."

그러고는 잔을 기울이려 하기에, 나는 내가 든 잔을 기울여 가볍게 부딪쳤다. 두 모금.

"너 앨리스 안 좋아하잖아. 왜 도와준 거야?"

"번번이 정말 리모란드 영애를 감싸―."

"내가 그 애를 걱정해서? 내 걱정을 덜어 주려고, 그런 건가."

와인 한 모금을 삼키려다 말고 녹턴이 잔을 기울인 채로 멈추었다. 살짝 들린 턱 때문에, 내려다보듯 깔린 눈동자 위로 속눈썹의 그림자가 졌다.

"앨리스는 그렇게 생각하더라고."

"넌?"

"나는……."

고민하듯 말을 끌다가, 나는 장난스럽게 웃고는 잔을 기울였다. 이제 세 모금 정도.

"나도 그 이유밖에 없다고 생각해. 넌 네가 싫어하는 사람한테 다정하진 않잖아?"

대단찮은 답에도, 녹턴이 마주 웃어 주었다.

"뻔한 답이지."

순간 바람이 불어닥쳤다. 초여름 밤을 가로지르는 바람은 제법 시원했고, 그럼에도 기분이 좋았다.

아니면, 벌써부터 취기가 오르고 있는 건지도 모르지.

붉은 액체를 네 모금째 삼키자 비로소 마음이 느슨해졌다. 나는 잔을 내려두고 고개를 들었다. 같은 생각을 한 건지 마주친 눈동자에 빛이 서려 있었다.

"네게 할 말이 있어, 두루아."

"나도 할 말이 있어서 부른 거야. 네가 먼저 하고 싶다면, 그래도 좋겠지만 아마 내 주제가 더 기력 소모가 클걸."

"……무슨 말을 하고 싶은데."

"그 전에 한 가지 약속해 줘, 녹턴. 지금 내가 하는 질문에 전부 진심으로 그렇다고 대답해."

"진심으로, 그렇다고 대답하라니. 본심을 들키지 말란 소리야?"

"아니, 말 그대로야. 진심으로 내 질문이 맞는다고 대답해."

여전히도, 그는 이해할 수 없는 얼굴이었다. 누가 들어도 억지인 말이니, 당연했다. 아직 녹턴에게 그렇게 하겠다는 답이 떨어지지도 않았으나, 나는 입을 열었다.

"나한테 임페르펙티오를 먹이지 않은 게 맞지."

당혹스러워하던 녹턴의 얼굴에서 표정이 사라졌다. 그러나 나는 조금도 위축되지 않았다.

"제르벨로 제르벨라를 데려온 것도 나 때문이라고 말했어, 그땐 내가 다칠 걸 대비한 건가 싶었는데 너한테는 성수가 썩어 넘치는 모양이니까 그건 아니겠지. 내가 물약에 당한 걸 알고 있던 거야, 넌."

그리고 어쩌면.

"내게 그걸 먹인 게 누구인지도 알고 있고."

녹턴이 침잠한 눈으로 나를 보았다. 그는 내내 내 말을 듣기만 했을 뿐, 그에게선 아직 한 번의 대답도 나오지 않았다.

그러나 실은, 나도 아직 한 번의 질문도 하지 않았다. 나는 그저 내게 떠오른 확신들을 읊었을 뿐이다. 내가 묻고 싶은 건 애당초 한 가지뿐이었으니까.

"너는 내 편이야?"

조금 더운 듯한 공기. 살랑 불어오는 바람. 빈속이라 그런지 벌써부터 취기가 올라 달아오른 두 뺨까지, 지금의 감각이 유독 생경하게 느껴졌다. 시각은 녹턴을 물끄러미 바라보는 것에만 쓰고 있음에도, 다른 감각들은 다가온 여름을 분명히 느끼고 있었다.

주위를 감싼 열기 때문일까, 그의 답이 돌아오는 시간이 조금 늘어지는 것만 같았다. 그러나 마침내는 녹턴의 입이 열렸다.

"뻔한, 답이네."

그 말에 내가 긴장하고 있던 것을 알았다. 나는 긴 숨을 내뱉었다.

드디어 말할 준비를 마쳤다.

"하고 싶은 말이 있어, 녹턴."

에드가 공작저의 지하, 제르벨로 제르벨라라는 이름의 신관은 철문에 손을 짚고 있었다. 가만히 손바닥을 문에 댄 채 눈을 감은 모습은 집중하는 것처럼 보였다. 겉보기로는 기이한 짓을 하는 것으로만 보이겠으나, 실상 그는 마나로 막아 둔 어떤 길을 뚫고 있었다. 다른 계열에 비해 마나 분자가 몹시 촘촘해 섬세한 신성력이 없으면 도저히 뚫을 수조차 없는 어떤 게이트를.

마침내, 제르벨라의 눈이 번쩍 뜨였다.

"드디어."

그는 철문에서 손을 떼어 내며 희열에 찬 눈으로 앞을 바라보았다. 겉보기에는 큰 차이가 없었으나, 이제는 한 꺼풀만 벗겨 내면 흑마법에 가려진 게이트를 열 수 있었다. 그가 알기로 먼 곳까지 이어져 있지는 않았으나, 저택을 나가기에는 충분할 것이다.

그때, 위쪽에서 무언가 소리가 나기 시작했다. 언성을 높여 소리치는 것 같기도, 말다툼을 벌이는 것 같기도 했다. 저택에서 소리를 높일 만한 사람이라고는 녹턴 에드가와 두루아 발로즈, 단둘뿐인지라 제르벨라의 얼굴이 염려로 물들었다.

'내버려 두고 떠날 수는…….'

그는 철문과 천장을 번갈아 보다가 결심을 굳힌 얼굴로 지하를 빠져나왔다.

계단을 오르는 동안에도 소리는 계속해서 커졌다. 그리고 마침내 1층에 이르렀을 때는 한결 크고 선명해진 말소리가 그의 귀를 파고들었다.

짐작했던 대로, 두 사람은 중앙 홀에서 다투고 있었다. 제르벨라는 일단 기척을 감춘 뒤, 상황을 지켜보려 천천히 그들에게 다가갔다.

"녹턴, 하지만……!"

"입 다물어, 두루아. 더는 날 화나게 하지 마."

공작의 손끝에서 피어난 검은 연기가 두루아 발로즈의 목을 휘감았다. 목에 선명히 새겨진 장미덩굴 문양을 보고, 제르벨라가 숨을 들이켰다.

"적적해하는 것 같아 방문을 허락했지만, 풀어 준 대가가 나에 대한 기만이라면 곤란하지. 너는 이제 아무도 만날 수 없을 거야, 두루아."

"이게 뭐야……? 나한테 뭘 한 거야!"

"뭐냐고?"

공작이 만족스럽게 입매를 늘였다. 그는 허리를 수그리며 손끝으로 그녀의 목을 매만졌다. 발로즈는 그에게서 물러나려는 듯했으나, 청년에게 팔이 붙들리는 통에 그러지도 못했다.

"각인이야, 혹은 저주라고도 하지. 네가 저택을 나서려 할 때마다, 목이 타오르는 것처럼 뜨거워질 거야."

"뭐?"

"이젠 원하지 않아도 얌전해져야 할 거야. 아, 저주를 본 적 없으니 믿기 어려울 수도 있겠네."

"녹턴, 너……."

"네가 궁금하다면 한번 시험해 볼래? 네가 견딜 수 있는 고통인지, 아니면 바

288

닥을 기며 내게 매달릴 만한 고통인지.”

“에드가 공작! 이 비열한—.”

마침내는 참지 못하고, 제르벨라가 흰 빛을 끌어 모았다. 그러나 사납게 일어난 신성력은 채 그를 공격하기도 전에 사방으로 흩어지고, 그는 공작의 손에 목을 잡힌 채 공중으로 떠올랐다.

“제르벨라!”

“컥, 커흑……!”

“당신의 기척이 다가오는 것도 모를 줄 알았나요. 쥐새끼처럼 살금살금도 아니고 아주 당당하게 오던데, 언제 이렇게 방만해진 건지.”

“제르벨라를 놔 줘, 녹턴!”

“내 파랑새가 원하신다면 기꺼이.”

비아냥거리며 답하고는, 그는 그대로 제르벨라를 바닥에 팽개쳤다. 강한 힘에 대한 반동으로 신관의 몸이 한 번 더 튀어 올랐다. 놀란 발로즈가 그에게 다가오려 했으나, 다정한 걱정은 금세 저지당하고 공작이 그녀를 안아 들었다.

“뭐하는 거야, 내려 놔, 당장!”

“말하는 걸 잊었는데 두루아, 너는 이제부터 침실에서만 생활해야 해.”

“준비한 족쇄에 달린 쇠사슬도 그 정도 길이니, 침실을 나오지만 않는다면 자유롭게 돌아다닐 수 있을 거야.”

“자유롭게 돌아다닌다고……? 너 지금 진심으로 하는 말이야?”

“내가 굳이 농담을 할 이유가 뭐가 있겠어. 얌전히 굴어야지, 두루아.”

“녹—.”

“네 시녀도, 대신관님의 목숨도 네게 달려 있을 텐데.”

시험해 보고 싶어?

속삭이는 목소리에 두루아 발로즈가 발버둥을 멈추었다. 조용해진 몸짓이 외려 비극적으로 느껴졌다. 제르벨라가 바닥을 기며 신성력을 긁어모았다. 제게 뒷모습을 보이는 사내의 등으로 하얀 마법을 쏘아 냈지만, 이번에도 그에게 닿기도 전에 신성력이 사그라졌다. 그럼에도 제르벨라는 포기하지 않고 다시 공격을 준비했으나, 그 순간 공작이 고개를 돌렸다.

그와 눈이 마주쳤다. 엷은 보랏빛에는 생전 처음 보는 위압이 담겨 있었다. 숨조차 멈추게 만드는 공포에 압도되어, 제르벨라는 더는 아무것도 할 수 없었다.

젊은 대신관이 다시 정신을 차린 것은 그러고도 몇십 분가량이 지난 뒤였다. 어느새 눈물로 범벅이 된 얼굴을 옷소매로 지워 내며 제르벨라는 의식을 똑바로 하려고 애썼다.

여러 감정들이 마음속을 빈틈없이 메워 갔다. 자조, 고통, 공포, 회한.

흘러가는 감정을 따라 그의 의식은 잠시 오랜 과거에 머물다 돌아왔다. 흑마법사, 다이즈 아클라툼에게 가족 전부를 잃고 한순간에 혼자가 되어 버렸던 그 순간으로.

'역시 두고 나갈 수는 없어.'

제르벨라의 눈이 의지로 빛났다. 그는 비틀거리며 일어나, 먼저 제 몸을 치유했다. 강하게 내던져진 탓에 견갑골과 갈비뼈에 금이 가 있었다.

어쩐지 녹턴 에드가가 지나치게 얌전히 군다고 생각했다. 제가 먹인 물약일지언정 그 효능을 지워 내려 했고, 저택에 가둬 둔 것 외에 한 번도 강압적인 언행을 저지른 적이 없어서 제가 상대를 오해하고 있나 잠깐잠깐 착각이 들 정도로.

그러나 이제는 분명히 알았다. 에드가 공작은 역시, 그가 알던 대로의 흑마법사였다. 어려서부터 알았다는 영애를 끌고 와 저택에 가둔 걸로 모자라, 이제는 저택이 넓다 하며 침실에 묶어 버렸다. 그토록 오랜 시간을 함께한 상대조차 사람 취급을 하지 않는다. 심지어 녹턴 에드가가 두루아 발로즈에게 마음이 있다는 건, 제르벨라도 눈치챌 만큼 분명했는데도. 사랑하는 사람을 그렇게 대할 정도니, 그 외의 사람이 그의 눈에 어떻게 보일지는 뻔하다. 제르벨라는 가여운 발로즈 영애를 데리고 나가기로 결정했다.

그러나 그녀를 구하기 위해, 너무 오랜 시간을 허비해서는 안 된다. 게이트가 도로 뚫린 걸 언제 눈치챌지도 몰랐고, 당장 제 안위조차 장담할 수 없었으니까.

신이 아직 그를 저버리지는 않은 건지, 다행히도 오래지 않아 기회가 왔다. 녹턴 에드가가 두루아 발로즈를 감금한 이튿날 새벽, 바로 공작에게 급한 일이 생겼으니까.

무슨 일인지 정확히 엿들은 것은 아니었으나 애런 클레이모어가 심각한 얼굴을 하고 찾아왔으니 예삿일은 아닐 것이다. 공작이 저택을 빠져나간 걸 확인하는 즉시, 제르벨라는 움직이기 시작했다.

그가 향한 곳은 발로즈가 갇혀 있는 침실이었다. 침실의 문은 각종 흑마법으로 방비되고 있었으나, 제르벨라 정도의 대신관이 풀어내기에 크게 어려운 수준은 아니었다.

안으로 들어서는 즉시 그는 두루아 발로즈를 발견할 수 있었다. 발목에는 사슬이 달린 족쇄가 걸려 있었고, 괴로움을 견디다 잠든 건지 웅크린 채 눈을 감고 있었다. 제르벨라는 그녀를 안타깝게 바라보며 족쇄를 끊어 내려다가 손을 멈추었다.

'혹시 몰라.'

그렇게 오랜 시간을 함께한 것은 아니었으나, 두루아 발로즈에 대해 조금은 알 수 있었다. 미련 때문인지 정 때문인지, 그녀에게는 공작을 향한 친애가 남아 있었다. 제가 어떤 일을 당하고 있는지 알면서도, 우유부단하리만치 끊어 내지 못한다. 혹시 상황이 이렇게 된 와중에도 잘못된 판단을 내린다면, 탈출 하지 않고 여기에 남아 공작을 설득하겠노라 고집을 부린다면.

잘못하면 모든 일이 틀어질 것이다.

제르벨라의 얼굴이 굳어졌다. 그녀가 어리석은 결정을 내리는 걸 미연에 방지해야 했으나, 어떤 취급을 받는지 알면서 두고 나갈 수는 없다. 족쇄를 끊어 내려던 그의 손끝에서 다른 빛이 쏘아졌다.

결박 마법. 발로즈가 움직일 수 없게 만들고서야, 그는 신성력의 칼날로 족쇄를 끊고 그녀의 몸을 들어 올렸다.

'이제 됐어.'

기척을 감추는 마법을 다시 한번 덧씌운 뒤, 그는 빠르게 침실을 빠져나 갔다.

단박에 중앙 계단을 내려가 깊은 지하까지 다다랐다. 그러고는 지하 깊은 곳의 철문 앞에 멈추어 섰다. 물리적으로도 공간과 공간을 이어 주는 문에 게이트를 설치했다는 건 확실히 쉽게 할 수 있는 발상은 아니었기에, 눈치채는 것이 늦었다. 힌트가 없었더라면 아마 평생토록 알지 못했을 것이다.

그러니 공작도 자신하여, 저를 지하에 가둬둘 수 있었겠지.

그는 서둘러 남은 한 겹의 흑마법을 해체하기 시작했다. 제르벨라가 이 탈출로를 알 수 있던 것은 제위 의식 때 받은 편지 덕분이었다.

안녕하세요, 제르벨로 제르벨라 님. 부디 이름을 밝히지 못하는 걸 용서해 주시기 바랍니다.

저는 어떤 흑마법사를 만났습니다. 정확히는, 납치당했다는 말이 맞을 겁니다. 저는 흑마법의 실험체였습니다.

그자의 저택에는 저 외에도 많은 실험체가 있었습니다. 원래는 아무도 찾지 않을 죄수들을 빼돌려 실험을 진행하는 모양이지만, 본의 아니게 저와 제 가족이 먹잇감으로 끌려가게 됐습니다. 다른 가족은 모두 실험 중에 죽고, 지금은 저만 남았습니다. 다른 실험체들은 세뇌를 당해 저택의 사용인 노릇을 하고 있습니다만, 근본이 악인이니 그들을 걱정하실 필요는 없을 겁니다.

그자의 이름은 녹턴 에드가입니다. 이 말씀을 드리면 어떻게 에드가 공작에게서 탈출할 수 있었는지, 의심하시겠지요.

제가 가까스로 도망쳐 나올 수 있던 건, 공작저의 지하에서 게이트를 발견한 덕분입니다. 누가 만들어 놓은 건지는 모르겠지만, 부덕한 방법으로 작위를 계승한 탓인지 공작은 게이트를 모르는 모양이었습니다. 먼 곳까지 이어져 있지는 않았지만요. 그 게이트를 통해 탈출했으니 지금은 그자도 그를 눈치채고 틀어막았을 겁니다. 다시 잡혀 가면 두 번의 요행은 없겠지요.

저는 지금도 몹시 두려워 떨고 있습니다. 그럼에도 제르벨로 제르벨라 님께 굳이 편지를 보내는 것은 제가 그자의 계획에 대해 엿들은 바가 있기 때문입니다.

공작은 제위 의식을 망쳐 놓을 겁니다. 상세하게 알지는 못하지만, 그곳에서 많은 사람을 죽이고 그들의 시체를 제물로 사용할 거라고 들었습니다. 제가 아는 것은 이것뿐이지만 끔찍한 재앙이 벌어질 것만은 분명합니다.

그자가 신전에 많은 액수를 기부한 것으로 알고 있습니다. 그래서 제 아픔을 알고 계실 제르벨로 제르벨라 님을 제외하고는 어떤 신관님도 믿고 싶지 않습니다.

편지를 개봉하고 30분이 지나면 불필요한 내용은 모두 지워질 것입

니다. 부디 그자의 악행을 막아 주십시오.

그 말대로 다른 신관들에게 편지를 보여 줬을 무렵에는, 가족을 잃었다는 말과 녹턴 에드가가 제위 의식을 망칠 거라는 말만 남게 되었다. 모두는 출처도 신빙성도 없는 익명의 서신을 믿을 수 없다고 말했으나 제르벨라만큼은 그 내용을 믿었다. 왜냐하면 그는 정확히 그 편지와 같은 일을 당한 적이 있으니까.

어릴 적 제르벨라가 살던 변방의 작은 마을은 무도한 흑마법사에게 점령당했다. 다아즈 아클라툼은 마을 사람 모두를 끌고 가 마법 물약의 실험체로 삼았다.

제르벨라가 가까스로 살아 도망칠 수 있던 것은 기적처럼 발현한 신성력 덕분이었다. 사방이 흰 빛으로 물들었고 그를 본 붉은 머리의 귀족 영애가 기사들을 이끌고 그를 찾아 주었다. 직후 의식을 잃은 탓에 일의 자세한 경과는 알 수 없었지만.

어쨌거나 그런 일을 겪은 탓에, 그는 신뢰성이 조금도 없는 서신을 온전히 믿었다. 제게 벌어진 일을 정확히 아는 사람은 교황과 이미 죽은 가족들, 그리고 증오스러운 다아즈 아클라툼뿐이었으니, 그를 이용해 저를 휘두르려 한 것도 아닐 테니까.

탈출구를 알았기에, 녹턴 에드가의 말에도 흔들리지 않을 수 있었다. 저를 도우면 다아즈 아클라툼의 행방을 알려 주겠다는 달콤한 유혹에도 조금도.

'그 비열한 자의 말이 진짜였을 리 없어.'

손끝에 남는 미련을 떨치고, 제르벨라는 마지막 일에 착수했다. 그러자.

"열렸다."

"으으음."

제르벨라가 드디어 게이트를 열어 냄과 동시에 의식을 찾은 건지 발로즈가 몸을 뒤척였다. 그는 발로즈가 큰 소리를 내기 전에 서둘러 그녀를 들어 올리고 열린 게이트로 들어갔다. 사방이 잠시 흰 빛으로 물들었다.

게이트를 지나자 도착한 곳은 숲이었다. 밤중이라 새까만 그림자가 지고, 풀벌레 소리가 들리는 숲. 보름달이 환하게 떴지만 시야가 밝지는 않았기에 제르벨라가 손끝에서 옅은 빛을 띄워 냈다. 반딧불이처럼 그의 앞에 떠오른 빛이 길을 밝혔다.

'수도에 이런 숲이 있었나?'

그런 의문을 느끼면서도, 신관은 걸음을 놀렸다.

"제르벨라……?"

어느덧 의식이 선명해졌는지, 눈을 동그랗게 뜬 발로즈가 그를 불렀다.

"이게 어떻게 된, 몸이, 몸이 움직이지 않아요!"

"걱정하지 마십시오, 발로즈 영애. 조금 뒤 마법을 풀어드리겠습니다."

"그게 대체 무슨 말이에요, 여긴 또 어디죠?"

"공작저를 나왔을 뿐입니다. 마침 공작이 자리를 비워 줘서 생각보다 빠르게 나올 수 있었어요."

그녀는 어딘가 미묘한 표정으로 입술을 달싹였다. 두루아 발로즈는 불안하고 어색해 보였다. 그 표정에 공포가 깃들어 있지는 않았으나, 지금 상황이 마냥 달가워 보이지도 않았다.

역시 미련이 남은 걸까.

"저택에 가둔 걸로도 모자라 침실에 가뒀습니다. 다음은 어떻게 나올지 몰라요."

"아."

"영애께 많은 걱정거리가 있다는 걸 알고 있습니다만 지금은 영애의 안전만 생각하세요. 일단은 서둘러야 하니, 자세한 이야기는 안전한 곳에 가서 하겠습니다."

"안전한 곳이요? 어디로 가시려는 건데요."

"그건……."

제르벨라는 무심코 답하려다가 고개를 저었다.

"죄송하지만 도착할 때까지 말씀드릴 수 없습니다. 하지만 성하께서 계시는 곳보다도 안전할 겁니다."

그렇게 말하고 그는 입을 다물었다. 지금은 걸음을 놀리기만 해도 바빴다. 이 숲의 이름이 뭔지도 몰랐으나, 제 목적지로 가는 길만큼은 아주 선했다. 다행히도 가까웠다.

제르벨라는 고대신전으로 가고 있었다. 그곳이 그가 아는 곳 중 가장 안전했으니까. 왜냐하면…….

'왜 고대신전이 안전하지?'

잠깐 그런 생각이 들었으나, 막연한 믿음에 덮여 의심은 흐려졌다.

어느덧 흐려진 눈으로, 제르벨라는 앞을 보고 걸었다. 그의 의사를 알아준 건지, 발로즈 또한 가만히 제르벨라에게 안긴 채 침묵을 지켰다.

얼마나 걸었을까, 점차 풀벌레 소리가 잦아들고 눈앞으로 석조 건물이 모습을 드러냈다. 어둠 속에서도 새하얗게 빛나는 것만 같은 거대한 신전.

마침내 목적지에 다다라, 제르벨라는 품에 안고 있던 발로즈의 결박을 풀고 그녀를 내려 주었다. 그러고는 발로즈에게 무언가 말하려는 차에, 어떤 여자가 신전에서 나와 그들에게로 다가왔다.

우아하게 넘긴 검은 머리칼, 밤중에도 선연히 빛나는 녹빛 눈동자. 온화하게 웃고 있으나 이상하게 위험해 보이는 이가 여유로운 걸음으로 다가왔다.

'저 여자는 누구지……?'

멍하니 바라보며 생각하던 중, 익숙한 목소리가 그의 머릿속에 울려 퍼졌다.

[잠들어라, 제르벨로 제르벨라.]

그 말이 마지막이었다.

갑자기 제르벨라의 몸이 앞으로 기울어졌다. 조금 전까지만 하더라도 나를 들고 다닐 정도로 멀쩡하던 사람이라 당혹스러웠다. 서둘러 그를 붙들었으나, 녹턴만큼 크지는 않아도 제르벨라는 완연한 성인 남성이었다. 키도 체중도 감당할 수가 없다.

덩달아 휘청거리며 자리에서 무너지려는 때, 누군가 다가와 제르벨라의 몸을 대신 받쳐 주었다. 거의 제르벨라만큼이나 큰 장신의 여성. 몸짓 하나하나에 여유가 묻어나는 그이의 이름은 패트시아 에드가였다.

"오는 길이 많이 피곤했나 보네요."

기절한 사람 하나의 무게를 감당하면서도, 조금도 힘든 기색이 없이 그녀가 여유롭게 웃었다. 멍하게 그녀의 얼굴을 바라보는 동안, 패트시아 에드가는 어느새 옆으로 다가온 노년의 사내에게 제르벨라의 몸을 넘겨 주었다.

그 사람의 얼굴 또한 눈에 익었다. 유시스 그라운드체리는 과거, 에드가의 집사장이었으니까. 물건을 건네듯 신관을 넘겨 주는 모습이 물 흐르듯 자연스럽다.

나는 뒤늦게, 그녀의 이름자를 입에 담았다.

"패……트시아 님?"

"안녕하세요, 발로즈 후작 영애. 몹시도 만나고 싶었어요."

집사장으로부터 넘겨받은 손수건으로 손을 닦으며, 패트시아 에드가가 온화하게 미소 지었다.

"많이 힘들었죠? 그동안 영애의 이야기는 많이 전해 들었어요. 그 애가 영애께 한 짓에 통렬한 책임을 느끼고 있습니다."

그렇게 말하며, 그녀는 안타까운 듯 눈가를 찡그렸다.

"그래서 발로즈 영애를 빼내기 위해 많은 노력을 기울였죠. 이제 걱정하지 말아요, 더는 그 지옥 같은 저택에 갇혀 있지 않아도 괜찮아요."

많이 놀랐을 텐데, 일단 들어갈까요?

신전을 가리키며 권유하는 말에도, 나는 바로 발을 떼지 않았다. 그럼에도 기분이 상한 기색 하나 없이 여자의 눈은 외려 더 휘어졌다.

"그래요, 의심할 만해요. 상황도 아주 갑작스럽게 돌아갔고, 나 역시 에드가이니까."

"의심스럽다기보다는…… 좀 놀랐어요. 제르벨라가 데려와 준 곳에서 패트시아 님을 뵙게 될 줄은 몰랐으니까요. 원래 그분과 연이 있으셨나요?"

"영애의 걱정을 덜어 주기 위해서는 그렇다고 답해야겠지만, 아니에요. 내가 작위를 내려놓은 다음에야 대신관이 된 사람이니까, 만날 기회 자체가 없었죠."

"네?"

"발로즈 영애가 에드가에 잡혀 들어갔다는 말을 듣고, 조사 끝에 저택에 대신관도 갇혀 있다는 걸 알게 됐어요. 다행이었죠."

"그럼……."

"어떻게든 그 애가 없는 동안 연락을 취해서, 발로즈 영애를 구해 올 수 있었어요. 외부의 도움이 없었다면 아무리 대신관이래도 어떻게 에드가를 탈출할 수 있었겠어요."

나는 느릿하게 고개를 끄덕이며 땅에 붙인 발걸음을 떼었다. 패트시아 에드가를 따라 걷자, 그녀가 만족스러운 듯이 웃었다.

"많이 혼란스러울 테지요. 일단은 쉬고, 자세한 이야기는 천천히 해요. 이제 시간은 많으니까요."

신전은 외관상으로도 커 보였지만, 안으로 들어서자 더 크고 잘 정비되어 있었다. 높다랗게 솟은 백색 기둥이 뼈대처럼 늘어서 천장을 바치는 구조였다. 곳곳에 정교하게 조각된 천사상이 놓이고, 신전의 중앙에는 천장에 닿을 만치 커다란 신상이 세워져 있었다. 곡선은 거의 보이지 않는 직선적인 구조에, 장식이라고는 대리석을 깎아 문양을 만들었을 뿐이었다. 스테인드글라스와 우아한 곡선으로 화려하게 장식된 요즘 신전과 비교하자면 투박했으나, 그로 인해 생기는 위압감이 있었다.

그러나 신전의 모습은 훼손되어 있었다. 곳곳에 사람의 손을 탄 흔적이 보였고, 기도실로 마련된 공간은 거의 침실 혹은 집무실로 모습을 바꿨으니까. 아무리 고대의 신전이라 한들, 신을 위한 장소가 인간의 거처로 사용되는 것에 나는 묘한 죄의식을 느꼈다. 기묘한 감상을 지우기 위해, 나는 비틀어 입을 열었다.

"패트시아 님께서는, 녹턴을 죽이고 에드가를 되찾으시려는 건가요?"

"그래요, 내겐 그럴 책임이 있으니까."

"하지만 여기에 병사는 거의 보이지 않는 걸요. 패트시아 님과 집사장밖에 보지 못했어요."

"많지는 않아도 기사 몇이 더 있고 제르벨라도 있고, 저를 도와줄 마법사도 하나 더 있어요. 뭐, 전체적으로 봐도 크게 많은 인원은 아니지만."

"마법사요?"

"너무 걱정하지 말아요, 발로즈 영애."

온화하게 웃으며 그녀가 내 어깨를 두드려 주었다. 마법사 얘기가 궁금했으나, 더 캐물을 상황이 아닌 것 같아 나는 입을 다물었다.

그러나 패트시아 에드가의 손은 달래듯 어깨를 두드리는 데서 그치지 않았다. 굳은살이 박인 손끝에 힘이 들어갔다.

"그런데 발로즈 영애."

"네?"

"왜 나를 패트시아라고 부르나요. 각하라는 호칭이 더 익숙할 텐데도."

"그건—."

"거짓말이 서투르면 하지 말아요. 내 상황을 캐보려는 말이 너무 노골적이라, 눈감아 주기가 곤란할 정도네요."

내 팔을 뜯어내기라도 할 것처럼, 어깨를 잡은 손에 거센 힘이 들어갔다. 생김새는 사람의 손인데 체감하기로는 짐승에게 팔을 물린 것 같았다. 파충류의 눈처럼 번들거리는 녹안을 보고, 나는 신음을 삼켰다.

그래, 원래 연기는 자신 없긴 했지.

정보를 캐내는 일은 해 본 적도 없으니 들킬 만하다. 단순히 호칭 때문이 아니었다. 패트시아 에드가는 내가 제게 협조적으로 나오는 게 전부 거짓이라는 걸 이미 꿰뚫고 있었다. 더는 발뺌해도 의미가 없다.

나는 팔을 크게 휘둘러 어깨를 쥔 손을 떨쳐 내고 뒤로 물러나며 거리를 벌렸다. 그럼에도 이어지는 관절이 얼얼하게 저리는 것이, 옷깃을 젖혀 보면 멍이 들었을 것이 분명했다.

"지금의 각하는 녹턴이잖아요. 당연한 걸 물으시네요."

패트시아 에드가는 내 어깨를 잡고 있던 손을 내려다보고는, 짐짓 안타까운 표정을 지었다.

"아직도 마법에 빠져 있는 모양이군요. 그 애가 흑마법사란 걸 알면서도 옹호하고 싶어지던가요?"

"패트시아 님을 옹호하느니, 차라리 그편이 낫겠더라고요."

"감정적으로 굴지 말고 발로즈 영애, 스스로의 마음에 대해 잘 생각해 봐요. 그게 정말 영애의 마음이 맞는지, 흑마법에 당해 착각하고 있는 건 아닌지."

"마음은 제 것이 맞을 거예요, 기억은 확신할 수 없지만."

"……기억?"

"제게 임페르펙티오를 먹이신 거, 각하시잖아요."

제가 저지른 죄는 쏙 빼내고 녹턴의 일만 긁어내는 꼴이란.

비죽 웃으며, 나는 남은 말을 이었다.

"각하께선 거짓말에 아주 능숙하신 것 같지만, 이미 들키셨으니까 안 하시는 게 좋겠어요. 전 눈감을 마음도 없거든요."

조금 전에 들은 말을 되돌려 주자, 패트시아의 입매가 기이하게 늘어났다. 섬뜩할 만치 찢어지고 벌어진 입에서 웃음소리가 터져 나왔다. 귓속을 긁어댈 듯 날카로운 소리에, 머리가 아플 지경이었다.

갑작스럽게 터진 웃음소리에 당황하여 눈을 끔벅거리는 차, 그녀는 소름 끼치는 표정을 유지한 채로 성큼성큼 다가왔다. 다급히 물러나려고 했으나, 그녀에게 머리채를 틀어 잡히는 것이 먼저였다.

"윽!"

두피가 당기도록 머리칼을 움켜쥔 손이 나를 당겼다. 그 힘에 의해 고개가 꺾여 나는 가까이 다가온 그녀의 얼굴을 마주 보게 되었다. 빛이 비추어지지 않는 숲보다도 짙은 녹색, 그 늪 같은 색이 나를 내려다봤다.

"정말 깜찍하기도 해라. 어쩜 이렇게 내 계획을 다 망쳐 버렸는지. 누가 그 애의 친구가 아니랄까 봐, 정말 재미없게도 구는구나."

"이거, 놓으세요."

"이런, '놓으세요.'는 존댓말로 말해 봐야 명령이란다. 그리고 네깟 계집애가 감히 내게 명령할 처지는 못 되지. 하지만…… 가여운 아이이니, 이번만은 관대하게 넘어가 줄게요."

내 머리를 틀어쥔 기세에 비해 너무도 가볍게, 그녀는 나를 놓아주었다. 다시금 얼굴에 자리 잡은 미소는, 조금 전의 일은 일어나지도 않았던 것처럼 가벼웠다. 솔직히는 미친 사람을 상대하는 것 같았다.

"그래요, 다 내가 했어요. 이왕 이렇게 된 거 하나하나 말해 볼까요? 전부 내 계획대로 돼서 얼마나 신났는지 몰라요. 마지막은 영애가 망쳐 버렸지만."

물어보지도 않았는데, 패트시아 에드가는 제 무용담을 늘어놓는 어린아이처럼 들뜬 기색으로 입을 열었다.

"시작은 테롭스 안단테였어요. 별다른 용건도 없이 그자를 파우스트로 불러, 그 애의 의심을 사서 안단테가 마법 물약에 당한 걸 알려줬죠. 내 집무실을 다시 조사해 보게 하고, 발로즈 영애에게도 물약을 사용한 기록도 찾게 만들었어요."

그러고는 그녀는 날짜 몇 가지와, 이름자 몇 개, 그리고 아마도 마법 물약일 것으로 추정되는 이름 몇 개를 줄줄이 읊어댔다.

"제위 의식에서는 흑마법사를 증오하는 대신관에게 익명의 제보를 넣어 그 애를 건들게 만들었지요. 마침 영애의 문제로 인해 신관이 필요한 상황이었으니, 알아서 잘 옭아맬 거라고 믿었고 실제로도 그렇게 됐지요."

"……제르벨라가 에드가의 권세 앞에 굴복할 거라고 생각지는 않으셨나요."

"그 애의 행동을 유도하는 게 어렵지, 제르벨라는 조금도 신경 쓰지 않았어요. 왜냐하면 그 신관은 내 흑마법사의 실험체였거든요."

몰랐던 사실에 나는 숨을 들이켰다. 내 당혹감이 즐겁기라도 한 듯이, 그녀는 입꼬리를 말아 잔인하게 웃어 보였다.

"아무리 신관이라고 하더라도 흑마법의 존재를 모르는 채로는 검은 마나를 지워 낼 수 없어요. 그래, 심지어는 대신관조차 제 머릿속에 아직 마리오네트가 깃들어 있다는 걸 몰랐지요."

패트시아 에드가가 손을 뻗었다. 그러고는 제가 잡아채는 바람에 흐트러진 머리를 짐짓 다정한 손길로 정리해 주기 시작했다. 심기를 건들지 않으려 피하지 않았으나, 두피를 스치는 손길에 뒷목의 솜털이 죄 곤두섰다.

"그래서 그 문제투성이의 서신을 맹목적으로 믿었고, 와 본 적도 없는 고대 신전이 가장 안전하다고 믿어 영애를 여기까지 데려온 거죠."

"……."

"참, 제르벨라가 영애께 호감을 느끼는 걸 알았나요? 그것도 세뇌로 인해 만들어진 감정이에요. 탈출구를 찾았다고 혼자 도망쳐 버리면 곤란하니까요."

머리를 빗질하듯 쓸어내리는 걸 마지막으로, 패트시아 에드가가 손을 떼어 냈다.

"결국, 제르벨라는 내 뜻대로 당신을 여기까지 빼돌려 줬네요. 그 애는 내게 놀아나 제 손으로 영애를 갖다 바친 셈이지요. 임페르펙티오를 그렇게 들이부었는데도 통하지 않은 건 아쉽지만요."

"들이부었다는 말은…… 한 번이 아니었군요."

"맞아요, 내가 영애께 차를 타 줄 때마다 조금씩 넣었고, 최근에는 영애가 웬 괴상한 물약을 구하기에 발로즈 영애가 마셔야 할 물약으로 교환해 주었죠. 그런데도 영향이 없다니."

엄밀히 말하자면, 영향이 없다고 확신할 수는 없었다. 내가 녹턴을 멀리해야겠다는 생각이 든 건 아예 어릴 때부터라고 생각하지만, 어쩌면 그 기억 또한 가짜일지 모르니까. 내가 그와 거리를 벌리기로 한 건 자의로 내린 결정이 아닐지도 몰랐다.

그러나 그런 말로 그녀를 기쁘게 해 주고 싶지는 않았기에, 나는 좀 더 본질적인 질문을 던졌다.

"그렇게까지 제게 물약을 먹여서, 도대체 뭘 얻으시려 한 거죠? 패트시아 님께서 얻을 수 있는 이득이라도 있나요?"

"아, 임페르펙티오로 어떤 기억을 만들어 내고 싶었냐고."

패트시아 에드가의 눈이 가늘게 휘어졌다.

"나는 당신이 그 애를 증오하길 바랐어요. 두려워하길 바랐어요. 경멸하길 바랐어요. 감정의 이름은 뭐가 되든 좋으니, 발로즈 영애가 그 애를 버리길 바랐어요."

"뭐……?"

"왜냐하면 그게, 그 애가 받아야 할 마땅한 처우니까."

마땅한 처우라고?

순간적으로 지금 상황을 잊어버릴 만큼, 뜨거운 화가 치밀어 올랐다. 녹턴이 저지른 잘못이 없다고 말할 셈은 아니지만, 그건 태어난 후의 일이다. 죄를 이고 세상에 나는 아이는 없다. 혼외자를 만든 건 순전히 부모의 책임이었으니까.

"정말 뻔뻔하기도 하지, 녹턴을 그런 출생으로 만든 건 결국—."

"제깟 놈이 나를 배신하다니, 어림도 없는 소리지."

"뭐?"

"추레하고 더러운 오물을 싸질러 놓은 채 도망치다니. 절대로 용서할 수 없어. 절대로, 절대로, 무슨 일이 있어도."

분에 차 외치려는 소리는 듣지도 않은 채, 패트시아 에드가가 희번덕한 눈으로 말했다. 번들거리는 눈에는 진득한 살의, 분노, 증오가 고스란히 녹아났다. 금방이라도 상대를 씹어 삼킬 듯 맹렬한 기세에 나는 종전의 분노마저 잊었다.

나를 보고 하는 말이었으나, 내게 하는 말이 아니다. 또한 녹턴을 대상으로 하는 말도 아닌 것처럼 느껴졌다.

배신이라니, 도망이라니, 무슨 말을 하는 거지.

패트시아 에드가가 갑자기 저 혼자 흠칫하며 물러났다. 그러고는 몸을 돌리는 탓에, 얼굴을 볼 수 없게 되었다.

그러나 잠깐 떠오른 표정은 분명히 당혹감이었다. 뒤를 돈 채로 두어 걸음을 걸으며 그녀가 여상한 소리로 말했다. 여상한 건지, 여상한 척인지는 확신할 수 없겠지만.

"자, 이만하면 만족할 만큼 친절했지요?"

"……왜 그런 사정을 전부 말해 주시는 거죠."

"영애를 중심으로 무슨 일이 있었는지 정도는 알고 싶을 것 같아서요. 위로 겸, 물약을 여기까지 견뎌 낸 것이 기특하기도 해서 드린 선물이죠."

감흥 없는 소리로 말하면서 그녀가 크게 손뼉을 쳤다. 요란한 박수 소리가 세 번, 다시 패트시아 에드가가 몸을 돌렸다. 그 얼굴에는 어느새 여유로운 미소가 돌아와 있었다.

"참 대단해요, 발로즈 영애. 지금 시점에서도 그 애를 증오하지도, 두려워하지도, 경멸하지도 않는다니. 제 입장에선 참 안타까운 일인데, 그래도 괜찮아요. 지금 당장은 아니라고 곧 가능하게 될 테니까. 왜냐하면."

뒤늦게, 나는 내 뒤로 어느새 기사 몇이 다가와 있다는 사실을 알았다. 그 박수가 신호라도 됐던 건지, 내가 패트시아 에드가에게 집중하는 사이 불러낸 모양이었다.

퇴로를 막은 기사들을 보고 나는 옅은 숨을 내쉬었다. 어차피 도망칠 생각

같은 건 없었지만. 그러한 내 몸짓이 체념으로 보였는지 그녀는 기쁘게 웃으며 품에서 조그만 병 하나를 꺼냈다. 연보랏빛의 점성이 있는 액체.

다소 거리가 있었음에도 바로 알 수 있었다. 패트시아 에드가가 마개에 입을 맞추는 걸 보고, 나는 끔찍함에 얼굴을 일그러뜨렸다.

"그렇게 될 때까지 먹일 거라서."

"마법 물약으로 감정을 바꿀 수 있다고 생각하시나요?"

"그게 아니라면, 내게 증명해 봐요. 발로즈 영애, 과연 언제까지 버틸 수 있을지는 나도 궁금하네요."

준비하는 동안 잠시만 기다려 줘요.

그렇게 말하며 그녀가 기사들에게 손짓하자 그들이 내 팔을 잡아끌었다. 나는 저항 없이 걸음을 옮기며 고개를 수그려 중얼거렸다.

"괜찮아, 아직 괜찮아."

기사들이 나를 데려간 곳은 텅 빈 방이었다. 원래는 사용하지 않았는지 먼지가 퀴퀴하게 쌓였으며, 조각하다 만 아기 천사상이 놓여 있을 뿐인 곳. 심지어는 문조차 달려 있지 않았다.

편안히 앉을 곳도 없는 그 방에 나를 내팽개치듯 밀어 넣고, 그들은 문을 떼어 낸 자리에 서서 나를 감시하기까지 했다. 잠깐 있는 것만으로도 속이 울렁거리도록 불편해졌으나, 다행히 기다림은 길지 않았다.

나는 도로 어딘가로 끌려가기 시작했다. 그리고 도착한 곳에는 어느 명문가의 다이닝 룸에나 있을 법한 기다랗고 고아한 식탁이 놓여 있었다.

물론 식탁만 있는 것도 아니었다. 접시 하나에는 양고기 요리가, 다른 접시에는 샐러드가 덩그러니 놓여 있었다. 그 외의 부수적인 식사는 전혀 없었기에 정말 '덩그러니'라는 말이 어울렸다.

신전에 주방도 있나.

막 요리를 마친 듯 김이 올라오는 모양새에, 지금 상황에도 어이가 없었다.

"앉아요, 발로즈 영애."

패트시아 에드가의 말에, 뒤쪽에 서 있던 기사가 억지로 나를 앉혔다.

"아직, 해가 뜨기에는 좀 시간이 남긴 했지만 배고프죠?"

"그새 요리까지 하시다니 참 성의 있으시네요."

"어린 여자 아이의 머리채를 잡고 그 입에 물약을 쑤셔 넣는 건 너무 품위가 없어서요. 영애의 침이 내 손에 닿을 걸 생각하니 더럽기도 하고."

패트시아 에드가가 앉은, 반대쪽 자리에는 식사는 아무것도 없었다. 길쭉한 유리잔에 샴페인이 담겨 있을 뿐. 그녀가 우아한 손짓으로 잔을 들어 기울였다.

"다시 생각해 봐도 이해가 안 되네요. 발로즈 영애, 그 애를 그렇게 보듬어 주고 싶어요? 어차피 영애의 마음은 세뇌에 의해 만들어진 거예요. 그렇지 않고서야, 영애가 그 애에게 다가가기라도 했겠어요?"

"제 기억은 패트시아 님한테 농락당한 상태인 걸요. 당신께서 하실 말씀은 아니네요."

"그 또한 그 애의 탓이죠, 영애가 그 애 곁에서 알랑거리지만 않았으면 이렇게 질척하게 엮일 일도 없었을 테니까요."

정말 말 같지도 않은 소리에 재능이 있다. 표정을 다듬으려고 해도, 경멸로 입이 비틀리는 걸 막을 수 없었다.

"패트시아 님이 아까 호칭으로 걸고 넘어지셔서. 저도 궁금해진 게 있는데요."

"정말 호기심이 많군요. 그 애가 영애를 얼마나 관대하게 봐줬는지, 감탄스러울─."

"왜 녹턴을 계속 '그 애'라고 부르세요?"

별것도 아닌 말일 텐데도, 그녀의 얼굴에서 웃음기가 사라졌다.

"제가 기억하기로 한 번도, 녹턴의 이름을 부르신 적이 없거든요."

조금도 웃지 않는 무표정. 사납게 보일 만큼 살벌하게 뜬 눈이 나를 노려본다. 잔을 쥔 손에 잔뜩 힘이 들어갔는지, 마른 손등 위로 새파란 힘줄이 도드라지더니 곧 유리잔이 산산이 조각났다. 그러나 부서진 조각은 조금도 살갗을 파고들지 않았다.

그러고 보니 기사 서임을 받았다고 했지.

매서운 기세에 조금 어깨가 움츠러들려 했지만, 오기가 치밀어 오르기도 해서 나는 눈을 피하지 않고 마주 봤다.

"패트─."

"대답할 의무는 없단다, 무례한 암고양이야."

처음과 달리 이번에는 그다지 놀라지 않았다. 패트시아 에드가의 극심한 기복에도 조금은 적응이 되는 것 같다. 녹턴의 호칭을 물은 것만으로 돌변하게 될 줄은 몰랐지만.

잠시간의 정적이 지나가고, 다시 그녀가 부드럽게 미소 지었다.

"하나에는 독약을 넣었고, 다른 하나에는 임페르펙티오를 타 놨어요."

미친 사람 같은 게 아니라 미친 사람이었군.

내 앞에 놓인 두 개의 접시를 내려다보자, 그 생각이 맞다고 말하듯 패트시아 에드가가 고개를 끄덕였다.

"둘 중 하나를 고르라고요?"

"둘 다 먹어도 좋고, 원한다면 어떤 식사에 뭐가 들었는지 정도는 말해 줄 수도 있고."

"그것 참 친절하시네요. 말해 주실 필요는 없어요. 저는 양고기를 고를 거거든요."

순순한 반응을 예상치 못한 건지 기다란 눈매가 가늘어졌다. 그러나 곧, 그녀의 손짓에 집사장이 내 앞으로 양고기가 담긴 접시를 끌어 놓았다. 차림새는 빈약하나, 식기, 나이프와 포크는 모두 고급스러운 사치품이라 우습기 짝이 없었다.

나이프를 들었다가 내려놓고, 나는 패트시아 에드가가 있는 쪽으로 양고기가 담긴 접시를 집어 던졌다. 던지는 힘이 그렇게 좋은 건 아니었으나, 접시에서 튀어나온 뼈가 구르며 그녀의 셔츠에 기름을 묻혀 놓을 정도는 되었다. 셔츠와 크라바트에, 점점이 불쾌한 물이 들었다.

"말하는 게 늦었는데, 먹지는 않아요. 요즘 기름진 게 싫거든요."

"정말 귀엽게 구네."

그녀는 웃으려는 듯 입꼬리를 끌어 올리려 했으나, 결국 치솟는 짜증을 이기지 못하고 얼굴을 일그러뜨렸다. 신경질적인 손길이 제 크라바트를 풀어헤쳤다.

"잡아."

뒤에 선 기사들이, 움직이지 못하도록 단단히 내 어깨를 틀어잡았다.

"유시스, 새 셔츠를 가져와."

바닥에 내동댕이처진 크라바트를 줍고는, 집사장이 고개를 숙이고 어딘가로 사라졌다. 그러는 동안 나는 한결 차림새가 편안해진 여자를 물끄러미 바라보고 있었다.

슬슬 의미 없는 짓 같기도 한데.

"혹시 그 애가 구해 주러 올 거라고, 기다리는 건가요?"

"끝까지 '그 애'라고 부르시네요."

"포기해요. 이 신전은 촘촘한 신성력으로 가득 차 있어요. 고대에 대마귀가 설쳐댈 때 은신을 위해 만든 곳이니까. 검은 마나를 지닌 그 애는 볼 수도 없어요. 일반인이라도 쉽게 들어올 수 없겠지만."

"제르벨라는 신관이니 그렇다 쳐도 전 너무 쉽게 들어왔는데요."

"그거야 내가 길을 열어 준 탓이지요. 안내인이 있어야만 들어올 수 있도록, 정비를 해 뒀으니까. 그러니 괜한 기대는 버리고 슬슬 순응하는 게 어때요."

대화를 이어 가던 중에, 집사장이 새 셔츠를 들고 나타났다. 보는 눈이 많았으나 바로 갈아입으려는 건지, 패트시아 에드가가 셔츠의 단추들을 풀었다. 당혹스럽기도 하고, 별로 보고 싶은 광경도 아니라 나는 바닥으로 고개를 돌렸다. 접시를 던지지 말 걸, 하는 얕은 후회가 들었다.

"선천적 흑마법사가 뭔지 모르죠. 씨를 뿌린 사내나, 아이를 잉태한 여인 중 하나 혹은 부모가 다 극도의 증오를 품었을 때만 태어나요. 출생부터가 그래요. 더럽고 비천하기 짝이 없어."

옷을 다 갈아입었는지, 소리가 멈추어 나는 다시 고개를 들었다.

"그런 인간의 주위에 머물러 봐야 불행만 전염될 뿐이지. 공작 부인이 되고 싶은 거라면 굳이 그 앨 고를 필요도 없어요. 프렐류드든, 단차든, 좋을 대로 내줄 테니."

"결국 그 애의 출생을 불행하게 만든 건 패트시아 님이잖아요. 당신이 저지른 죄를 왜 그 애한테 뒤집어씌우는 거죠?"

"내가 지은 죄? 내게 덮여진 오명이겠지."

"에드가를 되찾겠다고 한 거 거짓말이시죠. 아무리 봐도 패트시아 님께서는, 에드가보다는 녹턴 자체에 집착하고 있는데."

"어차피 그 애를 쳐 내면 모든 게 다 내 것이 되는 걸요. 굳이 에드가를 먼저 되찾을 필요도 없지. 하지만 그렇게까지 궁금하다니, 말해 주죠."

패트시아 에드가가 의자를 밀고, 자리에서 일어나 내게 다가오기 시작했다.

"맞아요, 나는 그냥 어떻게든 그 애를 지옥에 처넣고 싶을 뿐이니, 사실 에드가가 어찌 되든 상관없어요."

그렇게 말하며 비죽 웃는 모양새가 참으로 역겨웠지만, 한편으로는 달갑기도 했다. 나는 패트시아 에드가의 목적이 무언지 정확히 알고 싶었으니까. 나중에라도, 숨겨져 있던 다른 꿍꿍이에 난데없이 머리를 얻어맞고 싶지는 않았다.

"자, 여기까지 서비스를 해 줬으면, 발로즈 영애도 대답해야죠. 결국 그 애의 손을 놓지 않을 건가요?"

"녹턴 말고는 필요 없어요. 그 애의 형제분들은 미모가 그리 대단치는 않아서."

"할 수 없군요. 스스로 할 생각이 없다면, 그렇게 하도록 돕는 수밖에."

코앞까지 다가온 그녀는, 몸소 샐러드가 든 접시를 들어 올렸다.

"참, 내가 거짓말을 하나 했어요. 둘 다 들어 있는 건 임페르펙티오라서, 여기에 든 것도 그래요."

"대단한 얘기도 아니네요. 그런데요, 안내인이 없으니 녹턴이 못 올 거라는 말은 왜 하신 거예요?"

"또 무슨 헛소리를 하려고—."

"패트시아 님께서 저와 함께 안내해 주셨잖아요."

내 말을 이해하지 못한 듯, 패트시아 에드가가 눈가를 찡그렸다.

"그게 무슨……."

무언가를 눈치챈 듯, 그녀의 눈이 확 커졌으나 이미 늦었다.

내 발밑으로 드리워진 그림자는 어느덧 사람 모양으로 부풀어 올랐다. 내 어깨를 단단히 짓누르던 기사 둘이 비명을 지르며 쓰러지고, 내 뒤에 장신의 사람이 선 탓에 앞으로 그림자가 졌다.

경악으로 물든 얼굴을 보며, 나는 기쁘게 웃었다.

"소개할게요, 제 약혼자예요. 뭐, 패트시아 님의 호칭대로라면 '그 애 에드가' 정도 되겠네요."

하루 전의 밤.

"하고 싶은 말이 있어, 녹턴."

"……그래."

녹턴이 제 머리를 쓸어 올렸다. 그의 얼굴에 복잡한 감정 몇 가지가 지나갔다. 잔을 한 번 더 기울여 붉은 것을 삼키고야, 녹턴의 표정이 비로소 침착해졌다.

"말해."

『그와 앨리스』 말이야, 내가 엄청 좋아했다고 하더라. 나뿐만이 아니라 수도 전역에서 인기였다며. 혹시, 그거 언제쯤 나온 건지 기억해?"

"갑자기 그 이야기는……."

녹턴이 말을 흐리며 한숨을 내쉬었다.

"1권은 네가 열 살쯤에 에덴지에서 월간 연재됐고, 2권은 몇 년 뒤였던가."

"생각보다 엄청 됐구나. 그런데 난 그보다 전에 읽은 줄 알았어."

"그러고 보니 빈속이었지. 갑자기 와인이라니 무리였겠네."

"취한 거 아니야. 그러니까, 정확히는 내가 다시 태어나기 전에 읽은 줄 알았거든. 녹턴, 내가 여태 무슨 생각을 하면서 살아 왔는지 알아?"

나는 짧게 숨을 멈추었다. 평생토록, 절대 누구에게도 말하지 않을 거라 믿었던 비밀을 토로하는 것은 이상한 기분이었다.

"내가 책 속에 태어났구나."

"무슨…… 말이야."

취해서 하는 헛소리가 아니란 걸 알았는지, 녹턴의 표정이 미묘하게 변했다. 이제는 거짓임이 탄로 난 버거운 비밀이 입 밖으로 흘러 나간다.

"『그와 앨리스』는 소설이야, 내가 살고 있는 세상이 아니라. 여자 주인공은 앨리스 리모란드가 아닌 앨리스 밀러고, 남자 주인공은 녹턴 에드가도 애런 클레이모어도 아닌 '에드'야. 그리고 화형에 처해 죽는 악역의 이름도 두루아 발로즈가 아니지."

"두루아, 너……."

"그걸 어제야 알았어. 임페르펙티오가 나를 멍청한 망상 속에 살게 만들었다는 걸."

"잠시만. 임페르펙티오가 네 기억을 그런 식으로 조작했다는 말이야?"

"말도 안 된다고 생각하겠지만 일단 들어줘, 나는."

단숨에 말하려고 했으나, 본의 아니게 말의 허리가 끊겼다. 스스로도 어이가 없어 괜히 웃음이 나왔다. 충격이 지나가고 나니 사실이 객관적으로 다가왔다.

이런 어이없는 착각이 세상에 어디 있담.

"두루아?"

"아, 미안. 나는…… 그러니까 언제부터 기억이 조작된 건지는 모르겠는데, 내가 책 속에 태어났고 네가 그 주인공이라고 생각했어. 나는 주인공들의 사랑을 방해하다가 화형에 처해지는 악역이고."

"……무슨 말을 하는지, 전혀 모르겠는데."

"보통 연애 소설의 남자 주인공은 완벽한 사람이잖아, 그래서 화형을 피할 겸, 가까워지면 좋겠다고 생각했어. 주인공이랑 친해지면 어떻게든 그런 결말은 피할 것 같아서."

"주인공에…… 악역이라고."

"우습지, 멍청한 말인 거 나도 알아. 그런데 난 그렇게 생각했어."

내가 원작에 대해 누구에게도 털어놓지 않겠다고 결심한 데는 이런 이유도 있었다. 녹턴이 나를 미치광이처럼 보지는 않았으나, 민망한 마음이 차올라서 나는 시선을 피했다.

"의심도 하지 않았지. 어쨌거나 하고 싶은 말은 네가 주인공인 줄 알았다는 거야, 녹턴. 결국 너와 거리를 벌리겠다고 생각했지만, 그때도 그걸 의심하지는 않았어."

그냥 인성이 별로인 주인공이라고만 생각했다.

"그랬는데 어느 날, 앨리스가 이상한 말을 하는 거야. 그 애가 실은 예지몽을 꾸는데, 그 꿈에서 네가…… 에드가 저택의 모두를 세뇌한 악당으로 나왔다고."

"……."

"처음에는 술에 취해 하는 헛소리라고 생각했는데, 테라스에서 네가 말한 이야기를 그대로 읊어서 그때부턴 나도 의심했ㅡ. 잠시만, 녹턴. 네가 벌인 일은 맞잖아. 앨리스한테 화풀이하기만 해."

"일단 계속해."

'일단'이라는 말이 몹시도 못미더웠지만, 나는 녹턴의 말대로 이야기를 이어 갔다.

"내가 기억하는 원작이, 그러니까 이 세계의 운명이 어떤 건지 정확히 알아 봐야겠다고 생각했어. 나는 너를 주인공으로 알고 있는데, 혹시 그게 아닌가 하고. 그래서 메모리아의 실타래를 구했어."

"메모리아의 실타래……?"

"그 반응을 보니까, 정말로 날 감시하진 않았나 보구나. 아무튼 그래, 그런데 그게 바꿔치기 당한 거야. 마법 물약에 대한 지식이 전무하니 속아 넘어가기 딱 좋았지."

"하."

헛웃음을 터뜨리고는 녹턴이 두어 번 얼굴을 쓸었다. 그의 커다란 손에 눈이 가려졌다 드러날 때마다 눈빛이 점점 살벌해졌다.

"그래서 그걸 바꿔치기 당한 모자란 사람이 누군데."

"나지, 누구긴 누구야."

"두루아."

"남의 집 사용인, 함부로 위협하지 말아 줄래."

"안이하게 굴지 마. 구하려던 물건을 바꿔치기 당한 게—"

"쓸데없는 말로 논점 흐리지도 말고. 아직 말하고 있잖아, 녹턴."

일부러 짜증스러운 어투로 말문을 막자, 녹턴이 입을 다물었다. 외려 당당하게 나오니 당황한 기색이 역력했다.

이 방법, 괜찮네.

걱정해 주는 사람한테 쓰기는 좀 미안하지만, 뒤벨의 목숨이 달려 있으니 할 수 없었다.

"그리고 메모리아의 실타래, 실은 임페르펙티오였지만 그걸 마시고 나니 다소 흐리멍덩하던 원작의 기억이 생생해지더라고."

길어지는 대화에 목이 말라, 나는 와인 한 모금을 더 삼켰다. 그러고는 다시.

"녹턴 에드가는 주인공이 아니라 악역이었고, 두루아 발로즈를 세뇌해서 좋을 대로 이용한 다음 화형에 처하게 만든 장본인이라고."

"뭐……?"

"절묘하지? 내가 새로이 알게 된 사실을 짜 맞춰서, 널 악당으로 만들어 버린 거야."

"네가 날 두려워한 건 그럼……."

"그런 와중에 애런을 죽이려고 했다고 실토했으니까."

녹턴이 입을 다물었다. 내 말을 곱씹듯, 그의 눈빛이 가라앉아 있었다.

나는 차례로 샹들리에를 보며 들었던 생각과 그때 떠오른 기억을 말했다. 그러면서 의식을 잃을 때의 감각이 전에 임페르펙티오를 마셨을 때와 같았다는 이야기도. 혹시 녹턴을 자극하지는 않을까, 되도록 조심스럽게 말했으나 의외로 그는 내 추측(패트시아 에드가 녹턴을 죽이려 했다)에 예민하게 굴지는 않았다.

"그래서 생각했어. 내가 물약에 걸어 놓은 주문과 반대되는 생각을 떠올린 게 아닐까."

"네가 생각한 이유 때문인지는 모르겠지만, 그때 체내에 잔존한 물약이 반발을 일으킨 건 사실이야, 제르벨로 제르벨라에게 그렇게 들었으니까."

"뭐, 그렇다면 다음 것도 맞겠네. 그때의 기억과, 바꿔치기 당한 물약을 마신 순간 뒤바뀐 기억을 비교하면서 결론을 도출했을 때, 또 한 번 의식이 흐려졌거든."

녹턴의 눈가가 가늘어지는 걸 못 본 체하며, 나는 내가 최종적으로 말하려던 바를 마무리했다.

"누군가 내게 임페르펙티오를 마시게 한 건 녹턴, 너와 관련이 있을 거라고."

"……."

"좀 더 정확히는, 너에 대해 부정적인 반응을 유도하려던 거라고 생각해."

그는 무어라 말하려는 듯 입을 열었다가 다물고는, 잠시 눈을 감고 이마를 짚었다. 곧 다시 그의 눈꺼풀이 열렸다.

"잠시. 네 말대로라면 작년 이전에도 네겐 원작에 대한 기억이 있었다는 말이잖아. 물약을 마시기 전에는 오히려 그 원작이란 게 내 이미지를 주인공, 그러니까 좋게 만들었다는 건 이상해."

"그것도 결국 기억일 뿐이니까, 전부터 그렇게 생각하고 있었다고 착각한 걸수도 있지."

"아니, 그렇게 생각하지 않았다면 애초에 거금을 들여 가며 메모리아의 실타래를 구하려고 했을 리가 없어."

녹턴은 단정적으로 말했으나, 나는 확신할 수 없는 일이라고 생각했다.

"내가 그렇게 길게 의식을 잃은 건 그때가 처음이었던 것 같은데."

"소량씩 투여하면 그런 건 얼마든지……. 잠시만, 의식을 잃어?"

"음, 이제 와서 말하지만, 네가 티파티에 초대했을 때 아팠다는 거 거짓말이었어."

그의 얼굴이 일그러지는 걸 보고, 어색하게 시선을 회피하다가 문득 제르벨라의 말이 떠올랐다.

"마법 물약이라면…… 남들보다 저항력이 있긴 하겠지만, 물약의 효능을 완전히 막아 내기보다는 부작용이 생길 확률이 높습니다."

"부작용인가?"

"뭐?"

"제르벨라가 말해 줬는데, 내 체질이 좀 독특하대. 신성력에 친화적인데 비해 마법에는 저항이 있다고. 그래서 마법 물약을 잘못 먹으면 부작용이 생길수 있다고 했어."

녹턴의 가정대로 소량씩 먹었다면 물약의 힘이 그만큼 약했을 테니 그럴 수도 있을 것 같았다. 하지만.

"그럼 부작용이…… 생겼던 거구나. 그래서 약효가 발휘되는 게 늦어졌고."

"음, 그래도 그 전부터 먹었다는 건 별로 와닿지는 않는데."

"……두루아."

녹턴이 꺼질 것 같은 목소리로 나를 불렀다. 잔뜩 억눌린 듯한 소리에 고개를 틀었다. 얼굴을 쓸다가, 녹턴이 양손에 얼굴을 묻었다. 그의 목소리가 다소 먹먹하게 들렸다.

"나도 할 말이 있다고 했지."

"어, 응. 그런데 지금은—."

"너는…… 그보다 전에도 임페르펙티오를 마셨던 게 맞아."

뭐?

"전에도 이상하다고 생각하긴 했어. 패트시아 에드가 왜 너한테 차를 타 주는 걸까. 뭐든 잘하는 여잔데 왜 차를 타는 솜씨만은 늘지 않는 걸까. 너는 왜 항상, 차가 끈적거린다고 말하는 걸까."

"잠시만, 녹턴. 그 말은……."

"얼마 전, 그 여자의 집무실에서 기록을 찾아냈어."

"기록이라고?"

"내가 흑마법사인 걸 알게 된 이후로, 흑마법에도 관심이 생긴 건지. 악명 높은 흑마법사를 고용해 곁에 두고, 각종 마법 물약을 조제해 주위에 시험하기 시작했지. 그리고…… 네게도…… 했어. 나는 그 기록을 봤어."

패트시아 에드가 차를 타 주던 기억은 내게도 있었으나, 그때의 기억을 마법 물약과 연관 지어 본 적은 없었다. 예상치 못한 말에 머리가 얼얼했다.

그러나 막대한 배신감이 들거나, 엄청난 충격을 받지는 않았다. 누군가 나를 한 번 노렸다는 건, 두 번도, 세 번도 노릴 수 있다는 말이었다.

다만 몸도 덜 자랐을 때부터 그런 물약을 먹이려 할 만큼 집요하게 군 이유가 뭘지에 대해서는, 좀 더 궁금해지긴 했다. 내 기억을 녹턴에게 부정적인 방향으로 조작한다고, 패트시아 에드가 뭘 얻을 수 있을까. 도무지 알 수 없는 일이었다. 그러나 지금, 어쩌면 나는 그 답을, 혹은 답에 관한 힌트를 보고 있는지도 몰랐다.

녹턴의 손이 눈에 띄게 떨렸다. 그의 목소리도 평소처럼 침착하지 않았다.

"그게 임페르펙티오라는 걸 알게 된 건 그렇게 오래되진 않았지만."

그는 무언가 더 말하려 했지만, 숨소리조차 떨리기 시작해서 잘 되지 않는 듯했다.

"녹턴, 너……."

"잠, 깐만."

제 얼굴을 감싼 손끝에 힘이 들어가 흰 빛으로 질렸다.

"부정할 생각, 은 없어. 네가 생각한 대로, 나 때문에 투약한 거겠지. 자리를 비웠을 때, 파우스트에 갔는데 그 여자는 없고 내게 서신을 남겼어."

녹턴은 마치 그것이 제 것인 양, 모친의 죄를 고했다.

나를 세뇌했노라, 고백했을 때보다도 더 고통스럽게 말을 이어 가고 있었다. 세뇌와 기억 조작, 둘 모두 중대한 문제였으나 사실상 세뇌는 저택으로 오라는 말이 전부였으니 후자의 무게가 훨씬 무겁기는 했다. 그러나 전자는 녹턴의 죄고, 후자는 패트시아 에드가의 죄였다.

어째서 저를 미워하고 저를 죽이려 하던 여자의 죄까지 덮어서 괴로워하고 있는가. 이해할 수 없었지만, 어쩌면 패트시아 에드가가 이것을 노리고 있었는지도 모르겠다는 생각이 들었다. 왜냐하면 임페르펙티오를 써서 생겨난 건 내 혼란과 녹턴과의 갈등과 녹턴의 고통뿐이었으니까.

"그래서 말하지 못했구나."

"미안."

"뭐?"

잠시 머릿속이 멍해졌으나, 곧 속이 뒤집어졌다.

미안하다고?

"미안해, 두루아. 난, 내가ー."

"이런 기분이었구나."

"두루아……?"

"상황과 어울리지 않는 말을 듣는 게 이런 기분이었어. 고마워할 일도 아닌데 고맙다고 한 일로 화를 냈지, 녹턴. 지금 내 기분이 그래."

녹턴을 향한 분노가 아니다. 불처럼 들끓는 감정은, 지금 어디에 처박혀 흉계를 꾸미고 있는지 알 길이 없는 이를 향해 있었다. 녹턴이 저지른 일은 많았으나, 적어도 지금의 일은 그의 죄가 아니었다. 이 애한테서 들어야 할 사과 말이 아니었다.

저 얼굴에 붙은 손을 떼어 내고 얼굴을 보고 이야기하고 싶었으나, 내 힘으론 될 리가 없다. 그럼에도 화는 치밀어 올라서, 나는 와인 병을 쥐고 내 잔에 콸콸 따랐다. 거의 끝까지 붉은 선이 차오른 것을 와락 들이켜고, 다시 같은 짓을 반복했다. 머리가 뜨겁게 달아오르고 눈앞이 어지러워졌다. 그럼에도 속이 답답했다.

"네가 나한테 물약을 먹였어? 내 기억을 조작하고 날 가지고 놀았어?"

"두루아."

"아, 뭐, 세뇌는 했다고 하지만, 솔직히 제르벨라의 말 듣고 나니까 그것도 사실 효과가 없었는데 네가 혼자 착각하고 있던 것 같지만. 아무튼 임페르펙티오 얘기만 해 보자고."

"……내가 아니었으면, 그 여자가 네게 그랬을 리 없어."

"반대로 내가 없었으면 너 그렇게 벌벌 떨고 있을 일도 없어."

320

"무슨 그런—."

"그리고 내가 지금 와인을 물처럼 들이켜는 일도 없고!"

손등으로 액체가 흐르도록 가득 따른 잔을 다시 기울이는데, 반도 들이켜기 전에 손목이 잡혔다. 와인이 흘러 넘쳐 손등, 손목, 테이블과 치맛자락을 연달아 적셨다. 축축한 기분이 불쾌해 인상이 절로 찡그려졌다.

"미쳤어? 이게 물이라도 되는 줄 알아?"

"미친 건 내가 아니라 너……."

성질을 부리며 돌아보자, 당혹감으로 물든 녹턴의 얼굴…… 이 눈물로 젖어 있었다.

눈물?

잘못 봤나 싶어, 눈을 깜박여도 보이는 건 같았다.

"너 울었어?"

"……보지 마."

녹턴이 다시 얼굴을 가리려고 하기에, 내가 먼저 양손을 뻗어 그의 얼굴을 잡았다. 당황한 듯 그가 눈을 깜박였다.

"울었다고, 진짜? 녹턴 에드가한테도 눈물이 있다고?"

"그럼 내가…… 방금 뭘 하고 있다고 생각한 건데."

"어, 그냥 죄책감 들고 미안하고 그리고 좀 화났다고……?"

녹턴 에드가가 벌벌 떠는 건 그래도 몇 번 봤으나, 우는 것은 처음이었다. 그의 얼굴을 빤히 들여다볼 수밖에 없었다.

깊은 눈매며, 흰자위며 눈 주위의 모든 곳이 발갛게 물들었고, 눈물로 젖은 곳은 전부 달빛에 반짝인다. 그래서 예뻤다. 머리와 눈썹을 제하면, 전부 옅은 색인 얼굴이 한 군데만 붉게 물들어서, 좀 야해 보이기도 했다.

민망한지 혹은 자존심이 상했는지, 눈썹을 찡그린 채 녹턴이 시선을 피했다.

혹 눈물 때문인가, 손으로 얼굴에 어린 물기를 닦아 주자 녹턴이 굳는 것이 한 눈에도 들어왔다. 그러나 물기를 지워 내고도 반짝이는 얼굴은 오히려 생기 넘치게 느껴졌다.

"와, 너는 무슨……. 사람이 맞긴 해?"

"좀 놔."

"울어도 잘생겼네."

원래도 아름답다고 생각했지만 엷은 색 눈이 유독 예쁘다. 얼굴을 잡아당겨 눈가에 입을 맞추자, 당황했는지 녹턴의 눈이 파르르 떨렸다. 그의 손이 나를 밀어내려는 듯 어깨를 짚었으나, 힘은 조금도 들어가 있지 않다. 마른침을 삼키는 것처럼 목울대가 몇 번 울렁거렸다.

"너 취했어, 두루아."

"아 그렇지? 그래, 안 취했으면 사람이 이렇게 천사처럼 보일 리가 없지."

"……제발 멍청한 소리 좀 그만하고 놔."

눈가로 모자라, 귀도, 목덜미도 전부 새빨갛게 물들었다. 영락없이 부끄러워하는 모양새였다.

"세상에 너도 부끄럼이란 게 있는 사람이구나."

"두루아 발로즈."

"난 녹턴, 너한테는 짜증, 경멸, 멸시, 비웃음, 그런 거밖에 없는 줄 알았어."

녹턴이 어이가 없다는 듯 헛웃음을 터뜨렸다. 부끄럼이 가시고 좀 짜증이 난 것처럼, 눈가를 찡그리기도 했다. 얼굴 근육이 움직이는 모양새 하나하나가 생동감이 넘쳐, 새삼스럽게 그런 생각이 들었다.

"너도 사람이었구나."

"뭐……."

"하기야 사람이지. 명화처럼 예쁘고, 정신 나간 것처럼 재수 없어도, 그래 봐야 그냥 사람. 소설 속에 나오는 드래곤도, 악마도 아닌 사람."

이따금 언성을 높이고 드물게 진한 감정을 내비치기는 했어도, 대부분은 여유를 잃지 않는 녹턴에게서 인간미를 느끼기는 처음이었다.

녹턴의 눈이 일렁거린다. 무어라 말하면 좋을지 모르겠는 얼굴에는 복잡한 표정이 들어차 있다. 짜증을 내야 할 타이밍인데도, 다른 감정이 울컥한 것 같다는 추측이 들었다.

나는 휘휘 고개를 저었다.

"아, 정말 내가 취하긴 했나 봐."

그래, 홧김에 와인을 두 잔이나 들이켜긴 했다. 천천히 마셨다면 괜찮았겠지만, 급작스레 술을 들이부은 탓에 어지러운 감각이 확 몰아닥쳤다. 아직 말이 다 끝나지도 않았는데, 왜 그리 충동적으로 굴었을까. 눈앞이 빙빙 도는 기분에, 나는 종전의 충동을 깊이 반성했다.

그러고는 녹턴의 얼굴에서 손을 떼어 내리려는데, 그가 외려 떨어지려는 손을 붙들고 나를 잡아당겼다. 나를 당긴 반대쪽 손이 머리칼을 헤집고 들어가 내 머리를 감쌌다.

입가에 닿는 뜨거운 숨이 당혹스러워, 확 정신이 들었다. 부드러운 감촉이 맞물렸다. 처음처럼 거칠지도 않고 두 번째처럼 미적지근하지도 않다. 평범한 연인의 입맞춤처럼, 입술을 달게 비비고 살짝 물었다가 입 안의 여린 살을 슬쩍 쓸어 보기도 했다.

숨결이 닿았다가 떨어지기를 몇 차례, 뒷목의 솜털이 곤두서고 숨이 뜨거워진다. 입술이 스치면서 드는 간질간질한 감촉에 몇 번씩 머리로 전기가 흘렀다. 참, 달았다.

얼마나 지났을까, 가까스로 입술이 떨어졌다. 어느새 내가 양팔로 그의 목을 휘감고 있었다는 걸 깨닫고, 나는 다급히 손을 풀어내려 했으나, 녹턴은 바로 나를 놔주지는 않았다. 좀 전까지 숨결을 섞던 부드러운 것이, 코끝, 콧대, 두 눈꺼풀을 거쳐 이마에까지 부드러운 인사를 마치고야 그의 얼굴이 떨어졌다.

가까이 있을 때는 순간의 감각에 몰두했을 뿐이나, 떨어지고 나니 그의 얼굴이 보였다.

달게 휜 눈매, 따뜻한 애정이 담긴 눈. 심장이 쿵 떨어지는 기분에 어쩐지 눈을 마주 볼 수가 없었다. 여름이라 그런가, 밤이었음에도 온몸이 더웠다.

"표정 보니 이제 안 취했네."

"아니, 뭐, 음, 뭐…… 내가 먼저 한 짓이니까 때리지는 않을게."

민망한 기분을 못 견디고 입가를 가리려 손을 올렸으나, 입술이 손바닥에 닿는 감촉이 외려 당혹스러워 도로 손을 내렸다. 입술에 아직까지 간질거리는 감촉이 남은 듯했다. 흠흠, 목소리를 가다듬으려 내는 헛기침마저 어색했다. 열기가 차오른 얼굴에 손부채질을 하며 나는 녹턴을 바라봤다. 정확히는 내 눈이 향한 곳은 그의 미간이었지만.

"하던 말 계속…… 해야지? 이, 이제 와인은 좀 그만 마시자. 멀쩡한 정신으로 얘기하는 게 좋을 것 같아."

"좋을 대로."

픽 웃는 얼굴이 여유로워 보여 불만스러웠다.

분명히 놀리고 있던 건 내 쪽이었는데, 왜 입만 닿으면 이 꼴이 나지.

그럼에도 취기도 가셨는데, 오래도록 봐서 익숙해진 얼굴이 쓸데없이 잘생겨 보인다. 중요한 이야기를 이어 가는 차에 든 생각이 그런 것이라, 어이가 없고 웃겼다. 진지한 대화에 잘생긴 얼굴은 별로 도움이 되지는 않는 것 같다.

"그런데 내 이야기는 이게 끝이라서, 음…… 아 잠시만, 파우스트로 간 거였다고?"

그나마 다행스럽게도, 파우스트의 말을 꺼냄과 동시에 분위기를 되돌릴 수 있었다. 진지해진 얼굴로 녹턴은 파우스트에 다녀온 이야기와, 물약에 대한 기록을 발견하게 된 자세한 경과, 그리고 지금에 이르기까지 있던 일과 그에 관한 제 추측을 이야기해 주었다. 테롭스 안단테의 이야기를 할 때는 어쩐지 미묘한 기분이 들었지만, 중요한 사람은 아니라 오래 가지는 않았다.

"그래서 그 여자의 진짜 목적이 뭔지는 아직 몰라."

"그럼 그냥…… 네가 무서워져서 다 버리고 도망친 거 아니야?"

"그럴 사람이 아니야. 그리고 그럴 생각이었다면, 네게 다시 그 물약을 먹이지도 않았을 거야."

"네가 나한테 말한 기한이란 건, 그 사람을 잡을 기한이었구나."

"거처를 바꿨다는 건 뭐라도 준비가 됐다는 말이겠지. 머지않아 공격해 올 테니까, 단서는 그때 잡으면 돼. 1년을 넘지는 않을 테니 걱정하지 마."

약혼 기한은 일단 생각도 안 하고 있었지만, 나를 안심시키려는 말에 나는 다소 떨떠름하게 고개를 끄덕였다. 그러고는 잠시, 생각에 잠겼다.

파우스트의 세력을 내버리고 잠적한 패트시아 에드가.

그녀가 행동에 나선 건 전부 나를 건들 때였다. 메모리아의 실타래를 바꿔치기 하고, 내가 물약을 마셨음을 알리기 위해 테롭스 안단테를 불러들였고, 제위 의식에서 내가 있는 동굴로 곰을 끌어왔다. 또한, 물약으로 인해 신관이 필요해진 상황에서, 제르벨라에게 익명의 서신을 보내 녹턴으로 하여금 그를 저택에 옭아매게 만들었다.

그렇다면 역시.

"나를 잡고 싶어 할 거라고 했지. 내가 네 약점이라고 생각해서."

"……두루아, 이상한 생각 하지 마."

"이상한 생각이 아니라 정공법이지. 물고기를 잡으려면 미끼를 걸어야 하잖아."

"말도 안 되는 소리 하지 말라고."

그럴 거라고 예상은 했지만, 녹턴은 몹시 민감하게 반응했다.

"네가 그 여자의 앞에 나서는 건 너무 위험해. 굳이 그러지 않아도 해결할 수 있어. 하루라도 빨리 에드가를 나가고 싶은 마음은 알겠지만—."

"어차피 너도 기다리는 것 말고는 대책도 없잖아. 만약 평생토록 안 나타나면 평생토록 불안해하며 기다리기만 할 거야?"

"두루아 발로즈."

"나를 인질 삼아 너를 휘두르는 게 목적이라면, 나를 해칠 리는 없잖아. 아니, 그게 걱정된다면 네가 그냥 같이 와도 되잖아."

"뭐?"

"그런 방법은 없어? 뭐…… 귀신처럼 한 몸에 같이 빙의한다거나, 몸을 조그맣게 바꿔서 주머니에 들어가 있다거나."

"너한테 흑마법이란 게 그런 이미지구나."

허탈하게 중얼거린 녹턴은 대답하고 싶지 않다는 듯 시선을 피했다. 그러나 계속해서 그를 채근하자 결국에는 체념하고 답했다.

"대답하자면, 있긴 해."

"역시 그렇지? 있지? 그리고 네 예상대로면, 제르벨라는 그 사람이 어디 있는지 알 거 아니야."

"한 패란 말은 아니었어. 다만 신관 또한 세뇌당해 있을 수도 있다고 말했을 뿐이지."

"어쨌거나, 나와 단둘이 탈출하게 된다면 패트시아 에드가에게 갈 거 아냐."

그렇다면 어느 신전에 박혀 있는지도 모를 사람을 힘들게 찾아다닐 필요도 없었다.

"녹턴, 우리 연기 좀 해 볼까?"

"연기……?"

"나를 납치해 가길 바란다면, 원하는 상황을 만들어 주면 되잖아. 내가 너를 아주 끔찍이 증오해서 탈출하고 싶은 것처럼 보이면, 꾀어낼 수 있지 않을까?"

"갑자기 사이가 틀어지면 의심할 텐데."

"아니야, 녹턴. 스스로를 믿어 봐. 네가 갑자기 대놓고 나쁜 짓을 하더라도, 제르벨라는 조금도 의심하지 않을 거야! 왜냐하면 그 사람은 너를 전혀 안 믿으니까!"

헛웃음을 터뜨리고, 녹턴이 입매를 비틀었다.

"그래, 너처럼 말이지."

"그냥 악역 한번 해, 나쁜 사람인 척 구는 거 네 취미잖아."

"내가 무슨……."

"잘할 수 있지? 솔직히 넌 주인공보다는 그편이 소질 있는데."

그는 마땅찮은 얼굴로 나를 노려봤으나, 결국에는 길게 한숨을 내쉬었다.

승낙의 의미였다.

"너보다야 잘하겠지."

4권에서 계속.

모든 게 착각이었다 3

초판 1쇄 인쇄 2022년 6월 8일
초판 1쇄 발행 2022년 6월 20일

지은이 과앤
펴낸이 김선식

경영총괄 김은영
IP개발 심미리 **상품개발** 윤세미
엔터테인먼트사업본부장 서대진
웹소설1팀 최수아, 김현미, 심미리, 여인우, 장기호
웹소설2팀 윤보라, 주소영, 주은영
웹툰팀 이주연, 변지호, 윤수정, 임지은, 채수아, 최하은
IP상품개발팀 윤세미, 송임선
디지털마케팅팀 김국현, 김그린, 김선민, 김호애, 김희정, 이소영
지식교양팀 김선욱, 김혜원, 백지은, 석찬미, 염아라, 이수인
저작권팀 한승빈, 김재원, 이슬
재무관리팀 하미선, 김재경, 안혜선, 오지영, 윤이경 **제작관리팀** 박상민, 김소영, 김진경, 양지환, 이지우, 최완규
인사총무팀 이우철, 김혜진, 황호준 **물류관리팀** 김형기, 김선진, 민주홍, 양문현, 전태연, 전태환, 한유현
외부스태프 크리에이티브그룹 디헌(디자인) 영수(일러스트)

펴낸곳 다산북스 **출판등록** 2005년 12월 23일 제313-2005-00277호
주소 경기도 파주시 회동길 490
전화 02-702-1724 **팩스** 02-703-2219 **이메일** dasanbooks@dasanbooks.com
홈페이지 www.dasan.group **블로그** blog.naver.com/dasan_books
용지 아이피피 **인쇄** 한영문화사 **코팅 및 후가공** 평창피앤지 **제본** 한영문화사

ISBN 979-11-306-9103-9 (04810)
ISBN 979-11-306-9100-8 (SET)